U0002572

文學新象 278

被害人

塔米・霍格（Tami Hoag）——著
蕭季瑄——譯

高寶書版集團

序幕

她應該已經死了才對。他對她施行那一連串的暴行後，她應該早在幾個小時前就喪命了。酷刑落上肉身之時，有好幾度她真希望自己可以直接斷氣，如此一來就能終結這些無人能夠想像、他加諸於她身上的極惡之事。

她從未想像過，也永遠不願知道竟然有人能對另一個人做出如此殘酷的行徑。他施以性虐待，無所不用其極地凌遲她的肉體與精神。他綁架她、痛打她、折磨她、強暴她。一個小時接著一個小時。

她不知道究竟是過了多久。幾個小時？幾天？一個禮拜？時間的概念已不具任何意義。

她試圖反抗，但如此只換得更多痛苦。這一生中有過的所有夢魘在這苦難面前全顯得微不足道。沒有形容詞足以描繪，那感覺宛如落入一個耳邊僅有高頻尖銳聲響、致人目盲的白光境界。

最後，她停止掙扎，看似失去了求生意志，反倒讓自己得以繼續存活。

只要活著，就有希望。

她不記得自己是在哪聽到這句話的。很久以前，某個地方。當她還是個小女孩的時候。

遭受無情酷刑的摧殘之時，她一度呼喊了父母的名字。這樣純然的痛苦與無助澈底抽乾了她的氣力。成熟、邏輯與自制力全都不復存在，此刻她能做的僅有呼喊出併裂自原始情緒的狂亂尖叫。現在她什麼都忘了，她不記得自己曾是個小女孩；不記得自己擁有雙親。唯一存在於記憶中的是那鋒利的刀刃劈進血肉，還有鐵鎚重擊她時那爆炸般的劇烈痛楚。

她竭力抵抗那股澈底精神崩潰的欲望，避免自己沉沒至那絕望無底的深淵。直接放棄輕鬆得多。但他沒有殺了她。現在還沒。所以她也不打算替他完成這項工作，她選擇活下去。

只要活著，就有希望。

她倒在貨車的地板上，這句話宛若一縷輕煙般在她破碎的心神中飄蕩。

凌遲者正在開車。她就躺在他的正後方。那人正隨著廣播節目開心地哼唱，好像這世界與他無關，好像車裡頭沒有一個被他毒打到渾身浴血、奄奄一息的女人。

她其實比他以為得更加清醒。放棄掙扎是為了保留力氣，是為了讓他在澈底擊垮她之前暫時收手。她還可以移動身體，雖然肢體失去協調，且每一吋的移動都會換來令人作嘔的急劇痛楚。她頭痛欲裂，腦子彷彿正急欲從頭骨內爆裂衝出——或者早就衝出來了。

她意識恍惚，但依舊能夠思考。那些思緒都是破碎且不連貫的，但她以意志力努力集中精神，將這些想法集結為一，有那麼一兩秒鐘，似乎想出了一些可行的辦法。

底下冰涼的地板暫且麻痺了襲遍她全身的苦楚。覆蓋在她身上的毯子讓她得以像個繭一般不被人看見。她的手腕被一條寬大的紅色長緞帶鬆散地綁在身前。那人將她雙手手肘彎曲，手掌抵在下巴下方，像是正在誠心祈禱著。

祈禱。她一次又一次向上蒼禱告，卻沒有得到救贖。

他手握權力，擁有一切生殺大權。他殺戮過無數次，卻從未被繩之以法。他相信自己無與倫比，他相信自己是個天才，他相信自己是名藝術家。

他說，她將會是一幅傑作。

她不知道這話究竟意味著什麼，也完全不想知道。

貨車駛過路上的一個坑洞，車身隨之震動搖擺。她好想擁抱住自己，好減輕顛簸路面加諸在她破碎身軀上的疼痛，但捆住手腕的緞帶禁錮了她的動作。她試圖掙脫束縛，幾秒鐘後隨即放棄。使力掙扎導致她一陣作嘔。在一波波噁心欲吐的不適感當中，一連串荒謬的字句與畫面如萬花筒內的彩色碎片一般竄進了她混沌不堪的腦海裡。失去意識之前，破碎的眾多念頭陡然間佔滿了她的心神。那極具誘惑力的死神之聲正在她耳邊呢喃。她可以就這麼算了。搞清楚那個人下一步行動之前，她可以直接放棄自己的性命。這樣比較不費力。

身體的緊繃感逐漸消退，雙手逐漸放鬆……同時間她感覺到手腕上的緞帶已然鬆脫……她全神貫注地讓其中一隻手重獲自由。

只要活著，就有希望。只要活著，就有希望……

「妳將成為一名巨星，黛娜。」那人朝身後的她說道。「這不正是妳一直以來想要的嗎？網路新聞啊，讓妳的臉出現在全美各大電視新聞台？妳的夢想成真了，可得感謝我才行。雖然跟妳想像的方式不一樣，但總之妳要出名了。」

貨車又駛過一個坑洞，那人忍不住一聲咒罵。黛娜的身體狠狠地撞擊在車廂地面上，換來一陣如同猛烈浪潮般的劇痛。她轉向身體左側，將自己蜷縮成胎兒的姿勢，她忍住不哭，忍住不發出任何聲響，忍著不注意到自己的存在。

她身旁是一系列的工具組，正在敞開的袋裡隨著車子的移動叮噹作響。他認為幾乎失去意識，被打到遍體鱗傷，已是破碎狀態的黛娜絲毫不構成威脅，於是就這麼放心地把工具擺在她身旁。他的自負不允許自己把被害人放在眼裡。現在的她不過是個無生命物體罷了，存在的目的僅是像個道具般證實他的論點：他比那些四處追捕他的警察聰明多了。

那些人簡直惹惱他了，單憑一樁計畫不夠周詳的罪行，就認為應該是他犯下的第九起案件，而把他視為一個做事草率的殺人魔。他將要好好向那些人展示他真正的九號被害人。他會將屍體打造成一件藝術品，繫上紅色緞帶，供奉至他們眼前。

他是一個連環殺人魔。警察和媒體替他取了一個名號：假期殺手。黛娜在被綁架之前知道的就只有這麼多。現在也無從得知更多細節。這則故事的結論很簡單：他是掠食者，而她，是他的獵物。倘若她再無法冷靜下來集中思緒，採取一些果斷的行動，那麼很快地就要命喪黃泉了。

她必須有所動作。

她必須喚醒自己僅存的意志力與生命力。她必須思索出一個有條理的方法，在靈光乍現的那一瞬間將之牢牢握住。她必須戰勝疼痛，重拾氣力來執行這項計畫。

一切看似非常困難。但她想要活下去。她體內的生命之火已是餘燼，然而在奮力一搏之前，她不准許這絲火光化為煙灰。

這方法在她因竭力思考而痛苦欲裂的腦袋中逐漸成形，她牢牢記住了。

她的身體抗拒移動的指令。

毛毯之下，她的右手不自主拚命顫抖，伸向那組工具。

駕駛座上的他仍在大聲嚷嚷。他是天才，他是藝術家，她將會是一幅傑作。媒體不是很想把一個活像殭屍的受害者賴到他頭上嗎？那麼他就真的獻上一隻殭屍吧。

黛娜緊抱雙腿貼上胸膛，將全身重量轉移到膝蓋上。

只要活著，就有希望。

她頭暈目眩、思緒紊亂。她得用盡全力才能撐住自己。

她只有一次機會。

他被自己的幽默逗得哈哈大笑，還看了眼後照鏡想知道後頭的黛娜有沒有聽到。

當他與他的殭屍四目相對之時，那笑容瞬間消失。

黛娜釋放出身軀僅存的氣力，猛烈揮動手中的螺絲起子，直至將之深深插進他的太陽穴，僅留下握柄在外。

緊接而來的是一片黑暗，她一路墜落，被無底的漆黑澈底吞噬。

1

一月

亨內平縣醫療中心

明尼亞波里斯，明尼蘇達州

她尖叫著醒過來。一聲又一聲的尖叫，震耳、深長又淒厲的尖叫自靈魂深處經由喉頭併裂而出。

她不知道自己為何尖叫。這聲叫喊不帶一絲情感，既無痛苦，也沒有絲毫恐懼。仿若她與這聲來自她體內的哀鳴完全沒有任何關係。

她的身體沒有知覺，感覺就好像體內所有元素被放置在一具空殼內。她沒有感覺、無法移動、目不視物。她不知道自己的雙眼究竟是睜開或閉著，又或是根本不存在。

她可以聽到周圍人群的騷動。她不知道那些人是誰，也不知道自己為何身在這個不知是何處的地方。那些人正在大吼大叫，但聽不出他們到底在嚷嚷些什麼。只有那聲瘋狂的叫喊清楚迴盪在耳邊：**黛娜！黛娜！黛娜！**

這段文字對她來說毫無意義。只是一串聲響罷了。

就跟自己發出的尖叫聲一樣，只是一陣聲響。她繼續扯開喉頭放聲尖叫。

突如一陣難以言喻的暖流竄過她的身軀，尖叫聲驟停，她澈底昏了過去。

「我知道妳很難過，媽媽。」

琳達．莫瑟還未從女兒的尖叫聲中平復，黛娜平躺在床，那串出自毫無意識的軀體的尖叫聲仍叫她驚恐地直發抖。

羅頓醫生示意她坐上桌前的其中一張椅子，自己也在一旁坐了下來，選擇消弭那種與家屬隔著桌子面對面的專業距離感。

現年五十多歲的羅頓醫生來自荷蘭，體態結實，頭頂已禿的他有雙水潤慈祥的棕色大眼。他習慣近距離與病患們焦慮的雙親或是配偶交談，用他那雙具撫慰力量的大手輕拍對方。這樣刻意營造親密感的作法可能看似有點虛假，但他那真誠的良善總能贏得大家的賞識。他是病人與家屬們得以依靠的岩石。他握起琳達的手，輕輕捏了一下。

「研究人體腦部這麼多年，還有日新月異的科技從旁協助，我能肯定告訴妳的答案是，腦部損傷的後果從來都沒有標準答案。」他說。

「我們得以斷定黛娜所遭受的損傷是屬於哪一種類型。根據我們的經驗，我們能夠設法預測出這個傷害將帶來怎樣的後遺症，她的性格、記憶都有可能改變，肢體功能或許會有障礙。但她的腦部究竟會如何應對這樣的創傷，並沒有一個百分之百的模式可以遵循。」

「她不停尖叫，」琳達喃喃地說，顫抖的嗓音細小到幾乎無法聽見。「她很痛苦嗎？做惡夢嗎？全部的機器都瘋狂大叫。」

女兒的尖叫聲仍舊在她耳邊迴盪不止。監測儀器所發出的刺耳尖銳警鈴也同樣在她耳邊嗶嗶作響。黛娜原本規律的心跳變得紊亂猛烈。他們不久前才拿下她的呼吸器，她立刻像條浮出水面的魚，大口大口的吸入空氣。

「尖叫聲確實會讓人極度不安，但對於正在經歷復原階段，開始從無意識狀態中掙脫而出的腦部損傷病患來講，這是個很正常的現象。」羅頓醫生要她放心。「有時候他們會呻吟或是歇斯底里地哭泣，有時候則會尖叫。」

「為什麼會這樣呢？我們相信這是起因於中腦內部為了應付創傷與將自身導回正軌，因而發出了錯誤的信號。神經元確實放電了，但脈衝卻傳遞至錯誤的位置。同時，內外在的壓力會刺激病患的『戰鬥或逃跑反應』，導致驚恐的情緒與好鬥反應。」

「人們遭遇痛苦時會尖叫。」琳達喃喃自語。

不論神經學家如何解釋，琳達腦海中始終是女兒被深鎖在無盡的夢魘深淵中，那惡魔無度凌遲她的恐怖畫面。手術不只是為取出頭骨中破裂的碎片，她的顏面、手指、肋骨與膝蓋骨也都被折磨到了支離破碎的地步。瘀青和擦傷在她身上與臉龐烙下了一塊又一塊的印記。媒體口中的「假期殺手」更是毫不留情地以刀鋒剖開她的血肉之軀。

這惡夢般的想像場景如恐怖電影的片段般飛逝過琳達的腦海。黛娜的手腕與腳踝處那深刻的痕跡在在顯示了她曾被四肢綑綁，曾被虐待，曾被強暴。

「我們立刻提高了止痛藥的劑量，」羅頓說。「以防任何導致疼痛的原因，但也有可能非疼痛導致。」

「我不該離開她的，」琳達悄聲地說，一股為人母親的愧疚感襲向她。她只是離開黛娜病房一會兒，前去走廊盡頭的家屬休息區拿杯咖啡好伸展一下雙腿。回程的路上，第一聲尖叫聲劃破空氣，刺穿了她的心。

扔下手中的咖啡，琳達狂奔回病房，擠入一群混亂的醫護人員之中。她一次又一次大聲呼喊自己女兒的名字——**黛娜！黛娜！黛娜！**——直到後方某個人抓住她的肩膀，將她拉離病床邊。

羅頓醫生再次捏捏她的手，將她自回憶中抽離出來，再次將注意力放在自己身上。他的嘴角因為理解與同情，勾起了一抹幾乎察覺不到的微笑。

「我也是位父親，有兩個女兒。我完全能夠理解孩子們受苦時，父母親被撕裂的心是何等苦痛。」

「她已經受夠多苦了，」琳達說。「那個禽獸對她做的那些事……」

羅頓醫生眉頭一皺。「或許這能給妳一點安慰，她大概會失去有關這件事的所有記憶。」

「希望如此，」琳達表示。倘若上帝真的存在，黛娜將會澈底忘記這起苦難。然而，若真的有上帝，這些事情根本不會發生。

「還會有下一次嗎？」她問。「尖叫？」

「可能會，也可能不會。她或許會斷斷續續地存在於現在這樣的狀態很長一段時間，也或許明天就完全清醒過來了。過去幾天她一直重複某幾句話，身體也有回應我們的指令。這是個好預兆，但所有人的腦部都是相異的。」

「黛娜所受的這種創傷代表她有可能會難以組織自己的思想，也難以完成例行性的事務。她或許會變得很急躁、無法控制情緒，以及難以體諒他人。說話也有可能遇到障礙，或者是她有辦法開口，但無法從腦袋中找出適當的詞彙。」

「腦部顳葉受到的損害可能會影響她的記憶，但是影響的程度有多少？我沒法確切告訴妳。她有可能會忘記這一切，可能對過去十年一無所知，可能會認不得朋友們。她可能不再認識自己，妳也將不再認得她，」他說，字裡行間完全無法掩飾他一而再、再而三目睹此等景況的悲愴。

「她是我的女兒，」琳達憤怒地回應。「她是我的孩子。我當然認得她。」

「以肉體上來看，妳說的沒錯，但她再也不會是那個曾經妳瞭若指掌的女孩了，」他柔聲地說。「有件事情，在所有案例中皆是如此：妳鍾愛的人將會有所改變，這將會是最難以接受的一件事情。」

「某方面來說，妳女兒已經死了。即便她外表看來並無兩樣，但行為舉止將不再相同，看待這個世界的方式也必有所改變。但她仍是妳的女兒，妳仍深深愛著她。」

「未來會有一段漫長難熬的日子，」他說。「但妳們倆將攜手前行。」

「她會好起來的，」琳達這麼說，是個肯定句，而非疑問句。

羅頓醫生嘆了口氣。「我們不知道會好多少。每個案例的發展都大相徑庭。黛娜的例子就像是在深夜中開車一樣，能見的僅是車頭燈照得到的那一小段路。不過，這段旅程終究可以迎向終點。」

「妳必須堅強，媽媽，」他接著說，再次捏捏她的手。「妳必須專注在那希望的一面。」

聽到這荒唐的話，琳達差點忍不住笑出來。「希望，」她說，雙眼緊盯地面。醫生以指關節托起她的下顎，逼得她不得不迎向他的視線。「她應該死去了才對，她從那不知殺了多少女孩的凶手手中死裡逃生。那場車禍幾乎足以奪走她的性命。她自傷中倖存，撐過腦部手術，正拚盡全力恢復意識。」

「她逃過死劫。有一天她會甦醒，會繼續活下去。這話遠遠多於過去我告訴其他父母親的。」

走在醫院的走廊上，醫生那番話沉甸甸的壓在琳達身上。她需要一個方法，讓自己抱持希望。等到黛娜重新回到世界懷抱的那一天，需要的是她所給予的希望，兩人將一同面對接下來康復的路程。然而這一切都還是未知數，光是想到眼前那一大片充滿不確定性的領域，就足以讓人卻步。

她筋疲力盡，孤立無援，獨自一人在這個半個人都不認識、冷冰冰的陌生城市中應付一切。她的丈夫計劃每個週五從印第安納州趕過來，週日晚上再回家裡去。但即便羅傑每個週末都來明尼亞波里斯，琳達心中仍有一種感覺，彷彿他從未真正與她並肩而戰。黛娜是她的女兒，但羅傑並不是她的父親。黛娜十四歲那年父親過世，而與羅傑相處時，她從來都無法像是與親生父親在一起時那般親近。

黛娜電視台的同事們有來醫院探望，但按規定只能待一下下。醫生希望黛娜有多點休息時間，盡量減少刺激好讓腦部有修復的時間。黛娜的製作人兼指導老師，羅珊．福克曼，替她從公寓帶來一箱物品，讓病房裡有些她熟悉的東西——她喜歡的香水、她的iPod、她沙發上的粉藍色薄毯，還有幾張照片。

黛娜任職電視台僅九個月，但在這麼短的時間內就給大家留下了很好的印象，製作人這麼告訴琳達。每個人都很喜歡黛娜那陽光般的笑容和上進的態度，但沒有一位同事算得上是她的熟人。

負責這起案件的警探們也有來查看她的復原狀況。最終他們會需要與她交談，好調查出相關線索。雖然凶手已經死亡，仍舊留下許多難解之謎。黛娜是否有聽到或看到任何蛛絲馬跡，好讓他們追蹤出殺手犯下的其他案件？根據羅頓醫生的說法，他們可能永遠無法得到答案。

女警探——莉絲卡——同樣身為一名母親。她帶來了星巴克咖啡、餅乾和許多物品，以給予被害者和被害者家屬所需的慰藉。莉絲卡和琳達聊起了養育孩子的酸甜苦辣，話題帶到黛娜小時候和青少年時期是個什麼樣的女孩。琳達覺得這些問題都是為了讓她可以藉由過去那些快樂的回憶，好暫時忘卻眼前的苦痛。

男警探——柯瓦克——話就沒有那麼多。他比較年長，也沒那麼和善，職業生涯中大概見多了琳達不願想像的更可怖之事。他給人一種厭世的感覺，看向黛娜時雙眼透出某種悲傷之情。但同時琳達也在他身上發現了一種有點可愛又笨拙的親切感。

案發過後的傍晚，有大眾針對警方大肆批評，指責他們未能早點找出凶手和黛娜。琳達沒有參與其中。

黛娜失蹤後，當地與全國的媒體便大肆報導這樁案件，引起一陣轟動：菜鳥美女主播遭連環殺人魔綁架。她生還被尋獲——以及綁架犯的死亡——更是引起了規模更大的關注。大家都知道黛娜是唯一倖存下來的受害者，他們全都相信之後可以聽到她說出一則令人瞠目結舌的故事。他們沒想過這段記憶可能將澈底消失。琳達希望的便是如此。

好不容易走回黛娜的病房，琳達不知道現在究竟是什麼時刻，尖叫聲後已經過了幾個小時。因此當窗外黃昏的景色映入眼簾之時，琳達大吃一驚，幕色已滲入寒冷的明尼蘇達天際。每年的這個時節，這裡總是比較早迎接黑夜。傍晚時分，遠方灰白色的陽光已消失在視線中。監控黛娜生命跡象的儀器螢幕在光線昏暗的病房裡亮著，兀自發出嗶嗶聲。她正安穩地沉睡著。

琳達站在床邊，看著女兒的胸膛緩慢地上下起伏。她的臉部腫脹，滿佈蜈蚣般的縫線近乎難以辨認。紗布繃帶下的頭顱一片光禿，還戴了頂安全帽以防意外摔倒。她的右眼被一塊厚厚的紗布覆蓋，眼眶骨和顴骨都慘遭支解。另一眼則是腫脹到幾乎無法睜開，還有臉頰上的瘀青，彷彿是一片逐漸蔓延開來的污漬。

黛娜是個漂亮女孩。小時候的她就像一個紮著金色馬尾的小精靈，睜著一雙寫滿好奇的湛藍色大眼睛。長大後的她亭亭玉立，有張心型臉蛋，還有相機鏡頭最喜愛的精緻五官。她的個性就跟外貌一樣討喜：甜美樂觀，坦率友善。她一直都是個好奇寶寶，總是對每件事情打破砂鍋問到底，任何新鮮陌生的事物都是她探索追逐的對象。

她的好奇心幫助她訂立了自己的目標，也引領著她朝向現在的事業前進。取得傳播科系學位後，她努力不懈朝電視新聞台邁進，第一份工作即是近日獲聘為明尼亞波里斯一間獨立小電視台的晨間新聞主播。這份工作令她興奮極了，一點也不在意凌晨三點就得離開公寓，準時四點開始連線播報。

琳達很擔心她得在這樣的時間點單獨出門。明尼亞波里斯是座大城市，惡事總是橫行於這樣的地方。對於這樣的擔憂，黛娜不屑一顧，從公寓走到幾碼之外的停車場哪能遇到什麼危險。她聲稱自己住的社區非常安全，停車場的照明也非常充足。

一月四日，她在停車場遭到綁架，地點正是在那燈光虛假的安全感之下。沒有任何人目睹、聽到事發經過。

一得知黛娜可能遭遇綁架的消息，琳達立刻動身趕往明尼亞波里斯。但是一直到手術完成進入加護病房後，她才得以見到自己的女兒。一根管子插在她沒有毛髮的頭上，一路連接到監測腦壓的儀器。她身上的每一吋彷彿都被管線佔據，點滴袋與血袋不斷將液體輸送進她的體內。有一根導管負責將尿液自她的膀胱排出到床邊的袋子裡。她無法自行呼吸，必須仰賴呼吸器替她腫脹的腦部執行這項最重要的維生任務。

現在呼吸器已經拔掉了。黛娜可以自己呼吸了。顱骨上的壓力監控儀也已經移除。她仍舊昏迷中，但意識已經逐漸恢復了。

這幾天下來，看著她躺在床上，意識一直在某塊黑暗的邊緣載浮載沉，這般感受只能以詭異來形容。她開始可以移動四肢，由於過去遭受凶手五花大綁，移動的幅度有時會非常猛烈，然而始終沒有清醒。她聽從指令，捏了醫生、護士、媽媽的手，但依然處於昏迷狀態。她說出一些對於外在世界的感受——熱、冷、硬、軟；也回答了她自己的名字——黛娜。但她似乎認不出親友的聲音，而就算那些人不是從小陪伴著她，也是認識了好幾年的朋友。

物理治療師每天早上都會將黛娜抬到床邊的椅子上，這樣的運動對她有益。她會坐在椅子上隨意動動她的手腳，彷彿是個身上繫了隱形絲線，被一雙看不見的手拉動操縱的木偶。

但她仍舊沒有睜開雙眼。

她抽動身體，舉起一隻手臂揮向琳達。她右腳屈膝又伸直，一次又一次重複跺腳的動作。她的心跳加速。

「黛娜，寶貝，是媽媽。沒事的。」琳達說，試著要觸碰女兒的肩膀。黛娜嗚咽，試圖將媽媽的手趕走。「沒事的，親愛的，妳現在很安全。一切都會好起來的。」

突如間一陣躁動，黛娜口中發出咕噥聲，左手一面扭動一面朝脖子伸去，一把將護頸扯下扔到一旁。她恨透了那護頸，每次有人替她套上時都會劇烈反抗，一逮到機會她就會使勁將它扯下。

「黛娜，冷靜，妳需要冷靜。」

「不不不不不，不要！不要！」

琳達可以感受到自己的心跳和血壓也陡然攀升。她再次試圖觸碰女兒瘋狂擺動的臂膀。

「不要！不要！不要！」

其中一位夜班護士進到病房，是一位嬌小豐滿、栗色頭髮修剪得非常整齊的女士。「她今天話很多，」她一邊檢查儀器，一邊輕快地說道。「我聽到她今天下午叫得非常大聲。」

護士快步走進床邊時，琳達往後讓了開來。「讓人非常不安。」

「我能理解，但是她說得越多、動得越多，離甦醒的日子就更近了。這是好事。」她轉向黛娜。「黛娜，妳得控制一下自己。妳現在太野蠻瘋狂了，我們不能讓妳這樣子折騰。」

她試著輕壓黛娜的手臂，一路往下按住手腕。黛娜拚命扭動，用鬆散的拳頭歐打護士的胸膛，又伸手緊抓對方的手術服。她轉向左側，右腳試圖爬出病床的欄杆之外。

琳達靠近。「請不要壓制她，這只會刺激到她。」

「我們不能讓她滾下床。」

「黛娜，」琳達傾身向前，手掌輕輕覆上女兒的肩膀。「黛娜，沒事的。一切都很好。妳必須冷靜下來，寶貝。」

「不要，不要，不要，不要，」黛娜回應，但語氣明顯緩和。她累了，短暫爆發的腎上腺素已用盡。

琳達靠得更近，柔聲唱起女兒還是小嬰孩時的那首搖籃曲，「黑鸝在深夜裡高歌，用殘破的羽翼學習飛翔……」

這首曲子觸動她的方式，與孩提時代截然不同。這首歌現在有了全新的涵義。黛娜是那隻羽翼破碎的鳥兒，必須重新學習遨遊天際。她將會從悲劇中重生，琳達正等待那一刻的到來。眼眸盈滿淚水，歌聲隨之打顫。她輕觸黛娜腫脹的臉龐上沒有黑青的部分，大拇指溫柔地撫摸女兒的雙唇。

黛娜嘆了口氣後隨即靜止不動。接下來，她慢慢地睜開左眼——那道小小的縫隙，正好讓琳達能夠瞧見底下藍色的眼珠。她一動也不敢動，甚至不敢呼吸，以免破壞了這神聖的一刻。她的心怦怦跳。

「歡迎回來，寶貝，」她喃喃開口。

那顆藍色眼眸在一片本該是白色，現在卻如血紅汪洋的眼白間慢慢眨動。黛娜吸了口氣，說出三個字。這句話澈底粉碎了琳達的心，宛如玻璃被打碎一地。

「妳……是……誰？」

2

幾件廉價珠寶。幾綹用橡皮筋綑綁的頭髮。人類的牙齒。塗有五顏六色指甲油的指甲片。

妮基．莉絲卡看著這些從凶手家裡和車上搜出的可疑物品的照片。凶手名為法蘭克．費茲傑羅德——又名法蘭克．費茲派翠克、傑羅德．費茲傑羅德、傑羅德．費茲派翠克、法蘭克．傑羅德、傑羅德．法蘭克斯和一大堆根據不同駕照和信用卡的各式化名。警察稱他為「假期殺手」。

警方判定他涉嫌殺害九名分別於中西部不同州的被害者，另有四名位於大都市統計區。但根據他從被害人身上取得的戰利品數量來看，受害人數恐怕遠遠不止這些。多年來他都是開著廂型貨車行經高速公路，沿途蒐集古董和破銅爛鐵轉售，並在路上狹持年輕女子。他將她們帶往一個城市，折磨數天後，再到另一個州棄屍。如此作案手法涉及不同州的管轄權，大大增加了調查的難度。

他逃避罪責的手段實在是太高明，警方與所有執法官員皆認定他是個殺人慣犯。一個四十多歲的男子不會某天醒來，無緣無故就變成一個性虐待狂，還開始四處謀殺女人。如此惡行的種子早在許久之前就已經播下，多年來日益壯大，終至潰爛。反常的行為始於微小之事——A片、偷窺、嗅聞內褲——年復一年，爆發成了極惡。殺手的第一次殺戮通常始於二十幾歲或三十出頭。黛娜．諾蘭將螺絲起子插入假期殺手太陽穴，深至腦部致他於死地時，他時年三十八。

照片裡的東西幾乎可以確定是戰利品，用來紀念每一次的殺戮。有些東西他可以賞玩，用來回味自己的罪孽。有夠變態。

妮基盯著指甲的照片——有長有短，有壓克力顏料的，也有些背面好像黏著乾掉的血漬。

「這真是怪異到噁心的地步。」她說。

「嗯？」柯瓦克問，將注意力從牆上的電視移開，旅遊節目正在邀請觀眾一同探索瑞典的冬天。醫院休息區裡沒有半個人在看。

「我們住在明尼蘇達，」妮基問，抬頭看向螢幕。「何必該死的跑去瑞典過冬？」

「那邊有一棟完全用冰磚蓋成的飯店，」柯瓦克這麼說。「連床都是冰塊做的。」

「吸引不了我。」

「妳在看什麼？」

「指甲。有夠毛骨悚然。」

「肯定沒有那些用紋身人皮做成的集光吊飾嚇人。」他們看過那玩意。殺手把被害者的刺青連同人皮割下，拉開來固定在圓環上晾乾，製成後掛在自家窗前。

「確實，」妮基有點不情願地承認。「但還是很恐怖。」

「那牙齒真是嚇壞我了，」柯瓦克說。「媽的變態。希望實驗室可以從中驗出 DNA。」

柯瓦克看起來總是一兩天沒睡覺的樣子——有點狼狽，睡眼惺忪，夾雜白髮的濃密黑髮像熊的毛皮一樣翹起來，像極了狂歡三天後的哈里遜．福特。他這一生有一半時間都在偵辦殺人案件，足足比她多了十年半的經驗。

「你覺得我們有辦法查出他到底殺了幾個女孩嗎？」她問。

他搖搖頭。「無法。但或許可以查出其中幾個的身分。」

彷彿這是什麼好事一樣，妮基心想，打電話通知更多父母親他們的女兒不再是失蹤人口，而是已經被連續殺人魔綁架、折磨、強暴、殺死。有多少次，她都設法想像接到電話的父母親究竟作何感想？每一起案件她都在想像。每一次。

她想到兒子們：十五歲的凱爾，還有十三歲的 **R.J.**。她深愛他們，有好幾次都覺得這樣濃烈的情感幾乎就要爆裂了，因為她的身軀容納不下如此龐大的愛。她只有一百六十五公分高，但對兒子的愛足以媲美蒙大拿州，更是如鈦金屬一樣堅不可摧。她願意為了他們赴湯蹈火，對抗一切。

倘若有一天她接到電話，另一頭的人告訴她 **R.J.** 被毒打勒死怎麼辦？她想到潔妮．雷瑟爾，假期殺手第一個手下亡魂的母親。她的悲傷與苦痛宛若一道穿越時間與空間的閃電光束，透過電話線路自堪薩斯州襲來。

要是有人來電，告訴她凱爾人在醫院、性命垂危，是某個性虐待狂手下唯一的倖存者呢？妮基是負責通知黛娜．諾蘭的母親——琳達．莫瑟的人。電話那一頭剎那間的靜默，讓妮基感覺到這消息就跟砸破女兒頭骨的鐵鎚一樣，重創了琳達．莫瑟。

「要是我哪一個兒子遇到這種事……」她說，想到這畫面，她忍不住猛力搖頭。

「我不想當打電話的那個人，」柯瓦克木然回應。

她給了他一個嚴厲的眼神。「我會他媽的殺了那個人，山姆。你知道我會的。我會徒手宰了他。」

柯瓦克聳聳肩，表情一點變化也沒有。「我負責抓住他，妳儘管踹。」

「我也要慢慢地凌遲他，」她繼續說。「用鐵棒痛打他全身，讓他的肌肉慢慢地、慢慢地分解在乳酸裡，最後讓他的所有器官在胰液中相互吞噬。」

「在他慢慢走向死亡的同時，用牛排刀剖開他。」他建議。「然後在傷口裡灑鹽。」

「新鮮現磨的海鹽，」她說，瞄了眼休息室另一頭一群鬱鬱寡歡的家屬，他們正在桌邊小聲地討論事情。「大一點的顆粒溶解比較慢，跟碎玻璃割進傷口組織的效果一樣。」

柯瓦克抬高眉毛。「妳這幻想真是太完美了。」

「太他媽完美了，」她說。「誰敢動我兒子，我就用瘋狂的五十道陰影對付他，保證不留下任何蛛絲馬跡。連一根陰毛都不會有。」

「五十五加侖的鐵桶加四十加侖硫酸，」柯瓦克提議，一邊用遙控器對著電視節目表按了又按。「混合元素告訴我們硫酸和高濃度過氧化氫混在一起會變成食人魚洗液，那個混帳會溶解到一點也不剩。」

「在他家裡弄，」他就事論事地補充。「把鐵桶蓋好，放在地下室最角落。沒人會想到要去動它，它可以在那裡待個三十年。」

他們共事以來，這樣的對話大概已經重複好幾百次了。

妮基嘆了口氣，起身走往咖啡機。她累了。這些可怕的想法搞得她筋疲力盡，但自從新年前夕以來，這些恐怖的想法便成了家常便飯。黛娜・諾蘭綁架案。追捕假期殺手。凱爾其中一個同學血淋淋的謀殺案。緊接而來的，便是找到了黛娜和被她殺死的凶手。

妮基永遠也忘不了這位曾經活力四射的主播被救護人員抬上救護車時的景象。她面目全非，滿覆鮮血的臉龐被割得支離破碎，腫脹到近乎怪誕的程度。那殺人未遂的行凶者在她唇周畫了一個血紅色的大微笑，讓她的容貌宛如一個自駭人惡夢跳脫出來的惡靈小丑。一條紅色緞帶在她被緊綁蹂躪的左手上抖動。她的意識斷斷續續，口中含糊不清地重複這句話：「我是他的傑作。」

咖啡機轟隆作響，替她注入更多精神來源時，妮基看了下手錶。他們已經等了將近一個小時。黛娜被緊急送往醫院已經三個禮拜又一個小時了。感覺彷彿已經過了一年——而這一年她每分每秒都在工作。她疲憊至極，好想回家抱抱兒子們，套上運動褲和寬大的舊毛衣，和他們一起縮在沙發上看那些男孩子最愛的愚蠢爆炸動作片。

「走吧，」柯瓦克喃喃地說，他將杯子扔進垃圾桶裡，朝另一頭的那家人點點頭。有位表情異常凝重的醫生加入了他們的談話，他以過分柔和的嗓音開口，試圖要聽起來像個好消息。那家人的母親聽了後開始哭泣，一旁的丈夫摟著她，在她耳邊輕聲說了幾句話。

妮基點點頭，把包包揹到肩上，拿起咖啡，跟著夥伴進入走廊。

走廊有扇大大的窗戶可以讓人一眼望見冬日黃昏的黯淡光景：逐漸暗下的灰濛濛天空、光禿禿的樹、骯髒的積雪、滿是爛泥的潮濕街道。樓下對街的餐廳用那紅色霓虹燈向那些來自醫院疲憊、飢餓又粗野的難民招手，招牌上亮著：撫慰人心咖啡餐館。

妮基把咖啡放在窗台上，雙手抱胸抵擋窗外滲入的寒意，她心想，**我需要改變生活。我再也**

無法容忍任何壞事了。每一天，她和柯瓦克都在處理死亡和那些道德淪喪之事。就連現在，即便眼前的受害者活了下來，也絕對不是什麼快樂的體驗。黛娜．諾蘭再也不是遭綁架前的那個人了。她的外貌不再相同，毀滅性的傷口毀了她往日的容顏。沒有人能夠肯定腦部的創傷將會如何削弱她，又會伴隨著她到何年何月。以心理層面來看，沒有醫生能治好殘破不堪的黛娜。

妮基背對窗戶，抬眼望向表情陰沉的山姆。

「你知道她會忘記這一切，」她說。「就算沒忘記，也肯定不願想起吧？」

「我們得試試看，」柯瓦克回應。「羅頓說沒有辦法得知她究竟會記得哪些事情，又或是忘掉哪些。或許這裡某張照片能夠觸動她的記憶。搞不好她什麼都忘了，卻只記得費茲傑羅德告訴她的其他受害者的名字。」

「要是妳有個失蹤的女兒，就會希望警方偵訊她，」他這麼說。「妳去拜託琳達．莫瑟，求她允許妳跟黛娜談談。那裡還有一群想知道自家女孩子下落的家庭們呢。」

「我知道。你說的沒錯。要是我女兒失蹤，肯定會盡所有力量查個水落石出。」妮基說。「但若我是一個被折磨虐待、差點被殺害的女孩的母親，那麼我會盡一切可能保護她。」

「黛娜很幸運，」山姆說。「她原本有可能喪命的。」

「幾乎換來了更慘的後果。」

他稍微端詳了一下她的表情。他了解她。比任何人都要了解。

「好吧，我送妳回家，讓妳跟兒子們待在一塊，我自己處理這件事。但很有可能她並不想跟任何男人扯上關係。」

「沒關係，」妮基這麼說，迴避了他的視線。「我沒事。」

柯瓦克深吸一口氣，吐出一聲長長的嘆息。

他很清楚她心裡怎麼想，也知道原因。這麼多年下來，她已經準備好要調出凶殺案組。他們討論過很多次了……她需要更多時間陪伴孩子們。她熱愛工作，也非常優秀，但她的首要之務應當是撫養兒子們長大。她非常清楚這段黃金時期一眨眼就溜走了。

「我們得快點行動，」柯瓦克說。「在她被送回印第安納州復健之前。」

雖然黛娜兩週前開始有了意識，且根據報告一切都進展得非常順利，但琳達．莫瑟仍是一次又一次將他們拒於門外。黛娜的狀況還不能見任何人，黛娜意識還不清楚，無法集中精神接受盤問，和人講話會讓她累壞的。這些理由或許都沒有錯，但終究只是藉口。

妮基應該要負責打破跟琳達之間的藩籬，向她表明與黛娜溝通的必要性。然而她像個倒戈母親聯盟的叛徒一般，一再逃避要問黛娜的那些問題。他們要做的只是讓她看幾張證物的照片，看有沒有她認得的東西，能藉機喚醒她遭受重創的事發經過。

「去護理站問問看，」柯瓦克提議。「如果我們還不能進去，就隔天早上再來。」

「你是想去跟護士調情吧，」妮基調侃他，露出一個苦笑，還用手肘撞了他一下，試圖讓自己還有對方心情都好一點，接著兩人便朝大廳走去。

「我發誓不碰護士，」他憤恨不平地反擊。「她們知道太多施加痛苦的方法了。」

他們走進病房時，黛娜．諾蘭坐在病床旁的椅子上，身穿住院袍，頭上戴著曲棍球頭盔。

那晚在羅林公園區的雕塑庭院，凶手的車子撞上路燈，自那之後這是妮基第一次見到有意識的黛娜。她一直都跟琳達保持聯繫，每隔幾天就來醫院確認黛娜的復原狀況，並以同為一名母親的身分給予琳達一些安慰。

妮基有面對腦部創傷的病患的經驗。從昏迷到恢復意識，這段路程既艱苦又無法預測。病人就好比深海潛水者，緩慢地浮出海面，一路上因不斷改變的水壓而宛如深陷泥沼、動彈不得。他們可以讓自己維持在水面底下，可以看見外面的一切，但不需要與任何人溝通；或者他們也可以浮出又沉下，就這樣持續幾天、甚或幾週，對於所有刺激有所反應，甚至能夠開口說話，但就是無法完全清醒。

電影裡，女英雄從昏迷中醒來的模樣彷彿就像熟睡了一場，一醒來就有紅通通的臉頰、明亮的雙眼和梳得整齊漂亮的長髮辮，而令她痛苦萬分的難題不過是無法抉擇查寧．塔圖究竟該不該是自己的丈夫。黛娜前方的道路比這要長多了。

她的臉龐已經沒有那麼腫脹了，但和過去那個在一天最早的新聞節目中和雙城早起的居民們打招呼的漂亮女孩仍舊相去甚遠。她的頭骨依舊纏滿繃帶，右眼也仍被紗布覆蓋。臉上的瘀青從原本的黑色，慢慢褪成藍色，再變成四周帶有一圈病懨懨黃色調的紅紫色。她的右臉顴骨彷彿下陷了。右邊嘴角也像是不斷皺眉一般垂下。佈滿臉龐的縫線看似地圖上蜿蜒的火車鐵軌標記。

「不好意思讓你們一直等。」琳達．莫瑟說，擠出一個生硬的微笑。

她突然急躁地擺弄覆蓋女兒腿部的白色薄毯，把女兒裹得更緊一些，整串動作非常快速，也顯得非常緊張。她將近五十歲，是位嬌小漂亮的婦女。女兒遭到綁架後，來到明尼亞波里斯的她似乎老了好幾歲。她瘦了，髮絲枯燥，面容下垂，膚色也變得蠟黃。她的藍色雙眸透出一股不安，妮基知道這不僅僅是由於擔憂女兒的康復路程，這之前女兒所遭受的折磨更是在她腦中揮散不去。然而現在，她和柯瓦克即將打開那扇通往黛娜飽受折磨的記憶的大門。

「下午的言語治療讓她累壞了，」琳達說。「對吧，寶貝？」

「媽媽……不要。」黛娜想把母親的手推開，動作就跟喝醉了一般遲緩且笨拙。她用那隻沒有受傷的眼睛盯著妮基。

「黛娜，這位是莉絲卡警探，」琳達介紹。「記得我告訴過妳她要過來嗎？來談談那起意外。」

妮基和山姆迅速交換一個眼神。**意外**？山姆立在原地，她則往前靠近。

「不記得，」黛娜說。

「嗨，黛娜。很高興看到妳醒著。感覺如何？」

椅子上的年輕女子一臉懷疑。「我不……認為妳。認為？」她垂下目光，努力思索想說的字眼。「我不……」

「認識。」琳達說。

黛娜緊皺眉頭。「我不認識妳。」

她說得很吃力且有點含糊不清，下垂的嘴角彷彿被上下扯動。

「表達能力的不足令她很沮喪，但羅頓醫生說失語症對腦部受傷的病人來說很正常，」琳達滔滔不絕地說，無法冷靜下來，像是在樹枝間不停跳動的麻雀一樣來回走動。

「他說頭腦就像個檔案櫃。黛娜整個人被顛倒過來，裡頭的檔案全掉到地上了。她無法找到正確的檔案，也不理解檔案該如何歸類，」她不斷解釋。「有時她找不到正確的詞彙，但會用一些意思相近的詞。忘名症，言語治療師是這麼說的。」

「那肯定很辛苦，」妮基回應道。「特別是對那些靠言語謀生的人。」

「她一直都非常善於表達，」琳達繼續。「她贏得學校的演講比賽。她還——」

「不要……談論我。」黛娜堅決表示。「好……好像我不在哪裡一樣。」

「這裡。」琳達糾正她。

「抱歉，黛娜，」妮基說，在她對面坐下。「我是來跟妳談談，不是來談論妳的。這是我的夥伴，山姆。」

女孩的目光越過妮基的肩膀，瞇著眼睛看著山姆。

「嗨，黛娜，」他說。「我可以進來坐嗎？」

她沒有回答。

「沒事的，寶貝，」琳達邊說邊拉過另一張椅子。「警察是好人。」

黛娜不耐煩地嘆了口氣。「我不是小……殺子？殺？」她不喜歡這個字眼，但是自己也不知道為什麼不喜歡。她的呼吸變得急促，右手不斷緊捏椅子扶手又隨即放開。「不是小殺子。不是。不是。」

「小孩子，」琳達告訴她。

「小、小孩子，」黛娜緊皺眉頭接著說。「我不是……小、小孩子。不要再、再這樣對我。」

琳達的眼裡滿是淚水，鼻尖也紅了。「抱歉，寶貝。我只是想幫忙。」

黛娜猛力拍打椅子扶手。「住手！住手！」

「拜託冷靜，」琳達哀求。

「我不是……白——白池。白……癡。我……不是白癡！」

琳達跪在女兒腳邊乞求原諒。「不，妳當然不是，黛娜。我不覺得妳是白癡。求妳冷靜，不需要這麼激動。」

黛娜的右手不斷緊握又鬆開。她猛力呼吸，瘀青之下的皮膚漲得通紅。

「我在電視上看過妳，黛娜。」山姆一邊坐下一邊說道，試圖轉移她的注意力。

「我……不知道……為—為什麼，」黛娜漠然地回應。

「她的記憶有些問題，」琳達說，陳述這項事實。她焦急地在黛娜身邊繞來步去，像是個孩子剛開始學步的新手媽媽，想在孩子每次摔倒前快速攙扶，避免心肝寶貝遭受任何一點傷害。

「沒關係，」山姆告訴黛娜。「妳不必現在就想起來。」

「不。不是。」黛娜回應他，受制於頸部的護圈，只能稍微搖搖頭。她仍然很激動，把毯子一把甩到地上。「有、有關係。有、有關係。」

「之後就會想起來的，寶貝，」琳達安慰道，撿起地上的毯子。「只是需要一點時間。」

她這虛假的鼓舞簡直就和指甲刮過黑板的聲音一樣刺耳。琳達試圖把毯子重新蓋回黛娜腿上的手被撥開時，妮基本身的緊繃感也急遽增高。

「不要！」她厲聲拒絕。

「妳電視台的同事之後會帶些妳播報新聞的DVD過來，」琳達告訴她，語氣仍像是在跟一個五歲小孩講話。「記得嗎？羅珊之前說的？肯定會很有趣的，對吧？」

「不——住手。」黛娜別開臉，用完好的那隻手扯掉護頸，把它扔到地上。

「黛娜……」

「琳—達……」

妮基彎腰撿起護頸。

「她討厭這東西，」琳達說，伸手接下。「她不喜歡有東西繞著她的喉嚨。」

妮基看著黛娜頸部那一圈瘀青。她被勒住——且從那傷口看來，不只一次。看來假期殺手將她緊勒到失去意識，隨後鬆綁，一次次欣賞她「死去」的過程，感受那上帝助她重生的神蹟。他不打算讓她輕易死去。若假期殺手要她死，那她很快就會喪命。他的所有行為不過是場遊戲，為了滿足自己喪心病狂的變態渴望。

「我也不喜歡喉嚨上有東西，」妮基說。「連高領毛衣都不喜歡。」

「她累了，」琳達簡短地說，顯然自己也和女兒一樣快要支撐不住。「今天就到這裡吧。」

「先讓黛娜看看這些照片吧，」柯瓦克提議。「然後我們就不會再動妳的頭髮了[1]。」

「我一根都沒有，」黛娜的語氣不帶一絲情緒。「頭髮。」

---

1 原文為 Get out of your hair，意指「不打擾妳了」、「不找妳麻煩了」。

「之後就會長回來了，親愛的，」琳達安慰她。「之後就會變得跟從前一樣漂亮。」

妮基差點忍不住皺眉，她很好奇黛娜是否有被允許照鏡子。應該是沒有。

「我們希望妳能看一下這些照片，黛娜，」她說，將照片從包包裡拿出來。「告訴我們有沒有妳認得的東西。」

她替那疊照片重新洗牌，把人類牙齒跟指甲的照片塞到最底下，先從珠寶的照片開始，第一張是墜有吊飾的銀色手環。

黛娜用完好的那隻手拿起照片，對著它皺眉。

「認得嗎？」妮基問。

黛娜緊盯著說：「不－不認得。」

妮基遞給她下一張，照片裡是墜有小十字架的項鍊。

黛娜再一次眉頭緊皺，疑惑地盯著照片。她的呼吸微微加速。「不－不－不認得。為……為什麼？」

「只是想知道妳有沒有看過，」柯瓦克說，避開她的問題。

她目光轉向他。「這跟……我的意－意外……有什麼關係？」

柯瓦克快速瞄了琳達一眼。

「我想你們該離開了，」她堅決表示。「黛娜需要休息。」

「不，」黛娜反抗。

「黛娜——」

「琳－達……不，」她重複。她將沒有受傷的手伸向妮基，要求下一張照片。

妮基猶豫了。黛娜不知情，她媽媽沒有告訴她她是被連環殺人魔綁架、折磨和強暴。她以為自己發生車禍，僅此而已。身為母親，妮基知道換作是自己也會這麼做。但身為警察，她必須交出下一張照片：一條項鍊。一條掛有精緻銀絲蝴蝶墜飾的頂級項鍊。

黛娜盯著照片。

山姆稍稍往前傾身，研究她的表情。「有印象嗎？」

她的目光仍在照片上。「告－告訴我……為什麼。」

「那不重要，寶貝，」琳達出聲。「沒關係，我們現在不必知道。」

黛娜看著她母親良久，接著轉向妮基。「為－為－為什麼？」

妮基深吸一口氣。她可以感覺到琳達寒冰般的凝視……還有柯瓦克冷靜、沉著炙熱的目光。

「這關乎到那場車禍的另一個人。」她回答。

「我不認識……」

「妳不認識他，寶貝，」琳達不耐煩地接口，想要拿走那些照片。黛娜緊緊抓著它們貼在身前。

「妳累了，下次再看吧。這不重要，該上床休息了。」

她靠向女兒，然而黛娜說出的三個字迫使她停下動作：「妳……說－說謊。」

「黛娜……」

「不要騙－騙我！」她大吼，情緒激動時更難確切地表達。「這－這些到底是什麼？」她問妮基，緊抓著手中的照片。

琳達一把搶過。「夠了。到此為止。」

她將照片扔向山姆，手指向門口：「出去。」

「琳達。」妮基起身。

「妳竟然敢？」琳達．莫瑟轉向她，滿臉通紅地嘶吼道。她的眼裡滿是淚水。「妳怎麼敢？」

「莫瑟太太。」山姆也跟著起身。

「告－告－告訴我！」黛娜怒吼。她的上半身開始輕微抽搐，一前一後顫動。「告－告－告訴我他－他－他是誰！」

妮基走向她，請她冷靜下來，告訴她不需要這麼激動。那些照片可能只是些她從沒見過的廉價玩意，就算見過也不重要。沒有女孩會因為黛娜．諾蘭見過這些殺手收藏的紀念品照片就死而復生。

剎那間黛娜的頭部猛烈向後倒，她的全身僵直，完好的那隻眼睛整個往後翻。她跌到地上，全身猛烈顫抖。

「天哪！」琳達尖叫。

「她在抽搐！」妮基大喊，急忙跪下壓住黛娜的肩膀。

柯瓦克衝向門邊尋求支援。

黛娜的身體在妮基的壓制之下不住扭動拉扯。

琳達跪倒在地，無法克制的大聲啜泣哭喊：「離她遠一點！放開她！」護士衝進病房，全力搶救黛娜。她們將琳達拉開，妮基也被趕到一旁。柯瓦克站在妮基身後，抓緊她上臂幫她重新站穩。藍色手術服、黛娜猛烈抽動的軀體、琳達．莫瑟哭喊女兒名字的臉，全在她眼前攪和成一團模糊不清的殘影。琳達看向他們，眼中盡是無比的憎恨。你們幹得好事！**都是你們！**

山姆把拚命反抗的妮基拉到走廊。「我們幹的！」她大吼，手指向病房。「我們幹的！」

柯瓦克再次伸手抓住她，臉色陰沉。「住手！不是我們，」他爭論。「我們只是給她看珠寶的照片，問她認不認得。不是我們害她抽搐的。」

「要是我們沒來，她還會這樣嗎？」

「妳想想，那女孩的腦部嚴重受傷。這樣的傷患都會痙攣。還有，她不是生我們的氣，而是她母親。」

「你不能責怪努力保護她的媽媽。」

「我沒有因為任何事情責怪任何人，只是陳述事實罷了。是琳達．莫瑟同意讓我們來和黛娜談談的。」

「是我脅迫她的。」妮基說。

「在這件事情上妳不是壞人，妳仔細想想，大家都不是。不對，」他糾正自己，後退一步鬆開她的手臂，將手指伸進自己的頭髮裡。

「假期殺手是壞人，」他說，比剛剛冷靜得多。「不能忘記這點。我們之所以在這裡，就是為了關閉那扇他所釀成的悲劇的大門。我很遺憾莫瑟太太那麼生氣，我很遺憾不是用另種方式開啟對話，我很遺憾那女孩的遭遇。這樣夠了嗎？」他誠心地發問。

妮基嘆氣。事實就是，這一切都不會有好結果，不論他們進行的方法為何。

「不要老當烈士，奇妙仙子，」柯瓦克柔聲勸說。「生活已經夠難了。」

彷彿渾身力氣都被抽乾一般，妮基疲憊地點點頭。她目光飄向走廊另一頭黛娜的病房。裡頭已經安靜下來了。痙攣結束了，或是被藥物控制住了。

「不論她母親多麼極力隱瞞真相，終有一天她會發現的，」柯瓦克說。「她的朋友們知情，她會去問他們。該死，天殺的全國都知道，《日界線》會播，《48小時》緊接在後。我們警局的電話老早就被全國所有虎視眈眈的新聞台打爆了。」

「悲劇，」妮基說。「萬事萬物的結果。」

「人們用湯匙吃下這堆爛事，」柯瓦克說。「而世界照常運轉。」

「適者生存。」

「演化論真是個婊子。我們全被她吃得死死的。」

妮基知道這話說得沒錯。她覺得自己被打傷了。至於琳達·莫瑟的感受，她只能單憑想像。

「仔細想想，我們必須原諒自己。沒有其他人會原諒我們。」

她點點頭，給了他一個意有所指、帶有歉意的微笑。「我猜你的意思是，你得給我一個擁抱。」

「噢，老天保佑。」他嘟囔，但還是朝她張開雙臂。

一陣難以抵擋的悲傷朝著妮基撲來，她頓時熱淚盈眶。她頭低低的靠在山姆身上，假裝自己沒有在哭。他也假裝不知道其實她淚流滿面。

「我送妳回家吧，奇妙仙子。」他說。「妳需要抱抱兒子們。」

3

黛娜睡睡醒醒，一直無法進入深度的睡眠。醫院內的聲響越來越小，回歸到一片靜寂。病房裡唯一的光源是床鋪後頭某處發出的藍白色柔和光線，像是朦朧霧氣一般籠罩房間，映照出家具的影子。

她最喜歡一天當中的這個時刻。沒有人戳她、用針扎她。她可以好好休息，暫時擺脫媽媽那令人備感壓力的目光和期待。

但即便是這個時候，她的腹中仍有一股焦慮感，彷彿有個不斷運轉的機器在裡頭嗡嗡作響。她不知道究竟是為什麼。沒有人願意告訴她。每次她一問問題，大家就會很緊張。他們回答問題時眼神總是飄忽不定。她現在不需要知道，他們是這麼回答她的。她要好起來，她要變得更強壯。

她自己的結論是，有人在車禍中喪生，但大家不願讓她知道。

會不會那個人就是我？

會不會其實她已經死了呢？這會不會是通往來生的過程？搞不好這裡是地獄。說不定她是害死他人的罪魁禍首，因而被迫困在這痛苦的昏迷狀態。要是她記得就好了。

她覺得自己的頭骨像是一個滿是破洞的水桶，記憶就像清水般從那些孔洞汩汩流出，而她無能為力。她僅存的記憶只有一系列怪異、隨機跳出的片段，她完全不相信這些畫面。

她知道琳達是她媽媽。她是被這麼告知的。但家庭的回憶卻虛幻的宛若藏於層層迷霧之中。她的童年生活是一連串充滿雜訊的畫面，亂如一團團糾結難解的紗線。

她過去有份工作。同事們到醫院探望她。她好像認識，但又不認識那些人。這感覺就好像是在一個意想不到的地方跟一位熟人相聚。她迷失方向了，這些臉龐看起來都好熟悉，但她卻想不起來。她想不起他們的名字，就像她找不到表達想法的詞彙一樣。

這樣的沮喪感龐大又使人疲憊不堪。她已經對這一團亂的腦袋，還有所有一切失去耐心了。每天物理治療的時段她總因自己遲緩又笨拙而大發脾氣。

所有人都替她說話，說失敗沒有關係。所有人都告訴她一切都會好起來——她的記憶、她的身體協調性、她的個性、她的自我。她好希望這是真的，不認識訪客的感覺，是無法跟不認得自己的感受相提並論的。

她只有幾片散落的拼圖，不知道一幅完整的圖片究竟是什麼樣貌。每一天，每一刻，她都在努力拼湊，身上的每個細胞早已筋疲力盡。

現在她睡不著。稍早發生了一件事。她記得那兩個警探。這記憶深烙在她的腦海中，因為她不明白他們出現在此的原因。她記得琳達很生氣，且到現在都還能感受到自己對母親憤怒的餘慍，雖然她絲毫不明白這情緒究竟來自何方。她記得的就這些了。

不知道現在是幾點幾分，她毫無睡意躺在醫院病床上，兩旁是為防止她擅自爬出，或是晚上不慎跌落的高達天花板的防護網。

媽媽在床邊的躺椅上睡著了。黛娜盯著她，好奇自己是否能想起那些她們共享的生活回憶。

失去記憶的她好孤單，獨自一人在一片虛無的黑暗汪洋中載浮載沉。漸漸地，這片虛無輕柔的浪潮終於將她推向夢鄉。夢中出現的是漂浮在空中的精緻珠寶。閃閃發光的物件之外，她還看見了死去女孩的陌生臉孔。

4

十月
韋德曼康復中心
印第安納波利斯，印第安納州

黛娜醒過來的瞬間一如以往：氣喘吁吁、汗水淋漓、心臟猛烈跳動；那些想不起來的東西令她困惑又害怕——一場夢、一場惡夢、幾個月前經歷的苦難的回憶？她不知道。剩下的都是無用的情緒——恐懼、焦慮和憂心。她一動也不動，瞧著四周光線昏暗的房間，想看看有沒有其他人在。沒有。

窗外一片漆黑，但四十瓦的琥珀色安全警示燈照亮了角落的桌子，就在她的椅子旁邊。床頭燈旁是那本過去三周來她試著要閱讀的書。每當她氣力用盡、腦袋混沌不清準備入睡前，都會試著讀讀這本書。她必須一讀再讀、一讀再讀，想辦法搞總裡頭的所有字句。

她昨天有看書嗎？她起身靠著床頭板，思索著這個問題。她是睡了幾個小時還是幾個星期？這是一場從睡夢裡一路追隨她而出的惡夢，還是一段永將被籠罩在暗影中的回憶？

排山倒海的情緒隨著這些問題，和所有可能的答案洶湧而至。恐懼、焦慮、悲痛還有憤怒一股腦傾瀉而出，氾濫成災，仿若她的腦裡有道水花四濺的激流。

事實上醫生就是這麼說的：氾濫。一場情緒海嘯淹沒了受傷的頭腦，導致邏輯短路，傷患每天都必須小心翼翼地面對一切，好幫助自己的生活重回到簡單的軌道上。

黛娜知道自己必須阻擋這波浪潮。她抓起床頭櫃上四乘六大小的筆記本，欲找出正確的那一頁。找到了，她聽到杜瓦醫生撫慰人心的嗓音：

1. **慢慢呼吸，鼻子吸氣，嘴巴吐氣。**
2. **專心感受肺部被填滿的過程。屏住呼吸兩拍，然後慢慢吐氣。四拍吸氣，四拍吐氣。**
3. **找出心靈跟身體的連結。感覺到妳的腳趾充滿能量，這股力量慢慢往上到了腿部。動動手指，感覺能量慢慢地在妳的手臂間流動……**

如果她能專心練習，就可以不被捲入洪水中，不被大水沖刷來的碎片淹沒。有時她會成功，有時不行。有時候洪水就這麼將她吞噬，使之驚慌受凍、無法呼吸、無法思考、無法移動。這次洪水退潮得較為緩慢，她奮力與之搏鬥時覺得自己好虛弱。

住在這裡的這段期間，大家不斷告訴她順利康復沒有他法，就是持之以恆的例行練習。只要每天練習，所有思考和動作就會變成習慣，她就不必因為每次都要努力想起所有任務的細節而筋疲力盡了。

她看了眼床頭櫃上的電子鐘：凌晨三點十七分。她翻動手中的紙頁，找到了需要的那一張。上頭寫的是為了讓自己養成日常習慣的問題，每天早晨她都會問自己一遍。

我在哪裡？

我房間。

我的房間在哪？
韋德曼康復中心。
韋德曼康復中心在哪？
印第安納波利斯。
我為什麼在這裡？
因為我受了創傷性腦部損傷。
我是誰？
黛娜．諾蘭。
黛娜．諾蘭是誰？

最後一題並不在紙條上，但她還是問了。她真希望答案不只是那些親友告訴她的形容詞——甜美、活潑、友善、體貼、熱心助人、樂觀開朗、笑口常開、笑語不斷、自信、漂亮。

這些形容或許很適合套用在過去的自己身上——「從前的」黛娜．諾蘭。但在現在的她身上完全無法成立——「之後的」黛娜．諾蘭。其他人告訴她的那些有關黛娜．諾蘭的記憶就像電影的片段一幕幕掠過她的腦海。這些片段之中，黛娜．諾蘭由某位女演員飾演，黛娜本尊則是個看戲的旁觀者，好奇地看著這位女演員是否跟那些通俗小報描寫的一樣。

記憶中的那個人和現在的她之間有種怪異的違和感，這樣的感受是完全無法向那些沒有相同經驗的人解釋的。她沒法對從前的朋友、家人傾訴，那些人這幾個月都有來康復中心探望她——其中幾個她一點印象都沒有。現在她藉由手機裡的照片和描述來重新認識這些人，裡頭寫著他們是怎麼認識的、上次見面是何時，還有他們講過的重要的話。

她的茫然陌生好像傷了他們的心，彷彿她有得選擇、彷彿她是個故意不理人的婊子。

其中幾位明尼亞波里斯的同事來過一次，從此再也沒有出現。他們興高采烈前來，帶了過去在新聞編輯部錄的、黛娜播報新聞的DVD，還有一些同事們參加派對的影片，希望能喚醒黛娜的記憶。但是看著從前的自己在螢幕上播報新聞，這樣的畫面只會令她更加沮喪。她一點也不記得螢幕裡的那個女孩，也不記得自己曾經甜美又快樂。她更無法找出那開朗笑容和漂亮臉龐與自己的一絲關聯。

同事們的期待和看見她反應的失望帶來莫大的壓力。情緒的波濤一再衝擊她，她變得恐慌又蠻橫，朝著訪客扔東西，大吼著要他們滾開。

他們沒有再來過。她母親，極擅長交際的一個人，試圖打圓場，說是路程太遠他們不方便過來。明尼亞波里斯和印第安納波利斯相隔太遠了。黛娜反駁這個的藉口，她知道這兩地之間有固定的航班。她母親只好又改口說新聞台工作非常忙碌，沒辦法時時請假。

「妳搬到明尼亞波里斯後我們就很少見到妳了，」她說。「妳超忙的！記得嗎？」

不。她不記得。這不正是問題所在嗎？要是她不記得那些人，那些人何必要記得她呢？他們寧可待在明尼亞波里斯，跟那個記憶中從前的黛娜——他們認得的黛娜相處，而不願跟現在這個後來的黛娜——現在這個模樣的黛娜．諾蘭在一起。

黛娜真希望自己有所選擇，就算事與願違，也希望至少有能力讓他們理解她的腦袋究竟是什麼情況。但就連跟腦部創傷朝夕相處的醫生們也沒法完全明瞭這點。

她想東想西想到累了，闔上筆記本下床。全身的僵硬和疼痛感彷若有一群憤怒的狗在她的體內啃咬、咆哮。外表的撕裂傷和挫傷都癒合了，但仍留下了後遺症。雖然黛娜什麼都不記得，但她的右膝和被綑綁過的左手手指深切記得曾經遭遇的殘忍。

她走進浴室，打開蓮蓬頭，忘記先脫掉衣服就任憑熱水淋遍全身。隨後她剝下已經黏在身上濕透的T恤和寬鬆的法蘭絨短褲，順手扔下後正巧成了一小堆堵住排水孔的塞子。她洗頭、沖水、再洗一次頭、再沖一次水，水位很快地就升高浸滿了她的雙腳。她重複洗頭又沖水，不只是按照洗髮精瓶身上的指示，也是因為她不記得自己已經做過了。

她的思緒不在這裡。今天她要回家了。

她踏出淋浴間走到洗臉台前方。衣服就這樣被忘在原地。

鏡子上的紙條提醒她要擦乾身子、刷牙還有梳頭。黛娜沒有看向紙條，她的注意力放在鏡子裡那個渾身濕漉漉、盯著她看的女人。

她從昏迷中甦醒過來，第一次被允許照鏡子時，渾然不知鏡子裡頭的人就是自己。她不記得有認識哪個人是這個長相。鏡子裡的人也猛盯著她瞧，那是個從惡夢或是殭屍片爬出來的怪物。

她光禿禿的頭顱右側一片平滑，為了減輕腫脹腦部的腦壓，部分骨頭被暫時取出了，所以這一側的腦袋像屋頂一般向下傾斜。臉上的瘀青、割傷和縫線讓那怪物看起來跟破爛的洋娃娃沒兩樣。這些表徵畸形又不對稱，而她的右眼被紗布覆蓋著。

困惑。當時的黛娜不發一語盯著鏡中的生物良久。然後她看到滿臉擔憂的母親出現在這個陌生人身後，目光越過她的肩膀看向自己。但是母親明明站在自己後面，手還放在自己肩膀上啊。這不合理。她怎麼可能同時出現在兩個人的後方？

黛娜緩緩抬起手，觸摸母親的手掌，感受手指摩挲過手指、肌膚相碰的觸感。她緊盯鏡子，裡頭那個人絲毫不差地模仿她的動作。她再次緩慢移動手臂，從肩膀改伸向前方的鏡子。鏡中的怪物也朝她伸手，她們的指尖同時碰到了冰冷的鏡面。

那天，真相撥雲見日之時，又急又猛的恐慌竄上她的喉頭。她看著的是她自己。鏡中那恐怖電影中的鬼魅影像就是她自己。然後她開始尖叫。停不下來地尖叫。

而這次照鏡子，她沒有尖叫。她只是杵在原地，看著水珠從如男孩般的短髮末梢滴落。這是她現在的模樣。如同她的朋友們不認得佔據她腦袋的全新人格，現在的她也對這張覆蓋住臉龐的面具感到一片茫然。

醫生、護士、朋友以及家人們都要她不要灰心，傷口已經在慢慢復原，整形外科手術也能幫上忙，最後她會擁有一張全新無瑕的面容。他們是這麼說的。他們如此頻繁地強調，讓黛娜看出這肯定是個謊言。真相並不需要如此賣力宣揚。

她用手擦掉鏡面上的霧氣，在殘酷的現實中抹出一小塊明晰之地。

她的右眼窩被摧殘到血肉模糊，同側的顴骨也沒能倖免。臉頰下方被注入填充物，好讓受傷的眼周區域有個可以倚靠的根基。儘管如此，黛娜的眼角仍舊些微下垂，連帶地也拉動了眉骨，彷彿她的右臉正由內而外漸漸融化。那個瘋子以刀鋒沿著她左臉蘋果肌描繪了一圈，利刃在顴骨處剖出一個深洞，一刀一刀割開表皮之下的血肉和肌理。有條操縱木偶的細線勾住了她的右側嘴角，直往地面的方向垂落。

就連畢卡索也畫不出如此扭曲歪斜的女性面容。

傑作。每一次望著自己的倒影，這兩個字就在她心裡迴盪。**傑作**。這個聲音一出現，她的心就宛若被一個恐懼的拳頭緊緊掐住。

她再次伸手擦過鏡面，力道太輕了，沒法再次望見自己。她反倒看見一團朦朧的霧氣圍繞住鏡面的聚光處，她替這圈光暈取了一個名字：魔鬼之印。不論見過多少次，她的心總是在這圈光暈出現之時猛烈一震。

她的胸膛中央被刻上數字九，從鎖骨的底部一路延伸至乳房之間的中點。這個數字就跟在她腦海中趨之不散的陰森嗓音一樣，都是極惡的化身。它是盤繞成圈的一條蛇，尾巴隨著她的一舉一動搖擺顫動。

她被送入急診室時的狀態肯定很駭人，皮開肉綻、鮮血淋漓。從遠處望去，這張蒼白、精緻的臉蛋簡直成了塗鴉藝術家草率創作的畫布。癒合的傷疤凸出表面，色澤暗紅，摸起來卻是平滑到近乎怪異。她觸向疤痕，以指尖輕輕勾勒。

傑作。

她應該死了才對。她應該是連環殺手的第九個祭品才對。然而她活下來了。

怎麼會？為什麼？

為了以一個陌生的身分開始新的人生。

鏡面再次滿覆霧氣，浴室裡潮濕的空氣令她感到窒息。水聚積在她腳邊。她低頭一看，滿心困惑，下一秒又走進了淋浴間。她讓清水逕自流出，在那一瞬間，她發現這水聲跟一場狂風驟雨如出一轍。衣服繼續堵住排水孔。淋浴間裡開始淹水。

她很清楚這種感覺。

「就是今天了。妳可以回家了，」杜瓦醫生說。「妳覺得如何呢，黛娜？」

「很棒。」黛娜木然地回答，明白這位神經心理學家不會滿意這個答案。

「妳想多說一點嗎？」

「不。」

珍奈爾．杜瓦嘆氣。她是個和善、實際的女人，擁有過人的耐心。步入中年尾聲的她體型圓潤，及肩的濃密棕髮夾雜幾綹灰絲，總是身穿飄逸的裙子搭配緊身上衣，佩戴沉甸甸的貴重珠寶。

她的醫學生涯全奉獻給了腦部受傷的病患。沒有事情嚇得了她，也沒有事情能令她吃驚。她從不評斷病人，從不告誡他們該怎麼想，又或是什麼不該想。對於那腦部被各式情緒猛烈拉扯的病患來說，她是一塊岩石，是個能安定人心的大錨。

離開杜瓦醫生後，再也沒有人給予她日夜所需的安定力量，黛娜感到恐懼。但表達出自己的擔憂有什麼益處嗎？該是離開韋德曼康復中心的時候了。就是這樣。

她們坐在杜瓦醫生舒適的會議室裡——黛娜、杜瓦醫生，還有琳達。醫生更喜歡自稱這間房間是她的小窩，好消弭一些制式又冷冰冰的死板印象，就像她喜歡病人直接稱呼她的名字而非姓氏一樣，讓自己不像一名醫生，更像是一位朋友。這間房間擺有幾張大扶手椅、一張雙人沙發，和一張茶几。玻璃拉門旁有大棵的綠葉植物，通往一座小型私人花園。

黛娜望著窗外。連綿的小雨自死氣沉沉的灰色天空灑落。回家這件事，她是怎麼想的？她要回去的是自小在那裡生活的房子，卻感覺像是背負著眾人的期望，回歸一個不再屬於自己的生活。她害怕，害怕她媽媽會期待她像一片失而復得的拼圖，填補上空缺的那個位置，彷彿什麼都沒發生，一切如常。然而，所有事情都不一樣了，所有事情都變了。

她擔心認識她的人視她為怪物。她是全國新聞的主角——被綁架的新聞主播、殺死連環殺人魔的被害者。一路看著故事發展的觀眾將會知道這段時間以來她忍受的一切。她對回家這件事該做何感想？憂心和恐懼如鐵磚般壓得她喘不過氣。

「黛娜？」杜瓦醫生出聲。

黛娜假裝沒聽到。

琳達試圖以一些空洞的話語填補這尷尬的靜默。「我們好高興黛娜要回家了。發生了這麼多事，這麼努力康復之後，終於又可以一家人聚在一起了，或許可以一起去個溫暖的地方度假。一切都是新的開始。」

這樣雀躍的熱情之下，琳達其實跟黛娜一樣焦慮不已。黛娜可以從她的聲音聽出來；可以嗅到她甜膩膩的香水底下，被掩蓋住的是焦慮的汗水味。琳達準備要接女兒回家了，一個素不相識的陌生人。

「一個新的開始，」杜瓦醫生說。「但是，這個過渡時期不只是讓人興奮，感到焦慮也是正常的，」她提醒道。「對妳們兩位來說都是，將會有一段適應期。千萬不要設立不切實際的期待。不要讓自己被壓力逼得喘不過氣。」

「不會的，」琳達回答。「不會有壓力，一點也不會有。順其自然就好，我只希望可以保持樂觀。我們差點就失去她了，多麼幸運可以……」

「不要談論我，好像我聽不見一樣，」黛娜開口。

「我沒有假裝妳聽不見，我是在向杜瓦醫生表達我的感受，」琳達這麼說。「妳也可以，如果妳選擇說出想法的話，就不會覺得自己是局外人了。」

我在心裡說，黛娜皺著眉頭這麼想，但應該沒有人發現她皺眉，因為她的臉已經被鑿刻得像是將眉頭緊皺一輩子。

「我只是說很幸運妳還活著，還能夠跟我們在一起，」琳達表示。「妳覺得呢？」

「我覺得很幸運。」黛娜的聲音很漠然，聽起來有點像嘲諷，但她自己也不確定是否真的想要表達這種情緒。

她母親別過頭，滿臉失望。

杜瓦醫生趕緊化解現場的緊繃。「黛娜，回家後妳打算做些什麼？」

她沒有想法，聽到問題後有那麼一秒她覺得身軀彷彿凍結。她有股突遭攻擊的感覺。沒有人告訴她需要回答這種考題。

「呼吸。」醫生溫柔地說。

黛娜吸氣，然後吐氣。

「回家後妳打算做些什麼事呢？」

「跟在這裡一樣，」黛娜回答。「做些例行公事。執行我的策略。」

「我跟布奈特醫生詳談過了，」杜瓦醫生接著說。「妳還記得她是誰嗎，黛娜？」

黛娜專心盯著手機，輸入一串指令後在通訊錄找到**羅伯塔．布奈特醫生**這個名字。她大聲讀出她替這個名字做的註記。「羅—羅伯塔．布—布奈特醫生是我回家後要合作的治、治療師。她在普渡大、大學取得醫學學、學士和博、博士學位。」

現在大聲唸出多音節單字時依舊會結巴，這讓她沮喪極了。她認得也理解那些字，但要將它們從視覺的理解轉化為言語，這個過程仍舊無法連貫。她抬頭看向杜瓦醫生，想知道她的反應。

醫生抬高其中一邊眉毛，嘴角勾起一抹微笑。「看來某人忙著上網查資料呢。」

「我查了。」黛娜說，忽略刻意的玩笑話。

「黛娜熱衷於各種研究。」她母親說道。「她天生就是當記者的料。」

「很高興看到妳找回這項特質。好奇心是個很棒的預兆，這表示妳正大步跨越那些匱乏感。妳將會重拾對某項事物的熱情。」杜瓦醫生表示。

黛娜不發一語。她把查詢新治療師的資料當作一項作業。研究是工作，不是熱忱。研究是為了避免自己措手不及的戰略。但她沒有將這些話說出口。匱乏感——她很明顯缺乏動力和熱情——這就是她最大的阻礙。每次談話總是以這個主題作為開場，這也正是她回歸正常道路上最顯眼的障礙物。

黛娜覺得「缺乏動力」和「無聊」兩個詞應該是可通用的才對。八個多月來的復健，她已經既厭倦又怠惰了。這一路上她心驚膽跳，有部分的她非常憂慮，卻也想要堅持執行例行的復健以重回正軌，以熟悉現在這個地方。還有另一部分的她渴望刺激，迫切想盡快開始韋德曼康復中心之外的生活。內心的拉扯使她耐心用盡、煩躁不安。

「她的辦公室離我們家只有半小時路程，」她母親說。「我可以送妳過去，再接著去辦事——」

「我可以自己開車，」黛娜表示異議。「我有車。我會開車。」

她媽媽眉頭一皺。「我不覺得這是個好辦法，寶貝——」

黛娜沉著臉看她。「我不在乎妳怎麼想。」

「黛娜……」

「琳達……」

「要是路線單純，讓黛娜自己開車沒有關係，」杜瓦醫生表示。

「看吧？」黛娜聽了後說。

她媽媽眉頭皺得更緊了。

「頭幾次一起過去，之後自己在家附近開一小段路看看。」醫生這麼建議。

「剛開始我一定要跟妳去。」琳達堅決表示。「就這麼說定了。」

「我又不是十六歲小女生，」黛娜嘟囔。

「不，」醫生說，「妳不是十六歲，妳腦部受傷了。讓妳媽媽安心一點。她需要看到妳有辦法替自己做點事情，黛娜。這樣才公平。」

「我不想要公平，」黛娜語氣平淡。「我要的是正常。」

琳達用手緊緊摀著嘴巴，眼裡滿是淚水。她別過臉，視線看往窗外，不願面對這一切事實——她的女兒不正常，而且可能再也不會被視為「正常人」。

「現在的妳擁有全新的正常狀態，」杜瓦醫生解釋道。「往後的每一天，妳都會建立起全新的『正常』。妳需要翻山越嶺——妳們兩位都要。一次一小步邁進。之後會有一段日子，妳們每往前走一步，就又被迫後退三步，但妳們必須堅持下去。這是妳們唯一能做的事。運用一些我教妳們的方法，每天都盡全力地往前走。」

5

漫長的車程行過南印第安納州鄉間連綿起伏的道路，車裡的黛娜始終不發一語。雨停了，但灰色厚重的雲朵仍然聚積天空。吹自北方的強風颳來秋日的氣息。青草仍然翠綠，但朱紅橙黃的光暈已在群樹間渲染開來。車子駛過一排白樺樹，如亮片般金光閃閃的葉片在風中恣意飄揚。

她有試著欣賞窗外的鄉間風光，但一路上的顛簸和彎道破壞了她的平衡感，噁心欲吐的不適迫使她只能直視前方。她坐立難安，緊緊拽著肩上的安全帶。

「還有多久才到？」她問，希望答案不是還要一段時間。

琳達嘆口氣。「大概再一個半小時。」

「我問過了嗎？」

「沒關係的，寶貝。我不介意。」

「我不是故意一直問重複的問題。」

「我知道。」

「我相信這肯定很惱人。換作是我一直被問同樣的問題，也會覺得很煩。」

「沒事，親愛的，」她媽媽回答。「妳問一百萬次我也不會介意。」

「當然了，就算有人問我同樣的問題，我也不會記得自己回答過了。我想這算是個好處。」

黛娜指出這點。

「確實是另個看待事情的方法。」

「我應該把問過的問題記在手機裡，才能檢查自己到底有沒有問過。」

她從寬大的粉紅色連帽衫口袋拿出手機，指尖輕點螢幕上記事本的圖示，然後開始打字。

問過的問題

下午三點十七分

Q：還有多久到家？

A：

她忘記答案了。

她沮喪地重重嘆口氣。雖然知道自己並不是，但她依舊有種像白癡的感覺。她很聰明，學生時期一直都是名列前茅，而後更達成了多項成就。短暫的記憶喪失並不會減損她的才智，只是她心裡老是這麼想——覺得其他人會把她當白癡看。他們會覺得她是個腦袋有問題的人。他們不想接近她，因為會很不自在。每個人都喜愛從前的黛娜。沒有人會選擇之後的這個黛娜。

「羅傑今天怎麼沒來？」她問。

她看向媽媽，估量著她片刻的沉默、沉重的呼吸，還有她雙手緊握又放開方向盤的模樣。

「這個我也問過了嗎？」

一抹勉強的微笑勾起。「沒關係的。」

黛娜低頭在手機上打字：

下午三點二十六分

Q：羅傑為什麼沒來接我？

A：他不想來。

「他想來，但是有事情要處理。」琳達說。

「他並不想來，對不對？」黛娜的語氣不帶一絲情感。「要是他真想來，就不會安排別的事情了，對吧？」

「不是這樣的，黛娜。」琳達回應。「羅傑正在拚連任，且還有事業要經營。他的行程總是滿到超乎他的控制。這並不代表他不重視妳。」

「代表其他人更重要。」黛娜指出這點。「算了，反正我也不喜歡他。」

她媽媽驚訝地大喊：「黛娜！不是那樣的！」

「琳達！我很確定就是這樣。」

「妳跟羅傑一直都處得很好。」

「但我並不覺得自己喜歡他。」黛娜堅持。

「我不明白妳怎麼會那樣想。妳只是忘了；就這樣。自妳十四歲以來他就像父親一樣陪著妳。妳爸爸去世後他一直都在——妳學校的活動、畢業典禮、大學入學、幫妳搬家到明尼亞波里斯。妳一點都不記得了嗎？」

黛娜聳肩。她對羅傑．莫瑟的記憶就跟對自己的一樣模糊，絲毫激不起心中一點波瀾。他僅僅存在於記憶中的影像和手機相簿裡。看著那些照片時，她說不出自己對他究竟是什麼感覺。但她很清楚，在韋德曼康復中心時，她不喜歡這個來探病的男人。他每個月的某個星期天會出現幾個小時，不多不少。他的出現只是出於義務而已，別無其他。他不知道該對她說些什麼。他不想看著她，一逮到藉口就離開病房──接電話、倒咖啡、上廁所、看一下休息區電視播放的棒球比賽。沒錯，或許他跟從前的黛娜很親近，但一點也不想跟現在的黛娜待在一塊。

她想了想，自己也不能怪他，畢竟自己也比較喜歡從前的黛娜，但她別無選擇。

「妳只是累了。」媽媽這麼表示。

「是嗎？」

「就像杜瓦醫生說的：離開中心是很大的一步。這是積極正面，同時也備感壓力的一步。現在妳的腦中存在非常多種情緒──有好的，也有壞的。」

「不見得，」黛娜說謊。「我缺乏動力，記得嗎？我沒有情緒。」

就算琳達想說些什麼，也都硬將那些話語吞回肚子裡，雙眼直視前方的道路。黛娜否認的其中一種情緒正在啃咬她的良心。罪惡感。

黛娜確實累了。心理上和身體上皆然。這一大步讓她飽受壓力所苦。韋德曼康復中心是個安全的地方。那裡的人都認識她，她和所有人都知道該對彼此抱持哪些期待。他們全都習慣眼前這個她，他們不認識從前的黛娜。然而家裡的那些人完全相反。將現在這個黛娜介紹給他們認識，這念頭引來她的腹部一陣翻攪。

現實世界的人們理解多少她所承受的傷害，心中此等無力、飽受洪水侵蝕的感覺，又或是腦中莫名怪異的呼嘯風暴？沒有。只有親身經歷的人才能理解——或是身邊摯愛的人得以體會。

就像她的母親。

「抱歉。」黛娜喃喃地說。

琳達搖搖頭，聲音因噙滿雙眼的淚水而哽咽。「妳不需要為任何事感到抱歉。」

黛娜滑下她的座椅，直勾勾瞪著前方的道路。同時應付母親的還有自己的情緒讓她感到非常不自在。

「還有多久到家？」

母親嘆氣。「大概一個小時……」

她可以看到陽光灑落在上方遙遠的水面，試圖朝下穿透的光芒轉瞬即逝。她朝那道光游去，往上、再往上。踢水。就要到了。但是有股力量仿若無形的手臂自後方抱住她的胸膛，將她慢慢拉回水底，離那道光芒、空氣和自由越來越遠。

原本的沉著冷靜突然像一顆氣球在她體內爆開，她的肺宛若應聲破裂，身軀隨即被冷冽刺骨的恐懼吞沒。下一秒她突然恢復意識，將自己拋回到現實當中。她哭著在禁錮她的安全帶中掙扎，手臂在面前揮舞，猛抓車子的儀表板。

「不要！不要！」

「黛娜！黛娜！」琳達緊張地大喊她的名字，一個急煞將車子停靠路肩。「黛娜，沒事的！

沒事的，寶貝！」

黛娜尚未完全清醒，一把揮開伸向她的手。她倒抽一大口氣，怦怦的心跳聲迴響在自己耳畔。

「冷靜。冷靜，」她母親一再安撫，語氣打顫。「沒事的。一切都很好。妳很安全。」

黛娜覺得自己的心臟像匹脫韁的野馬，即將衝破藩籬，跳出自己胸口。她聞到了浸濕衣服的冷汗中恐懼的氣息。她絞盡腦汁尋找讓自己冷靜下來的方法。

放慢呼吸，

感受自己的心跳。

仔細觀察四周。

慢慢地世界的輪廓恢復清晰。她在車裡。現在是白天。音響正發出輕柔的樂音。她們停在路肩，此路將一座社區與一片樹林分置兩側。

「妳沒事的，寶貝，」琳達重複這句話，再次將手放上黛娜的肩膀，輕撫她的手臂。「只是一場惡夢，妳現在很安全。我們就快到家了，一切都沒問題的。」

她的語氣像是在安撫一隻受驚嚇的動物。

我就是那動物，黛娜心想。

她躲開母親的手，對此感到惱火，對整個情況既憤怒又尷尬。她戴上帽子，設法遮掩住自己。

「妳做了一個惡夢。」

「對。」

「都結束了，妳現在沒事了。就快到家了，寶貝。」琳達說，又想伸手碰她。

黛娜躲開，整個人蜷縮在座位裡。「別管了，就讓它過去吧。不需要再小題大作了。」

琳達嘆了口氣，縮回方向盤前，重新發動引擎上路。

「這裡的景色有沒有比較熟悉了？」她問。

「應該有吧。」黛娜囁嚅地回答，看向外頭社區的房子。

一幢幢相對色調風格的漂亮磚房座落在鄉間平地上。門前的台階和前院裝飾有南瓜、菊花和快樂的稻草人。幽魂般的回憶悄悄浮現黛娜的心頭。小時候綁著馬尾的她曾騎著粉紅色腳踏車在這條路上奔馳；她曾在這裡遛狗；青少年時期和朋友一起坐在公園的長椅上，聊著時尚和男孩有關的話題。所有回憶都像是電影畫面，都像是另一個人的人生。

她們轉向一條停滿車輛的死路——其中三輛是外觀貼滿自家新聞台廣告的採訪車，衛星天線矗立在車頂上。

「噢不。」琳達小聲嘀咕。

黛娜感覺到母親的緊張，但不明白原因。她不覺得自己是新聞的焦點。她知道自己一月時登上明尼亞波里斯的頭條新聞，但在那之後的九個月——新的黛娜的一生——都是在醫院跟醫護人員還有其他腦部傷患一起度過，所有病人們與外在世界的連結都相當薄弱，或是沒有那個興致去認識醫院之外的地方。

她看著街尾一個銅製的信箱，上面綁者一串粉紅色的氣球。信箱後的房子就是她家了——一間高大的磚房，綴有藍色百葉窗和漂亮的屋頂輪廓，庭院則是大大展示了莫瑟－諾蘭景觀設計公司的才華。

車子駛入車道，和一輛黑色賓士休旅車並排，賓士的後座車窗上貼有紅、藍、白三色貼紙，上頭的字樣是：**莫瑟連任／州議會**。房屋大門敞開，羅傑走出來迎接她們，後頭跟著一位黛娜不認識的年輕人。

羅傑就是那種廣告代理商會選來拍房地產或房屋保險廣告的人——高大、帥氣、往後梳的深色髮絲上架著一副「超人」克拉克．肯特眼鏡，再配上一口潔白牙齒和燦爛笑容。他繞過引擎蓋，替黛娜拉開車門。

「歡迎回家，寶貝！」他雀躍地說，身體傾向她。「車程如何？」

「我不知道，」黛娜回答，眼睛盯著安全帶扣環，一時之間不知道該怎麼解開。「沒感覺。」

「她睡著了，」琳達解釋，伸手越過中控台急切地替她解開安全帶。

「那些人在這幹嘛？」琳達語帶怒氣，直指向自己的丈夫。「這裡不關他們的事。」

「媒體不歸我管，琳達。」

「他們怎麼知道黛娜要回家？」

「我不曉得，」他的語氣帶有一絲嘲諷。「說不定是信箱上那一串粉紅色氣球洩漏祕密了。」

「你們可以晚點再吵嗎？」黛娜問。「我想下車。」

羅傑伸手幫忙。她慢慢挺直因長途車程僵硬和痠痛的身體，但沒有接受羅傑的攙扶。

她瞥了一眼站在繼父身後的男人。看起來三十多歲，體格壯碩，板著一張臉。

他打扮正式，扣上釦子的外套內打有領帶。他盯著她，小心掩飾心中的驚訝，但黛娜依舊看見他目光流露而出的震驚，且立刻就因這眼神對他沒有好感。

「他是誰？」她直截了當地問，將帽沿往前拉。

羅傑回頭。「衛斯理．史蒂芬斯，我的競選幕僚。」

「他在這裡幹嘛？」

羅傑硬擠出一個笑容說：「好多問題呀！」並上前擁抱她。「歡迎回家，寶貝。」

黛娜皺眉，後退倚靠在車身上。「你已經說過了。不要碰我，我不喜歡別人碰我。」

頃刻間他的眉頭皺了一下，接著立刻轉身。他偷偷瞄向左方，確認沒有人目擊這一幕。「很抱歉，寶貝。我只是想抱一下妳。很高興妳回來了。我們好想妳！」

「那你應該更常來探望我。」黛娜點出這簡單的邏輯。

「我也希望。」

「繼女回來了，您感覺如何，參議員？回家的感覺如何，黛娜？」

黛娜轉向問題的來源。離她媽媽的車大概四公尺處，一個記者站在車道尾端——嬌小、金髮、掛著專業笑容，一看到黛娜轉頭便拚命揮動手中的麥克風。

「回家的感覺如何？」她又問。

黛娜盯著她。她們兩人身材幾乎一樣，對方留著一頭及肩的鮑伯頭，跟黛娜在醫院被剃掉頭髮前是一樣的髮型。她身上的藍色羊毛西裝外套黛娜的衣櫥裡也有一件。

我的天哪，我以前就是那樣。她心想。

金髮女孩旁邊站著攝影記者。鏡頭轉向各個角度，替南印第安納州和北肯塔基州待在家裡收看新聞的觀眾捕捉這則前所未有重大新聞的每一刻。

黛娜的腳底彷彿生了根，一動也動不了。她好想要就地消失。她好想用帽子遮住自己的臉不被看見，但她動不了。

第二個記者和他的攝影師出現，接著又是第三組。

他們所有人同時開口，一堆問題像是言語的浪濤般洶湧而至，而她的情緒也開始氾濫，由內而外將她捲入海嘯之中。

黛娜，妳好嗎？

妳感覺如何？

什麼——？哪裡——？如何——？誰——？

黛娜——參議員——醫生——凱西——假期——如果——參議員——黛娜——莫瑟——黛娜、黛娜、黛娜！

所有話語頃刻間同時襲來，全部擠成了一堆，完全無法聽懂，焦慮感也像隻手般緊扼住她的喉頭。但她的眼光仍舊離不開那名金髮記者——她讓她想起自己，想起她究竟是誰。那女孩的特徵簡直是她的翻版——臉型、鼻尖、髮色。她堅決的表情如此熟悉，就好像一切都出自黛娜之手，由她的情緒創造了這一切強烈的決心。

她受傷的腦袋創造了一個小騙局，那女孩變成她自己。她不是看起來跟自己很像的陌生人。她就是黛娜。她是從前的黛娜，現在這個黛娜正盯著過去的自己猛瞧。

她開始由體內的最核心處向外猛烈顫抖。

「停下，」她說，聲音小到連自己都不確定有開口。然後這句話越來越大聲。「停下。停下！」

她不明白自己在做些什麼，便向前跨了一步，再一步，朝著自己的身影走過去。

「停下！停下！」

記者們的臉龐逐漸近逼、逐漸放大的扭曲臉孔上呲牙咧嘴。他們口中的問題變成刺耳難聽的尖叫聲。

「停下！停下！」黛娜大吼。

就像那個水中的夢境一樣，有人從背後抓住她，將她往後拉。一條強而有力的臂膀緊拽著她的胸膛，迫使她一路後退。黛娜出於本能反應抓住那條手臂，掙扎著擺脫它的束縛。她被抬起轉向，雙腳離地後下一秒被推進母親的臂彎中，再下一秒又被推著往屋子的方向前進。

她可以聽到身後男人的嗓音低沉且極具權威。「夠了，各位！拜託！相信你們能理解這是屬於家人的時間。莫瑟參議員的女兒才剛出院。她累了，沒法應付這些。」

「我們非常高興黛娜終於回家了，」羅傑大聲說。「但請尊重一下我們的隱私。」

黛娜感覺到自己被推入大門進到門廳中。雖然她的頭腦仍舊被困在噪音和情緒中，但她的身體開啟了防備機制，自動帶她脫離外頭那群暴民。

黛娜！黛娜！黛娜！

她扭動掙扎出母親的掌控，踏著狂怒的腳步衝向門廳內的一張茶几，一把打翻插滿鮮花的花瓶。水流如瀑布般傾瀉而下，濺了一地的水。水晶玻璃碎裂的聲響，如炸彈一般震耳欲聾。

「黛娜！」琳達驚叫。「冷靜！冷靜！」

黛娜側身避開一片混亂，衝進洗手間內砰一聲甩上門，將外頭的聲響、動作與騷亂澈底隔絕。她顫抖地扭開水龍頭，捧著清水直往臉上潑。她潑了又潑，任由水花流過連帽衫前襟，一路往下浸溼梳妝台，最後聚積於地板。

「黛娜？」琳達敲門叫喚她。「妳還好嗎，寶貝？拜託開門。」

這問題未免也太可笑了，黛娜站在裡頭盯著洗臉台上華麗的金色邊框鏡子，心裡頭忍不住想。她還好嗎？不好，一點都不好。她在攝影機前崩潰了。那些鏡頭就在自家車道上，一個她應該要感到安全的地方。

他們為何那麼在意她回家這件事？她的新聞價值應該跟著謀害她的人一起死了才對。

歡迎回家，她盯著鏡中的自己思索這句話。

琳達再次敲門，這次更大力了。「黛娜？回答我！」

黛娜後退一步，一屁股坐上馬桶，完全忘了要關掉水龍頭和擦乾臉上的水珠。腎上腺素消退後，她的雙腿像是掛在身下的兩條橡膠。

門被猛力撞開，琳達衝進來，一臉驚恐、瘋狂又蒼白。

「親愛的，妳還好嗎？妳沒事吧？」

她的雙眼緊盯黛娜，俯過身來想摸摸她，而黛娜完全無法忍受。

「住手！」她吼道，舉起手阻擋母親的動作。「拜託住手！我的老天！走開！」

琳達縮回身子，一臉受傷又失落。她不知道該說些什麼，也不知道該做些什麼。水龍頭仍在嘩啦嘩啦作響。她雙手抱胸摟住自己，努力穩住激動的情緒。

「妳還好嗎？」她再次開口，強迫自己冷靜。

「我很累，」黛娜的語氣緩和下來。所有情緒都在體內翻騰，然而她選擇了最簡單的生理藉口。她沒力氣解釋這麼多了。直接封閉自己比較好。對大家都好。

琳達關掉水龍頭，自架上拿了條小毛巾遞給她。「把臉擦乾，寶貝。」

她把毛巾壓在臉上，然後繞住雙手、傾身抱著自己雙腳，將額頭貼在大腿上。她好想就這麼低著頭睡在這裡。說不定醒來後她已經不在這裡，而一切不過是場惡夢。自這場全新的第二人生展開以來，她好想知道自己一天內究竟有幾次這樣的念頭。

「外面那些人的膽子真令人難以置信，」琳達看著門外這麼說道，彷彿那些記者會進到門廳裡等待。「他們怎麼敢出現在這裡？完全就是趁人之危。」

「我也曾是那一分子。」黛娜表示。

「妳才不會那樣，」琳達反駁。「咄咄逼人又粗魯到不行。妳從來不會那樣。」

「他們只是在工作，」黛娜自動替過去的同儕們辯護，雖然她自己也不希望那些人待在這。

「他們有任務在身。」

「真想知道他們到底是怎麼得知消息的。要是是衛斯理搞的鬼，我一定會痛罵他一頓。那位競選幕僚先生。」她喃喃自語。「有人出院回家，這根本不關他們的事。妳經歷這麼多事情，他們是怎麼想的？難不成妳會想在車道上舉行記者會嗎？」

「我猜大家對我有興趣。」

黛娜想到那個在車道上問她問題、朝她猛遞麥克風的金髮女孩。過去的她也是那個女孩，獲得答案，獲得故事。然而現在她成了那個故事。**情勢改變了：詳情請收看五點鐘新聞。**

「妳不是頭條，」她媽媽說。「妳是我女兒，我不希望他們騷擾妳。不要因為我想保護妳就對我發脾氣。我是妳的母親。這是我的工作。」

她伸出手，替黛娜撥出眼中一綹濕漉漉的髮絲。

「我替妳打敗了一頭灰熊，妳知道的。」她淺淺一笑。

黛娜試著報以微笑。這是她父親的承諾——他會替她打敗灰熊。他過世後，母親接手獵捕灰熊的責任。

「他們沒有權利待在這，」琳達說。「現在是我們重回生活的時候，他們沒有資格干擾這一切。」

但是生活並沒有辦法步入常軌，黛娜心想。再也找不回逝去的一切了。他們只能往前走，期待最好的結果。眼下，前方的道路就像一段陡峭漫長的山路。這念頭榨乾了她僅存一點的氣力。

「我需要躺下，」她說。「可以現在就躺嗎？」

「當然可以，親愛的，」琳達回覆，伸手拉黛娜起身。「妳的房間已經整理好了。就跟妳搬出去前一模一樣。」

「太好了，現在我該做的就是找到它。」

6

黛娜醒來時，窗外的天空已經昏暗，小小一盞細紋大理石檯燈在床頭櫃投射出溫暖的琥珀色光線。她全身裹在溫暖的粉色毛毯內，躺在宛若一團團雲朵的象牙白色大床上，感覺就好像置身於一個美妙的蠶繭之中。

一如往常，剛醒來的她不知道自己身在何處。為了驅散這股焦慮，她探向床頭櫃找那本寫有熟悉的問題和指示的四乘六筆記本。但本子不在那，她努力回想那些問題。

我在哪裡？

不在韋德曼康復中心。

她躺在床上不動，細細瞧著四周的環境，藉此釐清自己到底在哪裡。房間的另一頭，靠近窗戶的地方，有張線條柔和，女性樣式的書桌，桌腳是弧線型的。桌面上有電腦、字典和一個插滿原子筆、麥克筆的粉色陶瓷馬克杯。書桌旁矗立著象牙白色的嵌入式書櫃，上頭擺滿了書籍和屬於一位年輕女孩的相片及紀念品。

我在哪裡？

我房間。

我房間在哪？

家裡。

有東西在她的毛毯裡蠕動，她往下一看，是隻黑白毛色的貓，正舒適地依偎在她的肚子上。

「燕子！」

貓咪被叫醒，一邊打呵欠一邊眨動雙眼。他又是翻滾又是伸展又是打呵欠，還發出低沉的喵喵叫，接著露出洋洋得意的笑容望向黛娜，開始像個小型馬達一樣自喉嚨發出呼嚕呼嚕的聲音，白色肉球拚命揉捏底下的被單。黛娜伸手撫摸牠，讓自己沉浸在如此單純的動作創造出來的安全感中。

在明尼亞波里斯，有天結束晨間播報後，她和收容所的負責人面談後便將這隻貓咪領養回家。燕子是一場提倡領養代替購買的活動中三隻貓咪的其中一隻，那天剩下時間牠都躲在打開的書桌抽屜裡，捲成一球縮在開襟羊毛衫裡頭。

其實黛娜已經不太記得這件事了——是之後藉由其他人告訴她的細節拼湊出整起故事。她媽媽把燕子的照片帶到韋德曼康復中心之前，她完全不記得自己有養貓。不過，摩挲這團光亮的毛皮確實帶給她一種強烈熟悉的安全感和滿足感。

房間盡頭的門敞開，她媽媽探頭進來。

「只是確認一下，」她一邊說一邊走進來。「睡得好嗎？」

黛娜點點頭，撐起身子倚靠在成堆柔軟的枕頭上。燕子馬上又跳上她的大腿，抖抖身子喵嗚幾聲後再次縮成一團毛球。

琳達在床沿坐下，伸手抓抓小貓的耳朵。

「牠很想妳。」

「我也想牠。」

「羅傑好像對牠過敏，」琳達微微一笑，坦承這點。

「可憐的羅傑。」黛娜的語氣不帶一絲同情。

「我是這麼告訴他的。女孩和貓咪不得分售，」她說。「晚餐快到了，我訂了安東尼斯，全是些妳愛吃的。」

「我愛吃的是哪些？」

「瑞可塔起司肉丸蕈菇披薩、焗烤通心粉、鷹嘴豆紅洋蔥佐番茄紅酒油醋沙拉，還有起司蒜味麵包。」

「如果這些已經不是我最愛的呢？」

「那我們就找出妳新的最愛。」

太多事情改變了。她對某些食物失去胃口，卻愛上一些從前沒試過的東西。她所受的傷甚至剝奪了一些最純粹熟悉的小確幸。她需要一點一滴地重拾這些，連喜歡或不喜歡的事物都得從頭開始。

「會好起來的，親愛的，」琳達安慰道。「最重要的是妳回家了。誰在乎妳還喜不喜歡鷹嘴豆呢？要是妳受不了我的香水味就直說。沒關係的。」

「我再也受不了妳的香水味，」黛娜說。「真的。」

琳達笑了出來。「今晚我就把它扔掉——雖然這是妳送的聖誕禮物。還有其他的嗎？」

「之後會告訴妳，」黛娜回答，也露出了淺淺的微笑。「我也不再著迷於那件毛衣了。」

她們同時大笑出聲，這在早些時候是不太可能發生的事。琳達輕輕拍了拍她的臉頰。

「我愛妳。」

「我也愛妳，」黛娜回應。「很抱歉有些時候我的行為不太符合這句話。」

「妳一點也不需要道歉，寶貝，妳只需要專注在一件事情上：好起來。我不希望妳有其他煩惱，好嗎？」琳達柔聲地說。

黛娜點點頭。

琳達起身，雙手忙著摺好毛毯。「現在呢，妳該去梳洗一下。晚餐就快到了。法蘭琪和美琪也會過來。需要我幫妳整理行李嗎？」

「我自己來。」黛娜反射性地回答，但她媽媽一離開房間她就後悔了，燕子也一臉渴望食物地跟著離開。

她將兩個行李箱打開，把所有東西拿出來放到床上，立刻就因為不知道該如何物歸原處而渾身乏力，哪些該掛上衣架？哪些該收進抽屜？她好困惑。最好的決定就是不要做決定，她起身走進浴室，檢查自己的儀容。

她睡前已經換下粉色連帽衫，現在穿的是灰色的，而她整個人看起來像是剛從洗衣籃裡爬出來，衣服皺巴巴的，但也懶得再選另一件換上。頭上的短髮翹得亂七八糟，解決辦法是戴上帽子，覺得這樣就夠了。畢竟餐桌上沒有攝影鏡頭，沒有任何陌生人會評論她。

然而，她還是很緊張。她不斷告誡自己沒有人會期待她做些什麼特別的事。她不是沒有跟媽媽還有羅傑一起吃過晚飯，也不是事發後就沒見過法蘭琪阿姨。

法蘭琪和她的伴侶，美琪，會固定去韋德曼康復中心探望她。但現在她真的回家了，感覺就是不太一樣。

這天是她往後餘生的開始。要是她晚餐時沒有通過測驗，表現地像個正常人怎麼辦？要是她找不到浴室怎麼辦？要是……要是……

要是她找不到去廚房的路呢？

這個念頭對大多數人來講似乎很荒謬。她在這間屋子裡長大，怎麼可能不知道廚房在哪？但她很久沒在這裡走動了，且就算她現在一天之內在不同房間來回走動十次，也不代表可以不靠筆記本就把路線記住。

她從床頭櫃抓起手機，點開記事本的 App 打字：

路線：從我房間到廚房

她的房間在地下一樓，旁邊是間大型家庭娛樂室，這層樓感覺像是自成一格的公寓。兩間房間各自都面對一個石板砌成的大庭院，上頭擺有桌子和幾張帶有靠墊的椅子，讓賓客們可以圍著桌子或火爐休息。庭院再過去則是一片通往樹林的斜坡綠地。

十六歲前黛娜的房間位於樓上，就跟父母親的臥房在同一條走廊，之後她好興奮可以搬到樓下，擁有更多隱私和每個青少女都渴望的獨立自主（也給新婚不久的媽媽和羅傑他們想要的更多隱私）。

黛娜走出房門後右轉，進入燈火通明的家庭娛樂室。她媽媽果然打開了房間盡頭茶几上的肥胖瓷器桌燈，就在樣式繁複的沙發旁邊。一座石造壁爐佔據了盡頭的牆面，厚實的爐架上掛有一台超大電視。

黛娜踏上通往一樓富麗堂皇的螺旋階梯，她暫停腳步，重新思考方向。右轉？左轉？從她站立之處可以看見大門、洗手間的門、通往二樓房間的樓梯。她靜靜佇在原地，思考各個環節，仔細傾聽，努力喚回記憶。

左邊。是左轉。她在記事本寫下註記，接著踏入走廊。走廊的兩側分別是一間正式的客廳和餐廳。她聽到聲音了。女人的聲音。熟悉的聲音。她停下腳步聆聽。

「我在健身房的電視上有看到。真是不敢相信！他們怎麼知道黛娜今天要回家？」

「我不知道。羅傑說我不該把氣球綁在信箱上。」

「噢，拜託！那個蠢蛋！他怪到妳頭上？好像妳壓力還不夠大似的？」

「但說不定他——」

「不用替他說話，琳達！他怎麼敢那樣？且妳明明曉得有可能是衛斯理．史蒂芬斯把消息洩露給媒體，為了有曝光的機會。拜託告訴我他不會來一起吃晚餐。他老纏著羅傑不放，簡直是塊魔鬼氈。」

「只有家人們，衛斯理不會來。」琳達表示。「況且羅傑也不願意見到車道上的事件，法蘭琪——」

「嗯，總之他上電視了，不是嗎？且不花一毛錢。這成了一條新聞，對手可沒有同等的福利。我聽說這次參議員選舉戰況非常激烈。」

「我不相信羅傑跟這件事有關。黛娜受到刺激讓他很難過。」

「我也因為黛娜受刺激感到難過。」第三個聲音在旁附和。是法蘭琪的伴侶，美琪。「黛娜才是重點，法蘭琪。她的神情……真是傷透了我的心。」

「那個記者說的話真讓我想賞她一拳，」法蘭琪說。「還提到凱西．格蘭特。搞什麼鬼？都多久以前的事了！問那個幹嘛？沒人知道凱西到底發生什麼事。看在上帝的份上，別管這事了好嗎。就算跟這次事件真有關連，不也無濟於事了嗎？」

「可以不要談這件事了嗎？」琳達不耐煩地說。「黛娜隨時會上來。我不希望讓她聽到這些。她不需要再被提醒下午的事件，更不需要聽到凱西。這是她回家的第一個晚上，她已經夠多壓力了。就開開心心地迎接她就夠了。」

有人嘆了口氣。

「說得對，」法蘭琪表示。「抱歉。這真是讓我他媽的太生氣了。」

「算了吧，法蘭琪。」

「好，算了吧，都過去了。好嗎？笑一個吧！現在咧，我姪女在哪？我要親自歡迎她回家。」

「她睡了一下，」琳達說，「但已經起床了——至少剛剛是起來了。千萬別告訴我她可能忘記要吃晚餐，又躺回去睡了。」

「她還好嗎？」美琪問。

「休息過後看起來好點了。只是被車道上的事情搞得筋疲力盡。」

「可以理解。我光是用看的都覺得累。」

「那真是嚇壞我了，」她媽媽承認。「我不知道她想到了什麼，看起來好像連我都不認得。」

「她不是針對妳，琳達。」法蘭琪輕聲安撫。「大腦的第一直覺是要自我保護，逃跑或戰鬥反應是我們最強烈的本能。我相信黛娜在這方面比我們都要來得敏感，想想她經歷的那些事情。」

「我甚至不敢想像換作是我的話，腦袋裡會記得些什麼，我覺得自己被那樣虐待肯定無法活下來。真的沒法。她真是太勇敢了。」美琪說。

「要我去叫她嗎？」法蘭琪問。「我去吧。」

一陣椅腳磨擦地板的聲音。

黛娜後退一步、兩步，不想被發現自己在偷聽。

「妳在這呀！寶貝！」

聲音來自後方，她朝著聲音的主人後退之時著實嚇了一大跳，是羅傑。她的心臟簡直要跳出喉嚨了。她轉身，被自己的腳絆了一下。

羅傑趕緊抓住她的上臂，扶起她重新站好。

控。

「方向錯了！」他說，先是微笑，接著笑出聲來。

走廊昏暗的燈光把他映照得好陰森，暗影將她整個人籠罩住。黛娜試著轉身，脫離他的掌控。

「找到她了！」法蘭琪走出廚房說。「我正要去找妳呢！歡迎回家！小黛！」她逃離羅傑的手，迎向法蘭琪的懷抱，然後就被帶進到廚房裡。

「我們真是太高興妳回來了！」

美琪笑著走過房間，雙手迎向她。她的體態柔軟、曲線優雅——屬於瑜伽愛好者和舞者的體型。法蘭琪則是黛娜父親的女性翻版：結實、動感、削瘦。她有足以讓男人眉頭緊蹙的握手力道、諾蘭家的招牌方形笑容還有令人驚豔的藍眼睛。不像伴侶的深色長髮，法蘭琪走的是龐克風，白金色的髮型隨著潮流不斷變換挑染的顏色，現在是紫色。

「來坐吧，」法蘭琪說，推著她來到窗邊凹室內的餐桌旁。「今晚就等妳。」

「妳想喝點什麼嗎，黛娜？」美琪問。「我們帶了氣泡蘋果酒來慶祝。聽起來不錯吧？」

「嗯，謝謝。」

黛娜繞到餐桌盡頭，背對窗戶坐下。她藉由慢慢走進房間、專注在每一件她認得的事物——古董白色櫥櫃、花崗岩檯面的大中島、金屬鍋架上的黃銅鍋具——設法讓心跳和飛騰的心緒和緩下來。料理台上有一個好大的貓造型瓷偶，身穿侍者的制服，站得筆挺手拿一塊菜單板，上頭寫著：琳達的廚房。

美琪在她面前擺了一只香檳杯。黛娜順從地啜了一小口蘋果酒。

「所以，」黛娜開口。「有人看到我上新聞嗎？我是頭條嗎？還是人性化故事[2]？」

在場所有人著實全愣了一秒鐘。法蘭琪向琳達使眼色，好像在尋求默許以發表意見。

琳達皺眉。「今晚可以不談那件事嗎？」

「假裝從沒發生過嗎？」黛娜問。

「對，就是這樣。我完全贊成，否認事實是個很棒的方法。」

「所以我得當房間裡的大象？[3]每個人都得小心翼翼，假裝我沒有在一堆攝影鏡頭前崩潰？這事我不幹。不如就承認那堆瘋狂失控吧——包括我和那些記者的失控。人們仍舊覺得我是條新聞，」黛娜說。「今天世界上肯定沒發生什麼大事。」

「這裡從來都沒發生過大事，」法蘭琪說。「這裡是印第安納州鄉間。農作物的收成就是新聞。妳自一場恐怖的試煉中生存下來，小黛，不管在哪裡這都是頭條。這新聞只輸耶穌二次降臨。」

「我不在時耶穌重生了嗎？」黛娜問。

法蘭琪大笑。「沒有。妳不在時最大條的新聞是甜玉米音樂節女王被拍到半裸和一名高中棒球教練待在車裡。妳大勝她，小黛。」

「人們對這則生存故事深感著迷，」美琪說。「就跟我們飽受衝擊一樣，妳不能怪他們。」

---

2 一種故事或報導，透過人們容易辨識的人、問題和情況來吸引注意力和同情心。是一種新聞特寫。

3 Elephant in the room，英語俚語，用來隱喻某件雖然明顯卻被集體視而不見、不做討論的事情或者風險，抑或是一種不敢反抗爭辯某些明顯的問題的集體迷思。

「我當然可以怪他們，」琳達動怒。「我女兒不是甚麼罕見奇特的物品。」

「我當然是。我是異類。看看我。」黛娜反駁道。

琳達的臉色更難看了。「黛娜……」

「琳達……」

「那些人都是駛過車禍現場會減速，從別人的災難中取樂的人，」法蘭琪這麼說。「一堆淫蕩的偷窺狂。」

「我倒不全然這樣想，」美琪溫和地發表異議，在黛娜旁邊坐下。「我認為人們聽到黛娜的故事，會很好奇黛娜的體內究竟擁有什麼力量，得以度過這次難關。他們想知道若自己遭遇同樣的威脅，是否也有一樣的力量和毅力。」

「我看他們都是些沒有生命的小咀蟲，喜歡窺探他人的悲劇好辯稱自己選擇活得渾渾噩噩的合理性。」法蘭琪這麼說。

「我想妳們兩個說的都對。」

女士們轉頭，看著羅傑打開啤酒，注入一只皮爾森啤酒杯。

法蘭琪扮了個鬼臉。「政客的語氣。」

「事情都不是非黑即白，」羅傑說。「我們身處在一個隨時有人藉由數位媒體竄紅的時代。全世界的人都知道黛娜的故事。他們與她產生連結、投注情感在她身上。他們想知道更多。」

「他們管好自己的事就好，」琳達一邊嘀咕，一邊從抽屜裡拿出銀器，擺在中島上一疊盤子旁邊。

「那是不可能的，琳達，」羅傑說。「而我們得面對這一切。《8小時》、《20/20》、《日界線》全都打電話來……」

《日界線》。真是諷刺，黛娜心想。她一直嚮往可以在《日界線》主持廣播節目。結果現在卻成了節目的主角。

「如果我們忽略他們，最後他們也就不了了之。下週又會有別人發生更恐怖的事情，到時就換**他們**上新聞了。」她媽媽說到，門鈴這時響起。

「搞不好是《日界線》的人來了，」法蘭琪說。「羅傑，你懂的。搞不好你可以轉移萊斯特・霍爾特的注意力，把話題帶到印第安納州的政治上，在空中賺到更多好處。」

羅傑眉頭一皺。

「希望是披薩來了，」美琪說。「我餓扁了。妳呢，黛娜？妳今天累壞了，肯定也餓了。」

黛娜聳聳肩。「不知道。或許吧。」

「有時她會分不清飢餓和疲憊。」她媽媽解釋。

「不要談論我，」黛娜氣憤表示。「天哪，這真是有夠煩。我人就在這裡。」

「我們很高興妳在，」法蘭琪說，在黛娜另一邊坐下，摟住她的肩膀捏了捏。「我們都好開心妳回來了，小黛。千萬別怪我們像一群熊媽媽一樣太大驚小怪和過度保護妳，這都是因為我們實在太愛妳了。」

辛辣的大蒜香氣先一步飄進了廚房。法蘭琪開始哼唱「披－薩！披－薩！」然後從椅子上跳起前去幫忙。美琪也起身，去中島邊協助擺放餐盤。

他們訂了能供應整支軍隊的食物。羅傑回到廚房來，抱著一大堆安東尼斯的袋子，後頭跟著一個披薩外送員。

黛娜留在座位上，緊盯著那個外送員。他看起來好眼熟，但自己卻想不起來他是誰，她並沒有認識哪個披薩外送員才對。她的大腦不斷重複這項事實，因而她雖拚命想找出有關的資訊，卻徒勞無功。那人抬頭的角度、肩膀的動作跟下顎的線條好像都在哪看過。

他低頭囁嚅地報出價格，把一大條皺巴巴的收據交給羅傑。他留著軍人髮型，身穿立領的軍裝外套。

她不認識任何一個軍人。她不認識軍人，也不認識披薩外送員——這兩個想法在她腦裡大呼小叫，但她仍舊感覺似曾相識。

「別吝嗇給小費，羅傑，」法蘭琪叫嚷。「他們得派軍隊去對付外頭那堆你的媒體暴民。」

羅傑硬擠出一個微笑。「記著們都走了，不過我一直都是支持本國軍人的，法蘭琪。」

「但你的投票紀錄不是這樣說的，」她咕噥地說，也瞄了下那個外送員。「薪資是直接匯入你的帳戶對吧，士兵？去掉那些政府的繁文縟節，實拿該有的數目。」

「是的，女士，」他沒有抬頭，含糊地回應道。羅傑多給他五塊錢時也是小聲地道謝。「謝謝您，先生。」

他準備轉身離開時，法蘭琪一手拉住他。

「等等，」她說。一邊嚷嚷一邊在料理台上的錢包裡東翻西找，「我的老天，羅傑，才五塊？」

她找到一張十塊紙鈔，遞給外送員。

「謝謝您，女士。」

他轉身接下紙鈔時，黛娜看見他外套胸口處的名牌：維朗提。

一陣詭異的焦慮和熟悉感雜揉在一起，悄悄竄進她的身軀。記憶的碎片在她腦中如流星般一閃而逝，一剎那的亮光頃刻間熄滅。高中。一個朋友的名字——她的閨蜜——凱西。法蘭琪剛剛有提到她。屋外蜂擁而上的記者也有大喊凱西。凱西．格蘭特。黛娜看著這個名叫維朗提的外送員，腦中跳出的名字是凱西。

某股強而有力的寒意如浪濤般洶湧而至，自她的腳底竄上。

「我認得你，」她說。

他斜眼瞥向黛娜，雙眉緊蹙於深色眼眸之上。

「我認得你，」她再說一次，語氣更為堅定。她從連帽衫口袋掏出手機，翻出一張照片。

「我得走了。」他喃喃地說，轉身急欲離開。

「約翰，」黛娜說。「約翰．維朗提。」

她繞過餐桌，一路跟著外送員離開廚房。

「我記得你，」黛娜在他拉開大門，一個箭步走往停在路邊的車時這麼說。

「我記得你，」她又說。「你殺了我最好的朋友。」

7

一段又一段回憶爭先恐後襲來，情緒如雪崩般潰散。他逃離它們。他像個懦夫一樣落荒而逃，拔腿離開這間漂亮的房子，穿過細心修整過的庭園，死命躲開那自他的過去探頭而出的幽魂。

他跑向那台安東尼斯外觀可笑的外送車——一台貼滿餐廳廣告的福斯金龜車被包裝成像是一顆超大番茄，車頂上裝有綠色塑膠梗葉。他鑽進方向盤前發動引擎，回頭瞥了一眼房子，有點期望裡頭的人會衝出來追他。

那幽魂還站在敞開的門前盯著他。我認得你。你殺了我最好的朋友。

這句話穿透進他的腦中，在他的顱骨間擺盪出一聲聲回音。**我認得你。你殺了我最好的朋友。我認得你……我－我－我認認認－得－得你－你你你……殺－殺－殺了……**

他將油門踩到最底，一駛離這條死路就開始質疑究竟是發生什麼事。他真希望其中一部分是他的心緒、回憶和幻覺創造而出的幻象。他的心跳加速、冷汗直流，就跟從其他噩夢中驚醒時的反應一樣。

車子疾速駛出社區開上主要道路，底下傳來輪胎摩擦地面的刺耳刮擦聲。他右轉——而非左轉——離市中心越遠越好。他油門實在踩太大力了，儀表板上顯示的時速已經超過六十，金龜車勉為其難地全速衝刺，但難以負荷的小小引擎用一聲非常誇張尖銳的吼叫聲以示抗議。

約翰真希望有更強的馬力，他需要以比這台番茄蟲子更快的速度逃走。他需要獨處。去你的莫瑟家和黛娜．諾蘭。去你的工作、老闆還有下賤老闆娘。想到要帶著這堆混亂和躁動回去餐廳讓他的胃部一陣翻攪。他必須逃走。

當然了，並不是真正的逃跑。他無法逃離腦中的思緒，也無法逃離他的過去，更無法逃離現在。回憶自他的體內一路尾隨，現在有關黛娜．諾蘭的過往也陰魂不散，跟著他在開往肯納的森林丘道一路狂飆、行經泥土側道穿越樹林，州立公園邊緣的一堆棚屋和車庫在他身旁一閃即逝，整段路途黛娜的回憶緊咬著他不放。

一束微弱的光線劃破黑暗，點亮了存放維修工具的倉庫——拖拉機、割草機等一堆有的沒的工具一應俱全。這些倉庫位在一排高聳的鐵絲網後頭，每間大門都以鐵鍊和掛鎖嚴加防護，以防小偷和破壞者闖入。有個醒目的標示警告這裡有監控攝影機，以身試法者必將嚴懲。

他把車停在鐵絲網外的碎石停車場，並刻意將車子調頭面向道路，如此一來一上車就能揚長而去不被任何人追上。他只是需要一個人靜靜，從這堆糾結難解的回憶中理出一個頭緒來。

他認出外送單上的「莫瑟」，車子一開到大門也立刻認出這棟房子。但他完全沒料到會有人認出他，大部分的人只會把注意力放在食物跟找零是否正確，根本不在意食物的袋子跟盒子另一頭是什麼人。況且，都已經過多久了，七年？八年？上次那些人見到他時他不過是個小男孩。他萬萬沒想到黛娜會在場。

你殺了我最好的朋友……

黛娜．諾蘭。要不是有人叫她的名字，要不是聽到她的聲音，要不是她說出他的名字，他根本認不得她。他記得她是個美女：金色長髮配上心型臉蛋，有雙藍色大眼和迷人的笑容。她加入啦啦隊，不但是隊中的公主更是隊長。她是班上第一名，是校報編輯。完美小姐。他高攀不上。而她最好的朋友，凱西，顯然也不是他匹配得上的，光用想像得都很不切實際——但凱西顯然不這麼認為。

他們畢業後的那個夏天，他就再也沒見過黛娜．諾蘭。那年夏天凱西．格蘭特失蹤了，從此沒有再出現。而他投身軍隊，進入戰場，沒有再回到這個地方——如果事情能夠朝不一樣的方向發展，他絕對不會回來。他很樂意離開，在這裡的時候也沒有在關注當地新聞，只管工作和一些私人事務。他唯一的目標就是要賺更多錢，好去別的地方生活。

你殺了我最好的朋友……

她跟從前完全不一樣。那個站在莫瑟家廚房，臉埋在帽子底下盯著他看的人，跟以前的她判若兩人。她是《陰屍路》版的黛娜．諾蘭，削瘦的身軀傷痕累累，眼神如鬼魂般陰冷。他不知道她到底怎麼了。可能是發生車禍吧，整張臉撞上擋風玻璃之類的。

不管她的外表變得如何，他從沒想過會遇見她。她長大後離家，就和所有滿懷抱負且擁有大好機會的人一樣。這位「未來肯定會成功的小姐」進入大學，隨後又實現了比這個鎮上所有人能夠達成的更優秀的理想——他是這樣想的。然而現在，她做出這般指控。

你殺了我最好的朋友……

桶形座椅之間杯架裡的手機突然震動，嚇得約翰跳了一下。來電者顯示：工作。可能是寶拉．塔倫提諾那個婊子打來罵他動作太慢，或者更糟，打來說黛娜打去餐廳客訴他。他簡直可以聽到她用尖銳的鼻音鬼叫：**她說你殺了她最好的朋友！他媽的我要開除你！**

老天，他恨透寶拉了。他痛恨她的一切，從跟皮革一樣的棕色皮膚到噴了一堆過氧化氫蓬鬆劑的金髮，再到把薄唇噘成像是一個皺巴巴的繩結那種跟酸黃瓜沒兩樣的表情，在在都讓他無法忍受。他真是難以置信東尼怎麼還沒把她勒死。他真是有夠想緊緊掐住她的喉嚨，直到那雙凸出的雙眼從腫脹的臉上掉出來為止。

這個念頭緊隨黛娜的指控而來。他真的會掐死一名女人嗎？他有暴力傾向，這一生中所有人都這麼說。他是暴力狂的兒子，有其父必有其子——至少小鎮裡的人是這麼想的。他唯一的容身之處只有軍隊，除了軍隊和監獄外他別無選擇。軍隊提供了他一個宣洩怒氣的管道，在那裡他可以化身武器，替國家貢獻一己之力。

然而現在的他一無是處。行軍至伊拉克和阿富汗那些年，戰爭與死亡、部署與成箱的動章佔據了每一天。然而一個瞄準精確的應急爆炸裝置結束了這一切。悍馬車遭受應急爆炸裝置的攻擊，轟然巨響將整台車拋往半空，飛越過一片荒蕪之地。他的腦部遭受重擊，以致現在，他一無所有的回到印第安納州，前途一片虛無，像個十六歲青少年一樣開著被包成番茄的福斯金龜車送披薩。

憂鬱感時刻侵襲他，疲累或備感壓力時狀況更是雪上加霜。就算是在人生中最棒的那一天，他的生活彷彿也一樣是晦暗不堪，而今天並不是那最棒的那一天。他見到一個鬼魂，被指控是殺人凶手。他的手機又在嗡嗡叫了，看來有可能還會失業。

車前燈的亮光出現在通往肯納的路上，沿著泥土側道朝他靠近。那輛車離開路面，唰一聲像個更衣室門口的流氓一樣逕自停在番茄蟲子面前擋住去路，眩目的聚光燈逼得他眯起雙眼。一名高舉著 Maglite 手電筒的副警長繞過引擎蓋走向他。警察都這樣拿手電筒，必要時才能立刻充當警棍使用。

約翰搖下車窗，嘆了一口氣。

「你在這裡做什麼，小子？」副警長問。

約翰看不見他燈光後面的臉，但從這個角度，可以看出他很高大，襯衫底下穿著防彈背心顯得非常魁武。

「沒做什麼，先生，」約翰回答。

「這裡沒有人叫披薩。」

「是的，先生。」

「所以你在這裡幹嘛？」

「只是暫停一下，」約翰說。「需要撇個尿，先生。」

「你大老遠跑到這裡撇尿？」

約翰沒有作聲。

「或許你有些別的東西要送，」副警長這麼說。

「沒有，先生。」

「給我看看你的駕照和牌照。」

約翰知道人們會跑到這裡進行各種交易，高中時他也會帶酒跟大麻過來。冰毒是這區毒販的首選，他們肯定也有把這範圍當作交易的巢穴。現在應該還是有小屁孩會開車到這裡交換體液，世代皆如此。

他從置物箱翻出番茄蟲子的牌照，連同駕照一起伸出車窗交給副警長。

「約翰．維朗提？」副警長語帶懷疑。「你最好下車一下。」

約翰深吸一口氣，但忍住了嘆息的衝動。他可以感覺到自己的耐心幾乎只剩餘燼，像是一串嘶嘶作響的將熄鞭炮。他下車，手朝兩側打開。

「看來你是軍人。」

「是的，先生。」

副警長將手電筒轉向，光炬改映照在自己臉上。「提姆．卡凡爾。現在是卡凡爾副警長。」

我的老天。今晚真是越夜越精彩。

提姆．卡凡爾。足球隊隊長，外號「萬能先生」。黛娜．諾蘭高中時期的男朋友。他和提姆．卡凡爾以前待在同樣的球隊——足球、籃球，還有棒球。他們的女友們是閨蜜。不過他和卡凡爾一直都不熟。提姆．卡凡爾是隊長，家世背景優秀，注定要有更高成就——更精確地說：西點軍校。卡凡爾被錄取時簡直成了小鎮的大新聞。約翰沒有問他為何現在穿的是副警長的制服。

突然間他懷疑卡凡爾是黛娜．諾蘭派來的，這個想法立刻爆發成了怒火。過去的那些年，他離開故鄉去保家衛國，受同袍們的敬重，但即便如此，高中時期那般被排擠為邊緣人的感受依舊時刻騷擾他。

「你在這裡做什麼，約翰？」

「我說過了，我想尿尿。」

「我不希望你待在這裡。你我都知道晚上的這裡只有一堆爛事。」

約翰聳肩。「你想搜我，動手吧。我身上什麼也沒有。」

「你回到鎮上多久了？」

「幾個禮拜。」

卡凡爾意味深長地看著他。「沒有人希望你回來，約翰。」

約翰靜默。他跟所有人一樣有權利回來。儘管如此，要是有得選擇的話，他是不會這麼做的。

他一直都很討厭提姆．卡凡爾——討厭他那股優越感、彷彿世界屬於他的那種躊躇滿志。他去過雪比水磨鎮以外的大世界。然而現在，他人在這裡，這位西點軍校先生，現任李道爾縣的副警長，開著車四處遊蕩卻告訴約翰不該出現在這裡。去他的。

此刻的約翰只想要一把拽著他的腦袋，膝蓋猛力一抬撞爆他那張不可一世的臉。他想朝他吐一團淫穢的言詞，想要以拳頭將聚積在他腦袋和胸膛的怒火澈底釋放。媽的提姆．卡凡爾你哪位，憑什麼在這裡頤指氣使？

番茄蟲子杯架裡的手機再次嗡嗡震動。

該死的寶拉。

他的焦慮感又上升了。

「你車裡有沒有什麼不該存在的東西？」卡凡爾問。

「沒有，先生。」

「那你不介意我看一下吧？」

「不介意。」約翰回答，開始思考怎麼解釋他藏的大麻菸卷。這不是他的。之前有人開過這台車。搞不好是那個墨西哥洗車小弟的……

卡凡爾不會相信他。過去他們都曾在這裡買大麻吸。沒有人會相信約翰的說詞的。

卡凡爾舉高手電筒，對著車窗一個一個照亮車內，跟警犬一樣嗅個不停。車裡披薩、刺鼻番茄醬汁、奧勒岡葉混雜而成的怪味完全蓋過了一小撮大麻氣味。

突然間一串雜亂不清的話語聲從卡凡爾掛在肩上的對講機爆裂而出。李道爾縣其他地區有更棘手的麻煩。

他舉起手電筒正對約翰的雙眼，往後退回他的巡邏車。「好吧。我得走了。我建議你也快離開，約翰。」

「好的。」

「別惹麻煩……若你辦得到的話。」

約翰費了一番工夫才沒說出「去你的」三個字。他看著卡凡爾鑽回車裡，揚長而去。然後自己也鑽進番茄蟲子，跟在後頭駛上側道。他維持在速限內，慢慢開不著急，不想回安東尼斯當然也不想吃罰單。

經過布里伍德住宅區，他看了發光的雕塑標誌一眼，心想莫瑟家之前不知道發生什麼事，現在情況又是如何。黛娜．諾蘭還在想他嗎？還在談論他？告訴任何有興趣的人她知道過去那些年他究竟對凱西．格蘭特做了什麼恐怖的事？

他真希望自己沒有回來。但他一無所有、無處可去。在這裡他至少有個得以生活的地方，還有一份工作……目前還有。

他切進小巷，把車停在餐廳後方，從後門進到充斥著鍋爐叮噹作響和客人吆喝點餐各式嘈雜聲、瀰漫奧勒岡葉和番茄醬味的餐館。他好討厭這種噪音和奔忙。這讓他神經緊繃。他無法忍受待在這麼小一個空間，身旁盡是人群和各種聲響。

寶拉像顆追蹤熱源的導彈衝過狹窄陰暗的走廊，看起來快要氣炸了。

「他媽的你跑哪去了？幹嘛不接你那該死的電話？你是他媽的有什麼毛病？」

約翰低頭躲避這陣炮火。寶拉的鬼叫聲聽起來簡直跟紐澤西州一樣大，還活脫脫像是戴著白金色假髮的丹尼．德維托。

「他媽你耳聾了是不，約翰？」她尖叫道，猛然停下暴衝，差點整個人撞上來。

「沒有的，太太。」他喃喃回應。

「這裡一堆訂單在等你！」

「我現在去送。」

「不用了！不用了！來不及了。東尼自己去送了，因為你他媽的不在這裡做你該做的他媽的工作！要是可以的話我一定開除你這個蠢蛋！」

約翰真想一拳將她攆走。走廊又擠又熱，寶拉靠得太近又吼得太大聲，整個人張牙舞爪。

他想離她遠點，但她又一直靠過來。

「其實呢，我現在就要開除你。你被開除了！聽見沒？他媽你被開除了！還想繼續工作嗎？那就去趴在東尼腳邊求他吧！他想不開才會繼續用你。我們有事業要經營，有聲譽要維護，要是你連外送這種小事都做不好，連電話都不會接，那你就該滾蛋。」

「很抱歉。」他囁嚅道。

他實在很討厭跟她道歉。不是他沒做錯事，而是因為她是個發狂的婊子。這人一直都這副德性，一天到晚對別人發飆，把員工貶得一文不值。她對她老公也是這樣，特別喜歡追在男人後面跑，因為知道他們不會反擊，搞得他們好像很卑微又無能。

他真想痛毆她的臉，讓她整個人飛過走廊、擁擠的餐廳，向卡通裡演的那樣一路飛到門外。但他不能這麼做，雖然他非常想，但還是有點理智阻止自己。

「我很抱歉你之前在打仗還是幹嘛的，」她繼續，「但那都不是藉口——」

話還沒說完，約翰就轉身離開。他得走了。現在，不然他真的要動手了。不是藉口？差點為國捐軀真是太糟糕了，差點腦袋壞掉真是太糟糕了，這些都沒有外送披薩來得重要。

「不准背對我！」

約翰沒理她。寶拉繼續鬼吼鬼叫，但他充耳不聞。他走出後門、經過番茄金龜車、走過小巷來到焊接工廠旁停有他的卡車的空位，這一路上他的心跳簡直在耳邊怒吼。他的腦袋裡滿是自己的憤怒和尷尬，這兩種情緒不停嘲笑他，讓他的腦子裡只有一堆白噪音，絲毫容不下其他半點聲響。

卡車勉為其難地發動，駛出車位開進小巷，再接著拐到外頭街道上。他避開大路，希望不會遇到警察。卡車左邊的車尾燈早在他加入軍隊前就壞了，但他老爸不想修，也不想付那一大堆約翰不在家時累積的罰單。相反地，他把這堆罰單當成某種好玩的蒐集，有時候還會拿來生火或是打蟲子。

約翰回到他們位於小鎮外圍的破舊小平房時，他老爸幾乎已經醉了，正倒在躺椅上看職業摔角比賽。屋子裡瀰漫著菸味、酸臭汗味和波本酒的氣味。

老頭子回頭，睜開一隻眼睛。「你被開除了？」聲音粗嘎又沙啞。

約翰沒有回答。這個惡劣的老頭每個晚上都問一樣的問題，就跟約翰十六歲那年為了賺零用錢去幫人家割草時一樣。兒子的失敗就是他的快樂，踩著孩子的自尊往上爬並誇耀自己令他沾沾自喜。但上帝知道，他已經醉到爬不動了。

約翰走過他時瞥了一眼，一如往常地滿臉嫌惡。從馬克．維朗提四十七歲到六十二歲這段時間，他的身體被酒精和生活的苦澀摧殘至衰敗老化。他的臉龐佈滿深深的皺紋，皮膚被陽光曬得黝黑，一頭平頭配上白色版的傅滿洲[4]鬍鬚。他終年挺著啤酒肚，毫無疑問也有肝硬化的毛病。他是個笨手笨腳的粗人，依舊力大無窮也極度暴力，但現在這個樣子的他手無縛雞之力——酩酊大醉到站都站不直，話都說不清。

4　傅滿州、福滿州博士，也稱傅滿族、福滿族、傅滿人或福滿人（Dr.Fu Manchu），是英國推理小說作家薩克斯．羅默（Sax Rohmer）創作的傅滿州系列小說中的虛構人物。

他笑約翰不說話代表默認了。

去你的，約翰心想。**去你的，死老頭**。但他沒有出聲。他很久以前就學會不要跟醉漢吵架。他把這份怒氣也塞進原本就因怨恨而翻騰不已的內心。隨著一分一秒過去，他越來越覺得自己是座即將噴發的火山。

進房後，他抖落外套披在椅子上，接著脫掉T恤和長褲。跟一堆披薩一起關在番茄蟲子裡好幾個小時，他穿去工作的所有衣物全都散發一股奧勒岡葉和香腸的臭味。

他套上運動褲、乾淨的T恤和連帽運動衫，坐在他幾乎睡了一輩子的狹窄床邊穿上慢跑鞋。他不理會脫下的外套口袋裡震動個不停的手機。搞不好是東尼．塔倫提諾打來再重複一次他老婆開除他的決定。他永遠也沒辦法接受他老闆，那個曾加入第一次海灣戰爭的東尼，現在竟是個怕老婆的男人。前老闆才對。

兩個人都去死吧。

約翰走過客廳準備出門時，老頭子正張大著嘴打鼾。或許今天他就會在夢中死去，或者是被自己的嘔吐物淹死也說不定。那樣就太好了。這個世界少了他會比較好，對約翰也比較好。當個孤兒比當馬克．維朗提的兒子好太多了。從小到大他有過多少次這樣的念頭？沒有一天不這麼想。

他走入夜色中，開始慢跑。他需要靠跑步發洩積壓的能量和怒火，以及對這個地方、這個世界的憤恨，還有那些壓得他喘不過氣、在夢裡拚命找他麻煩的回憶。他一直跑到頭腦清醒，跑到力倦神疲為止。他不在乎天有多黑，暗夜裡只有忽明忽滅的幾絲月光。強風呼嘯而起，挾帶來冰冷的大雨也沒關係。他很高興有這份冷冽來澆熄心中的灼熱。他只管跑向眼前的黑暗，以腳步踏上人行道的震動還有冷風吹入灼熱肺部的感覺迎向現實。

腳步馳騁之時他的心緒飄到了別處——到伊拉克、到阿富汗、到基礎訓練、到高中時期。他看到一起效力軍隊的同袍、死去的人、四肢殘缺者、無顱之軀。他看到從前的和現在的黛娜・諾蘭。傷痛、傷痛、都是傷痛。沒有事情會越來越好。生活只會更糟、更難、更醜惡。

他好希望有所改變。他好想要做點什麼。他想用自己憤怒的拳頭痛擊這個世界，使之碎裂成上百萬片碎塊。但現實中他無能為力。他無助且一文不值，是這個社會的負擔。力量和權力，他一個也沒有。他盡一切所能不惹事生非，沒有想要殺死自己或是他人的欲望，就這樣過著一天又一天。

他能做的只有跑向黑暗，希望黑夜能將他澈底吞噬。

8

你殺了我最好的朋友。

「殺」不是她想說的字眼。她其實不是這個意思。她在腦袋中摸索正確或是相似的字詞。不是「殺」，也不是「傷害」。都不是。她想了一串：殺死、傷害、死亡、不見。凱西．格蘭特不見了。這話確切的意思是什麼？她為什麼會不見？她去哪了？約翰．維朗提跟她的失蹤有什麼關係？

黛娜感覺到記憶中有扇門微微敞開，被生鏽的鉸鏈扣住只露出一條細縫。她想要窺探其中，但裡頭就跟大多數的記憶一樣朦朧不清。一段段的記憶有些清晰明朗，有些卻模糊晦暗。圖片不完整，就像缺片的拼圖。

她想起凱西了，可以清楚地看見她的臉，就好像幾個小時前才跟她碰面：棕色大眼與大大的笑靨，黑色長髮如絲綢窗簾般披在她纖瘦的雙肩上。她們從小學起就是閨蜜，兩人身材幾乎一樣，簡直像是硬幣的正反面。她們親如姐妹，形影不離。她房間書架上的相框中有很多是兩人的合照。

黛娜想起了好多有關凱西的事，澈底想起來了。這麼多個月都沒有想到最好的朋友真是太奇怪了。一次也沒有。她怎麼會忘記閨蜜呢？她為何想不起來上次見到她是什麼時候？是多久以前？應該有幾年了吧，她想。這之後經過了大學、實習和職業生涯的開始。過去她們都只是孩子，現在她是大人了。

一時間她既愧疚又不安——愧疚自己忘記朋友，對於時光匆匆感到不安。過去幾個月來的每分每秒她都與世隔絕，毫無過往，將全副心思放在自己上，對身旁一切渾然未覺。倘若沒有記憶，或是沒有一個催化劑來觸動一段回憶，緬懷過往就成了件非常困難的事。但自己卻對曾經那麼親近的人毫無印象，為此她煩憂不已。

「她怎麼了？凱西出了什麼事？」她問，目光從媽媽轉向姑姑和美琪。

琳達沮喪又生氣。法蘭琪顯然不知該如何回答。後頭的羅傑對著啤酒皺眉。

「可不可以先好好吃飯，晚點再談這個？」琳達問。「食物都要涼了。」

「我不餓。」黛娜表示。

「妳忘記自己餓了，」她媽媽糾正她，順勢從中島拿起其中一個盤子，開始盛裝食物。「妳必須吃點東西，黛娜。中午過後妳就什麼也沒吃。這樣妳的腦袋會沒有動力運作。」

「好，」黛娜說。「吃晚餐時，我就假裝自己剛剛沒有指控別人是凶手。吃完起司蛋糕後再繼續。」

「沒有凶手。」羅傑說。

「大家都知道沒有。」法蘭琪補充。

「真是不敢相信安東尼斯派那個人來我們家。」琳達嘀咕。

「他跟那件事無關，」羅傑指出。「沒有人知道究竟有沒有人犯罪。」

「我沒認出他，」美琪說。「我不知道他加入軍隊了。」

「這大概是他唯二的選擇之一，」羅傑說。「軍隊或是被關進監獄終老。他老是惹麻煩，那個孩子。就跟他老爸一樣。」

「但你說他沒有犯——」黛娜接話。

沒有人理她。他們全都有話要說，同一時間所有人都在講話。他們像一群嘰嘰喳喳的鳥一樣喋喋不休，黛娜一句也聽不懂。

她實在太失望了，只好爬到桌子上，站在上頭大吼：「有人可以回答我的話嗎？」

「噢我的老天，黛娜！快下來！」她媽媽下令，整張臉漲得通紅朝她衝過來。「在妳跌倒前快點下來！」

「有人可以好心回答我的問題嗎？」黛娜再問一次。「凱西出了什麼事？」

法蘭琪朝她伸手。「快，小黛，快下來。妳媽快要心臟病發了。」

黛娜抬起手避開。俯瞰底下時一股輕微的暈眩感自腳底傳來。

「告訴我，」她說。「告訴我凱西怎麼了。她在哪？他對她做了什麼嗎？約翰．維朗提——有沒有對她怎樣？為什麼我會這樣想？」

「黛娜，拜託妳快下來，」琳達哀求。「妳的平衡感沒那麼好，寶貝。」

「我不需要平衡，」黛娜冷不妨這麼說。「這是桌子。桌面很平坦。」

雖然嘴上這麼說，但她還是忍不住低頭看了一下，視線飄到桌面邊緣再到地板上。

「凱西怎麼了？」她又問。

法蘭琪踏上一張椅子，然後也跟著站上餐桌。

「她失蹤了，小黛，」她說，伸手抓黛娜的手腕。「妳們畢業後那個夏天她就失蹤了。妳不記得了嗎？」

「不，我不記得了，」黛娜語帶防禦，一邊稍微嘗試掙脫姑姑的手。「我不記得自己發生什麼事。什麼意思，她失蹤了？失蹤——聽起來像是被人綁架了？有人對她做了什麼嗎？約翰・維朗提——是他幹了什麼事？」

「沒有人知道發生了什麼事，」羅傑回答。「她就這樣消失了。」

「跟我一樣消失了？」黛娜小聲地問。

沒有人願意對上她的目光。

情緒排山倒海衝擊而來，卻也頃刻間退潮而去，如同流入排水管裡的水勢，獨留下虛弱的她一人。她慢慢蹲下，盤腿坐在桌上。

她消失了。她沒有事發的記憶，但每天都能從鏡面中看見這段經歷的結果。關於她為何變成這樣的一切，都是聽別人說的。搞不好凱西也跟她一樣。或者更糟。

她在法蘭琪和媽媽的幫助下爬下餐桌，安靜地坐回到椅子上。晚餐上桌時大家仍舊繼續談話。那年暑假凱西不在她母親身邊，有人認為她翹家了。多年來不斷有人聲稱看見她，在印第安納州、俄亥俄州、肯塔基州，甚至遠至佛羅里達。然而依舊沒有發現她的蹤跡，但這並不代表她不存在於某個地方。一切都還有希望。

「只要活著，就有希望。」黛娜喃喃自語，戳弄著披薩上頭的配料。這句話脫口而出時，她不明所以地一陣戰慄。

好像沒有人聽見。

他們完全沒提到另一種可能——凱西已經死了，有人綁架她、殺了她，生命以極痛苦的方式終結在一個陌生人、又或是認識的人手裡。世界無處不邪惡，此等悲劇一再上演。黛娜是這條既定規則的例外。她的家人們躡手躡腳地繞過真相，彷若事實是一堆玻璃碎片。

「她有可能已經死了，」黛娜說，提高音量好讓大家聽見。「但卻沒有人這麼說。搞不好她被某人殺了。就說出來吧，其實大家都是這麼想的。」

羅傑皺眉。「沒有任何證據。」

「所以我們就假裝沒有這種可能？」她質問道。「絕口不提這點，你們就覺得我想不到嗎？我是腦部受傷，不是白癡。」

「沒有人認為妳是白癡。」羅傑不耐地表示。

「那你們就是太過天真。凱西失蹤，可能已經遇害。沒有任何跡象顯示她還活著，身亡的機會比較大，」她說。「我不是不知道這些事情都是怎麼發生的。就像我知道聖誕老人根本就不存在。所以沒有必要踮著腳尖迴避這個事實。」

「沒必要這麼諷刺，小姐。」羅傑語氣僵硬。

黛娜震怒。「別罵我，我不是小孩子。我不是你的小孩。」

琳達倒抽一口氣。「黛娜！」

「我們是顧慮妳的感受，小黛。」法蘭琪說。

「妳可能會想報答點什麼。」羅傑小聲說。

「這天發生很多事，」琳達說。「黛娜肯定累壞了。」

黛娜氣憤抗議。「我人就在這裡！」

「請原諒我們沒有確切的應對整件事，小黛，」美琪開口，聲音細小又理性。「這對我們所有人都是未知的領域。」

黛娜蹙眉。「我只是希望每個人都表現正常。」

沒有人指出她就是不正常的那個。她不再是眾人記憶中的黛娜，那個甜美、活潑、快樂的黛娜。不需要明說，大家的臉上清楚寫著這個事實，事實宛如臭氣一般瀰漫空中。

突然間，琳達重重一掌拍向桌面。砰！一聲嚇了所有人一大跳。

「夠了！」一聲怒喊緊隨而至。她看起來憤怒又憔悴，頂上的燈光將臉龐與黑眼圈照出更強烈的對比。「這事討論完了，不必再說了。大家有聽懂嗎？」

一陣沉默。

「我希望這是頓歡迎黛娜回來，愉快美好的聚餐。這個要求很過分嗎？嗯？」她的目光一一掃過在座的所有人。「不要再討論任何暴力或死亡或失蹤的女孩，也不要再討論黛娜的遭遇。到此為止。都聽懂了嗎？我們很開心，很開心黛娜回家了。」

她小心翼翼地環視在場的各位，眼眶裡盈滿淚水。

她也很脆弱。黛娜心想。這天不只是對她個人，對她母親來說也非常不容易。她竟然沒有早些想到這點，真是太自私又太幼稚了。多個月來她的生活都以自我為中心，每分每秒皆然。就如同她忘記凱西一樣，她也沒有替其他所有人著想。

法蘭琪一手拍向桌面，猛然從座位站起。「天殺的，來點有趣的吧！這是一場慶典呢！」

她高舉香檳杯，示意大家乾杯。

「敬小黛。聽起來或許很老套，但今天確實是妳全新人生的開始，小黛，我們非常感激能參與這一天。歡迎回家。」

眾人舉杯，一飲而盡，話題變成了往後每一天的計畫。黛娜要開始新的療程。她要跟法蘭琪一起上健身房，繼續她在韋德曼中心的物理治療。美琪跟她說明瑜伽的好處。羅傑藉口離開。琳達則一句話也說不出來了。

黛娜被這一整天的壓力擊垮，將盤子推到一旁後便直接把頭埋到桌上，非常有效率地結束這場派對。她沒力了，琳達堅持帶她回房間時她完全沒有反抗。她不想刷牙洗澡，也不想喝杯茶。她懶得換衣服，甚至就想穿著衣服躺下。

「至少讓我幫妳把這堆東西移開，」她媽媽說，抱起黛娜稍早堆在床上的衣服。

「媽，不用，」黛娜說，輕輕拉出琳達手中的一件T恤。「沒關係，真的。我只是很想睡覺，這些東西不急著收。」

琳達雙眼濕熱。「我只是想照顧妳。我知道自己有多幸運有這個機會。別老是破壞這點樂趣，」她補上最後一句，伸出大拇指輕拂黛娜臉頰時露出一絲戲謔的笑容。「妳臉上有披薩的醬汁。去洗把臉吧。」

「我沒力了。而且，搞不好我半夜會想吃點點心。」

琳達舔舔大拇指，把那礙眼的污漬擦掉。「那是媽媽的特權。妳只能餓肚子。」她傾身親了下自己拇指揉過的地方。「祝一夜好眠，寶貝。」

黛娜揮開成堆的衣物，不介意有一半都掉到地上，整個人蜷縮在床上，用粉色毛毯矇住自己，閉上雙眼。她覺得身體沉重到一動也動不了。她希望身體和情緒的疲累可以如回捲的退浪將她帶離意識表面。她想要沉入水中。

但她越是只想要好好睡個覺，白天那些人的臉和聲音就越是像永無止盡的新聞短片在她腦裡飛速播放。

她一點也不想看到或聽到這些。她掙扎著關閉這一切，試圖運用在韋德曼中心學到的策略——將之視覺化、放輕鬆以及生理反饋機制。然而，那些影像和噪音比她亟欲擺脫它們的意志力更加頑強。

她放棄了，坐起身來打開電視，一台一台轉換頻道，但只帶來了跟腦中那些紛擾同樣的影響——這些片段、那些話語——唯一不同的是電視裡的臉孔和人聲是屬於陌生人……直到他們不是……直到當地新聞的鏡頭對準的是每天早上在鏡子裡頭凝視她的那個人。

頃刻間世界萬物彷彿凍結——腦中的喧囂、急劇的心跳、肺中的氧氣——全都靜止了。她看過好幾次自己出現在電視上——過去的黛娜、從前的黛娜。現在的黛娜不屬於螢光幕。現在的她是一張靜止的肖像，如汽車殘骸的照片一般，觀眾的目光停留半晌，便嚇得趕緊轉換頻道。電視台搞不好會接到觀眾的客訴電話，抱怨她滿目瘡痍的臉實在太嚇人了。

記者是個金髮女孩，那個今天下午黛娜在車道上盯著看時將她化身成自己的那個女孩。金伯莉．柯爾克。這兩個影像並排——柯爾克生氣勃勃的面容和她面若死灰的臉龐——如此強烈的對比。美女與野獸。

黛娜著迷地盯著電視，柯爾克告訴觀眾，黛娜對於綁架她的人是否有可能七年前也綁架了她最好的朋友，凱西．格蘭特，沒有任何看法。

黛娜下午時根本沒聽到這個問題。當時聲音實在太吵雜了，現場一片騷動。凱西．格蘭特這個名字來自另一個時空。現在聽到這問題著實驚擾了她，這分驚嚇更是將她所有情緒凍結，腦袋瞬間雜亂如麻。她試著抽絲剝繭，一層一層剖析各種感受，一一辨識出席捲而來的千頭萬緒及該如何應付它們。

故意製造聳人聽聞的腥羶色彩引起憤怒與嫌惡。如此般侵入、擅闖私人界線，直搗她記憶深處令她備感冒犯。她的經歷是屬於自己的事。她並沒有欠任何人得知這些事情的權利。但是身為一名記者，她抱持著完全相反的意見。她會堅稱關注整起事件的人們擁有知情的權利。她會步步進逼直到問題獲得解答，就跟金伯莉．柯爾克一樣。

焦慮和沮喪逼得她起身下床，把貓咪放下後開始在寬敞的房間裡來回踱步，在窗戶和通往露台的落地玻璃門前徘徊不止。

現在她聽到有關凱西的問題了，她沒法聽不見。這問題在那腦中無限循環。綁架她的人是否七年前也綁架了凱西？如此終結她的人生的人，是否七年前在大家還沒聽說過假期殺手之前，就已對凱西痛下殺手？

這念頭顯然非常荒謬——假期殺手跑到印第安納州的雪比水磨鎮帶走凱西．格蘭特，然後過了那麼多年又跑去幾百哩以外的城市綁架她最好的朋友。出現這種巧合的機率分母簡直是天文數字。然而，這種可能性還是跟一條蛇一樣滑入她的想象中，冰冷又滑溜，直抵她最原始恐懼的最深處。

會不會在她們十八歲，準備迎接大好人生之時，他就已跟蹤窺視她們？他選擇其中一人犯案，是出於某個原因，還是隨機的決定？事後針對黛娜，是否是想做個比較？若上述動機皆否，現在的他是否在地獄裡笑看這一切，嘲弄人們將他視為一個如此心狠高明的惡魔？

那個綁架又折磨她的人，黛娜體內毫無一點記憶。她完全想不起他的臉。她沒有看過他的照片，也不願意看。不知道他的長相比較好；想不起來比較好。在夢魘中糾纏不放的惡魔露出面容將更加駭人。

她避開了那些賦予惡魔人性的照片，但卻看到了有關他犯罪歷史的文章。她知道假期殺手是個有數種化名的中年男子，多年來縱橫中西部各地，蒐集販售古董和垃圾。據紀錄他謀害女人的地區遍佈伊利諾、愛荷華、明尼蘇達、堪薩斯、威士康辛以及密蘇里等多個州。為什麼沒有印第安納州？這多起案件都是近幾年發生。他標記黛娜為第九號被害人，警方懷疑受害者的數量可能比能夠正式確認為他所害的還要多，甚至超出許多。

現在，黛娜忍不住想：會不會畢業後那年暑假自己有見過他？搞不好他駛過州際公路，中途在凱西暑期打工的磨石咖啡館吃飯。黛娜幾乎每天下午都去那。會不會剛好凱西負責招待他？會不會黛娜也見過他？如果是這樣，她記得這個人嗎？多年後她被這人綁架、扔進後車廂時，有沒有那麼一瞬間認出這張臉？

答案是沒有。這種事情只會出現在電影裡。這意味著朝她的人生伸出魔爪的惡魔無法被賦予任何形體之中——他是假期殺手。但她本來就知道這項事實了。

羅珊・福克曼，她的朋友及她所任職的明尼亞波里斯電視台的恩師，曾向她解釋遭遇綁架的起因。黛娜先前播報了一起珍・朵伊[5]凶殺案件，最後確認被害人為當地的青少女潘妮洛普・格雷。那時，警察以為潘妮洛普是假期殺手的第九號被害人。然而事實證明，隨機綁架犯和連續殺人魔八竿子打不著。惡魔就住在潘妮・格雷家附近。

幾個月來她一次也沒有想到，但現在與羅珊的對話再度浮現腦海，彷彿她們才剛剛見面。黛娜是第一個報導難以捉摸的連續殺人魔和新年前夕被發現的可怕屍體之間關聯的記者。受害人身分確認後，黛娜對此案的興趣不減反增。適逢假期又碰上猖獗的流感，電視台正苦於人手短缺，她得努力說服羅珊必須深入這起案件，而不只是在晨間新聞主播台後方念稿播報。她苦苦哀求，還執行了許多外勤任務，好讓這則全天候報導的新聞能有更多素材。

而她之所以這麼感興趣，這麼拚命出外勘查，羅珊跟她說過，是因為她有一個朋友失蹤，再也沒有回家。

她製作的潘妮・格雷的報導引起了假期殺手的興趣。

「我的天哪，」她輕聲驚呼，陷入書桌後方的椅子裡。

因為凱西的緣故，她要求做潘妮・格雷的報導，最後卻招來殺手的魔爪——一個可能七年前

---

5 約翰・朵伊（John Doe、用於男性）和珍・朵伊（Jane Doe、用於女性）是一個多用途名字，用於某人的真實姓名未知或被故意隱藏之時。在美國警察用語中，這種名稱常用來指身分不明或未經確認的屍體。

斷送她好友性命的殺手。

難怪新聞媒體這麼熱衷她的故事。這簡直是為電視台量身打造的內容——正與邪如精美掛毯繁複交織，如棘手難題扭曲糾結。

身為記者，她願意為找出這類故事的真相貢獻一臂之力。身為受害人，她一點也不想跟任何人分享這一切。

而身為失蹤的女孩最好的朋友……？

她盯著電腦一片漆黑的螢幕。只消開個機，幾秒鐘就能找到摧毀她人生的男人，或許還能喚醒一絲記憶，破解這起七年未解的懸案。

她瞪著螢幕裡那個漆黑鬼魅般的倒影，感受到一股顫慄竄過她的胸膛。七年，她想。不管凱西究竟發生什麼事，都已經是很久以前的事情了。現在挖出最壞的結果有何意義？不如就這讓它靜靜待在那，這樣還能抱持希望，就算她還活著的希望如此渺茫，不是嗎？若她死了，那就是死了。誰也改變不了。倘若仍活著，那表示假期殺手跟她的失蹤沒有關係。

在疲憊的旋渦之中，她被自己受損的腦部戲弄，面前輻射能量的空間維度中，那倒影打了個冷顫。黛娜向後靠，試圖擺脫浮動的畫面。

救救自己吧，妳這小孬種。

「我該怎麼辦？」她回問。

最好就讓記憶留白吧，她心想。她一點也不想知道更多施虐者的事，知道了也無法改變一切，不過是更無法遺忘這起悲劇罷了。最重要的是，她想要忘記——更精確地說法是，她不想記起來。

倒影的雙眼閃著熾紅光芒。**妳沒法一直逃避下去。**

「妳不是真的，」黛娜說。

我跟妳一樣真實。我在妳腦中。妳擺脫不了我。

黛娜起身背對螢幕，對抗這一切，正巧跟書櫃上她和凱西小時候的合照面對面。這對永遠的閨蜜緊緊摟著彼此，朝著鏡頭扮鬼臉。傻氣爛漫的十六歲女孩，為了學校舞會盛裝打扮。黛娜：金髮藍眼。凱西，黑髮和閃亮的深色眼珠，加上大大的微笑如此美麗。她們的模樣彷彿從來沒有這麼開心過，對即將衝擊她們的殘酷人生渾然未覺。那一刻，她們不知道生活未必總是如己所願，也不知道所有事情皆瞬息萬變。

「永遠在一起，」黛娜喃喃自語，彷彿照片中的女孩們聽得見，彷彿她可以扭曲時空回去警告她們，從此改變這一切。

如果真有可能，那我現在就不會這樣，這些就都不是真的了，她心裡這麼想。那麼如此現實不過是惡夢一場，終將夢醒。老天，她多麼希望如此。

妳沒法一直逃避下去。她自己的聲音在心牆內迴盪。

她感覺有什麼東西從背後碰了她一下，她身子猛然一抖，轉身，以為會看見自己的幽魂從電腦銀幕裡爬到桌上。但除了她的貓咪燕子腦袋古怪地歪向一邊坐在那兒，背後什麼也沒有。

壓力跟疲憊導致她顫慄不已，黛娜環抱著自己遠離書桌。她走到落地窗前，將額頭貼在冰涼的玻璃上，盯著外頭的庭院不放。外頭因安裝在灌木叢中精巧的燈具而熠熠生輝，她得以眺望見這鄉村景緻的最遠處。在那之後則只有一片黑暗……還有活在黑暗中的生物——她本該警告年輕的自己應該要有所畏懼的魔鬼。

瞪著外頭看之時，她想像那魔鬼有了形體，也正回瞪著她，等著伸出利爪攻擊。她想像自己能感受到那凝視，正從目光所及範圍之外貪婪地將她收進眼底。魔鬼都是這麼做的，掠食者也是——凝視、等候、伺機而動，獵物稍不留神便猛然一撲。

恐懼感沿著頸背一路向下，她膽顫心驚。惡魔了解她，已經將她逮個正著。這些還不夠，牠還要更多。

有一道極凍的冰流淌過她的四肢，再回流至她的胸膛，彷彿有一隻骨瘦如柴的手朝她脖子掐過去，斷絕了空氣。

這股顫慄就如同地震，自體內核心處向表面擴散開來。

妳逃不了的。我在妳體內。

她忍不住因恐懼而啜泣，顫抖著雙手胡亂摸索嵌鎖，深信那魔鬼肯定會在她鎖上窗前衝出黑暗，橫過露台一把將門踹開。

她的眼裡盡是淚水，完全模糊了視線。她猛力拉上窗簾退回房中，整人撞上書桌，跌坐上椅子軟墊之時劇烈的呼吸在她喉頭猛烈作響。

她奔回床上——回到高處——靠坐在床頭櫃上，整個人蜷縮成一個猛烈打顫的繩結，雙手緊抱雙腿，雙膝緊貼胸口——始終深信這個動作能帶她逃出驚恐的風暴。

她緊緊抱著自己，不住發抖哭泣。然而，即便她已因恐懼而窒息，內心深處卻嘲弄自己早該習慣這種情緒了，因為這般驚恐夜夜都威脅要將她整個人吞噬殆盡。雖然如此，她的顫抖依舊劇烈，依舊苦於無法呼吸。前一晚她沒有因此死去，並不代表新的一晚的恐懼不是真的。

今晚無臉惡魔可能會悄悄以實體的樣貌鑽進她的心緒，完成多個月以來的任務。因為，雖然黛娜依舊尚未找回有意識的記憶，但她比任何人都要了解，惡魔究竟有多大能耐。

今夜，光線所及範圍之外，窺視者站在一片漆黑的林中，看見女孩拉上窗簾時失望地嘆了口氣……

9

尖叫聲如刀尖刺穿她的耳膜。刀刃化作上好紅筆替女孩的肉身描繪圖樣。鮮紅的血如眼中的淚，一滴一滴落下。一雙大大的棕色眼眸浸滿恐懼與苦痛，而還有一樣東西帶來的衝擊更為震撼——指控。

不是我的眼，黛娜想。

不是我的血。

不是我的痛。

然而，她受困其中，凍結在煉獄裡動彈不得，好像自己才是被綁在桌子上的人。

「妳應該要看見他走過來的，」女孩冷靜地說。「我死得不明不白。」

「妳沒有死。」

女孩露出陰森、殘忍的微笑。「我跟妳一樣死透了。」

「我還活著。」

女孩開始大笑。她彎曲背脊、猛力掙脫將她手腕和桌子綁在一起的繩結，狂笑不止。

「停下來！」黛娜喝令。「不准笑！」

女孩不理會她。不絕於耳的笑聲好像雙重奏一般回音陣陣，黛娜覺得自己被這聲響團團包圍。下一秒笑聲變成一陣哽咽。年輕女孩的黑色長髮幻化成一群蠕動的蛇。她轉向黛娜，人眼變成了橢圓形、瞇成兩條縫的蛇眼，發出詭異的紅、綠光芒。

黛娜深吸一口氣試圖尖叫，但卻發不出一絲聲響，沒法將肺部的空氣釋放而出。她想轉身逃走，跑得遠遠的，但雙腳不聽使喚。有種看不見、如鐵塊一般頑強的壓迫力量將她牽制在原地。

魔鬼的臉因窒息而漲紅，無法吸入空氣的軀體猛烈抽搐又大聲乾嘔，想將喉嚨中的異物全數吐出。

一瞬間有隻小手從嘴裡伸出，手指不住扭曲又拉直。新的一輪抽搐逼得一隻小手臂破繭而出。黛娜驚恐地看著一個渾身浴血的嬰孩自魔鬼的嘴裡降生，呱呱墮地。嬰孩抬眼望向黛娜，後者見到了自己的面容，欲尖叫的衝動來勢洶洶。

黛娜被可怖的惡夢驚醒，陡然間恢復意識，她嚇得坐直身子下床。她的胃部劇烈翻攪，整個人猛然摔了一跤。她一把抓住書桌旁的垃圾桶，朝裡頭吐個不停。

惡夢中的影像在她眼瞼裡灼燒著：她自己的臉睜眼看向她，底下是個滿腹鮮血的嬰孩身軀。她以掌根重重壓在眼皮之中，直到她眼目所及只剩下一片虛空的風暴星辰。然而夢境卻更深入扎進她的心扉。

她無法忽視那個嬰孩，還有那個被綁在桌上面容轉瞬成了猙獰魔鬼的女孩——凱西．格蘭特。一頭飄逸烏絲、水汪汪大眼的美麗凱西變成了驚悚如厲鬼的生物。

她無法停止顫抖，渾身冷汗直冒。黛娜的頭一抬一落，在吸入空氣和猛烈狂吐間來回掙扎。

我跟妳一樣死透了……我跟妳一樣死透了……凱西的話自夢裡飄蕩而出，佔據了她的腦袋。

「閉嘴！閉嘴！」黛娜一次又一次反擊。「我還活著。」

心跳漸漸緩和、呼吸越趨平緩後她打量四周。梳妝台上方牆面的電視正在喃喃自語。她把所有電燈都打開。燕子已經厭倦了她老是這樣大驚小怪，正坐在床腳邊一疊衣服上，悠哉地舔著自己後掌的腳趾。

黛娜使足氣力起身，把垃圾桶拿到浴室裡，將裡頭的嘔吐物全沖進馬桶，也把塑膠桶洗了幾遍，最後刷牙洗臉洗手。她已經沒有餘力把濕透的上衣脫掉或是沖澡了。

床頭櫃上的電子鬧鐘顯示凌晨三點二十七分。當天她準備前往工作，在自家公寓停車場遭遇綁架時是凌晨三點十五分。事發後她幾乎每晚都會在差不多的時間醒來，彷彿是在躲避夢中潛在的危險。今天顯然醒得太晚了。

她的身軀好像被一台卡車輾過。雖然已經累到彷彿徹底被榨乾，卻一點也不想躺回去睡覺，這個全新的夢魘正在床上窺伺著。她坐到書桌前，試圖解讀這個夢境。

很明顯凱西是被假期殺手抓走，跟眾人告訴自己的一樣，她也被緊緊捆綁住。她手腕和腳踝上的繩索痕跡過了幾個月才漸漸褪去。夢裡的凱西說黛娜應該要知道惡魔正朝她們靠近。為什麼？因為她之前見過他？

這只是一場夢，她對自己說，把稍早發生的事情全部驅散。這代表不了任何事情。然而她依舊備受侵擾，沒法走出惡夢的餘灰。

杜瓦醫生說過，潛意識無法區分真正經歷過的事實或是想像出來的逼真畫面。大腦的生理反應也是一樣，所以才會心跳加速、呼吸急促、冷汗直流以及感到恐懼。**這是大地之母創造出來的惱人缺陷**，黛娜心想。**白白浪費腎上腺素。**

雖然能夠理解這樣的邏輯解釋，她仍舊無法擺脫那些感受。眼目所及仍舊是那個嬰孩。這代表的是何等深切的心理扭曲？凱西的悲劇是否促使某個東西誕生在她的體內？

她之所以追尋潘妮．格雷的命案，有一部分是凱西的緣故。但或許在潛意識中，她曾想過這起事件的報導能助她的事業更上一層樓。

也可能這只不過是受損、深受折磨、過度疲累的大腦吸收瑞可塔起司肉丸披薩的養分後，隨機胡攪出來的詭譎惡夢。

她真希望自己能接受第二種解釋。然而罪惡感不允許這麼做。這分罪惡感來自將凱西的失蹤推向了自己的記憶最深處。若凱西是她朝新聞業發展的動機，那麼這起事件在她心中該佔有一定的分量才對。

黛娜再次抬頭望向身後書櫃上的照片，照片所附帶的情緒在她心中翻騰：歡樂、愚蠢、愛——快樂的每個面向都是由青春年少時最單純的幸福加以組成。

這些情感像是休息已久的引擎，突然併出幾束火花激起了她關於那段往事的回憶。

這一年來她大部分的時間都只想活在當下，把自己從虛無中拯救出來，好好存活下去。她並沒有選擇將凱西或是她們之間的友情或是她失蹤的悲劇遺忘。她只是先將這些擱置一旁，好重新建立起自己。但這些回憶也是散落的拼圖，是時候把它們找回來了。

她深呼吸一口氣，伸手打開電腦。

「睡得好嗎，寶貝？」

「當然，」黛娜拖著腳步走進廚房時咕噥一聲回答。

她還穿著上床前那套衣服，已經皺巴巴且汗濕了。她拉上帽子，盡可能躲在那個布料小隧道底下，以免佈滿血絲的雙眼底下那兩輪黑眼圈被她媽媽的鷹眼瞧見。

差不多五點時，她忍不住在桌前打盹，最後勉強起身爬回床上，抱著枕頭把身子縮成球狀尋求安全感。她睡得斷斷續續，每次都只睡著個幾分鐘，從來都沒有進入深層的睡眠。她對危險的高度敏感不允許她放鬆好好睡一覺。時刻危機戒備的狀態下，腦中有部分深信她必須要能在頃刻間清醒、逃離生命危險。

這樣的多疑也令她不敢服用杜瓦醫生開立的安眠藥。雖然按邏輯來說她知道自己在深鎖的房門後很安全，但原始的本能實在強烈到難以忽視。被這樣過度疑神疑鬼的心緒影響，她忍不住想，會不會吃了藥就醒不過來了？會不會沒醒來所以遭受人身威脅？要是沒醒來，是否無法逃離惡夢的驚嚇？

在韋德曼中心，她學到各種放鬆和睡眠的技巧及策略，但在現實中一旦遭逢恐懼的鉤爪，這些全都派不上用場。所有方法都必須在恐懼降臨之前就執行，待到被襲擊之後，就沒有執行的必要了。

她低著頭坐在偌大的餐桌邊，可以感覺到琳達的視線彷彿一顆尋求熱源的導彈放在她身上。

「我做了妳一直都很喜歡的燉蛋，」琳達說，一邊把鍋子端到桌上，舀了一勺到盤子上擺在黛娜面前。「別忘了今天要跟布奈特醫生第一次會面。」

這表示她得洗個澡，找件她沒有穿上床睡覺，也沒有扔在地上給貓咪打造溫暖小窩的衣服。

睡眠不足時這任務真是艱鉅。她發覺自己的思緒亂成一團，不知該從何處著手，到底該先做哪件事。她還記得怎麼沖澡嗎？她有可能不把整個一樓淹了嗎？

再者，完成這些棘手的準備工作順利赴約後，這個新的醫生對她了解多少？她會期待些什麼？自己會希望她知道些什麼？自己願意分享些什麼事？她該如何相信這女人？不喜歡她怎麼辦？彼此厭惡怎麼辦？

這堆問題像一窩氣呼呼的蜜蜂在她缺乏睡眠、一片模糊的腦袋裡團團飛舞。

至少醫生是女的。她緊抓住這個想法，餘光剛好瞄到羅傑。他坐在餐桌另一頭，全神貫注閱讀報紙，沒有理會她。搞不好他還在氣昨天晚餐時她說的話。他很愛生悶氣，搞得琳達常常像隻緊張的玩具小狗在他身邊大驚小怪。從前的黛娜會試著閒聊一些開心的話題轉移他的注意力。後來的黛娜一點迎合他的興趣也沒有。

「蛋冷掉之前趕快吃。」她媽媽說，在接近桌尾的位子坐下。

黛娜戳弄眼前的食物，聞了聞叉起的燉蛋，試探性地咬了非常小一口。

桌子另一頭牆上的電視被轉到當地晨間新聞台，是隸屬於路易維爾的頻道。各位男／女主播多年來非常融洽地坐在同一個播報台後。黛娜從小就看他們播報新聞，再次見到他們彷佛像是見到老朋友一般，令她寬慰不已。她看了看時鐘，用遙控器調高音量。尖峰時段，重點新聞就要來了。

男主播以嚴肅的表情開場。「昨晚，在印第安納州的雪比水磨鎮，一名服務於磨石咖啡館兼餐廳的十九歲員工下班返家的途中遭遇攻擊和性侵。目前無法透露這位被害者的姓名——」

琳達抓起遙控器按下靜音鍵。「我們不必聽這些，」她表示，眉頭緊鎖。

「這是新聞，」黛娜說。

「是壞消息。我不想聽到壞消息。」

「妳不想聽，不代表它就沒有發生。」

羅傑唰一聲放低報紙，眼睛從上頭露出來。「妳不覺得妳媽媽已經夠多事情要應付了嗎？」

「什麼意思？」

「意思是妳不必一大早就和她吵架。」

「我們沒有吵架，」琳達說。「可以好好吃早餐嗎？」

「昨晚有個女孩被強暴，」黛娜說，眼睛盯著繼父。「我們要假裝什麼都沒發生嗎？」

「我們不需要在雞蛋上頭討論這個，」他回應。

「我出事時你也是這樣說的嗎？」黛娜質問。「看來我欠你一個道歉，身為一名暴力案件的受害者真是不恰當，造成了許多不便。」

她媽媽嘆口氣。「黛娜……」

羅傑的表情因憤怒而陰沉，但並沒有看著她。他從來不看她。他沒法面對這張毀容的臉。這正是他應該要更常去康復中心探望她卻沒有這麼做的原因，即便他人一直都在印第安納波利斯。

這比她願意承認地還要令人傷心，那一刻黛娜強烈也心碎地渴望父親。她心中那個小女孩的鬼魂深信不論臉上有多少傷疤，爸比仍舊會說她是世界上最美麗的女孩。

羅傑將報紙折起擺到一邊，推動椅子起身。「我得走了，要和衛斯理開會。」

「老天，」他離開餐廳時黛娜驚呼，「他甚至不打算否認耶。」

「這樣說不公平。」他媽媽說。

「對誰不公平？」

「羅傑絕不容忍這種犯罪行為，因為妳的關係，他正在大力提倡受害者辯護。」

這是他堅定的信念，還是有利於選舉的議題？黛娜好奇。他突然間對案件受害人大表同情的行為並沒有延伸到她身上。她想到昨晚法蘭琪批評羅傑的話語，她斷言車道上的新聞現場是一次免費的曝光。現在他就是這麼想的嗎？博得新聞關注的免費門票？他跟幕僚碰面是為了討論如何多加利用身為連續殺人魔手下唯一倖存者的繼父這個詭異身分？

這想法深深刺痛她，而她不願承認。

黛娜完全失去胃口，把注意力轉回靜音的電視螢幕，手還一邊戳弄冷掉的蛋。畫面上是磨石咖啡館的經理站在外頭停車場表情嚴峻接受採訪的影片。餐廳位在大約十分鐘路程之外，就在城鎮外圍靠近州際邊界處。

最後那個夏天，凱西就在磨石咖啡館打工。

這個巧合讓黛娜一陣發寒。昨晚站在通往庭院的落地窗前恐怖的感覺再次襲向她——一股某種惡魔潛伏在黑暗中，緊盯著她的顫慄感。

魔鬼確實躲在黑暗中。只是這次沒有撲面而來。

她好奇，惡魔是不是一路跟著她過來，假期殺手說不定是個媒介、是個宿主，而那惡魔從原本他的身上轉而寄生至她的軀體。現在，她把惡魔帶回家了，昨晚它奔向黑暗，去尋覓下一個受害者。

真是個愚蠢的念頭，她知道，但卻無法擺脫這想法引發的顫慄。她提醒自己，雪比水磨鎮是利路易維爾通勤範圍內蓬勃發展中的社區，而大城市潛藏著大城市的問題。在孩提時代，她的家鄉很安全，現在人們卻得鎖上家門，不再把鑰匙留在車內。槍枝和毒品一應俱全，人們的良知卻遠不如過去一千年。強劫、竊盜和毒品罪行司空見慣。然而暴力犯罪依舊非常罕見，使人震驚。回家後第一個早晨就有性侵案件迎接她著實令人不安。睡眠不足以及創傷後壓力加深了她的偏執。接下來她花了將近兩個小時閱讀七年前凱西失蹤事件的報導。

即便是七年前，警長辦公室也並非沒有懷疑這樁失蹤案。冰毒的製作和交易是這區域棘手的問題。流言四起，聲稱凱西可能是偶然撞見了毒品交易現場，她有認識一些涉足其中的小孩。她們其中一個同學就是吸食冰毒而死。在那之後凱西曾提過想要為藥物成癮者提供諮詢。

或許她不經意目擊了某場進行中的買賣，又或僅是被某個恰好逮到機會的冷血毒販盯上了。毒品和性交易的世界總是跟葛藤一樣緊密纏繞。她可能是被其中一人抓走，又被轉手交易給了其他人。

所有人都認定約翰．維朗提是頭號嫌疑犯，因為他是凱西聲名狼藉的男友，把他揪出來更是回應了一個最基本的人類需求：惡魔必須要有臉和名字。如果真是男友所為，那麼魔鬼就是藏身在凱西的熟人圈子裡。

每個人都害怕隨機犯下的暴力罪行，惡鬼毫無預兆與理由肆意行凶使人心驚。男朋友這個答案讓眾人得以心安。隨意指摘一個認識的人感覺較好，好過凶嫌在州際間像毒蛇般蠢蠢欲動，隨意痛下殺手後溜之大吉這種假想。但是黛娜很清楚，隨機殺人無時無刻都在上演。

那年夏天，凱西・格蘭特失蹤，它就這麼輕易地發生在了雪比水磨鎮，就好像約莫兩年前，假期殺手在密蘇里州的哥倫比亞一間便利商店外頭綁架了蘿絲・瑞澤爾的翻版，當年的蘿絲正前往位在聖路易斯的學校。幾天後她的屍體被尋獲，被扔在了明尼亞波里斯一條卡車道旁的雪堆裡。

昨晚它再次上演於一名磨石咖啡館值夜班的十九歲服務生身上。假期殺手或許是死了、不在了，但黛娜很清楚這個世界上不乏有男人想成為接班人。世界初始之日直至末日來臨，冷酷、寒凍刺骨的心永存於世間。

10

「你他媽在想些什麼啊，約翰？你不能外送到一半就這樣開走啊！搞什麼飛機？」東尼．塔倫提諾雙手在空中胡亂揮舞一邊兜圈子踱步，活像個土風舞亂跳一通的舞癡。他們倆人站在餐廳後面的小巷弄裡，被垃圾車和番茄金龜車左右夾攻。廚房已經開始準備今日所需料理，烹飪中的大蒜味已瀰漫空中。

約翰側身站立，盡可能減緩被這壓迫空間喚醒的幽閉恐懼症。雖然自己站在外側，還是有種受困其中的不適感。巷子的另一頭，焊接工廠已經開始運作；焊槍和金屬相互碰撞的鏗鏘聲響像刮鬍刀一樣滑過他的神經。此刻他腦中一片空白，只想全速逃離，即便如此，他仍舊佇在原地接受老闆的言語霸凌。

東尼搞不好被說過很像一個消防栓，但現在的他更像是街角的郵筒——方正肥胖、雙腿粗短，還有張大嘴巴。打從自海軍陸戰隊退役以來，他就一天到晚吃披薩和棍子麵包，吃到全身堆滿了脂肪。約翰看過從前他在沙漠風暴行動還有全球其他戰區時的照片，可說是個狠角色。但現在他不過是個怕太太的中年混蛋，有個惡毒的妻子和房貸和一群被寵壞不懂感恩的小孩。

「然後我們接到莫瑟議員他老婆的電話，因為我們派你去而勃然大怒，」他面紅耳赤繼續罵。「你他媽為何要送那筆訂單？！」

因為那是我的工作啊，約翰在心裡回答，沒有出聲。要是他點出自己是唯一一個外送員，且要是他不送就會換成寶拉暴怒這兩項事實，會得到什麼好處嗎？當然了，現在他真希望當初自己那麼做。然後那個婊子就會在他讓自己面臨尷尬情況前炒了他，如此黛娜．諾蘭也就沒有機會指控他是凶手，還揭開自己內心裡的那上千道他不願承受的傷疤。這樣他也就不必惹來縣警長辦公事的注意，對提姆．卡凡爾那傢伙卑躬屈膝。

「羅傑．莫瑟正在競選連任，我的老天，」東尼繼續咆哮。「他是該死的參議員！你知道我們送過多少該死的披薩進他的辦公室嗎？還有莫瑟－諾蘭官邸訂過多少披薩你知道嗎？」

「不知道，老闆。」

「比跟你體重等量的黃金還要多！」

他咆哮到整個人氣喘吁吁，緊接著喊了聲「耶穌基督啊！」做強調。

約翰只是將口袋裡的拳頭握得更緊，弓著雙肩躲避這一大串炮火。他老早就習慣這種老掉牙的長篇咒罵了。打從他有記憶以來就在忍受他老爸的這種攻擊。沒有哪個軍事教官想得出約翰．維朗提承受不了的東西。相比起來軍隊根本就是小菜一碟。

「所以我被開除了嗎？」他小聲問，雙眼盯著腳上的靴子。

他已經開始思考接下來要做些什麼，哪裡會有願意雇用他的人，任何工作都行。總體來說職缺算是很稀少，對他而言又更是罕見。

所有未來可能的老闆都會查閱他的紀錄，就會發現他曾因精神方面的問題被開除軍籍。他們才不會在乎背後真正的原因。若他們調查地更深入些，還會知道在這之前他曾經因為暴力行為被關禁閉五個月。沒人有興趣知道他在兩場軍事行動中失去了十七位盟友——其中五位在造成他腦部損傷的那場爆炸中同時陣亡。他們沒打算花時間了解抑鬱、創傷後壓力症候群、想方設法自我治療或是醫生竭盡一切開立藥物。沒人在乎這些細節。

在那些少得可憐的工作選項中，有些愛國者老闆會感謝他保家衛國，接著因同樣的原因拒絕雇用他。他是一名帶著腦傷和精神問題過往走出軍人退伍醫院的專業殺手。他們怎麼敢冒風險讓他待在身旁？

以及，那些他能做的工作，大多都令人難以忍受。他無法待在太多人的地方。他無法應付同時間進行的一堆對話。那堆噪音會在他頭骨之間不斷放大、迴盪不止，直到他感覺自己頭就要爆開了。他忍受不了被人圍繞，也不能接受有人在他身後。他們靠太近，也來得太快了。他在軍隊的戰鬥訓練中磨練到爐火純青的自衛技巧太具危險性了。

在安東尼斯他至少可以來來去去，遠離喧囂。寶拉是個蠢貨沒錯，但聽她發完瘋後就可以離開了。女服務員一天到晚找他麻煩，但大部分的時間只要帶著需外送的食物鑽進番茄金龜車就可以擺脫她。

東尼雙手叉腰繼續氣喘吁吁地叨唸。約翰等著他最後的判決，對離職這事一派漠然。他可以聽到他老爸幸災樂禍的聲音。

「操。」塔倫提諾咒罵，語氣倒是平靜。

約翰低著頭眼睛瞥了一眼。

「寶拉因為這事對我發飆，小子，」他說。「我完全不認識那個失蹤的女孩。那是我們來到這裡之前發生的事。但是莫瑟那女人打電話來把寶拉罵得臭頭後，晚上她剛好看到那新聞。她簡直氣瘋了！」

「我不知道凱西．格蘭特出了什麼事。」約翰說。

東尼舉起雙手。「我沒有說是你幹的。我沒說你對她做了什麼。我很確定你沒有，你是個好孩子，約翰。但這是個小城鎮，閒言閒語竄得跟潤滑油引起的火災他媽的一樣又快又猛。」他雙手高舉，像是在宣示自己的全新格言。「『安東尼斯：謀殺嫌疑犯外送的殺手披薩。』這我承受不了。」

約翰並不想告訴他沒有人能確定凱西已經死了，更不用說什麼謀殺被害者。他也沒說自己確實是個殺手，在兩場戰爭中奪走了無數條性命，而現在因為一起想像中的命案得接受眾人審判。諷刺的是，在這場捍衛自己的戰爭中，他的盟友竟然是東尼．塔倫提諾。

「然後今天早上我們又看到某個女服務生昨晚離開磨石咖啡館被強暴的新聞——」

一團烈火在約翰體內燃燒，他的臉和頸背突如一陣灼熱，口袋裡的拳頭握緊到宛如岩石。

「我不是強暴犯，先生。」

「我沒有說你是！但有個人攻擊那個女孩，現在所有人都嚇壞了。」

塔倫提諾嘆氣的樣子像是患有胸痛。他拿出皮夾，從裡頭抽出兩百塊美金，困窘又尷尬地把鈔票遞給約翰。「拿著吧。讓你度過這段難關。我會替你找到新的工作，我保證。」

約翰輕蔑地看著那疊錢。「我不需要你的施捨，先生。」

「你需要的，」東尼大吼，一邊猛力揮舞鈔票。「收下這堆爛錢。我拜託你去買件新外套，上頭不要有你的名字。」

約翰低頭看著這件他從軍時穿的外套上面的名牌。名牌的角落已經鬆脫了，穿出布料的斷裂線頭像是一個絲線版的迷你瓶塞鑽，呈螺旋狀糾結成團。他抓住名牌，用力扯下後往地上扔。下一秒他挺直身軀，俯視用肥胖手指緊抓百元大鈔的東尼．塔倫提諾的鼻子。

他以最威嚴的態度說道：「操你妹的，先生。」

接著轉身而去。

「約翰！約翰！」東尼在背後大喊。

約翰頭也不回地走向他的卡車，心想他其實可以拿那筆錢去修理車尾燈。他聽到背後傳來東尼運動鞋踩在碎柏油路上的雜亂腳步聲。

「別傻了，孩子，」塔倫提諾說。「不用他馬的這麼驕傲。」

他從後頭一把抓住約翰的肩膀。一個轉身的瞬間，約翰甩開老闆的手，整個人向後退一步。本能驅使下，他的左臂抬起向後拉，拳頭也就定位準備發動攻擊。塔倫提諾的眼裡閃過一絲恐懼。

約翰克制住自己，強壓心中的怒火垂下手臂。「我沒什麼好自豪的，先生，」他說，「但僅有的那一點自尊我會堅持住。」

他鑽進車裡發動引擎。車子開離巷弄後，他瞥了一眼後照鏡，看到東尼．塔倫提諾雙手叉腰立在原地，身影越來越渺小，就跟他的未來一樣越來越渺茫。

他不知道該往哪去。老天知道，他根本無處可去。他繞著城鎮打轉，一邊整理自己亂七八糟的思緒，試著不要猜想生活將會變得多爛，試著不要被怒火給掌控。

事實上，他知道生活將會變得多爛。生活會弄瞎你的眼、會重創你、會讓你斷手斷腳、會讓你失去頭顱，但就是不讓你輕易死去。這些他都見識過了。他比任何人都要了解支離破碎的人。多數外表看似完好之人，內心其實早已千瘡百孔。

有時候他覺得刺在背上那十七個名字的主人真是幸運，他將這些名字刺進血肉中，終身帶著他們的回憶。有好幾次他不禁想，這些人會不會不希望他這麼做。他們在自己人生中承受的苦痛還不夠多嗎？現在，這些人被迫見證他的失敗，被迫看著他被那些過去他們自願從軍捍衛的國民拒於門外。

他駛過小學和高中，兩個地方都喚不起他一絲美好的回憶。他是個優秀的運動員，精通多種體育項目，但現在的心緒狀態下，他能想到的只有那些紛爭、背叛和失望。

高三那年，他獲得特雷霍特市印第安納州立大學足球獎學金。然而緊接著凱西失蹤了，警察對他展開全面調查。突然間他成了該州每份報紙和每家新聞台上的惡棍。他是鎮上公認的小甜心那個孤僻麻煩男友，他是有潛在暴力因子的孩子，是個被母親拋棄，有個壞蛋父親的男孩。他肯定有問題。有誰了解他心中那片無比的黑暗？

獎學金被取消了。軍隊成了唯一一個值得的選擇。最好在警方有證據替他冠上任何罪名前離開。

老實說，軍隊很適合他。他很喜歡裡頭的結構。跟同袍們相處讓他體驗到從未有過的家庭溫暖。隊上沒有人在乎他的過去。這裡所有人都是為了以某種方式洗心革面。

他好想念那裡。簡直想瘋了。不是想念戰爭，而是其餘的一切。軍籍遭開除後，他頓時一無所有——職業、家人、家、未來、自我價值一夕間蕩然無存。慘遭背叛、被拒絕的感覺像是一塊塊永遠不會褪去的深色瘀傷。他全力付出、聽從所有號令，英勇和果敢換來多面勳章。他奮力向前換來了傷口，正因如此，正因他的犧牲小我，要求他做出犧牲的組織轉身背棄了他。他為軍隊負傷；軍隊因此傷負他。

應急爆炸裝置事件過後，有好長一段時間他的腦傷被誤診。表面看來沒有很嚴重，但真正的損害藏在他的顱骨內，以記憶斷片、錯下決定、怒氣爆發、劇烈頭痛和恐怖的情緒起伏顯露而出。他藉酒精自我療癒，只換得更嚴重的後果。

一次和上級的口角導致他以暴力的罪名被關禁閉，後因頭痛而從禁閉室轉移到醫院。在醫院中，心理學家診斷他為躁鬱症，就此他的職涯宣告終結。接著他的人生開始走下坡，到了現在，回到雪比水磨鎮，一切都從負數重新開始。

仔細想想，他還活著簡直是奇蹟。大多時候他都不覺得繼續活著是最好的選項。然而他會想到背上那些名字，還有他們根本沒得選擇這個事實。

他遠離市中心，經過小鎮以此命名的多座古色古香水磨坊。原本的雪比水磨坊多年前被改建成一間高檔餐廳，隔壁還有棟座落於木造庭園中的旅館。他此生曾進過一次那間餐廳：一次怪異的兩對情侶之約，畢業舞會那晚和凱西，還有黛娜．諾蘭跟提姆．卡凡爾。整頓飯他都在擔心自己會用錯叉子或是打翻食物，又或是講出什麼白癡的話。

當初那種莫名焦慮的回憶浮上心頭，與心中那些時時刻刻煎熬著他的憤怒、沮喪、羞愧還有其他所有情緒攪和成一團；這場來勢洶洶的情緒大潰堤，苦澀又黑暗。每一次被捲進這樣的浪潮中，他都覺得自己即將溺斃。洪水灌進他的腦袋、漲滿他的胸膛，其中的熊熊怒火越燒越旺，成了一片火海。那幾張面孔在怒海中滑水而過——東尼・塔倫提諾、寶拉、提姆・卡凡爾、黛娜・諾蘭、凱西——所有人的臉上都寫滿了反對與鄙視。

該死的這些人。他們憑什麼批評他？他們根本不懂他。沒有人真正了解他。從來沒有人真正花時間認識他，沒有。同事沒有、學校裡的同學沒有、他父親沒有——尤其那可憐的王八蛋這一輩子都以失敗者和懦夫稱呼他。他母親也沒有，八歲就離開身邊的她並沒有足夠的時間認識他。

情緒已然沸騰，他開進自家車道，下車時氣喘吁吁、心跳猛烈。他從側門進入車庫，脫下外套扔到一旁，一點也不在乎究竟是甩到了哪裡去。接著他脫下運動衫，揉成一團後隨便用力丟掉。他快步走過房間，徑直朝著懸掛在天花板托樑下的老舊厚皮革沙袋走去。

他在沙袋前五呎處站穩，肩膀猛烈朝之撞過去，他吸收這份疼痛，歡迎這份疼痛從他胸膛、頸部一路爆炸至後背。沙袋左甩右擺，讓他像是一個不斷閃避一頭憤怒公牛的鬥牛士。

約翰不停側身迴避，下一秒接著迅速出拳，赤裸裸的指關節硬碰硬與龜裂的皮革和膠帶貼成的補丁猛烈相撞。左、右、左、右。一－二、一－二。左勾拳、右勾拳、左勾拳、右勾拳。

他抱牢沙袋，以最大力氣抬起右腳給它一記又一記膝擊。接著換邊，改由左膝撞擊一次、兩次、三次、四次。

每一次膝蓋猛撞上沙袋，沉重的呼吸聲就自他的喉嚨湧出。他大口吸入混雜著陳舊潤滑油和汽油味的氧氣。即便秋日的空氣這般冷冽，他的毛細孔依舊擴張，皮膚被一滴滴汗珠所覆蓋。他全力對付沙袋時，汗水沿著他的背脊直下，流過了那十七個刺青名字，浸濕了他的長褲。

他出拳一直到手臂肌肉堅硬鼓起，靜脈爆裂；來回勾拳直到包覆著肋骨的肌肉緊繃撕裂，直至腹肌因疲累而燃燒顫抖；一次次抬起膝蓋直到腳上的靴子宛如鉛塊般沉重。

他的雙手已經疼痛到無法再承受撞擊，他的指關節已經皮開肉綻至鮮血淋漓，他改以手肘，想像他痛打的是那一張張蔑視他的臉——東尼、寶拉、提姆・卡凡爾、黛娜・諾蘭；這份名單永無止境……

這波洶湧而出的情緒浪潮彷彿是有毒的蒸氣，苦澀又辛辣，滋味宛若金屬。所有感受好像是一團膽汁，自他體內深處湧上。當他的身體澈底虛脫、膝蓋再也無力，立刻如一團爛泥般癱倒在骯髒的地板上，最後一波情緒化為潰堤的淚水傾瀉而出。

11

「如果我不喜歡她怎麼辦？」十五分鐘內黛娜大概問了四次。

「要是喜歡呢？」琳達反問。「搞不好她是妳見過最酷的人呢？」

黛娜沒有作聲。她對此採取悲觀態度，生氣會比憂慮好一些。

她有沖澡和刷牙，僅此而已。沒有化妝、也沒有佩戴任何首飾。頭髮沒吹乾，身上穿的是她斷斷續續睡著時掉到地上那堆衣服的其中一套——寬鬆牛仔褲和寬大黑色連帽衫。

從前的黛娜很在意外表，衣櫃裡應有盡有，相信佛要金裝人要衣裝，身上的服裝說明了妳這個人。而她現在的打扮明確表示她一點也不在乎這該死的一切。意外發生前的衣櫃裡頭有各式T恤、連帽衫、運動褲、瑜伽褲和牛仔褲。現在的黛娜則變成了反黛娜主義者。她都已經沒有從前的外表了，何必再費心打扮取悅他人呢？既然只能得到憐憫，何必忙著尋求認同？這堆膚淺的狗屁倒灶有什麼重要？

她一點也沒打算取悅羅伯塔．布奈特醫生。她真是恨透了又要再重新開始一連串的治療，更沒打算再講一次自己的故事，或是被追問自己究竟感覺如何。

每次都會有那最白癡的問題：生活被摧毀感覺怎麼樣？被強暴和折磨的感受如何？

為了使自己分心，她打開手機相簿，看著昨晚拍下的約翰．維朗提的照片。

他斜眼瞥向她，筆直深色的雙眉緊鎖幾乎碰到了瞇起的深色雙眸。他的臉龐稜角分明、顴骨高聳、下顎方正。雖然整體線條剛毅，但不得不說，他的下唇豐滿，只能以漂亮兩個字來形容嘴部。Calvin Klein 的男模就是這樣，在 GQ 雜誌賣弄性感，用抑鬱又生氣的表情銷售名師設計的內衣褲。

他常常都一臉心懷不滿的樣子，但又從來沒有說出口。黛娜一直都不贊成閨蜜和他交往。凱西的條件絕對配得上比這個來自城鎮另一頭的憤怒男孩更好的人。她記起從前的約翰更為削瘦，一臉沒有吃飽的模樣，留著一頭可笑的蓬亂深色鬈髮，她努力嘗試將那個人跟現在手機裡的這個人連結在一起。

不同之處在於，過去他是個男孩，現在是個男人。在過去的記憶中，約翰．維朗提是個獨來獨往的孤僻青少年，老是惹禍上身的他從來都無法融入大家。過了幾年，他成了一名男人，一名軍人——至少曾經是。過去屬於男孩的天真單純都隨著剪去的頭髮一去不復返了。伴隨他而生的怒火及忿恨在這七年間成了沉痛的苦澀。

七年的時間改變了所有人。黛娜想知道凱西現在應該會是什麼樣。她曾說過想當一名幫助孩童的社工，或是從事和毒癮、酒精問題有關的職業。她總是扮演著守護他人的角色。

學校之外，她們倆都是當地食物銀行的志工，也在公共圖書館帶小朋友們閱讀。履行這些公民義務替黛娜帶來滿足感，但凱西追求地遠不止這些。她不甘只是把食物擺到食物銀行的貨架上，她還與來自各個家庭的孩子們做朋友。她不只在圖書館的說故事時間朗讀給小朋友們聽，更當起其中一個小女孩的老師。在動物收容所當志工還不夠，她還會帶食物給自家社區邊緣樹林裡的野貓們。

凱西總是照顧流浪動物……約翰．維朗提也是如此。他們在升上高三那年秋天開始約會。熱情活潑的凱西和鬱悶憂愁的代表。

「妳希望我一起進去嗎？」

黛娜抬頭，很驚訝她們竟然已經離開雪比水磨鎮了。她迷失在自己的思緒裡時，完全忽略了一路朝北方路易維爾郊區駛去的旅途。她們的車駛入停車場，就在一棟過去是火車站的長型老舊雙層磚牆建築旁。建築物的一樓是琳瑯滿目的畫廊與精品店，以及多間餐廳與咖啡館。

「我一個人沒問題。」黛娜反射性地回答。

「我知道妳沒問題，」琳達說。「我指的不是這個。」

黛娜盯著這棟陌生的建築物，沒有再出聲。如果自己找不到樓層指引怎麼辦？找不到電梯怎麼辦？

「走吧。我們去找電梯，」她媽媽說，一腳踏出車門。「我發現這裡可以進行購物療法。妳在布奈特醫生那兒的時候，我來去逛逛。妳結束後可以傳簡訊，我們再會合。這計畫還行嗎？」

如釋重負，黛娜點頭。她從停車位這裡拍了張建築物的照片，打了些註記供之後參考，接著設定停車 **App** 等等找車子時可以用。她深吸一口氣替自己加油，好面對眼前的全新任務：向陌生人表露自我，最醜惡的祕密將會被挖出攤在陽光下。

「我知道妳在想什麼，」布奈特醫生坐上窗邊那張鋪有草綠色軟墊的椅子，以這句話作為開場白。她打赤腳盤腿而坐，姿態像一隻鹿般從容優雅。她身穿灰色瑜伽褲搭配桃紅色合身T恤，完美展現運動員身材，露出的手臂光滑修長，結實的肌肉之外一絲贅肉也沒有。

「妳在想：這個怪模怪樣的黑女人打算對我幹嘛？我已經不情願地講了好多次自己的故事了，現在又要一直重複，這樣真的很受傷，我肯定會恨死這件事，真是他媽的狗屎。」

「我說對了嗎？」布奈特問。

黛娜只是盯著她看，不確定該做何感想。她不是杜瓦醫生，大地之母，沒有假嬉皮風格的裙子，背景也沒有西塔琴樂音。羅伯塔．布奈特醫生三十多歲，渾身散發一股新潮的都會氛圍，短髮編成密密麻麻的辮子頭，還點綴有多彩繽紛的小珠珠。她的耳朵上戴著月光石耳環，光芒隨著每一次頭部擺動而五彩斑斕。

「我知道我沒說錯，」她說。「讓我告訴妳為什麼我這樣講，因為過去我也曾坐在妳現在的位子上，有著一樣的念頭。」她這麼說，聲音變得輕柔。她暫停一下，給黛娜一點時間消化，等待她的反應。

黛娜雙眼圓睜，一眨也不眨。

「我知道這不容易，」布奈特繼續。「這就好像妳已經蓋好一棟樂高房子，某個人卻突然將它解體，妳得全部重來，而妳最不想做的就是從頭開始，因為這表示妳得先赤腳繞來繞去，踩在那堆痛死人的樂高積木上。」

「我有個六歲的外甥，」她供認。「我很清楚踩到樂高的感覺。」

黛娜依舊默不出聲。她盤腿而坐，盡可能縮在雙人沙發的一角，樹皮色的沙發跟布奈特身下的椅子相互呼應。

整個房間走的是「禪」的風格——拋光老舊木質地板、鼠尾草綠牆壁，搭配乾淨、線條簡約、以有機顏料與材質做成的室內裝飾織物。其中一面牆壁是座嵌入式書櫃，裡頭擺滿書籍和一系列光滑渾圓、五顏六色的厚重玻璃雕塑品。房裡幾張桌子上擺有檯燈，但只有書櫃裡的燈是打開的，點亮那些藝術品。自然光透過可眺望戶外鵝卵石地面庭園的大面積窗戶灑落進來，外頭的人們悠閒散步，或是坐在公園長椅上休息，又或是在桌前輕啜咖啡。

黛娜盯著那些人，羨慕他們看似如此單純的人生。她的眼角餘光看見布奈特打開一個資料夾，檢閱記在裡頭的筆記，接著自眼鏡鏡片後方盯著她看。

「資料裡沒有說妳都不講話。這是新的習慣嗎？是的話點頭，不是就搖頭。」

黛娜花了一些時間回應，先是面無表情緊盯著眼前的醫生一會兒，帽兜裡的頭才慢慢搖動。

「很好，因為談話療法無法跟不講話的人一起進行，」布奈特抬高眉毛指出這點，雙唇嘴角微微揚起。

黛娜還是不講話。

布奈特誇張地深吸一口氣。「看來我很喜歡自己的聲音……」

「妳發生什麼事？」

「噢……」醫生輕聲對自己驚呼，很高興終於得到回應了。「精神科學校說我們不能分享自己私人的故事，但是那些撰寫教科書的人都沒有當過受害者，他們無法感同身受坐在沙發上面對一個陌生人，那個陌生人想要直搗他們內心，告誡他們該或不該有什麼感受，這樣究竟是什麼感覺。要是妳問我，我會說那些內容不過都是些狗屁。讀到那些東西時我真的很生氣，且發誓絕對不會照著做。所以我才馬上告訴妳我也曾是受害者，雖然我們的遭遇不盡相同，但仍舊有些共同點。」

「怎樣的受害者？」黛娜又問，她的好奇心已經凌駕於原本不想配合的決心。

「我獲得大學提供的田徑獎學金，以奧運隊伍為目標。我也確實可以勝任。」布奈特娓娓道來。「但之後某天晚上，我在便利商店外頭的停車場等朋友來接我時，被兩名男子強拉進車裡帶走，他們才不在乎我四百碼賽跑可以跑多快，在被抓住的那一秒，這些根本一點都不重要。」

「他們強暴妳？」

「對。還把我當成沙包毆打、用刀捅我。他們把刀子架在我脖子上，我試圖逃跑，其中一人修理了我一頓，我的膝蓋就這樣廢了。」她說。「所以當妳告訴我某件事，我說我可以理解妳的感受，我確實可以。我明白這一切有多煎熬，黛娜。我知道妳失去了多少。」

「他們沒有把妳的臉當成萬聖節南瓜一樣雕刻。」

「不，他們沒有，但我總共花了一年的時間治療我再也無法恢復正常的膝蓋。我還花了更長時間化解我的忿怒、焦慮、惡夢等等其他苦難。我們都失去了遠大的夢想，妳和我。」

「而在這裡妳還要告訴我說我很幸運，說我仍舊擁有很棒的人生。」黛娜說，語氣盡是熟悉的酸楚怒意。

「妳可以有很棒的生活，」布奈特回應道，絲毫不受她的諷刺影響。「妳會有的。妳不會奮力活下來卻落得一無所有。妳的存活絕對有理由的。」

如果我知道往後的日子是這般模樣，還會如此賣力嗎？黛娜自問。

無止息的焦慮、身體的痛楚、睡眠障礙、每分每秒重新學習過生活的疲累，如果她早料到這些，還會拚命活下來嗎？

「只要活著，就有希望。」布奈特醫生說。

這句話猛然將黛娜從自己的思緒中抽離。

「妳明白這話是怎麼運作的，」醫生繼續道。「事件發生以來妳每天都在重複這個過程。這一分鐘妳活下來了，然後是下一分鐘、之後的每一分鐘。每一次都潛在著比上一分鐘更美好的可能。」

「也可能一樣糟，」黛娜反駁。「或是更糟。」

「或是更好，」醫生的語氣溫和但堅定，如此堅持這個她已經重複無數次的對話。「我知道妳心力交瘁。從韋德曼康復中心搬回家就是個艱鉅的挑戰。我昨晚在新聞上看到妳返家的報導，還會有一堆可能超乎妳預期的亂事在前方等著妳。」

黛娜的腦海中重現昨日的場景，驚訝、沮喪、混亂、潰堤的情緒……

「我所遭遇的事情，幾個月前就發生過了，」她說。「一切都結束了。他死了；而我還活著。沒什麼好說的了。」

「妳是連續殺人魔手下唯一的活口。往後餘生妳都會是新聞的題材。」

黛娜眉頭緊鎖，別開視線，雙臂緊緊抱著自己胸膛。她想要否認這項事實，但知道自己辦不到。有關假期殺手的所有報導，她這一輩子都會被寫入其中，被標上星號註明是變態行徑下唯一一個死裡逃生者。她並不想要這分關注。那句諷刺的話語始終繚繞在心頭——過去想成為鎂光燈焦點的女孩，現在並不想出現在燈光下。

「他們問我有關凱西的事，我不知道他們到底在說什麼，」她承認。「凱西自小學起就是我最好的朋友。高中畢業後的夏天她失蹤了，而我不記得這件事。我怎麼可以忘記？」

「這已經超出範圍了，」醫生表示。「過去幾個月妳像隻狗狗勤奮地工作，努力讓腦袋即刻恢復運轉。不要期待它能夠馬上靈活地運作，或是把努力的目標轉移到過去的事情上。」

「她是我最好的朋友，」黛娜又說。「我們就像姐妹一樣。」

「黛娜，妳自己才剛經歷一次綁架，還有那場罪行附加在妳身上的所有惡事。妳完全不記得朋友遭受綁架的事我一點也不意外，」布奈特和緩地說。「這是兩起單獨的可怕事件。然而在妳心中，妳以相同的觀點看待它們，認為本質上它們是同一件事重複上演。妳的大腦一直在試著保護妳，而不是要妳成為忘記好朋友的壞人。」

但我不想去假設她可能發生了什麼事，這樣不算壞人嗎？黛娜如此想著。我不想記起虐待我的那個男人，即便想起來或許能夠破解凱西的懸案。這樣不算是壞人嗎？

她始終把這些問題深藏在心裡，即使惡夢中的駭人畫面時時侵擾著她的腦袋：凱西是受害者。那個惡魔嘲諷她、凌遲她……

「我甚至不記得自己發生什麼事，」她說。

「或許永遠不會想起來，」布奈特這麼回應。「或是只找回非常破碎零散的記憶。」

「過去幾天我好像想起一些事情……但我不知道哪些是真的，哪些是我的腦袋從各種資源中拼湊出來的——或者全是捏造出來的。」

「我完全不記得，」她說。「我看不見他，也不想看見。」

「妳不需要這麼做。」

「但我怎麼會對一點印象都沒有的事情感到如此驚恐？」她問。「我該如何跨越這些根本不記得的東西？」

「因為大腦會將情感的記憶和生理的感受細節儲存在兩個不同的空間。這樣解釋有點太過簡化，但某種意義上來說妳的內心不希望妳記得那些創傷的細節。」布奈特這麼說。「而腦部損傷讓妳更容易忘記它們。妳有個內建的遺忘系統，然而不論妳是否是有意識地逐漸想起那段經歷，還有附帶的情緒，它們終究都是妳的一部分，只是埋藏於妳不易探尋到的深處。」

「我不想找到它，」黛娜回答。「每個人都要我想起來。他們想知道那些血淋淋的細節。」

「很不幸地，這是人類的天性。但妳想說什麼，或不想說什麼，決定權完全在妳手上，黛娜。而妳的感受也會因時間的推進有所改變。有些被害者會把傾吐經歷當作是一種情感宣洩。有些人則認為分享自己的故事，可以是一種非常強大、能狗幫助他人的方式。有些人則是只想將一切都拋開。」

「我想拋開這一切。」黛娜不耐地表示。

「可以理解。但這不代表妳不需要處理這場遭遇帶來的後果。妳不需要將生理的傷口與內心情緒所受的傷害相互連結，但妳擺脫不了屬於自己的經歷。」

「我不知道，」黛娜說。「我幾乎認不得過去的自己，她比較像是我很久以前遇到的女孩。現在的我是完全不同的人。」

「但她仍是妳的一部分，一直都是。」

「我們還是向前看吧，」醫生如此提議。「妳想拋開過去，那妳有什麼計畫嗎？妳打算怎麼做？」

黛娜聳肩，一邊啃咬參差的指甲。「不知道。到今天我還在設法洗澡前記得先脫衣服。這大概是最精彩的部分。我媽說這樣就夠了，她說現在我的首要之務是修復自己。」

「妳正在修復自己。」布奈特這麼說。「但我認為那樣還不夠。保護妳是妳媽媽的工作，妳是她的寶貝，她不會這麼快原諒世界如此傷害妳。她希望妳待在舒適的巢中，這是可以理解的，維持這樣一陣子也沒問題，但長期下來有害無益。妳需要一個目標。妳是一個鬥士，黛娜。妳需要爭取心之所嚮。」

黛娜不認為她會這麼形容從前的自己。一個職人，沒錯。野心勃勃，沒錯。目標明確，沒錯。鬥士？不。從前的黛娜循規蹈矩，善於交際，努力讓他人以她為傲，達成甚至是超越目標。但說是鬥士？某個抓撓踹踢為勝利打鬥的人？不。她根本不需要。

「我得爭取什麼？」她問。「我是個住在媽媽家裡地下室的失業記者。」

「妳在醫院醒過來時，當初的目標是要離開醫院。到了韋德曼康復中心，目標成了盡快好起來回家。現在妳回家了，需要一個新的目標。一旦妳達成了，就又需要一個新的。這聽起來像不像是一個計畫？」

「對一個昨晚走到廚房都會迷路的人來說，好像有點太超過了。」

「不需要是什麼大目標。每天設立一個簡單容易的就行。這就好比妳手腳並用爬上山。最後，妳終會抵達山頂，但過程中妳只需要留意眼前凸出的岩礦即可。」

「昨天我把行李箱裡的衣服全部倒出來堆成一疊，然後就搞不清楚哪些該收進抽屜，哪些該掛上衣架。」她坦承。

「所以妳的目標就是要把東西依序挪開，一次一件。最後那堆衣服全部收好，任務就完成了。」

「腦傷病患新聞女主角清空行李箱了。電影準時於十一點播映。」黛娜語帶譏諷。

「九個月前妳還在昏迷。」

「十個月前我是晨間新聞主播。」

黛娜再次望向窗外，人們熙來攘往。布奈特耐心等待。

「我熱愛我的工作，」一會兒後黛娜這麼說。「昨天，站在車道上看著那個記者，那個金髮女孩……我看見自己的臉。我確實看見那身軀上的是我的臉。應該是我站在那裡問別人問題才對。太不公平了。」

「對，確實，」布奈特同意。「人生真的非常不公平。這已經不是新聞了，對吧？妳還小時就失去父親，對不對？妳才一畢業最好的朋友就失蹤。到現在都沒有被找到。妳切身經歷了如此的苦痛。妳也無疑報導過虐童、強暴和謀殺的新聞。」

「妳會覺得人生不公平很正常。妳從沒想過自己會遇到這種天殺的倒霉事。我也沒有，」醫生承認。「我的人生按著計畫走。我會贏得金牌，會成為 Wheaties 麥片盒上的封面人物，會獲得 Nike 贊助的一百萬美元，然後成為 ESPN 的看板人物。」

「妳還是可以上電視節目，」黛娜說。「妳很美。」

「謝謝，但我的人生已經轉向了。遇到那次事件後，我跌進了一個深幽漆黑的兔子洞。絕望、焦慮、創傷後壓力——妳能想到的所有慘劇都有。走出這一切需要很長時間，過程中，我更加了解我自己，也找到了人生真正渴望做的事——幫助他人爬出兔子洞。」

「所以說，或許妳無法再待在鏡頭前，」她繼續道。「但這不代表妳沒有其他技能。杜瓦醫生告訴我妳喜歡上網研究資料，那麼妳就從有興趣的主題開始，搞不好之後妳可以為新聞報導做研究。搞不好妳會開始寫部落格，最後成為作家。又或許這趟旅程會把妳帶往一條全然不同的道路。我不知道。但我知道倘若妳沒有設立一個目的地，那就哪裡也抵達不了。」

「我要妳下次會面前好好想一想這件事——等妳整理好衣櫃後。」布奈特最後說，接著便從椅子上起身。「妳的第一個目標會是什麼？」

黛娜站起來，咬著下唇思索問題的答案，嘴角微微上揚。「找到電梯。」

醫生也笑了。「這個我可以幫妳。」

布奈特醫生赤腳走往房間另一頭的門，門打開緊接著映入眼簾的就是電梯跟走廊。

「妳的個人簡介裡沒有寫到這些，」黛娜在門口停步。「妳的遭遇。我上網搜尋時沒看到這些。」

「我有另一個姓氏，」布奈特坦言。「從前的我是另一個我，就跟妳一樣。」

「哪個妳比較好？」

「我已經學會好好愛著她們倆。妳也會的。」

「是嗎？」

「妳落入歹徒手中時，渴求的是存活，妳做到了。之後，我打賭妳也會成功，女孩。」

希望吧，電梯下降時黛娜心想，準備好回到現實世界中。然而，當她看見路人以驚恐的眼神瞥向她，頓時滿腹懷疑。

12

黛娜駛入死路，停在街尾的李道爾縣警察巡邏車映入眼簾。

和布奈特醫生會面之後，她決定今天的目標就是要以自己開車回家作為邁向獨立的一小步。如果她可以向媽媽證明，從A點開到B點不會迷路，也不會撞到某人或某物，就可以有充分理由要回她的車子。在一開始不知道怎麼發動琳達的賓士之後就沒遇到什麼麻煩，她靠著導航App，整段路途只把左右邊搞混兩次。

看到巡邏車之前，黛娜一路上心情都很好。但那一瞬間，她近乎崩潰，過往的情緒與相對應的回憶排山倒海撲向她，窒息的感覺緊接而至。

頃刻間她回到十四歲那年，和凱西一起坐在汽車後座咯咯笑著，等不及要回家向爸比展示為了鄉村俱樂部父女之舞新買的洋裝。當時正值秋日——跟現在一樣，空氣微寒，偶有風雨，但依舊豔陽高照，晴空萬里。這天實在太過美麗又太過完美，根本不該有壞事發生，但它確實發生了。

一輛巡邏車停靠在家門外的路邊，副警長表情嚴峻，雙手抱胸站在一旁。羅傑神情激動在車旁來回踱步，雙手不住一次又一次抱頭拂過頭髮。

回憶襲上心頭，黛娜的思緒飄回到最後一次見到爸爸的那個早晨。如同每個週六，他照例做了早餐。雖然週末園藝中心總是非常忙碌，但他堅持一定要有家人相聚的時間。艾德．諾蘭的週六早晨包括為女兒做早餐：巧克力脆片鬆餅、培根以及炒蛋。這是一段神聖的時光。

黛娜記得那天早上自己嘰嘰喳喳地期盼這重要的日子，她將要和媽媽、凱西，還有凱西的媽媽一起度過。她們要去路易維爾逛街、吃午餐還有替手腳修指甲。她要找一件跟雜誌上看到類似的洋裝。她給爸爸看過照片，爸爸說穿上那件洋裝的她肯定會是獨一無二的，因為她是世界上最美麗、特別的女孩。時至今日，她仍記得爸爸的雙臂緊緊擁抱她、親吻她頭頂的感覺。

她們一行人踏上車道時，爸爸走出屋外揮手道別。彷彿觀賞電影一般，她的腦海中重現了爸爸的身影。他一手揮舞，另一手拉著他們的巧克力色拉布拉多犬慕斯的項圈。她可以看見爸爸的臉，畫面如照片般清晰又銳利——他大大的方形微笑線，眼角幾絲皺紋的透亮藍眼睛。他的身型如運動員般結實削瘦，方正下顎上頭的毛髮比光溜溜的頭頂上還要多。雖然沒有頭髮，但仍舊跟電影明星一樣帥氣。

那是黛娜最後一次見到還活著的爸爸。那天下午有人發現他的屍體。一場意外，他們是這樣說的。但沒人知道到底發生了什麼事，沒有任何目擊者。

她們知道接近中午時，他帶著慕斯一起去獵雉雞。他和羅傑——他最好的朋友兼生意夥伴——擁有一片佔地五英畝的狩獵場，就在城鎮東邊幾里之外。那是混雜著樹林和貧脊荒地的開闊林野，一路朝南走與底下河川接壤的是一片懸崖峭壁。根據推測，不知道是基於甚麼原因，他去到了絕壁邊緣，失足墜落而死。幾位登山客發現他的遺體時體溫猶存，但為時已晚。

「黛娜？黛娜？黛娜！」

黛娜回過神，生氣地將臉轉向媽媽。「幹嘛？」

「我們在路中間。」

「噢。」

車子就停在離車道還有十五碼遠的地方。黛娜踩油門前進，匆匆瞥了眼巡邏車之外的副警長。他捧著一束由粉紅與白花妝點的花束。

「提姆！」她媽媽驚呼，趕緊踏出車外。「我的天哪！」

「嗨，琳達小姐，今天過得如何？」

「我的老天！太棒的驚喜了！我不知道你是副警長！黛娜，看看誰來了！提姆．卡凡爾！真是太棒了！」

黛娜下車，拉了拉帽子，讓自己躲進帽兜裡。她越過車頂看向副警長。他身高中等，肩膀寬闊，臀部苗條，天生就是穿制服的料。

他轉頭望向她，大大的笑容裡閃著潔白的牙齒，沿著法令紋一路往上是雙閃閃發亮的藍色雙眸。

「黛娜，」他說。

黛娜盯著他繞過車子。提姆．卡凡爾，她高中時期的寶貝。她當然認得他……現在認得了。她還記得他那輕鬆爽朗的笑容，還有眼裡透出的那股和善的淘氣。她完全不記得現在的他是一名副警長，或者應該這麼說，不記得他成了一個成熟的男人。他們倆好幾年沒見面了——到底多少年她忘了。

那年夏天，畢業後他們就分手了。這她沒有忘記。要想繼續這段感情是不切實際的。她秋天就要上大學了，而他在萬眾矚目之下，大張旗鼓地預備前往西點軍校——羅傑替他安排這場浩蕩的送行。接著凱西失蹤了，除此之外那年夏天就這麼悄悄過去了。

離開雪比水磨鎮後兩人再也沒有聯絡。黛娜在新學校開始了嶄新的生活，也有了新男友——名字跟長相現在想不起來。她跟提姆．卡凡爾澈底斷了聯繫。

「歡迎回家，」他說，將花束獻給她。

黛娜接下花，神情好像是不知道該拿這些花怎麼辦。

琳達出聲打破這尷尬的沉默。「提姆，你當副警長多久了？」她這麼問，一邊走到賓士引擎蓋前加入他們倆。

「五年了，」他回答。「但不是一直都在李道爾縣。頭兩年是在迪卡爾布，但妳知道的，我想回到家鄉。」

「你都回來三年了，都沒來探望過我們？」琳達這麼說。「太過分了！」

「嗯，妳懂的，」他低頭，吞吞吐吐地回答。「時間過得真快，工作太忙了。」

「你父母都還好嗎？」

「都很好，謝謝您。我爸爸現在在萊星頓市上班。」

「你媽媽呢？」

「搬回德州了。我妹妹住在奧斯汀。」

黛娜記得，卡凡爾一家人自德州搬到雪比水磨鎮。提姆七年級時轉到她的班上。他講話一直都有點德州腔。

「我記得後來你去了西點軍校，你沒有從軍啊。」琳達說。

提姆點點頭，黛娜覺得他的神情不太自在。

「是的，太太。是這樣的，軍隊不太適合我，」他這麼說。「凱西出事之後，我一直在想要進入警界，然後……嗯……就是這樣。」

「你禿頭了，」黛娜脫口而出。

她媽媽驚呼：「黛娜！」

黛娜皺眉。「他是禿頭了啊。」

「確實不能否認。」他笑著回應，一手伸向自己後腦勺。黛娜記得從前他有一頭濃密金髮，現在則是剃得短短的，毫不掩飾鬢角的髮際線已經明顯後退的事實。

「黛娜現在常常會講話不經大腦。」琳達趕緊解釋。

「不要這樣說我！」黛娜不悅表示。「好像我是該死的白癡還是什麼東西一樣。」

她媽媽眉毛抬得老高。「就像這樣。」

黛娜決定不再理她，把注意力放回提姆身上。

「我也不一樣了。」她承認。

「我到哪都認得這雙美麗的藍眼睛。」他露出友好的微笑。

「嘴還是這麼甜，提姆。」琳達稱讚道。

「這個嘛，太太，這樣才好接近漂亮女孩子們。」

「我不漂亮。」黛娜斷然表示。

「我們進屋吧？」琳達提議，從黛娜手中接過花束。「有時間喝杯咖啡嗎，提姆？」

「有的，謝謝您。我很樂意，這時間暫時不必執勤。」

「你跟黛娜可以敘敘舊。」

琳達轉向屋子，提姆伸手欲摟住黛娜的肩膀。她躲開。

「不要碰我，」她生氣地說。「我不喜歡別人碰我。」

他驚訝地後退一步，雙手舉起。「抱歉。」

「不是你的錯。」黛娜這麼說，隨即轉身。

他們進屋後，直接來到廚房坐在大餐桌旁，黛娜坐在一頭，提姆在她對面背對寬闊的窗戶坐下。黛娜的目光略過他，也略過他背後向下延伸通往石板露台的棧道，看往遠處一路綿延至樹林色調柔和的翠綠山坡。空地上有隻鹿抬頭看向他們，旋即甩動尾巴匆匆離去。

黛娜真希望自己也可以跑開。她要跟他說些什麼？剛見識過惡魔的臉孔，甫從命運的血盆大口中死裡逃生的人，應該跟人家聊些什麼？高中時期的點滴？還是要問他結婚了沒，有沒有自己的家庭了？她一點也不在乎。

「所以，你結婚了嗎，提姆？」琳達問，一旁的咖啡機朝著底下杯子嘶嘶作響。她在水槽邊忙著修剪花束的莖幹，小心翼翼地將之插進花瓶。

「還沒，太太。」他回答。「我嫁給工作了，人們是這樣說的。」

「他們也太不浪漫了，」琳達一邊說，一邊把花瓶抱到桌上。

「時機未到，」提姆這麼說。「我正努力晉升到警長辦公室。最近我剛通過警探考試，正在等待部門的新職缺。」

「妳知道的，我有過最棒的女朋友，」他這麼說道，一邊朝黛娜的方向點點頭，眼裡閃爍著光芒。「我還沒找到哪個女孩夠格取代那個位子。」

「我想起來了，」黛娜的語氣很冷淡。「你一天到晚滿嘴屁話。」

「黛娜！」琳達出口制止。

「誰？我？才沒有！」提姆笑著反駁。「我百分之百真心實意，黛娜。妳搞得我在其他女孩面前身敗名裂了。」

「你的咖啡要加鮮奶油還是加糖，提姆？」琳達問。

「都不用，謝謝您，黑咖啡就行了。」

「黛娜，妳要來一杯咖啡嗎？」

「我喜歡咖啡嗎？」

「妳早上有喝。」

「不用了，謝謝。」她說，覺得自己很蠢。

「那我就不打擾你們聊天了。」她媽媽說道，把冒著蒸氣的馬克杯放在提姆面前。

黛娜迅速吸口氣想阻止琳達離開，但最後忍住了。提姆是她的初戀、初吻、第一段青澀的戀愛。他是她除了凱西之外最好的朋友。她肯定有辦法跟他好好聊天的。

琳達離開後，提姆嘆了口氣。

「得知妳的事情，我真的非常遺憾，黛娜。」他輕聲說。「我完全無法想像妳經歷了什麼。」

「我不記得了。」

「完全不記得？」

「對。」

「感謝上帝。」

「謝什麼？」她質問。「要是真的有上帝，那麼就是祂准許一個性虐待狂綁架且折磨我——在他殺了不知道多少女孩之後。為此要表揚上帝嗎？」

提姆的眼睛稍稍睜大。他只認識從前的黛娜，那個甜美、快樂的黛娜，那個擅長與人相處的好女孩。**歡迎認識現在的黛娜。她心想。壞掉的黛娜。未經過濾的黛娜。**

「我想，我忽略了這點。」他說。

「沒有人想到。但是讓我忘記這一切的跟默許悲劇發生的是同一個上帝。所以請原諒我無法全然感激那個至高權力。」

他舉起雙手投降。「嘿，我沒有責怪妳。妳絕對有生氣的權利。人們只是在設法理解這些難以釐清的事情。妳我都知道不是每件事情都有標準答案。我們是從凱西身上學到這點的，七年了，我們依然不知道真相。」

「你真的是為了她才當警察的嗎？」

「對，沒錯。凱西失蹤後，我研究了所有調查和搜索紀錄。我也是其中一分子，就跟妳一樣。我永遠不會放棄。」他說。

「然後我得知妳被綁架時，正好在進行一則青少女謀殺案的報導。報紙上說妳花了很多額外的時間在那則新聞上，因為妳高中時失去了一位好朋友。」

「凱西對人們有很大的影響力，就算是不常和她相處的人也能受到感染。」

「比她自己知道的還要多。」

「你有針對她的案子做些什麼嗎？」

「間接的。原先的警探——不知道妳還記不記得，丹・哈迪——他幾年前退休了，因此這起案子被重新分配，」他解釋。「老實說，它就一直被冷冷擱在一旁——到現在都是。一點進展都沒有。」

「我聽說在好幾個不同的地方有人看到她。」黛娜說。

「到處都有人舉報，」他回答。「但還是什麼都沒發現。民眾在新聞上看到這起事件，或是某些實境犯罪節目，於是就想幫忙或是想顯現自己很重要。他們覺得自己看到人了，或者也可能是隨便捏造。這些消息全都沒有幫助。」

「那現在？」

「負責的探員想跟妳談談，這跟攻擊妳的人之間可能有某些關聯，」他說。「我說我認識妳。交給我處理可能會比較容易。」

眨眨眼睛笑一下，再送一把粉紅花束，交給這樣的老朋友來處理或許比較容易。黛娜暗想，看著桌子另一端她媽媽放的花瓶。

「你不需巴結我，」她直截了當地說道。「直接問吧。」

「我不是在巴結妳，黛娜，」他回應，感覺被冒犯了。「我不能送朋友花嗎？我以為那是紳士該有的行為。」

「我沒有任何東西可以貢獻給你的案子，」她說。「我完全不記得綁走我的男人。我一點也不記得他長什麼樣子。」

「妳願意看看照片嗎？」

「不要，」她冷漠回應。「這有什麼用？我一點有關他的記憶都沒有。你想把一張臉塞進我腦袋裡，這樣我就能說服自己說搞不好那年夏天凱西失蹤前我曾經見過他？」

「不，不是這樣——」

「這對所有人來說都比較容易，不是嗎？」她這麼表示。「大家都可以假定是假期殺手帶走凱西把她殺了，事情就這麼了結。我們永遠找不到她的屍體，但這樁懸案總算是破解了。結案。大家都可以繼續過生活。」

「沒有人想找最簡單的方法，」他失望地說。

「每個人都想要最簡單的，」黛娜反駁。「何不呢？都已經七年了。一個簡單、捏造出來的答案總比根本沒有答案好吧？失蹤孩童的父母親總是說最慘的事情莫過於不知情。」

「我很確定凱西的媽媽希望女兒還在某處活著，而不是認為她已經死了，」他如此反駁。

「你問過她嗎？有人問過格蘭特太太有沒有見過那男人嗎？我是這個城鎮一萬個人中唯一可能見過他的人嗎？」

「沒有。格蘭特太太幾年前搬走了，聽說是搬去夏威夷。但妳和凱西是死黨，搞不好這個變態曾在磨石咖啡館或是其他類似的地方接近過妳們倆。他專門襲擊年輕女子，他常在餐廳出沒。凱西以前在磨石打工，他去到那裡的可能性很高。」

「我的意思是，我知道凱西失蹤前妳們倆有些摩擦，但——」

「有嗎？」

「對，」他回答。「一些女孩子之間的爭執。妳不記得了？」

「不記得。」

黛娜試著回想。現有的有關凱西的回憶都是快樂的——她們一起開懷大笑，玩耍同樂，如尋常女孩子一般。

「我印象中跟約翰．維朗提有關。凱西和他大吵一架；她好像想挽回，」提姆說。「妳跟凱西常常為這事起爭執。噢對了，維朗提回來了。我昨晚遇到他。」

「我知道，」黛娜心不在焉，還在努力回想。

「妳可能不記得同年夏天妳把我甩了。」提姆臉上閃過一絲滿懷希望的表情。「或許我還有機會。」

「我記得。」黛娜說，無視他的自尊。

「可惡。」他假裝很沮喪，啜了一口咖啡。

「反正現在你也不會想跟我在一起了，」黛娜小聲地說。「我再也不是你認識的那個女孩。」

他把前臂撐在桌面上，俯身看著躲在黑色連帽衫帽兜裡面的黛娜。她被困在洞穴深處無處可逃。

「我想她依然在某個地方。」他柔聲說。

黛娜將椅子往後推站起身。「不，她不在了。你該走了。我累了。」

「好吧，我也該回去工作了。」他也跟著將椅子往後推站起來，從口袋裡抽出皮夾，將一張名片放在桌上。

「打給我，」他說。「隨時有事就打。如果妳有什麼需要告訴我的……如果妳想聊聊，或是……隨便怎樣都行。大家都說我是個還不錯挺有趣的飯友。」

「我不再外出社交了。」他們一起走向屋外。

「沒關係。我記得以前我們也沒做什麼，照樣度過了很棒的時光。天知道我可以一個人講個不停。」

「你話很多，」黛娜說。「然後我會一直不小心亂講話。聽起來頗有趣的。」

他在門前台階停步。黛娜從口袋拿出手機，替他拍張照。

「對我的記憶有幫助，」她這麼說。

他點點頭，但別開了目光，好像臉上有什麼東西不想被她看見，比方說憂傷，或是憐憫。

「我知道情況並不是我們所樂見的，但還是很高興可以再次聯繫，黛娜。我們是好朋友。一直以來都是。」

「謝謝你的花。」

「不客氣。我還想給妳個擁抱，但我知道妳不願意，」他說。「如果妳還記得的話，我經常擁抱他人，所以……」他指了指自己的鬢角微笑道：「我在這裡擁抱妳。很不錯的擁抱。妳願意的話可以想像一下。」

「或許之後吧。」她說，對他淺淺一笑。

「很高興看到這個笑容，」他語氣柔和。「去休息吧，記得鎖門。這裡不如從前安全了。」

「不，」黛娜說。「從來沒有安全過。」

13

他將巡邏車開向路緣，停在急診室門口轉彎處的黃線區域上。

李道爾地區醫療中心名不符實。這樣的名號給人的印象是數不勝數的精密儀器，然而實際上的醫療中心只是間體面現代的小型醫院，提供該區居民基本的醫療所需。如果你需要割除闌尾，那麼來這裡就對了。如果你老婆懷孕了，這裡的婦產科也不錯。要是你在酒吧鬥毆中嘴唇被打破了，急診室人員也能替你縫好傷口。這些一般的診治需求和意外事故之外，其他重大罕見疾病和嚴重創傷都會被轉診至附近路易維爾優秀的醫療中心，路程極短，直升機或救護車迅速就能抵達。

「嘿，卡凡爾副警長。」

「嘿，珍妮。」他走進急診室，朝櫃檯體型豐腴的中年紅髮女子揮揮手。

「你是順便過來陪我的嗎？」

「是那樣就好了，可惜我是來辦公的，」雖然嘴上這麼說，但他還是朝櫃檯走去。在這樣的小鎮，總是有機會發展各種友誼。他是急診室的常客，常來這裡探望那些酒醉鬧事、用藥過量，或是事故受害者之類的人。當然也時常關切這裡的員工。

珍妮．赫斯頓皺著眉頭，雙手撐在檯面上朝他俯過身子。「昨晚那個可憐的女孩，」她說，放低音量以免被候診區那些無聊又難受的病人們聽見。「聽說她被打得很慘。凱伊．歐黛爾說她看起來像是跟佛洛伊德．梅偉瑟[6]大戰了五回。」

「我不知道原來妳跟凱伊都是拳擊迷。」

「知道有哪些嫌疑犯嗎？」

「這我不能告訴妳。」

「真不知道她怎麼想的，在那個時間點走路回家，」她這麼說。「午夜後的磨石咖啡館半點好事都沒有。妓女在貨車駕駛座進進出出。毒販在停車場裡晃來晃去。」

提姆揚起眉毛。「看來我們應該讓妳負責，妳對李道爾縣的刑案簡直瞭若指掌。」

「搞不好真該如此。」

「可以告訴我我的受害者在幾樓嗎？」

「她在二樓。聽說是你接的電話，昨晚我剛好休假，真的有他們說得那麼慘嗎？」

「我不知道他們是怎麼說的，但被襲擊肯定不會好到哪去。不論看起來到底怎樣，對受害者來說都是不好的。」

「她有看到人嗎？她認識他嗎？」

「只要有充分的時間調查，這些就會水落石出。」他這麼回答，轉身提開櫃檯。「不過呢，說不定妳會比我更快知道。待會見，珍妮。」

他走樓梯到二樓，因為他可不想變得跟護理站前那個緊皺眉頭閱讀報告的男人一樣。

6 美國前職業拳擊運動員，擁有五個世界冠軍。

「婦產科不是在三樓嗎？」他這麼說，一邊朝櫃檯後的女士拋媚眼。「噢，華特，原來是你啊！」

「非常幽默，卡凡爾，」警探說。「你明明認得我這顆家傳的肚子。」

「我以為這顆肚子不會到處滾。」

塔伯曼拍拍自己的肚子，把它當成一隻忠心的狗。「這是畢生的成就，孩子。」

接近五十歲尾聲的塔伯曼看起來像是老羅斯福和海象的綜合版。他跟提姆幾乎是同時從印第安那波里斯來到李道爾縣警長辦公室，在退休之前尋求一份比較輕鬆的工作。

「這顆肚子代表的是經年累月在油炸食物和各式糕餅等烹飪技藝上的成就。」

「身為一個男人，是該要有些努力追求的事物，」提姆說。「我們的受害者如何？」

「整天下來幾乎都很冷靜，但特里絲說她現在防備心很強。」

「她剛吃止痛藥，」護士說。「你們要就得現在跟她談，等等她就昏睡了。」

「走吧。」提姆表示。

護士帶領他們進入病房，溫柔地向病人解釋這兩個男人是誰，還有為什麼來這裡，接著就輕手輕腳地離開了。

艾波兒・強森撐坐在床上，頭部像極了一顆腐爛的大番茄——形狀怪誕、嚴重變色，且不斷滲出分泌物。她被一堆愛生氣的傢伙當成拳擊擂台上的沙包猛力毆打。

她——曾經——在某種程度上算是美女，年輕、不算非常聰明。有好幾次在磨石咖啡館是由她替提姆倒咖啡。提姆認為她應該賺到不少小費，因為她身材窈窕，又喜歡以甜美純真的模樣稍稍跟客人調情。

短時間內她無法跟任何人打情罵俏了。瘀青退去腫脹消退後，還得要好幾個禮拜的時間裝上新的牙齒。

「嗨，艾波兒，」提姆打招呼。「我是卡凡爾副警長。」

他自我介紹道，因為艾波兒的眼睛腫脹到幾乎無法睜開，他很懷疑她是否看得見。

「看到妳清醒過來了真好。」他說。

案發當晚她被送到醫院時，意識還斷斷續續的。很幸運有人發現她。據推測凶手應該是自餐廳一路尾隨跟著走過貫穿停車場樹木繁茂的小徑，抵達停車場三個街區外的住家。小徑一直都在，自提姆有記憶以來，大人們都會警告小孩子千萬不能走那條路。但日子一久，人們就開始不聽勸了，因為那是熱門的點到點間的最短路徑。

襲擊發生在小徑中段，剛好在餐廳那邊的燈光，以及另一頭的街燈都照射不到的地方，擴散至這個點上的，只有惡夢中碳灰色的黯淡光線。案發在小徑上的這個位置幾乎不可能會有任何目擊者。

一開始艾波兒在小路上遭襲擊，隨後被拖至小徑旁的黑莓灌木叢後強暴。凶手將她棄置灌木叢，面部朝下埋於塵埃土壤中。她強忍痛苦，拖著自己的身子朝磨石咖啡館走回去，走到一半便不支倒地。要不是剛好有個懶惰的卡車司機懶得走進屋裡上廁所，她可能得攤在路邊一整夜。艾波兒．強森能活命得感謝這位決定在大卡車後面樹叢撒尿的男子。

她完全不認得提姆。

「艾波兒，塔伯曼警探和我需要問妳些問題。妳覺得自己能夠回答嗎？」

她歎氣。「幾－幾乎無－無法說－話。」她回答，幾乎無法聽懂。她的下巴動不了。聲音得自己想辦法穿透斷掉的牙齒跟腫脹的嘴唇，發出的聲音像是一串濕搭搭的耳語，提姆得彎下身子才能聽見。

「我們會盡量問些是或不是的問題。如果無法出聲，就做些手勢回答。大拇指代表是。類似這樣。」

「艾波兒，妳有沒有看到攻擊妳的嫌犯的臉？」塔伯曼問第一個問題。

「沒－沒有。太－太暗了。密密密－罩。」

「他戴面罩？」塔伯曼記在筆記本裡，「滑雪面罩？」

「迷－迷彩。」

「迷彩偽裝面罩？」

「ㄉ－對。」

「塊頭大嗎？」提姆問。「高嗎？」

她用手作了不耐煩的手勢，露出她掙扎爬行尋求救援時，荊棘在她皮肉上刻下的鮮紅色傷痕。她比他想像中還要頑強。一個人通過逆境的試煉前，你永遠無法看透他的能耐。

「比妳高大嗎？」

她豎起大拇指。

「很胖嗎？」提姆接著問。「有沒有跟塔伯曼警探一樣的大肚子？」

「ㄇ－沒。」

「攻擊妳之前或當下有沒有跟妳說話？」塔伯曼問。

「ㄇ－ㄇ－沒有。直、直接開始打、打我。」

「有可能是妳認識的人嗎，艾波兒？」提姆這麼問。「某人在生妳的氣？」

「為為為什麼？」她問。「為什麼有、有人……沒有。」

「妳有辦法描述任何有關他的事嗎，艾波兒？」塔伯曼說。「任何事都行。」

她過了良久才回答，久到提姆以為她昏迷或是死掉了。最後她深吸一口氣說：「很……很ㄓ－壯……憤怒。非常……非常……ㄈ－憤怒。」

突然間她開始哭泣，一聲怪異、柔和的啜泣聲聽起來既可憐又詭異。她的手抓撓床單，將白色布料緊緊握在拳頭裡。

「痛，」她呻吟。「很痛。」

門忽地敞開，護士推著一台放滿藥物的推車走進來。

提姆和塔伯曼回到走廊。等電梯時塔伯曼在他的筆記本上塗塗寫寫。提姆雙手叉腰在皮帶的位置上。

「所以她被一個憤怒、體型中等、戴面罩的男人攻擊，」塔伯曼說。「可以縮小調查範圍。」

「迷彩滑雪面罩。」提姆補上這點。

「所以我們在找一個火雞獵人——或是有一份坎布拉[7]型錄的傢伙，」塔伯曼這麼說。「我們幾乎已經詢問了所有那晚在磨石咖啡館的人。他們有印象艾波兒離開，因為她有跟大家說再見。但沒有人看見有人跟在後頭。」

「所以那人是在停車場。」

「或者那人知道那時候她會穿越停車場，埋伏在那裡。」

電梯門打開，兩名體型方正、身穿粉彩休閒運動套裝的中年女子走出來，其中一位手捧一束花，另一位拎著一個針織包包。來探望生病的親人吧。搞不好是艾波兒．強森的親友，她們將會坐在她的病房裡觀看體育轉播，一句話也不說，在艾波兒透過斷裂的牙齒呼吸時假裝一切如常。

「那她就不只是一次隨機的機會，而是目標。」他們走進電梯，門在背後關上。「若是這樣，那他肯定認識她。」

「他戴著面罩。應該是不想被她認出。」

「一般來說滑雪面罩是強姦犯的標準配備。」

「或許如此，」塔伯曼同意。「但我認為他本來就知道艾波兒．強森會走那條小路，且我覺得只有本地人才會這麼了解那條路。」

「所以他完全是針對艾波兒。為什麼？」提姆問。「她是個甜美的女孩。不是特別聰明但也

---

7 戶外體育用品商場。

不致於惹惱人。」

「被拒絕的追求者？」

「她為湯米．林．帕克特瘋狂，那個沒用的蠢蛋正因為使用一張被吊銷的駕照被關在我們的監獄裡。」

「那個湯米．林有什麼仇人會想找他女朋友出氣嗎？」

提姆聳肩。「除了艾波兒，我不覺得李道爾縣——或者這個世界上——有人會把湯米．林．帕克特放在眼裡，連他親媽也不例外。」

他們在一樓離開電梯，塔伯曼從候診室繞到大廳另一頭的自動販賣機前。

「你昨晚巡邏，」他說，一邊把幾枚零錢投進機器裡，重重敲了卡布奇諾底下的按鈕。「有遇到什麼事嗎？」

提姆搖頭。「沒。不算有。我聽說布里伍德那邊莫瑟參議員家外面聚集了一堆媒體。你知道的，黛娜．諾蘭回家了。但我沒去那邊。」

「我有看到新聞。」塔伯曼啜飲一口咖啡，扮了個鬼臉，不知道是因為咖啡的苦味還是因為他對這件事的記憶很模糊。

「可憐的女孩，看起來活像《陰屍路》的臨演。」

「確實不忍直視，」提姆承認。「黛娜是個漂亮女孩，乾淨又整潔，人生規劃地井井有條。她會設立目標，安排計畫，一一檢視待辦清單直到完成目的。一點誤差都沒有，完全沒有。很死板，我猜你會這樣講，但她一直都能達成夢想。」

「聽起來是個討厭的女人。」

「不，不。她真的很甜美，除非你扯她後腿，然後呢，夥伴，她就會化身死屍之手將你碎屍萬段。砰！這樣。乾淨俐落。」

「聽起來你有親身經歷過？」

「我？才沒呢，」提姆這麼回答，表情有些哀愁。「我們是因為時間到了才分手的；就這樣。我們各自有各自的方向。拜託，當時我們都只是小孩子，誰會跟高中時期的女朋友永遠在一起？」

「這裡差不多三分之二的人都這樣。」

「嗯，我跟黛娜注定要幹些大事。」

「是呀，你們確實如此。」塔伯曼表示。

提姆聳聳肩。「人生就是這麼有趣。我今天順路去看看她，也問了她有關假期殺手的事，」他說。「問她凱西失蹤那時，記不記得曾經見過他。」

「然後？」

提姆搖頭。「她說她完全不記得發生什麼事，不記得凶手長相，也不想記得。」

「就算對她朋友的案子有幫助也不想？」

「有幫助嗎？」提姆反問。「凱西不見了。若真是那個人綁架她，那她也早就死了，找不到了。不論如何，我們都找不回凱西。」

「但至少能有點進展。」

「掛掉的凶手的進展。」

「聽起來不錯啊，」塔伯曼說。「老實說，把受害者和已經死去的連續殺人魔歸在一起，可說是世界上最棒的事。國家不必花錢審理，這正是實質上的正義。」

「你覺得世界上最棒的事是把青少女跟連續殺人魔歸類在一起？太殘忍了，夥伴。」

「我也不希望她發生這種事。我只是就事論事。如果她死了，那就是死了。我希望可以結案。僅此而已。」

「這個嘛，黛娜．諾蘭幫不了你，除非我有辦法讓她態度軟化。」

塔伯曼微微一笑，拍了拍他的肩膀。「我對你有信心，年輕又帥氣的朋友。」

提姆笑了。「希望你聽了別笑。今天一提起這個話題，我就被她趕出房子了。我完全不期待她短時間內會改變心意。還有，我昨天見到一個人，你可能會想跟他談談。」

「誰？」

「約翰．維朗提。之前是凱西．格蘭特的男朋友。那年夏天後我就沒見過他了。我聽說他加入軍隊，不過已經回來了，現在是安東尼斯披薩店的外送員。昨天晚上我在州立公園外遇到他，獨自一人待在維修廠房外頭。他說他啥也沒幹，只是坐在那裡釐清思緒，但你我都知道那玩意在那地區很猖獗。」

「跟我說一下，他有前科嗎？」

「年輕時是個幼稚的混帳。在那之後……我不清楚。就像我說的，我最後得到的消息是他從軍去了。」

「吸毒嗎？」

「印象中他有抽大麻，其他我就不知道了。不過我可以告訴你他很暴躁易怒，動不動就拳打腳踢。我確定你有在紀錄中讀到哈迪警探懷疑他跟凱西的失蹤有關，但沒有確切的證據。你有讀過那份檔案吧？」

塔伯曼做個鬼臉，好像正在放屁一樣。「有。七年的失蹤懸案，找不到受害者也找不到任何證據？我真是太有興趣了。」

「嗯，約翰．維朗提是頭號關鍵人物。現在他回到鎮上，就有女孩子被強暴毒打……」

「他會打格蘭特那女孩嗎？」

「我沒看過她身上有瘀青，不過他們倆分分合合。凱西失蹤前他們大吵一架。」

「為何？」

提姆聳肩。「我不知道。那時我跟黛娜已經分手，正忙著其他事情。我記得黛娜那時簡直受夠了他們倆無止盡的鬧劇。每次凱西和約翰分手，就會跑去哭倒在黛娜肩膀上。黛娜勸過她一百遍趕快斷開那個爛傢伙，但她就是不聽。那兩人簡直像是羅密歐與茱麗葉症候群，凱西與約翰。不幸的戀人。她將是把他拯救出……」他聳聳肩膀，思考什麼才是對一個十八歲女孩有意義的東西。「他的家教、他的惡劣態度、他的……管他什麼鬼的人。」

「你的意思是他們兩家處不來？」

「凱西的媽媽不喜歡約翰，而沒有人會跟他老爸來往。馬克．維朗提是你最不想碰到的乖戾、卑鄙、粗魯的王八蛋。他是縣警局的常客，要不是因為人們怕他怕到不敢報案，他的犯罪記錄大概會跟我的手臂一樣長。」

「所以說，有其父必有其子，」塔伯曼總結。他喝掉最後一口咖啡，把罐子扔進垃圾桶裡。

「看看你有沒有辦法找約翰·維朗提來聊一下。」

14

照片裡的他們看起來好青澀。黛娜翻著高中畢業紀念冊，看著同學們寫下的告別童年的話語。青少年最感傷的廢話：**我永遠不會忘記你！雪比水磨高中永存我心！永遠的死黨！勇往直前吧！**

小睡片刻後，她從書櫃裡抽出畢業紀念冊，靠坐在枕頭上展開一段回憶之旅，希望記憶能跟著甦醒過來。燕子跳上床加入她，蜷縮成一團發出喵喵呼嚕聲的毛球，舒適地倚在其中一疊還沒整理的衣服上。雖然布奈特醫生要她設立一個整理好東西的目標，但研究畢業紀念冊感覺比整理衣服有趣多了。

黛娜那個學年總共有一百七十三位畢業生。要不是照片下印有名字，放眼望去黛娜記得的大概不超過十分之一。照片中的臉孔都好熟悉，各自穿梭在不同活動中，比如啦啦隊、校報編輯、還有紀念冊負責人員幫助各位重溫回憶。只要其中一段回憶被觸動，其他由同樣的人參與其中的片段也會跟著湧現。

她在學校裡有不少熟人，但真正親近的只有其中幾個。她總是有滿滿的行程表、待辦清單跟目標要執行。她的時間幾乎完全分配給了唸書、社團、各式各樣的活動和友情。必須要平均分配，才能在每個領域都順利達到她期望的高標準。

跟一大群女生當閨蜜在她看來沒什麼意義。她把友情分層管理。凱西是最好的朋友。妮可・芬利是她——也是凱西——第二好的朋友。下一層是一群上課和課外活動認識的男男女女，可以和諧相處但關係不親近。

回想過去如此精心安排一切的自己，黛娜有股熟悉與陌生交織而成的奇異感覺。她把照片中的黛娜當成某個認識的人，而非過去的自己。然而，這些照片觸動了千真萬確屬於她的，鮮明的回憶以及強烈的情緒。

頁面之間夾著一條她和凱西的黑白大頭貼快照。肩並肩、頰貼頰、一亮、一暗、或微笑或大笑、扮鬼臉、在鏡頭前開懷胡鬧。看著這些照片，她心中深不見底的悲傷如無盡的黑洞般逐漸擴大，黛娜清楚看見自己在這洞穴邊上的斷崖旁顯得如此渺小，搖搖欲墜，即將墮入悲傷與渴望的萬丈深淵。

「我好想妳，凱凱。」她對著照片中的黑髮女孩低語。接著她感覺到了，真的感覺到了，沉重的壓力重重襲上她的心窩。她想念朋友，多個月以來，直到昨天晚上才想起的朋友。

提姆說，凱西失蹤前她們倆處得不太好。她們兩個把時間浪費在發脾氣上面，渾然未覺相處的日子正在一點一滴流失。想到這點她難過極了。為了和約翰・維朗提交往的事而爭吵，提姆是這麼說的。這不是第一次她們倆為此事意見分歧了，但顯然是最後一次。

約翰這人陰沉、喜怒無常又特別敏感。他不喜歡凱西的朋友——關於這點，當然惹惱了黛娜。凱西在對男孩子有興趣前就是她最好的朋友了。黛娜也很自豪自己是個善良又忠誠的閨蜜。這正是為何與少數人建立親密的友誼比跟一大堆人做朋友來得好——可以一直是關係最緊密的那個。約翰・維朗提憑什麼批評她？他知道什麼叫做好朋友嗎？他一個朋友也沒有……除了凱西。

黛娜翻開紀念冊下一頁、再下一頁，沉浸在無數相片之中。約翰和提姆是足球隊和籃球隊的明星球員。有時他們玩在一起，有時又處不來。有張照片是她和凱西穿著啦啦隊服，凱西頭上的標語是「最友善」。黛娜和提姆頭上的旗幟寫著「最有可能成功」。她和提姆分別裝扮成返校節的國王皇后，還有另一張照片拍下他們倆在學生自治會會長選舉時神情凝重的模樣。

燕子忽地抬頭，在敲門聲響起前幾秒率先喵喵叫了幾聲。琳達探頭進來。

「我以為妳還在睡覺，」她一邊說，一邊走進房。「妳有休息嗎？」

「當然。」她回答，不打算說她的睡眠總被一大堆破碎的回憶和夢境侵擾，彷彿是一把把來自另一個空間維度的亂竄火苗。過去兩天來的所有改變，所有重新記起來的面孔，所有建議該做的新事項，以及她可以成為怎樣的人——所有這些已經讓她腦中的電路超載。

「再次見到提姆真是驚喜，」她媽媽在床沿坐下。「我以為我們就這樣失去了他們家的消息。你們沒有再見面，各自去了學校……我聽說他父母離婚了，但……確實沒有什麼聯繫的理由。」

「我也沒有和他聯絡，」黛娜說。「他應該也沒有找我。我不記得他有。」

「你們倆分手時他很難過。我不覺得他會認為有聯繫的必要。」

黛娜眉頭蹙起。「但那年秋天我們兩個都準備要離開這裡了。我們都知道沒戲唱了。」

至少她是這麼記得的。

琳達開始摺起一件從衣服堆裡抽出的T恤。「年輕人的自尊還未成熟。那年暑假該是他發光發熱的時候。妳提議分手稍稍使這道光芒變得黯淡。」

「男孩子簡直是小嬰兒，」黛娜這麼說，這句話出奇不意脫口而出，彷彿開口的是年輕版的自己。「我應該當個陪他外出社交的美女，然後等他覺得時機成熟時再甩了我嗎？」

「那樣太蠢了，」黛娜鄭重表示。「他老是想當做決定的那個人。」

「那年春天他確實有點自滿，」琳達回想過去。「但我記得他還是挺貼心的，也總是很幽默。我一直覺得他會走往遠大的前景。」

「他去了啊，現在回來了。這我實在想不通，他在軍中肯定大有可為，不是嗎？」

那年夏天，這位西點軍校新生坐在凱迪拉克敞篷車後座，一路朝群眾揮手整整遊行了五十英里。

「有時候呢，遠大的計畫只可遠觀，維持點距離才有美感。」琳達這麼表示，繼續摺下一件上衣。「或許更崇高的生活實際上並不適合他。我知道，要承認或接受這項事實並不容易。」

「但他決定要回來這裡，且要有所改變，」她說。「我喜歡那些關於他的說法。凱西的失蹤激勵他從事現在這份令他深有感觸的職業。他竭盡全力且抱負不凡。他並不是將就於現狀，而是做了不同的選擇。」

摺好一疊衣服時琳達餘光瞥向黛娜，露出一個調皮的笑容。「且他還是那麼帥氣，儘管髮量稀疏了些。」

「所以我確定他想要怎樣的女朋友都不是問題，」黛娜冷淡地回答。「挺好的。」

「我不是那個意思，」琳達表示。「但妳沒理由不跟他當朋友或是拒絕他的陪伴。他特別過來歡迎妳回家耶。」

「媽，別提這個了，我說真的。」

「你們是老朋友了。你們了解彼此，相處起來也舒服。重拾這段友誼對妳沒有壞處的。他總是有辦法逗妳笑，我很希望再次聽到那些笑聲。」

黛娜什麼也沒說，只是伸手從衣服堆裡抓一件T恤開始摺。她一點也沒打算進行任何社交活動。她全心全意關注當下的自己，努力療傷復健，找出生活中想做的事情。她也沒打算要交朋友，男的女的都一樣。她沒想過要以團體的方式重新與這個世界接軌。這想法讓她不自在。她還沒準備好，也不確定未來會不會準備好。

「他來這裡問我有關假期殺手的事，」她說。「花束只是額外獎勵。」

琳達背脊豎直，表情變得凝重。「他做了什麼？」

「做了他的工作。」

黛娜從衣服堆抓出一件紫色連帽衫。燕子仰躺著打滾，對著垂下的帽兜抽繩揮舞白色肉球。

「她問我在凱西失蹤前，有沒有印象在這附近看過他，」她說，聳了聳雙肩。「我不知道假期殺手長什麼樣。我完全忘了，也一點也不想記得。」

「妳不需要記得，」她媽媽說。「我不希望妳記得。」

「妳是唯一一個這麼希望的，」黛娜將摺好的連帽衫放到一旁，接著從一堆物品裡拉出一個首飾袋，把裡頭的東西全倒在大腿上。

「提姆說凱西失蹤前我們倆有些爭執，」她說。「妳記得嗎？」

琳達試著回想，雙眉糾結成一團。她撫平腿上的連帽衫，嘆氣道：「青少年常見的戲碼，一天到晚都在發生。一下分手、一下又復合。我簡直跟不上節奏。妳跟提姆中間分手過，凱西跟她男友問題特別多。凱西心煩妳就跟著難過，或是妳看到她心情不好就跟著不高興。但妳們依舊是朋友。她失蹤前一晚在我們家過夜。」

黛娜試著從一團糾結在一起的飾品中抽出一條項鍊，好幾條項鍊的鍊子打成了一個結。她搞不清楚到底哪條鍊子屬於哪個墜子，鍊條堆裡那一顆顆突出的墜子就像某種奇幻海洋生物繁複的脊椎——十字架、愛心、蝴蝶還有中間鑲有珍珠的花朵。

「那天我不在鎮上，」琳達說。「我在佛羅里達，當時奶奶需要動手術。我還記得那天羅傑在電話裡抱怨他實在應付不了兩個青春期女孩。」

「羅傑是個蠢貨。」

「黛娜！」

「他確實是啊。」

「不是，」她媽媽生氣反駁。「我不懂這突然冒出的敵意是打哪來的。」

「不是突然，」黛娜表示。「我覺得再也沒有辦法控制自己了。」

「確實。或許布奈特醫生可以幫妳。看看她有沒有辦法也順便解決妳突然愛罵粗話的毛病。」

「這我覺得她應該幫不上忙。」黛娜回答，繼續撥弄手裡的項鍊。

十字架項鍊是她十四歲那年收到的堅信禮禮物。心型項鍊飾是凱西送的。鑲有珍珠的花朵項鍊則是爸爸那邊的曾祖母的遺物。蝴蝶這條……她不記得。

她試圖用手指把項鍊分開，把纏繞的鍊條鬆開成一個得以分辨的繩結——這任務跟釐清腦中的思緒與回憶有異曲同工之妙。

「簡直一團亂，」琳達說，伸出一隻手。「我幫妳抓著這頭，妳繼續解開。」

黛娜把打結的鍊團放到琳達手中，以兩手繼續處理墜子，設法解開那條蝴蝶項鍊。她把墜飾高舉到燈光下好好研究一番，那是一隻精雕細琢，由銀色絲線製成的蝴蝶。

「很漂亮，」琳達說。「妳在哪買的？」

「我不知道，」黛娜喃喃自語，緊盯著在燈光下栩栩如生的蝴蝶，感覺到一股莫名的恐慌。

「我甚至不記得有這條項鍊。」

琳達伸手，摸一下鍊條的尾端。「破掉了。看看扣環那邊？」

黛娜檢查鍊條。扣環還在鍊子上，但離釦子不遠的地方鍊子已經斷了。她更仔細看，發現不是被拉斷，而是被剪斷的。

「之前就在袋子裡，」她媽媽說。「我記得還在醫院時，它就在妳的包包裡了。妳被發現時肯定是戴著這條項鍊，進入急診室後被醫護人員剪開了。」

黛娜雙手闔上，將蝴蝶墜子包裹其中。細小翅膀的尖端戳進她的掌心，一股微弱的焦慮浪潮在她心中翻騰，但她卻不知道原因。她打開雙手，看著壓在手心掌紋上的痕跡，好奇這條項鍊是否也有在她的人生中留下類似的印記。這對她有什麼特別的含意嗎？是不是某人送她的禮物，象徵彼此的感情或是紀念某個事件，跟袋子裡其他項鍊一樣？其他那些項鍊都是具有回憶價值的。

然而，當她把項鍊放到床頭櫃上時，心裡有股不願想起這條項鍊的不安感，就算她想得起來，這股不安也如影隨形。

「妳覺得凱西怎麼了？」她問，從媽媽手裡拿回鍊團，想辦法解開心型墜飾那條。

「不知道，」琳達回覆，起身把整疊上衣放到衣櫃裡。「我想，我寧願相信她是自己逃走。沒有人有證據證明她是被帶走的。為了她媽媽著想，我希望是那樣。」

黛娜跟著她走進寬敞的衣帽間，看著她替T恤和連帽衫分類，整整齊齊地放到櫃子上。

「再說，我也不希望任何人遇到這種不知情的事。這真的太糟糕了——不知道自己的小孩在哪。她還活著嗎？她很痛苦嗎？這些疑問和假設——太可怕了。我無法想像年復一年這樣的生活。我絕對受不了。」

「妳會寧願知道我已經死了嗎？」

「不！當然不會！」

黛娜聳聳肩。「也是一個選擇。」

「我寧可一開始什麼都沒有發生。」

「但已經發生了，」黛娜說。「發生在凱西還有我身上。很奇怪，對吧？」

「只是個可怕的巧合。」

「也可能不是。如果綁走我們的是同一個人。」

「我不懂為何要討論這些，」琳達表示，神情沮喪。她轉身走出衣帽間，逃離這個話題。

「他死了。結束了。想這些一點意義也沒有。大家都該是時候繼續前進了。」

「凱西的媽媽也前進了嗎？」黛娜問，跟著她走出來。

「我不曉得。我很多年沒有卡洛琳的消息了。她搬去夏威夷。」

「但妳們過去是朋友。」

「我們做朋友，因為我們的女兒是朋友。」她這麼說，一邊把地上的空行李箱抬到床腳，拉上拉鍊，動作俐落有效率。「妳上大學後……太難了。」

黛娜在行李箱旁邊坐下。「對誰來說太難了？」

「我們兩個都是。我們的共同點是妳們這兩個女孩，還有妳們的活動。但一瞬間我有女兒，卡洛琳卻沒有了。對我們倆來說都太困難了。」

「妳會有罪惡感嗎？」黛娜問道，對媽媽的回答更有興趣，而非見到她對問題感到不安的模樣。

「我當然有罪惡感。我有我完美、聰明、漂亮的女兒，而卡洛琳……沒有。我怎麼可能不愧疚？」

「但妳拋棄她了？」黛娜未經思考便脫口而出。

她媽媽的表情彷彿被賞了一巴掌。「我沒有！」

「妳因為內疚不想接近她，所以不再跟她當朋友。妳自己說的。」

「她也不想靠近我。」她指出，把行李箱扛到衣帽間裡，逕自坐在裡頭。「她為何要？提醒自己失去了什麼嗎？頭幾個月我試著要陪在她身邊，但我不管說什麼都不對。我完全不知道該如何幫她。她被困在我完全無法想像的折磨中備受煎熬。」

「現在妳知道了。」

「對，我知道了。」她輕聲回答，走回床邊坐在黛娜身旁。「且我知道，不管做任何事，都無法讓卡洛琳好起來，因為沒有東西可以彌補失去孩子的痛。沒有任何話語、任何行為，足以治癒或減輕那份傷痛。完全沒有。」

「人們試圖給妳一些安慰，或是替發生的事情想些美好的解釋，但沒有用，」她說。「沒有人解釋得了惡魔。壞事仍舊發生，無需任何理由。我們只能盡全力面對，『生命自有安排』這句話一點用都沒有，何必告訴父母親這種話？」

「我不知道，」黛娜說。「或許這讓他們覺得要是發生在別人身上，自己就不必如此了。」

「有可能。」

「凱西失蹤時妳有這樣想過嗎？還好是她不是我？每個人看見悲劇發生時是不是都有這種想法？」

琳達盯著她良久，尋思著如何回答。她伸出一隻手輕撫黛娜短短的頭髮，像是在獻上祝福。「每個人，除了母親，」她柔聲說，淚濕了眼眶。「真希望是我，而不是妳，小寶貝。我會盡一切所能，保護妳免受這個世界，或是其他另個世界的一切傷害。只要我們有得選擇。」

「壞人才有選擇權，」黛娜說。「我們只是他的遊戲中的幾枚棋子。」

「再也不是了。再也不會，」琳達一邊搖頭，一邊低語。「不會再有第二次。」

即使她被媽媽拉過身子緊緊抱住，黛娜仍舊知道這樣的承諾難以兌現。世界上充斥著心懷歹念的人。她的媽媽刻意忽略這個事實，深信成功逃出惡魔爪牙的她們，已經得以免疫，彷彿她們戰勝病魔後產生抗體，終生免於感染。

黛娜知道事實不是這樣。她仍能感覺到惡魔在她肌膚上留下一層油膩膩的殘留污垢。她仍能自夢中聞到那氣味。她仍能感受到當窗外的世界歸於一片漆黑，惡魔仍潛伏於光線的照耀範圍之外。她依舊感覺到了牠的能量，正挑釁著她的戰鬥或逃跑本能。

她一點也不想被碰觸到，也一點也不想靠近。然而，她卻同時間不斷在夢魘中看見凱西的臉龐，一步步走向她、嘲弄她……

妳應該要看見他靠近的……我死得不明不白……跟妳一樣死透了……

她閉上雙眼，看到那鮮血淋漓的嬰孩有著跟自己一樣的臉孔，正抬頭望著她。這代表什麼？她變回過去的自己傷害了凱西？她以朋友的性命為代價追求事業獲得成功？假期殺手施加的酷刑是她該償還的代價？或者，挖掘凱西事件的真相將是她獲得救贖的機會？

她還沒有足夠的力量接受這項挑戰。然而即便現在身處於母親的羽翼之下，她仍清楚感覺到這是她無可擺脫的宿命。

15

在雪比水磨鎮，若是有人希望工作的報酬能以現金交易，又不想被詢問任何問題，那麼他就會到州際邊的廉價餐廳，在席爾瓦修車廠西邊的停車場四處遊蕩。喬治．席爾瓦，以塵土為伴的男人，允許臨時工們在黑手休息時聚集在野餐桌旁。唯一的條件是不許惹麻煩。

白天一早和一天結束之前，人們會來這裡徵臨時工。工作都是些簡單的勞力活——挖水溝、搬重物、農耕諸如此類。這些工作大多是執行單日或單週，又或是直到果園裡的蘋果採收完為止，所需條件通常不高，有片健壯的背脊就行。這些工作不需客戶關係技巧，而且也不需會講英文。沒有福利政策也沒有預扣所得稅，完全以現金支付報酬。

大多出現在這裡的人都是些持有可疑證件的拉丁美洲人。或者是一些比較倒霉的當地人，剛因為偷了些漂亮的東西入獄然後獲釋，不然就是成天喝個爛醉的酒鬼，在每一次醉到不省人事之間的空檔需要打些零工。

那天傍晚，約翰不情願地加入這些人。他才不信東尼．塔倫提諾會替他尋覓新工作。那需要東尼付出心力——寶拉知道的話會把他輾斃。接著就可看到寶拉將東尼的肉泥裝進玻璃罐，放在包包裡帶著趴趴走，事情的結果就是如此。

約翰把卡車停在停車場邊緣的樹下，下車後繞到後頭坐在車擋板上，遠離野餐桌旁那群男人。他可不是來這交朋友或博取同情的。他不想引人注意也不想跟人攀談。他壓低棒球帽蓋住眼睛，肩膀拱起縮在耳朵兩邊，雙手插在外套口袋裡。

等待時他的腹部因焦慮而翻攪。從他坐的位置可以看見他老爸那台黑色雪佛蘭登山車停在修車廠旁一排車子之中。那老頭是替席爾瓦工作的黑手。他差不多四五點下班，接著會去對街的酒吧痛飲啤酒、威士忌直到心滿意足為止。某幾天傍晚他則是會回到卡車停靠站，然後去磨石咖啡館吃個晚餐，或是來一塊派。

約翰不想被他老爸看見他在這。他不想聽到那老頭大聲嚷嚷他被安東尼斯開除的事實。他一點也不想聽那堆「早就告訴過你」的廢話。這一輩子他都被自己的父親稱呼為廢人。每次事實顯示那個混帳說得沒錯時，約翰總是怒火中燒。

現在他是個廢物，是失敗者。他老爸稱他懦夫，但他從來都不是。是人們放棄他，不是他落荒而逃。一直都是這樣。他媽媽拋棄她。老師們放棄他。凱西甩了他。軍隊趕他走。現在他回來了，決心要加倍奉還。

有六個拉丁美洲人在其中一張野餐桌旁遊蕩。其中之一帶了台隨身收音機，在大家聊天打屁時裡頭播的是墨西哥波爾卡音樂。瞥了約翰幾眼後，他們便不再理他。

他看了看手錶，又把自己埋進翻開的外套衣領中多一些。四點四十七分。陸陸續續有人走出席爾瓦修車廠了。他可以聽到對街傳來他老爸的聲音——只聞其聲，不知其話語——緊接著傳來的是一群男人的笑聲。

約翰求他千萬別看向這邊，彷彿這樣祈禱有效似的。他可沒有心情接受老爸的羞辱。光是用想的就令他夠火大了。他迅速腦補，假設最壞的情況：馬克．維朗提看到他，一直線穿過停車場朝他走來，捧腹大笑讓笑聲可及範圍的人都知道他這廢物兒子被開除了。他會滔滔不絕開始羞辱約翰是敗類，連個批薩外送員都當不好。現在他跑來這裡，對著一份墨西哥人在做的工作乞憐搖尾。

約翰聽著自己腦袋裡他爸爸語帶憤恨的種族歧視話語，可以感覺到腦壓急劇上升，直到自己再也聽不見那聲音、雙眼怒而充血為止。他可以看見自己衝向那老頭，感覺自己舉手出拳時上臂突如一陣緊繃，拳頭如一顆自投射器射出的巨石飛速衝出時，緊繃感隨即又消褪地無影無蹤。他可以感覺到指關節重擊老頭鼻樑時，自前臂一路向上延伸至肩膀那甜蜜的痛楚。

他知道一旦開始動作，一旦仇恨之門被打開，將會一發不可收拾。在某個人將他拉開之前，他會一拳接著一拳，永無止境的揍下去。等到那王八蛋倒在自己的血泊之中，他又會發自內心希望這一切都沒有發生。

他的心臟怦怦跳。他縮小目光所及範圍，聚焦在穿越停車場的人身上。外套口袋裡的拳頭緊緊握住。

要是他再不拋開這大一串念頭，可能就會為時已晚了。這個事實像把利刃切穿了他腦裡憤怒的熱浪。

他不確定自己在不在意。

他不確定這樣做到底值不值。

突然砰！一聲，一輛車的車門關上，小孩子的嗓音打斷了他腦中翻騰的思緒。

「爸比！爸比！」

一個五六歲的黑髮小女孩從一輛老舊豐田跑向野餐桌，笑容滿面地迎向她面帶微笑的父親。

約翰從車擋板上起身，朝卡車車頭走去。停車場這一側的邊緣被一片林地圍繞，從未有人打理這片野草蔓生的荒地，僅有一條小徑貫穿，是通往最近的社區的捷徑。只需踏出三步他就可以隱身於樹林中。

他一邊沒入樹叢，一邊持續盯著停車場。他看到他老爸跨上卡車，倒車，接著轉向。中途雪佛蘭停頓了一下，馬克．維朗提看了眼約翰卡車的方向。約翰屏住呼吸，直到老頭繼續上路才鬆了口氣，顯然去酒吧暢飲遠比兒子重要多了。

約翰看著他離開，心想自己得費盡心力湊錢才行。他必須要有份工作，讓他賺得足夠的錢離開這該死的雪比水磨鎮。他不覺得自己有未來可言，但非常篤定不想再生活於過去的禁錮之中。

窸窣聲從身後的灌木叢傳出，他轉身、蹲低、手臂抬起、雙手擋在身前，視情況或是防備或是出手攻擊。他自左而右且回頭環視周圍，沒有半個人。灌木叢的十點鐘方向又有動靜，在靠近地面的地方，他垂下目光凝視聲音的來源。

約莫十五呎外有隻狗躺在灌木叢中，眼神緊盯著他不放，看上去有點像是德國牧羊犬，全身裹著厚厚的毛皮，閃著一雙晶亮的雙眸。

約翰蹲下，看著眼前這隻狗並朝牠伸手。狗狗低下頭，怒目圓睜。牠身後的樹葉沙沙作響，看來藏在裡頭的尾巴正猛烈擺動著。

「我不會傷害你。」約翰輕聲道。

狗狗聽了後發出一聲悲鳴，但仍沒有走向前。約翰往前一步，狗狗見狀隨即蹲伏後退。牠應該還是幼犬、或者餓壞了，也可能兩個都是。瘦骨嶙峋的身子可清楚看見骨頭的起伏。牠明顯需要幫助，但又無法信任願意伸出援手的人。

我理解你的感受。約翰心想，但沒有更進一步的動作。他能拿這隻狗怎麼辦？老頭子不可能讓牠進家門的。約翰有過慘痛的回憶，他小時候養過幾次寵物，現在完全不願回想那些小動物們的下場。他只能記起那些隨之而來的情緒：心碎、悲愴、憎恨。

他轉身背對狗狗，走回了停車場。

一輛莫瑟－諾蘭景觀設計公司的貨車開進野餐桌附近的空地。一名身穿牛仔褲、制服襯衫和厚重工作靴的五十多歲壯漢踏出車門。墨西哥人們隨即蜂擁而上。

「我需要一些強而有力的背脊來扛重物，」約翰往人群走去時聽見他這麼說。揹著女兒的那個男人替其他人翻譯成西班牙語。

莫瑟－諾蘭公司的人看著約翰。他的襯衫口袋上繡有名字：比爾．肯尼。「你有辦法嗎，士兵？」

「沒問題，先生。」

「早上六點四十五分。我們來這裡取貨，或是你也可以自己送到莫瑟－諾蘭，如果你知道地點的話。」

「沒問題，先生，」約翰回答。「謝謝您，先生。」

「感謝你效力軍隊。」比爾．肯尼這麼說，伸出一隻手來。

約翰猶豫了一秒，才伸出外套口袋裡的手。

比爾・肯尼見到他腫脹瘀青的指關節和傷痕累累的血肉不禁皺眉。他表情嚴峻地看著約翰。「你打架啦，小子？」

「沒有，先生。」

「該死的。你這慘兮兮的拳頭一看就知道了。」

約翰把手插回口袋，拱起肩膀。「只是打沙包而已，先生。」

「你難道不知道要戴手套嗎？」

「沒有手套。」

肯尼顯然不相信他。約翰也不再多做解釋。他心中的沮喪就跟傷痕累累的拳頭一樣，一次又一次撞擊他的胸膛。他想用指關節揍沙包還是揍磚牆，對這混蛋來說有什麼區別？

「我不想要有人惹事。」肯尼警告。

「不會的，先生，」約翰說。「我發誓不會，先生。」

肯尼意味深長地看著他，接著轉向負責翻譯的那個墨西哥人，告訴他一樣的話，要他明早搬貨，並表示自己需要在六個人之中選幾個。他用手指了指其中三個人。

在他講話的同時，一輛李道爾縣警長辦公室的巡邏車開上停車場，緩緩朝他們駛過來。墨西哥人彼此互換了個緊張的神情。約翰低著頭，瞥著車子停下，一名副警長踏出車門。提姆・卡凡爾。

「有什麼問題嗎，副警長？」比爾・肯尼問，聲音聽起來有點氣惱，明顯不滿工作被打斷以及這種有權人士間接的威脅。負責雇用人員的人在這個地區找臨時工已經好多年了。事情一直是這麼運作的。沒有人會破壞這個體制。

「沒有問題，」卡凡爾表示，走路時大拇指勾著腰上的皮帶。「只是得跟約翰．維朗提談談。」

「為何？」肯尼問。

卡凡爾露出一抹微笑。「這不關你的事，先生。」

肯尼眉頭緊皺。「他被通緝了嗎？我不知道這事。」

「沒有，先生。」約翰鄭重說明。

「我只是有些問題要問他，」卡凡爾說。「約翰和我是老同學，他是三個縣內最傑出的邊鋒，雙手靈巧至極，雙腿足以媲美肯塔基州種馬。」

比爾顯然不太相信這故事。他雙手叉腰說道：「告訴我他是不是要去坐牢了。我剛剛才雇用他明早工作。如果要帶走他，我得趕快補一個人。」

約翰的心臟狂跳。聽到這個問題，他不敢看向提姆．卡凡爾和比爾．肯尼。

「沒那個必要，」卡凡爾回答。「我沒干涉你雇用退伍士兵，肯尼先生。特別是你其他的人選並沒有合法的證件，對吧？你雇用約翰吧，百分之百美國人。且據我所知呢，他跟騾子一樣刻苦耐勞。」

他看向約翰，頭朝人群以外的地方點了點。「只要一分鐘，約翰。我有些問題要問你。」

卡凡爾搭著約翰的肩膀，兩人一起轉身朝卡車走去。約翰往一旁挪動，避開肢體接觸。

卡凡爾露出一種惹人厭的表情。「隨和舒適一點的相處方式不好嗎？」他問。

約翰選擇沉默。他轉身面向卡凡爾，雙手縮在口袋裡，右肩壓在卡車車身上，彷彿他需要藉此支撐自己。

「我跟東尼．塔倫提諾談過了，」卡凡爾說。「他說他不得不叫你走。」

約翰沒有回應。

他的老隊友搖搖頭。「我早就告訴過你不應該回來的，約翰。」

「你專程跑來就為了讓我知道你是對的？」

「不。」

「你怎麼知道我在這？」

卡凡爾聳肩。「就找工作這點而言，人們無處可去時就會來這裡。我很欣賞你這麼做。」

約翰一點也不想要他的讚賞，不論是字面上或只是比喻都不想要。他頭痛欲裂，一股強大的壓力在腦袋裡拚命推壓，彷彿剎那間頭骨容不下他的腦袋。這股力道重重壓在他的雙眼和頸部最底處。

「你想知道什麼？」

「你認不認識一個叫做艾波兒．強森的女孩。」

「不認識。」

「回答倒是篤定。」

他這話說得好像早就斷定約翰說謊。他試著回想，是以前的同學嗎？他完全沒有社交生活，再說了，他不只是沒有交過多少女朋友，連普通朋友都沒有。

「她是磨石咖啡館的服務生。」

約翰聳肩。「可能吧。我不知道。」

「我不是在問你，是在告訴你事實。她是磨石咖啡館的服務生，我聽說你常去那。」

「誰告訴你的？」

「你是否常去？」

「有時候。」那裡的咖啡香濃、派餅美味，且價錢相對便宜，吃膩了從安東尼斯那裡偷拿的食物他就會到這裡。

「艾波兒，」卡凡爾說。「差不多十九歲，黑髮、身形可愛、臉蛋漂亮，你不記得她？」

「為何這麼問？」

「你昨晚下班後去了哪裡？」

「回家。」

「自己一個人？」

「不然？」

「昨晚你被塔倫提諾太太開除了，」卡凡爾說。「我想你可能有點生氣，或是很生氣。」

「你可以有話直說，」約翰這麼說。「省得浪費時間。」

「你不該對我這種態度，約翰。我可說是這裡最像你的朋友的人了。負責這起案子的警探希望我找你談談。」

「什麼案子？」

「艾波兒．強森昨晚下班後行經這片林子遭受襲擊。某人把她痛打到只剩半條命，然後強暴她。」

一股熱氣自約翰頭頂往下竄，流經手臂，直達他的腿部。「你說我是強暴犯？」

卡凡爾雙手舉起。「我什麼也沒說，約翰。我只是問你昨晚去了哪裡。」

憤怒如野火燎原般覆蓋了他的每一寸神經末梢。憤怒和恐懼。這已經不是他第一次被指控某種罪名了。他很清楚程序為何，他會被帶到警長辦公室，會有人去向記者通風報信，接著就是一大群媒體蜂擁而至，激起大眾的強烈譴責。

沒有人在乎他是一個獲頒勳章的戰爭英雄。對七年前的人們而言，他就是那個失蹤、至今杳無音訊的女孩的男友。

他心裡有個聲音，叫他衝向提姆．卡凡爾，把他海扁一頓到滿地找牙，接著立即跳上卡車離開雪比水磨鎮，離開李道爾縣，離開印第安納州。

一聲低沉的咆哮在他耳邊響起，令他暫且分神。那隻幼犬爬出林子，現正站在他腳邊。牠頸背上的毛髮直豎，雙眼眨也不眨瞪著提姆．卡凡爾。

卡凡爾俯瞰流浪狗，皺起了眉頭。「你最好管好你的狗。」

「這不是我的。」約翰說。

「是嗎？那我得通知動物管制官來帶走。牠看起來很凶狠。」

約翰靠向狗，下令道：「去！」

狗狗立刻聽命奔回林子邊緣，站在那兒守候。

「我不知道，」約翰說。「說不定牠很擅長判斷人的性格。」

「哈哈，幸好他們是派我來。」卡凡爾回應。「換作是其他副警長，早就直接逮了你，朝那野狗開一槍了。我是在給你機會，約翰？」

「什麼機會？」

「從這爛事中脫身。」

「沒有事情需要脫身，」約翰這麼說。「我完全不知道有關那女孩的事。」

說完他從外套口袋掏出車鑰匙。

卡凡爾的目光直接盯向他傷痕累累、腫脹的指關節，還有撕裂斑駁的皮肉。

「你那手怎麼了，約翰？跟樹幹大戰了幾回？」

「差不多是那樣。」

「你要告訴我我應該去看看別人嗎？」

「沒有別人。」

「在我看來顯然有人挨揍了，」卡凡爾說。「而有個女孩正躺在醫院裡，模樣看起來像是堅持跟麥克・泰森[8]鬥到底。」

「那你應該去找泰森，」約翰這麼回答。「我沒有做錯事。」

「若你沒有做錯事，應該不介意我看一下你的卡車車廂。」

---

8 前職業拳擊手，曾獲世界重量級冠軍，被認為是世界上最好的重量級拳擊手之一。

「介意，」約翰說。「你想看我的車，應該要有搜查令。」

「這態度完全無濟於事，約翰。」

約翰走向卡車身後，動手放下車擋板。狗狗也有了動作，跟在他後頭一路勘查、嗅聞，接著便縱身一躍跳上了載貨區。

「你剛說那不是你的狗。」卡凡爾說。

「你還是那麼忠誠。」

約翰關上擋板。「確實不是，但如果牠想保護我，我也樂意照顧牠。」

對於這點，他有很多話可以說。高三那年提姆．卡凡爾屢次背叛黛娜．諾蘭。但他沒有說出口。提姆．卡凡爾如何定義忠誠這兩個字不關他的事。

「我可以走了嗎？」

卡凡爾皺眉。「我不敢說警探不會因這案子找你，他也負責偵辦凱西．格蘭特失蹤案。他覺得應該要約談你。」

「噢？他怎麼那樣想？」

約翰打開車門跳上座位。卡凡爾靠近，站在車旁看向裡面。

「我不是在編寫史書，約翰，」他說。「事實就是如此。你可以選擇要不要配合。我只是給你個提醒罷了。要不是你把生活上每件事情都搞得這樣天殺的困難，現在的你會好過許多。」

「是啊，說得對，我想我就是這樣。」約翰說，關上車門發動引擎。

「死性不改，」提姆．卡凡爾搖搖頭。「死性不改。」

16

「妳確定不用我們順路載妳到健身房嗎？」黛娜的媽媽問。「法蘭琪的課九點結束，上完她可以載妳回來。」

「我不需要保姆，」黛娜看著琳達從手提包裡掏出一支唇膏，對著門廳的鏡子塗抹。「我不是八歲小孩。」

「我不覺得妳需要保姆，」她媽媽說，從鏡子裡望著她。「我只是怕妳自己在家會感到不安。」

「我沒事，」黛娜說。「妳這身打扮很不錯。」

時髦、剪裁合身的海軍藍套裝搭配珍珠項鍊，整體裝扮顯得保守又專業感十足，簡直像是可以以莫瑟家族的身分輕鬆入主州立辦公室。她轉身，臉上掛著笑容。

「謝謝妳，寶貝。妳知道我有多討厭這些政治晚宴。我寧可和妳一起待在家裡。我們可以做些爆米花，看些舊電影。」

「琳達？」羅傑的聲音自樓梯間傳下來。「我的袖扣呢？」

「在你抽屜裡的小珠寶袋裡！我修好它們了，記得嗎？」她大聲回應，對著黛娜翻白眼，彷彿是在說：「男人！」

「找到了，謝謝！」

她將注意力轉回女兒身上。「冰箱裡有昨晚剩下的焗烤通心粉。微波加熱就行了。還有沙拉，記得要吃。」

「好。」

「還有別忘了吃藥，」門鈴正好在這時響起。「我們回到家妳可能已經睡了。這種聚會每次都拖很久，真希望選舉快點結束。」

琳達開門時，黛娜往旁邊一站，不想馬上被看見。

「衛斯理，」她媽媽說，後退一步讓羅傑的競選幕僚進入門廳。「今晚你是我們的司機嗎？」

「我想是的。我想在路上順便跟羅傑討論些事情。對手又想要炒同志婚姻這個話題。」他看向黛娜，表情嚴肅地靠向她並伸手。「黛娜，我是衛斯理．史蒂芬斯。昨天我們沒有好好地認識彼此。」

黛娜看著那隻粗短的手，不情願地握住。她並沒有預期家裡會出現陌生人，只穿了件長袖發熱衣，沒法拉上帽子躲進去讓她頓時覺得自己好赤裸。

史蒂芬斯身穿黑色西裝，裡頭是白襯衫和條紋領帶。他的外套不合身——二頭肌部位太緊繃，肩線的位置也不對——體格顯示他比任何人都勤於健身。

「事實上我想坐下跟妳好好聊聊，黛娜，」他說。「我相信羅傑有告訴過妳黃金時段的新聞雜誌節目對妳很有興趣。他們想做妳的專題報導。妳可以——」

「不要。」黛娜直截了當地說，抽回自己的手。她幾乎忍不住想在牛仔褲上磨擦手掌。衛斯理的手濕黏又柔軟，且和陌生人有肢體接觸令她有沖澡的衝動。

史蒂芬斯那抹專業的笑容稍微垮了下來。「我知道妳回家後需要些時間好好安頓，但等妳一準備好——」

「不要。」

黛娜的媽媽迎上來站在兩人之間。「衛斯理，你何不先去熱車？我們馬上就好。」

衛斯理抬頭看見羅傑走下階梯，身著炭灰色西裝搭配暗紅色領帶，燙得筆挺的白襯衫跟古銅色的肌膚形容鮮明的對比。他看起來成功又自信。走下樓時幾乎沒有正眼看向黛娜。

「衛斯理，你有帶今早我們討論的筆記嗎？」

「有，我還又多準備了一些。」

「我們最好趕緊上路，莫瑟太太，」羅傑這麼說，一邊從門廊的衣櫥裡拿出一件大衣。「有場募款晚宴正等著我們出席呢。」

琳達親了親黛娜的臉頰，用大拇指將印上的口紅印子揉掉。「有事就打給我，或法蘭琪，她過來這裡不用十分鐘。」

「我沒事的。」黛娜向她保證，跟著來到門口。

她看著羅傑的休旅車退出車道，載著一行三人離開。他們終於出門了，黛娜鎖上大門，走進廚房張羅晚餐。她打開烤箱，把通心粉從冰箱取出，裝了一些到盤子上，然後放入微波爐裡，接著就走到大窗戶前盯著外頭，澈底忘了剛剛的動作。

那天傍晚提姆．卡凡爾離開後，她的腦中不斷重複他說的話，當天的回憶如萬花筒中的碎片般變幻莫測。現在她打開了通往回憶的大門，便不願意再度關上。臉孔、嗓音、感受、視覺、聲響，所有的一切都打轉不止。

她不願想起自己的遭遇，那個衛斯理．史帝芬斯希望她上美國黃金時段電視節目分享的故事。過去九個月，她每分每秒都深陷那個故事之中。現在她重新發掘了自己的過往，能將注意力轉往凱西的事件讓她鬆了口氣——這樣的念頭同時與錯綜繁複的情緒交織，從罪惡感到責任感皆雜揉其中。她想，至少鎂光燈終於得以從自己身上轉往朋友，她的故事已經沉睡了許多年。

琳達說，凱西失蹤前的那個晚上是在她們家過夜。當晚她們肯定也是坐在這張餐桌前吃晚餐。此時的黛娜坐著，想像她們倆人分別坐在兩端，一邊吃飯一邊天南地北地開心聊天。她們會在家庭娛樂室耗掉整個傍晚，看電影、幫對方編髮、替對方搽指甲油。那晚羅傑在電話裡跟琳達抱怨，說兩個女孩子他實在應付不過來。那年夏天，不論她和凱西之間有什麼爭執，都不是什麼大不了的事。

為了男孩子吵架這事顯得有點愚蠢，畢竟她們的人生都即將啟航至雪比水磨鎮以外的地方，從此脫離高校女甜心的身分。男孩子們同樣也將迎向全新的生活。

黛娜一直以來都擁有更多目標與事業心，凱西則是希望步入家庭，過著安穩生活，她們常常說著要一起上大學。她們等不及要離開小鎮生活了，準備結交新朋友、體驗大學生活、展翅高飛迎向各式挑戰。然而，那年秋天，黛娜獨自一人步入大學……交新朋友、沉浸在新生活、開展自己的羽翼。凱西自此成了追憶。隨著這段思緒而來的罪惡與羞愧感顯而易見，一股酸澀感在她口中蔓延。

晚餐澈底被遺忘了。黛娜離開廚房，回到樓下的房間，輕點滑鼠兩下喚醒休眠的電腦螢幕。布奈特醫生要她立定目標，黛娜自身也深感其必要。她想要藉由完成任務獲得慰藉，讓她得以全神貫注在自己以外的事物上。研究一起事件往往是她擅長的。挖掘細節、蒐集真相，帶給她逐步靠近目標的感覺，彷彿自己是一頭嗅覺靈敏的獵犬。若她想要獲得一些微小的成就感，現在正是時候。

她坐在電腦前，找出其中一篇凱西失蹤案件的舊報導，稍早讀過的那篇，搜尋著負責這起案件的警探的名字——丹・哈迪。其中有場記者會秀出哈迪的照片，是個高大壯碩的男人，緊鎖的雙眉底下有濃密的鬍鬚。黛娜閱讀文章時對他最深的印象是看起來很嚇人。在他的目光之下，所有人都會感到一股沒來由的罪惡感。

提姆說哈迪已經退休了，警長辦公室的另一名警探接手了這起案件。但是，就算那名新的警探握有所有文件和報告，哈迪才是擁有這起事件第一手記憶的人。

她抄起手機，緊盯著螢幕試著鼓起勇氣——或是勸自己收手。身為一名記者時，打這種陌生電話是每天的例行公事，但現在她準備打去詢問哈迪時，全身的神經都警鈴大響，她覺得自己在哈迪接起電話的那一秒就會立刻掛斷。然而，她還是打了。電話那頭突然傳來低沉又粗啞的嗓音：「我是哈迪。」

黛娜用力吞嚥，突然間口乾舌燥地近乎一座沙漠。「哈迪警探，我的名字是黛娜・諾蘭。」她開口道，心臟狂跳。「不知道你還記不記得——」

「我記得妳。我退休了，老了。」

「噢，很好，嗯，」黛娜結巴，對自己這樣緊張感到尷尬。「我有些問題想請教您，是有關我的朋友凱西。凱西．格蘭特。那個——」

「我知道凱西．格蘭特，」他插話。「妳有問題就問吧。」

我的老天。要從何問起？「我想不起來凱西發生了什麼事，還有——」

「我們都不知道凱西發生了什麼事。」

「我的意思是，我不記得事發的經過，」黛娜解釋。「我想您可能願意跟我談談。或者我可以讀一下當時提供給您的證詞——」

「好吧。妳來吧。」

「噢……呃……」她支支唔唔地說。「我想搞不好明天——」

「明天我不在。我現在有空，今晚。」

實在沒有藉口的情況下，黛娜將哈迪告訴她的地址抄在粉紅色便利貼上。她還來不及道謝或是惹怒對方哈迪就掛電話了。

她把手機放到一旁，盯著眼前的地址，心臟不住用力跳動。他要她現在過去他家。這念頭引發了一陣焦慮的浪潮——不是因為害怕他。丹．哈迪是個——過去是個——值得信任的警界人員。他給人的印象執著、令人畏懼，黛娜不覺得他會傷害自己，但即將動身去找他這件事依舊令她心慌。

若今晚就去見他，她就得自己一個人前往。琳達不在，沒人可以載她。法蘭琪還在健身房教課。差不多得要出發了，得趁自己失去勇氣或改變心意，或是她媽媽說服她放棄前趕緊行動。

稍早她才因能否自己開車和琳達起爭執，現在正是行使獨立自主，證明自己辦得到的時機。她的車在車庫裡，被綁架那天起再也沒有開過，不過她有從布奈特醫生那邊開她媽媽的車回家過，一切算是很順利。沒有理由她不能自己開車到十分鐘車程外的哈迪警探家。

在勸自己放棄前，她把哈迪家的地址輸入手機裡的導航系統。她在T恤外多套一件連帽衫，從桌上抓了本筆記本和一枝筆，便動身朝車庫前進。

上樓、左轉、穿過廚房、穿過洗衣間……

她的鑰匙掛在洗衣間通往車庫的門邊。她認得那個白色塑膠大凱蒂貓鑰匙圈。她拿了鑰匙，踏入車庫，尋找打開大門的按鈕。

她的墨綠色MINI Cooper——羅傑和媽媽送的大學畢業禮——停在最遠的車位。她上次開這台車是好久以前的事，現在坐在方向盤前感覺有點奇怪。她看了看胎壓計，找了下點火器，接著坐在原處聽著引擎發出轟隆隆的運轉聲。

她的心跳頻率開始不太正常，她點開手機導航系統，仔細聽著發出的指令，慢慢將車開出車庫。她告訴自己，需要做的只有這樣——跟著指示走——就會抵達目的地了。沒什麼大不了。

車子來到街尾。右轉。繼續前行七英里。右轉。

她全神灌注聆聽那沒有露面的女聲指引她方向，沒發現自己的時速僅有二十英里。後頭有輛車朝她按喇叭，下一秒便從一旁超車，裡頭的駕駛狠狠瞪了她一眼。

黛娜仔細看著前方的道路。看不見本尊的嗓音引導她遠離而非接近小鎮。她不喜歡這樣。下一個左轉後就沒有路燈了。突然間人行道和有規劃的建設也消失無蹤，她沿著一條碎石路，開上一座座通往河流方向的小山丘，左右兩旁盡是濃密的樹林夾道。

焦慮感蔓延至她的五臟六腑，黛娜開始質疑自己的衝動行事。在鎮裡迷路是一回事，在現在這裡迷路又是另一回事。她正往前警探家中而去，不論她信不信任對方，要是自己最後跑進一片毒販佔據的偏僻荒地，那麼也甭提什麼信任的問題了。

人們住在這只有一個原因：不想被打擾。這片邊陲地帶是栽種大麻的大本營。廢棄的狩獵營地有時會被毒販當作烘製大麻的場所。以及，獨居者之所以住在這，最明顯的理由就是他們太危險，會帶給同居者威脅。

焦慮感在她喉頭中成形、膨脹。路旁的樹林貌似步步進逼，樹枝彷彿全化身成了伸長骷髏手指的乾癟手臂。黛娜死命緊抓方向盤，感覺到了脈搏的律動自雙手傳出。**迴轉，回去，迴轉，回去**——這幾個字在她腦袋裡翻騰，盪出了陣陣回音。

導航系統忽地出聲嚇得她跳起來。「往前行駛四英里，然後，左轉。」

又要轉彎。她已經轉彎多少次了？左轉幾次了？右轉幾次了？她到底是怎麼想的，跑到這種地方來？

雖然忍不住質疑起自己的判斷，她仍舊轉動方向盤，按照導航系統的指示。

「目的地即將位於右側。」那女聲愉快地說。

丹·哈迪的小木屋座落在一片空地，溫暖的黃光自多格窗戶穿透而出，映照出一片暖和的小綠洲。警探像個哨兵一樣站在前門，兩旁還各站了一隻神情戒備的大狗。

黛娜坐在車裡盯著眼前的男人和大狗，後悔跑到這裡來。當她開始了這一切，當她踏出車外與這男人交涉，她可以感覺到，已經沒有回頭的餘地了。

「您已抵達目的地。」導航的聲音再次響起。

下一刻她緊緊抓住筆記本，踏出車門。

她在網路上找到的舊時報導，照片裡的哈迪魁武壯碩，雙頰紅潤，看起來就像是一大塊免受嚴重心臟病攻擊的血腥牛排。黛娜站在台階前之時，瞬間發現眼前的人跟照片裡的模樣簡直判若兩人。哈迪警探現年六十多歲，體重比之前輕了五十磅，在黃色的小燈之下，臉頰明顯較先前削瘦且蒼白。鬍鬚沒什麼變化，只是已變成濃密的灰絲。

會不會不是這個人？會不會走錯地方了？這不是第一次導航系統把她帶到錯的地址。會不會因為她沒有預先想過各種可能，而讓自己置身於危險中了？

她僵在原地，心跳飛速，腦袋裡塞滿了各種情緒和困惑。

「妳沒走錯地方，」他的聲音就跟電話裡頭一樣低沉粗啞。「我跟上次妳見到我時不太一樣了。癌症，」他接著解釋。「我明天得去做化療。所以妳才得在今晚過來。等到他們幫我注入那堆該死的毒藥，之後幾天我的狀況都會很糟。進來吧。」

黛娜看著哈迪，再看了看臉上沒有任何表情的看門狗。

「別理牠們，」哈迪說，拉開前門。「牠們正在執勤。住在這裡需要幾隻優秀的看門狗，附近的鄰居品質還有很大的進步空間。」

黛娜踏上台階走向大門時，兩隻狗目不轉睛地盯著她，但並沒有移動腳步。但就在經過牠們身旁時，兩隻狗倏地跳起，牢牢守住大門。牠們的吠叫聲宛如砲火。

黛娜不自覺驚呼出聲，迅速鑽入屋內，猛然撞上哈迪的後背。他轉身穩住她的肩膀，那一瞬間她才明白，即便體重大幅減輕，他仍舊是一個強而有力、骨架壯碩的男人，那隻大手孔武有力到可以輕易把她當成易開罐一樣捏扁。他低下頭，深色眼珠憤而盯著她，黛娜嚇得倒退一步，脫離他的大手，冷不防一頭撞上背後的門框。

「對不起，對不起。」她結結巴巴道歉，盡最大努力穩住自己，遏止那想衝出門外迅速開車逃走的衝動。她把筆記本緊緊抱在胸前，好像在防止心臟猛然跳出胸口。

哈迪的表情絲毫沒有軟化，看來一點也沒打算讓她放下心來。他端詳，嚴厲的目光讓黛娜覺得自己赤裸裸地暴露在他眼前。她將帽兜往前拉到臉頰邊。

「妳到這裡找我，」他提醒道。「我不會把妳趕出去。」

「是的，」黛娜回答，呼吸還有點急促。「謝謝您肯見我。」

為了盡可能躲避他審查的目光，黛娜左顧右盼，打量著眼前寬敞的主要廳室。房間另一頭是座石造壁爐，爐架上掛著一顆捕獵到的鹿頭。木牆上裝飾著各式各樣死去的動物——鴨子、雉雞、鹿、羚羊、野豬。每隻動物彷彿也正以和殺死牠們的人同樣冰冷、漆黑的眼珠回瞪著她。

「我記得，」哈迪說，「妳爸爸是位獵人。」

「您認識我爸爸？」

「我調查他的死因，」他說。「當時妳還只是個小女孩。」

「那是個意外，」黛娜回應，語氣不太自在。「為什麼警探會參與其中？」

「有時候事情看上去像是意外，並不代表它真的是，」他這麼說。「一個男人墜落峭壁死亡，最好有人去確認他不是被人帶上去的。」

「您覺得他是被人謀殺的？」

黛娜彷彿穿越一個洞口，墜落至另類的超現實宇宙之中。她來這裡是為了討論凱西，而不是她爸爸。她從未質疑過她爸爸的死因，也不記得曾有人懷疑過那不是場意外。

「沒有找到任何顯示謀殺的證據。」哈迪說。「沒有目擊者。看起來就像是他太靠近懸崖邊緣，一不小心失足跌落。那年秋天氣候很乾燥，土地很堅實，頁岩很鬆散。」他雙手叉腰在鬆垮的牛仔褲上，聳了聳肩膀。「世事難料。我想妳也了解這個概念。若原先不知道，現在也該曉得了。」

「不過還是疑點重重，」他補上這句。「我們從未找到他的狗。那隻狗到底哪去了？」

黛娜無法回答。失去父親的痛淹沒了當時所有其他事情，但身為小女孩的她不僅僅是失去爸爸，同時也失去了摯愛的寵物。童年時期遇到的所有微不足道的小創傷，都有這隻狗狗在她哭泣時提供一個可以倚靠的肩膀。她記得自己曾問過媽媽慕斯怎麼了，但羅傑因此責備她。他們才剛失去父親、丈夫、最好的朋友兼合夥人，竟然還有心情問那隻愚蠢的狗。

最後的假定是拉布拉多犬在她父親墜落山崖後逃走了。慕斯是一隻漂亮、龐大、明顯是純種的拉布拉多犬，很可能是在半路被某個不顧牠項圈上標籤的人帶回家養了。但哈迪的疑惑提供給慕斯的失蹤一個不祥的解釋。

拋開這個話題，哈迪帶領黛娜走過一小道黑暗的走廊，右轉進入一間小型家庭辦公室，裡頭堆滿了文件匣和文件陳列櫃，還擺有一個手槍保險櫃、一張書桌、一張堆滿更多箱子與文件的折疊長桌。書桌上方的牆壁有許多裱框的獎狀、證書、文憑——都是些在警界的漫長生涯的紀念品與遺物。折疊桌上方的牆壁則是塊白板，白板上貼滿了相片和新聞剪報，還有一堆看似出自狂躁之人手下的潦草筆記。

黛娜的腦袋花了點時間才釐清眼前的景象。意識清晰之際，一股顫慄竄過她的身軀，穿過她的脊椎，一路蔓延至四肢，她的胃部也跟著突如一陣噁心的翻攪，近乎要自喉頭傾瀉而出。

她盯著那些照片。太多照片了。有正式的也有隨性拍下的，有擺好姿勢的也有抓拍的。凱西高三時的畢業照。凱西身穿啦啦隊服的照片。凱西身著短褲，手舉著慈善洗車活動的牌子。凱西小時候。凱西是畢業舞會公主。

這是一名失蹤七年的女孩的聖地，由一名退休警探親手打造。

17

「她從前是個漂亮女孩，對吧？」

黛娜側身避開，避免直接面對他的臉，這時發現逃出門的路線被堵住已經為時已晚了。她的心臟跳動得好狂野。或許他看得見這顆心臟就像一隻籠中鳥，在她的喉頭底部撲翅掙扎。她好想驚恐、好想尖叫，但深知兩者皆不可為。

慢慢的，她手伸進連帽衫的口袋，想抓住裡頭的手機，確保它還在原處，但它不在。

「從前？」她說。「她是失蹤，不是死了。」

「妳真的這樣相信嗎？」哈迪問。

「對我而言她還活著，除非有人提出證據。有些目擊者——」

「我現在就告訴妳那女孩死了，」他說。「搞不好失蹤那天就死了。」

「人們在苦難中存活。」黛娜這麼說，厭惡自己聲音的震顫。她必須不斷眨眼，才能遏止威脅著要盈滿眼眶的淚水。

「妳很了解這點，對吧？」哈迪輕聲說。

她好想奪門而出，但去路被他堵個正著。她身後是扇看向庭院的平板玻璃窗。小木屋與外頭樹林間的空地被安全照明燈點亮，兩隻巨大看門犬正在那兒徘徊巡邏。即便她有辦法突破哈迪衝出屋外，也絕對無法回到車上。

近乎窒息的感覺來自於吞沒喉頭底部的焦慮與驚恐。哈迪彷彿是一隻龐大的貓，正緊盯著眼前的老鼠。夾在筆記本上的原子筆就在她右手邊，或許可以當作匕首。若她把筆刺進他的眼睛或喉嚨……她不記得了，但她是用螺絲起子捅進假期殺手的太陽穴。必要時可以再來一次。

「妳怕我嗎，小女孩？」他問，顯然樂在其中。「害怕一個癌症老頭？」

他其實沒有那麼老，黛娜心想，且她哪知道他得了癌症？他有告訴過她嗎？她接受了自己腦袋裡所創造出來的這個男人的形象，將自己置身於危險當中。他從前是位警探，所以說，他肯定是個正派的好人；他退休了，所以說，肯定是年老且無攻擊性的；他得了癌症，肯定很虛弱。事實相反，他比她強壯高大得多，且很享受她滿懷畏懼的感覺。

「為何你有這些？」她問，瞥了眼覆滿牆壁的照片、筆記和剪報。「你已經不是警探了。」

「這起我偵破不了的案子時刻糾結著我。」哈迪說。

他往前站一步，雙手叉腰，看著眼前滿滿的照片拼貼。「多年來，我日以繼夜調查她的案件。一個人花了這樣大把時間追蹤一名被害人，同時間她早已成為我的女兒、姊妹還有愛人。我不會放手的。除了這些我還有什麼？我沒有家人，沒有工作，也沒有多長日子了。」

「但你離開後另一名警探已經接手了，」黛娜表示。

哈迪做了個鬼臉。「塔伯曼。肥胖、懶惰的混蛋。這是我的案子。那份資料夾裡有全部的文件影本。要是真有人要破解它，那個人就是我。她是我的女孩。」

黛娜的目光從白板其中一邊移向另一端，看著哈迪生硬、歪斜的字跡，內容是他獨創的速記、縮寫和各種神秘的符號。如此緊張的狀態下，她的大腦處於洪水氾濫的臨界點，那些字母、數字、箭頭、線條全都混雜成了無法理解的大雜燴，在她眼前飛速翻滾旋轉。她迫切渴求聚焦，盯著白板中下方一條長長的時間軸。由凱西失蹤那天起始。

09:00 AM 被害人和D．諾蘭搭乘被害人的車離開莫瑟家

09:15 AM 女孩子們在磨石咖啡吃早餐

10:00 AM 被害人和D．諾蘭回到莫瑟—諾蘭宅邸

當時黛娜暑假在園藝中心打工，負責澆花和禮品部的收銀。有時候早上磨石咖啡館下午的工作開始之前，凱西會一起過來。黛娜忙著把水管拉過一排又一排的苗圃，灌溉那些色彩繽紛的一年生花卉和一排排玫瑰盆栽之時，倆人會天南地北聊天。

她們老是惹出麻煩，因為園藝中心在夏天這幾個月總是非常繁忙，顧客絡繹不覺前來擠得水瀉不通，根本沒時間讓愛八卦的女孩子們在走道上浪費時間。有時生氣的經理會把羅傑請出辦公室，羅傑會簡短告誡幾句就把凱西請出去。

那天羅傑沒有去上班。黛娜這時想起來，當天羅傑因為偏頭痛待在家裡——肯定有部分原因是昨晚必須忍受兩位青少女的尖叫咯咯笑，還有永無止盡的聊天聲。

10:15 AM（大約）有人看到被害人和D．諾蘭吵架。被害人先行離開。

「我們為何吵架？」

「我不知道，當時妳說妳們沒有吵架，」哈迪這麼說。「妳告訴我凱西因為不舒服所以離

開。妳說謊。」

「我沒有說謊！」黛娜反駁。「若我說凱西不舒服，那她就是不舒服。」

「妳騙我說沒有吵架。有個員工說他看到妳們在員工廁所附近爭執。」

「他們誤會了，」黛娜堅持這麼說。「或者根本不算是吵架。」

「每個人都會說謊，」哈迪說。「每個人都會對警察說謊。問題是為什麼？為什麼妳那天要撒謊？」

「別再說我撒謊！凱西和我沒有吵架！我媽媽說我們倆為了我們的男朋友有些意見不合。或許我們是有些口角，但她是我最好的朋友。我愛她如同親姊妹一樣。我只是覺得她男朋友會阻礙她的未來，就是這樣。」

「如果這樣講會讓妳自己好過點，那就這樣吧，」哈迪這麼表示，後退一步靠在書桌上。「妳不願相信自己和好友起衝突，從此再也沒有見過她。那也沒關係——除非妳們爭執的原因跟她的失蹤有關。真是這樣的話，好一點是妳妨礙了調查，糟一點就是妳成了幫凶。」

「若我知道任何能幫助凱西的事，就會告訴你。」

「這不是妳說了算。一個十八歲女生認為跟刑事案件調查有關的東西，與事實上真正有關的可能完全是另一回事，」他這麼說。「人們不經意提到，看似毫無意義的枝微末節往往足以讓整起案件翻盤。可能是某人故事中的前後小差異——時間軸不一致、某個貌似不起眼的名字。某人擁有的某樣物品可能看似微不足道，卻都可能是呈堂的證據——一張紙條、一張照片、一截菸蒂、一樣珠寶。每個小物件都是其中一片拼圖。警探的工作就是要把所有碎片拼湊在一起，呈出一幅完整的作品。但少了碎片，拼圖是無法完成的。」

黛娜緊盯白板，專注在描述她和凱西吵架的時間軸上。她不敢相信自己可能隱瞞了任何有助於案情的線索，但現在她已經不記得那些細節了。不論是什麼瑣碎的小事，現在都沒法幫助調查了。

「妳不是唯一一個如此評論那個男朋友的人，」哈迪接著說。「小維朗提問題一籮筐。」

「但你從未逮捕他。」

「沒有證據是不能逮捕他人的。維朗提聲稱凱西失蹤前他們有好多天沒見面了。我們找不到任何事或任何人否定這則說詞。我們在凱西的通話紀錄查到，失蹤當天下午一點左右，她有打電話給他。她留了訊息說希望傍晚時能見他一面。但他說她人沒有出現。同一天離開園藝中心後，凱西也有跟提姆．卡凡爾聯繫。為了抱怨妳，他是這麼說的。」

黛娜皺眉，不滿她朋友竟然在背後講壞話。倘若她真的有生凱西的氣，肯定是為了她好。凱西老是很容易陷入那些感傷的故事，為了受傷害或被拋棄的人難過不已，搞得最後受傷害的總是她自己。

「她很氣我跟提姆分手，」她說。「她一直設法讓我們復合。」

「嗯？這樣啊，妳的判斷還不錯。卡凡爾當時確實有點蠢。雄心壯志先生。鎮上的人太高估他了，結果還是被業力擊敗了，不是嗎？直接把他踢出西點軍校。」

這話讓黛娜稍微愣了一下。「他告訴我說自己不適合那裡。」

「當你被要求離開時，這是個最容易的藉口。」

這確實是她印象中的提姆，黛娜心想。總是扭轉局面使之對自己有利。

「看來他發現自己沒有想像中那麼聰明，」哈迪說。「他是被退學的。」

這太不像提姆了。他一直都是個優秀的學生和聰明的政客，懂得用機智和幽默贏得老師的讚賞。然而，西點軍校不是雪比水磨高中。那裡期待的是最高標準，可沒法靠外表和魅力一路順遂。不過被退學這事還是令黛娜難以置信。

離開西點軍校後，他選擇回到印第安納州，進入警校。而後，明明可以去任何其他地方而不引起注意，他卻選擇回到雪比水磨鎮。黛娜很喜歡眾人口中成熟的提姆・卡凡爾。他不得不虛心承認西點軍校的失敗，然後現在，憑藉能力一路爬上了警長辦公室的位置。

「妳在電話裡頭說想看看之前提供的口供，」哈迪提到。「為何？」

「我腦部受傷。記憶慢慢回來了，但是都很粗略。凱西是我最好的朋友。我認為自己應該要記起所有細節，但卻不記得。若我有辦法找回所有碎片，現在就能把這幅拼圖完成。或許現在我看事情的角度不再相同，可以發現先前遺漏的部分。」

「比如假期殺手？」他這麼問，再次離開桌前。

在這狹窄的空間裡他似乎靠得太近了些。鬍後水辛辣的消毒劑氣味灼燒著黛娜的鼻腔。她穩住腳步，暗自希望可以站到他的另一邊，靠近門的那邊。

「我完全不記得他，」她說。「不需浪費時間問我是不是假期殺手帶走了凱西，因為我不知道。」

「這肯定是個天殺的巧合，」哈迪說。

他從丹寧襯衫胸前的口袋取出一副半月型眼鏡架到鼻樑上，走向書桌打開整疊文件最上面的資料夾。

「再說一遍，妳我都知道現實世界遠比小說更離奇古怪。小說的結局必須要合乎常理，現實世界只有一堆狗屁倒灶，沒有一個編輯會相信小說的美好情節。不論多離奇、多不可能、多湊巧，真實世界就是會發生這堆事。現實根本不需要有什麼該死的道理。」

他轉動辦公椅面向她，接著彷彿極其痛苦的縮起身子。他的臉頰汗水淋漓，他慢慢地深呼吸一口氣。

「當我聽聞周遭議論紛紛的那個推論，」他說，「凱西失蹤時假期殺手可能剛好回到這附近——我聯繫了認識的 **FBI**，他們曾跟當地警局配合組成調查小組，或許會有假期殺手受害者的資料。他們回溯至多年前，列出了一份時間軸。最後查出自二〇一五年起，他便是特雷霍特附近一座垃圾場的共有人。這表示他在距離這裡三小時的路程外有藏身處。」

「鎮裡有些從事古董與廢棄物買賣的人聲稱在跳蚤市場、拍賣會及其他類似的場合和他交涉過。所以說，沒錯，他很有可能有經過這裡。」他這麼說。「他可能有去磨石咖啡館。我不知道有誰能作證這點，但或許凱西．格蘭特有為他送上一塊派。他可能一眼就喜歡上了人家，用計把她拐到卡車上。這些都有可能。」

「你真的這麼認為嗎？」黛娜問。

他的目光越過狹窄的房間，看向那條時間軸。「我不知道。那天她沒去上班，但她的車子在停車場。她去哪了？沒有人見到一絲蛛絲馬跡。是假期殺手瞞過眾人耳目把她抓出停車場嗎？

他正是那樣帶走妳的，對吧？在停車場抓到妳，把她拖進車子——」

「我忘了。」黛娜立刻表示，但心臟卻突然加快；焦慮感使她的喉嚨緊繃，彷彿正對一段她發誓不曾有過的回憶做出反應。

「事情就是那樣，」哈迪說。「這正是他的作案手法。在密蘇里州他在便利商店外的停車場抓走一個女孩。在密爾瓦基的廉價餐廳外帶走一個女孩。妳準備出門工作時，在公寓停車場將妳擄走。」

「但你認為約翰對凱西做了什麼。」黛娜說道。「每個人都這麼想。」

哈迪聳聳肩。「那時我們不知道假期殺手。且眾人所知的事實是，刑事案件的凶手大多都認識被害者。即便妳的經歷不同，但隨機綁架還是相當罕見。大多數都是熟人或親密愛人所為；理由通常很簡單：金錢或性，或者相同主題牽扯出的其他問題。」

「重要的另一半往往是頭號嫌疑人。凱西和約翰當時沒有在一起，她準備要甩了他，對吧？那正是妳希望的。妳甩了你男友，希望她也甩了她的。」

「不是那樣。」黛娜反駁。

「不是嗎？」哈迪挑起一邊眉毛。「妳很喜歡主導大權。」

「你不了解我。」黛娜說，對他捏造的形象感到憤怒。

「妳們倆本來打算一起上大學，對不對？」

「對。所以？」

「所以說，兩名單身少女一起上大學比其中一個死會了有趣得多，」他這麼說道。「特別那個男友像小維朗提那樣。或許這正是妳們爭執的原因。搞不好妳施壓要她和另一半分手，搞不好她叫妳滾蛋，或者也可能這正是為什麼那晚她想要見他——告訴他一切都結束了。」

當時大多數人的推論都是如此。但真相沒有人知道。

「結果七年後他仍然逍遙法外。」

「像我剛剛說的，我們無法證明他有對她做出什麼事。一個憤怒的十八歲少年有聰明到能從刑事案件全身而退嗎？不太可能。妳覺得他看起來像是刑案幕後策劃者嗎？」

她思考關於約翰．維朗提這個人，想著畢業紀念冊上他的照片。過度敏感、易怒、憂鬱寡歡、有時很生氣的樣子。凱西一直幫忙他維持在能繼續待在球隊的成績。

「不。」

「現在我們知道假期殺手了，」哈迪說。「當時我們找的不是連續殺人魔，所以沒有發現。」

他再次深吸一口氣，緩緩吐出，別開她的視線。他拉開書桌其中一個抽屜，拿出一盒萬寶路香菸和一個打火機。

「你可以抽菸嗎？」黛娜問。

他咬住香菸，一邊點火一邊給她一個諷刺的表情。

「我快死了，小女孩。得趁現在享受享受才是。」

他從打開的檔案夾拿出一份文件遞給她。「這些是妳的供述，不論有沒有用，讀完它吧。說不定妳會想起應該要提供的答案。」

黛娜接過報告，看也沒看就夾在筆記本中。

「事發過後七年，人們遺忘了——忘了臉孔，忘了姓名。磨石咖啡館的員工來來去去。有人會記得見過假期殺手嗎？或許只有某個有特定理由的人才會——比如妳。」

問題是，黛娜離開哈迪的房子後一邊開車一邊想，就算她是那個有理由記得假期殺手的人，但卻也是絕對有理由忘記他的人。

她努力專注在眼前的道路和導航系統的聲音時，腦袋不住猛烈抽動。她真希望可以一眨眼就到家，不必在這裡疑惑是不是該左轉而非右轉。起伏蜿蜒又曲折的鄉間小路令她暈眩作嘔。突然間，後頭有燈光尾隨。

她離哈迪樹林裡的小木屋還不到一英里遠。一路上她都沒有看見其他車輛。道路一旁的樹林在在顯示幾哩內都杳無人跡，然而現在她知道了。確實有人。就在她後面。

是輛卡車，她覺得。車頭燈籠罩了她的小 Mini。太近了。近得過頭了。

儀表板顯示她的時速接近三十英里。但感覺上像是七十。她不敢重踩油門，她太久沒有開在碎石路上，太久沒有開車了。然而後頭那輛大車貌似想要超越她——抑或是輾斃她。

要是真落入險境該怎麼辦？一點辦法都沒有。她沒有武器，無處可逃。她不知道自己在哪裡，也不知道哪裡可以求援。逃回哈迪家——還有那兩條狗——在這樣墨黑的天色之中，這跟其他任何選項一樣糟糕。就她所知，哈迪人就在後面那輛卡車裡。她試著回想他院子裡的其他車輛，但是想不到。

導航系統一出聲她嚇了一大跳：「往前行駛三百碼，然後，右轉。」這聲音冷靜無比。黛娜的心跳加速。她在發抖。她死命緊抓方向盤，手機響起時再度嚇了一大跳，響鈴剛好打斷了無臉的女聲指引她方向的聲音。

她放任它繼續響，沒騰出手來接電話。她無法將目光移開前方的道路和後照鏡查看來電者是誰。要是她被撞了或死了，或者要是她被撞了然後被後面那輛貨卡載走了，那麼是誰打來有差嗎？

她屏住呼吸，在路口處轉彎，眼睛沒有離開後照鏡。一瞬間那輛車好像開往另一個方向。她根本沒理由這麼恐慌，她告訴自己，得學學別老是這樣疑神疑鬼。

下一秒那車頭燈再次照往她的方向，卡車在她後頭轟隆作響，速度快到黛娜覺得幾乎要撞上來了。

她重踩油門，眼淚滾滾滑下雙頰。當鬆散碎石路上的輪胎好像逐漸失去摩擦力，就快撞進下一個轉彎處之時，黛娜已經上氣不接下氣了。

「直行五英里後，右轉。」那聲音又說。

「妳他媽為何可以這麼冷靜？」黛娜大吼，打直方向盤。

她後頭的車移往左側，好像要和她並肩行駛。在她身旁的座位上，手機再次鈴響。

「安靜啦！」黛娜再次大吼。太亂了——太多事情同時發生了，太多聲音、太多動作、太多壓力了。

「三百碼後，右轉。」

她不住啜泣，用力踩著腳下的油門，絕望地等著下一個路口。下一條是鋪平的道路。馬上就有路燈和房子了。

轉彎時她幾乎沒有減速，衝上下一條道路時輪胎發出尖銳摩擦聲。

貨卡在路口停了下來。

黛娜望著後照鏡，將車子切入另一條車道。一聲震耳的喇叭聲及時拉回她的注意力，免於一頭撞上對向的來車。

她再次看向鏡子。沒有車。沒有燈光。沒有卡車尾隨。

她立刻告訴自己搞不好從頭到尾都沒有危險，純然是想像力在作祟，從已然破碎的殘餘記憶之中生出一個妖魔鬼怪。

然而，布里伍德住宅區的指標映入眼簾時，她仍舊顫抖不止。

18

腎上腺素消退後，黛娜只想麻木地蜷縮成一團。

快到家了。妳就快到家了。

到了後她就可以停車，逃回樓下自己的房間、自己的床上……

殊不知拐入家門外的街道時，死路的盡頭彷彿正在舉辦派對。車道上和路邊都停滿了車子，街道上擠滿了漫無目的晃蕩的人。

大概是跟羅傑還有媽媽參加的募款活動有關吧，黛娜心裡這麼想，氣惱地把車停在隔壁鄰居家門外。下車後她拉攏帽兜，垂著頭但眼光偷偷瞄向前方，將筆記本緊抱在胸前朝自家前進。

靠近車道的其中兩台車是警方巡邏車，副警長正全力控制場面。黛娜認出其中一名當地新聞台的金髮記者正試圖拍攝前院，這引得她一陣憤怒又焦慮。她好累，頭腦簡直像是一塊被擰乾的海綿。她什麼也不想管，只想鑽進被窩裡去，但在那之前她得想辦法突破這道人牆。

她左顧右盼尋找羅傑和他的競選幕僚，好狠狠瞪他們一眼。但是在那之前，她先看到了提姆．卡凡爾正在和另一名副警長交談。待他們結束，另名副警長離開後，黛娜低著頭走向提姆。

「可以請一位警察護送我進門嗎？」她問。

一開始他揮揮手驅趕，定睛一看後才驚訝地瞪大雙眼。他匆忙瞥了眼四周，確保沒有人注意到才以嚴肅地口氣開口。「老天，小黛！妳跑哪去了？」

黛娜倒退一步。「什麼？」

提姆再次環顧周遭，隨後把她帶往路邊，彎下身子來平視著帽兜中黛娜的雙眼。「鎮上所有副警長都出動來找妳了。」

「蛤？為什麼？」

「警長親自下達的命令。妳法蘭琪姑姑過來檢查妳好不好，結果看到車庫的門大開。妳的車子不見了，食物被留在廚房，水龍頭也嘩啦嘩啦流個不停。一點妳的跡象——」

「噢不。」黛娜咕噥，一股尷尬又挫敗的不適感在腹中翻攪。看起來就像是她被綁架了。

她以為自己可以神不知鬼不覺溜出家門去找哈迪，再偷偷溜回來，像個正常人一樣進出家門。然而，她並不是正常人。她被自己的思緒干擾，澈底忘了沒關上的水龍頭和準備開始吃晚餐這些事。她沒想到要把車庫的門關上，因為她得全神貫注才有辦法順利倒車出庫。

「還有，妳到底為何不接電話？」提姆問。

因為她沒法一心二用，又要開車又得聽電話。且她進去哈迪家時，把手機忘在車上了。出來之後，她不做他想，只想盡快離開，完全沒有檢查語音留言或是簡訊。

「妳去哪了？」

「我必須見見某人。」她回答。

「這個嘛，妳應該要告知某人才對。」

但她應該告訴誰？琳達一定會阻止她去，法蘭琪忙著教課，哈迪又說要見面就必須今天晚上。現在她的腦袋完全拘泥於凱西，無法擺脫這重新記起來的事件，所以根本沒有考慮到其他選項。衝動行事是她腦部創傷的後遺症，腦袋裡那塊助她邏輯思考的區域總是等到她開口和行動過後非常久才開始運作。

「卡凡爾副警長？」一個女人出聲叫喚。「可以拍攝你一下嗎？」

黛娜從眼角餘光瞥到那個金髮記者有目的性地朝這邊移動。她轉身背對她，拱起肩膀，希望可以就地消失。

提姆舉起一隻手示意記者離開。「現在不行，柯爾克小姐。再給我一分鐘。」

「警長要來了嗎？」

「他跟莫瑟夫婦在路上了。」

「我的老天。」黛娜再次咕噥，覺得自己簡直像是違反門禁被逮到的十四歲少女，還得在攝影機環伺的狀態下面對媽媽和羅傑。她真想把臉埋進帽子裡，消失地無影無蹤。

又一輛巡邏車呼嘯衝過街道，頂上的警示燈轉個不停。那車在新聞採訪車後停下，緊接著一輛黑色休旅車——羅傑的休旅車——跟著在它一旁急煞。

衛斯理．史蒂芬斯跨出駕駛座後直直朝金伯莉．柯爾克走去。踏出副駕的羅傑表情嚴峻又憤怒，要現場的負責人出來。

提姆抓緊黛娜的肩膀，帶著她朝羅傑走去。

「一切都很好，莫瑟議員，所有事情都在掌控之中。」

休旅車後座的門打開，黛娜看到她媽媽踏出，急切想衝往黛娜時一不小心絆倒，整個人跪到了地上。

「黛娜！黛娜！」

黛娜走向她，但眼前來勢洶洶的景象卻叫她凍結在了原地——燈光、相機、大聲叫嚷的人群、朝著她猛衝的人。

提姆放開她的肩膀，跑去將琳達從人行道上攙扶起身。

慌張哭泣、衣衫凌亂、滿手髒汙、裙子下擺撕裂的琳達接受他的攙扶，但起身的下一秒立刻放手往前衝。

「黛娜！我的老天！謝天謝地！」

她一邊抽泣一邊緊緊抱住黛娜，緊到黛娜覺得自己快窒息了。她感到腳底下的土地已然傾斜，一旁人群仍重重踩在上頭。電視攝影機對準她們縮放鏡頭，她得閉緊雙眼才能抵擋住那一團團手持燈具發出的刺眼亮光。

「媽媽，對不起！」

「謝天謝地妳沒事！」琳達一再重複這句話，又是碰她的臉，又是用手掌替她梳攏頭髮，然後又是一次又一次緊緊抱住她。

黛娜試著往後退開，逃離這簡直活受罪的擁抱，好呼吸一點新鮮空氣。這堆刺耳的雜音近乎貫穿了她的耳膜——自己脈搏的咆哮聲、媽媽的啜泣聲、金伯莉．柯爾克連珠砲似的問題，還有各種一旁群眾發出的嘈雜喧囂。緊接著她發現自己在移動，幾位身著制服的副警長一路護送她和媽媽走上車道。

一隊人馬緊跟著她們進入房子，來到正式的客廳中——羅傑、衛斯理．史蒂芬斯、法蘭琪、美琪、提姆，還有警長。

「我擔心到要瘋了！」琳達大聲說，再次朝黛娜張開雙臂。

「媽，拜託快住手，」黛娜說，扭動掙扎出懷抱。「拜託別再碰我了。我覺得快要無法呼吸了。」

琳達還未自恐慌狀態抽離，表情看來非常受傷。「我們需要叫救護車嗎？」她雙眼圓睜看向丈夫。「羅傑，她無法呼吸！」

「不是！不是！」黛娜急忙回應。「我不是這個意思！我－我是是需－需要……嗯……嗯……」

她實在累壞了，找不到適當的字眼表達，而這樣短暫的言語障礙更是徒增她的焦慮和沮喪感。她雙手緊抓頭頂，彷彿想藉由這動作把剩下的句子擠出腦袋。

「根本不該發生這種事！」她大吼，淚水早盈滿了眼眶，同時還必須費力抵抗腦中不斷聚積的壓力。

「小黛，我們全都擔心死了，」法蘭琪說，一屁股坐上沙發胖嘟嘟的圓筒狀扶手上。「我到了這裡，完全不知該作何感想。妳的車不見了，車庫門沒關，看起來就像是妳非常匆忙離開屋子。妳不接我的電話，我傳簡訊問妳媽妳有沒有告訴她要去哪裡。她說沒有。」

「我們全都跳到最壞的結論。」美琪這麼說。

「我只是出去一下下，」黛娜回應道。「我以為不會有人發現，更沒想到還召來了一支搜救團隊。真是有夠尷尬的。」

「薩默斯警長晚餐跟我們同一桌，」她媽媽說，手指向這那位身材削瘦，身穿燙得筆挺的制服的中年人。「他看到我有多麼緊張。妳完全沒有提過說要出門。我們能不這樣想嗎？」

他們不需要有任何想法，因為黛娜根本沒料到會有人知道她出門。

「妳才剛回到我們身邊，小黛，」法蘭琪接著說。「妳真的不能怪我們這麼緊張。」

「尤其是昨晚那個女服務生被攻擊後，」美琪補充。「有個強暴犯正逍遙法外。對吧，提姆？」

提姆雙手抱胸，鄭重地點頭。「一點也沒錯。目前我們還沒找到明顯涉嫌的嫌疑犯。那個女孩遭受非常殘忍的攻擊，我得說，小黛，我來到這裡看了一下後，確實也非常擔心。」

「我派了更多人手調查這起案件，」薩默斯警長開口道。「但在有嫌疑犯被拘留前，我建議女性最好不要在晚上單獨外出。」

「妳到底去哪了？」羅傑質問，再也無法壓抑怒氣。他鬆開領帶，雙手叉腰站著，西裝外套的扣子全解開了。

「我必須見某個人。」黛娜虛弱地回答，害怕這堆麻煩事就要被攤在所有人面前了。

「誰？」

她不想說，心知肚明哈迪的名字只會換來更多問題，她已經夠累夠尷尬了，只想縮在床上用棉被蒙著頭。

「難道我是囚犯嗎？」她這麼問。「我還真不知道這事。或許你們該派個獄卒？」

「妳竟敢對我這種態度？」羅傑氣得漲紅了臉。他怒氣衝衝朝著她走近一步，整個人看起來龐大且氣勢凜然。「妳害妳媽媽嚇壞了！」

「對不起！我說了對不起！」黛娜哭喊，整個人跌坐在一張凳子上，她蜷縮起身子，雙手摀住臉龐。

「羅傑，夠了！」琳達出聲訓斥，來到黛娜身旁摟住她的肩膀。這次黛娜沒有拒絕她的觸碰。

「媽呀，羅傑，」法蘭琪嘟囔。「你可以再蠢一點嗎？」

他吐氣。「抱歉。抱歉這樣大吼，我實在太擔心了。」

「即便那樣，你也無權對黛娜大吼，」法蘭琪憤而反駁。「你何不回到外面跟那些媒體記者們說話。他們搞不好能讓你開心一點。」

「法蘭琪，這樣說不公平。」琳達說。

「別袒護他，琳達。我可不打算站在這裡聽他對我姪女發飆。黛娜忘記關掉那愚蠢的水龍頭不是她的錯。我相信她也不想製造這種恐慌。」

「但她這麼做了。」羅傑說。

黛娜抬眼，看著羅傑以雙手將濃密的頭髮梳到後腦勺，雙眼閉上彷彿在對抗什麼內在的痛苦。他周圍站著警長、提姆和衛斯理．史蒂芬斯，對於目睹這種家庭鬧劇全都感到相當不自在。

「我很抱歉，」羅傑再說一次。「但是妳沒經歷過我跟琳達承受的一切，法蘭琪。」

「要不是有警察在場，我一定跑到你面前用盡全力狠踹你一腳，」法蘭琪勃然大怒。「她是我的至親骨肉。」

「今晚妳沒有坐在這張桌子前，看著妻子因為不知女兒去向而徹底崩潰，」羅傑反擊。「妳沒有親眼目睹杳無回應的電話與簡訊滋生而出的恐懼。我真是急到要瘋了，法蘭琪。除了找薩默斯警長幫忙，我還能怎麼做？他媽的一點辦法也沒有。」

「噢，好吧，」法蘭琪忿恨表示。「看來你獲得了一張執照，可以如此混蛋至極地對待黛娜。原諒我，我能怎麼想？」

「不需要妳跑進我的房子羞辱我，或許妳該離開了，法蘭琪。」

法蘭琪走近羅傑，彷彿準備要幹架的姿態。雖然他們倆人的身材天差地遠，但黛娜毫不懷疑地打賭贏家會是法蘭琪。

「休想威脅我，羅傑，」法蘭琪說。「就我而言呢，這並不是你的房子，是我哥哥的。艾迪的房子、艾迪的老婆、艾迪的女兒。你只不過剛好住在這罷了。所以說，你給我離我姪女遠一點。」

羅傑給了她一個冷冽的目光便轉身，舉起一隻手表示他要說的話都說完了，就此結束和法蘭琪的爭執。

「什麼事需要妳這麼急著出門，小黛？」提姆問，將注意力轉回黛娜。

「不是急事。我只是離開一下，」黛娜回答，語氣慘澹。「我決定要出門，所以就出去了。我不是故意要忘記水龍頭或是車庫門或是其他管他什麼東西。我沒想到那些，很抱歉，我不小心忘了。」

「妳需要見誰？」

黛娜嘆口氣，心知早晚都得向他們解釋，也遲早要面對他們的反應。這時每個人都看著她，等待這重大的祕密被揭示。

「哈迪警探，」她坦承。「我有些關於凱西失蹤的問題想問他。我正試著拼湊記憶，將空白的部分補上。我想他應該可以幫忙。我進去他家時手機忘在車上了。」

「就不能等到明天。」羅傑一臉難以置信地搖頭，顯然認為這是個浮躁又不負責任的行為。

黛娜沒打算回覆他。他無法了解當哈迪告訴她必須今晚見面時，她的腦袋只接收到了字面上的意思，完全不做他想。她並不是有意要這樣不負責任的。

「凱西．格蘭特？」衛斯理．史蒂芬斯問。「之前失蹤的那個女孩？」

「她是黛娜最好的朋友。」琳達解釋，捏了捏女兒的肩膀。

「我知道那件事，」他說，不理會她逕自將目光轉向自己的老闆。他輕聲說：「我認為不必對媒體說明這些，就說她只是開車出去兜個風，不知道有人在找她就行了。」

羅傑點頭。

「我想我們就把今晚的事情當作一次不幸的溝通不良就夠了——或者是缺乏溝通，」薩默斯警長這麼表示。「我們只需要感激黛娜平安返家就行了，今晚何不就到此為止呢——除了你，卡凡爾副警長，」他轉向提姆。「你還得回去輪班吧。」

「是的，長官，」提姆說，接著走向黛娜，微微傾身將手放上她的肩膀：「看到妳沒事我就放心了，小黛。」

「謝謝。」

他靠得更近，作勢要親吻她的臉頰，結果卻是在她耳畔低語：「待會見。」

黛娜盯著他，滿臉困惑地看著他向羅傑與琳達表示慰問，接著跟在警長身後離開。羅傑和衛斯理也離開後，客廳裡的緊繃氣氛頓時消散。

法蘭琪拍拍手。「很好，太有趣了。」她語帶譏諷地表示。

「妳那樣說羅傑真是太超過了，」黛娜媽媽表示，但語氣不太強硬，彷彿多年來她重複這句話太多遍了，最後這話淪為象徵性的斥責。

「管他的，我所說的句句屬實。我可不打算眼睜睜看著他霸凌黛娜。去他的。我什麼都沒欠羅傑．莫瑟。」

「看到我難過，他也跟著難過。」

「別替他找藉口，琳達。」

「但妳從未公平對待過他，法蘭琪！羅傑一直都對我們非常好——」

「噢老天，看在上帝的份上！聽起來簡直像是他拯救了妳。妳不需要他。艾迪替妳留了房子、半數的事業，還有保險。羅傑他媽的簡直是土匪！」

「法蘭琪，夠了。」美琪伸出一隻手覆上伴侶的肩膀。「我們也差不多該離開了。」

法蘭琪扮了個鬼臉。「意思就是『閉上妳那張嘴，法蘭琪。』」

「沒錯，現在就閉嘴，法蘭琪。」琳達表示。

「抱歉，」法蘭琪說。「我不想惹妳生氣，但妳知道的，他那樣衝著小黛咆哮，我是不會坐視不管的。不可能。」

「很抱歉我搞砸了大家的夜晚。」黛娜一邊說一邊起身。

法蘭琪上前擁抱她。「不是妳的錯，小黛。妳又不是故意犯錯。我們只是太愛妳了，沒法想像再次失去妳會何等痛苦。」

「我也愛妳們。」黛娜回應，抹去情不自禁滑落臉頰的一滴淚珠。

「妳還好嗎，寶貝？」她媽媽問。

「我很好，」她這麼回答，聽到自己這荒謬的言論差點失笑。「我是個腦袋壞掉的白癡，水龍頭沒關就急著去追趕某個人。真是太好了。」

「黛娜……」

「我說真的，媽，我現在只想上床。造成這堆混亂我很抱歉。」

這天實在太多人又太多事了。她的頭現在簡直重達一千磅，完全沒有餘力回想首次嘗試獨立自主這回事。她真的好想一個人安靜地待在房裡避開這一切，把腦中的思緒一個接著一個大吼出來。

走回房間的路上，她累到有兩次轉錯了方向。

她將筆記本放到桌上後走進浴室，站在洗臉台前閱讀貼在鏡子上的字條，提醒自己上床前的例行程序。**用洗面乳洗臉。用牙膏刷牙。吃藥！**

她累到甚至沒法決定應該要省略哪個步驟，只是盡可能地專心完成全部。她的連帽衫滿是因緊張而滲出的汗水味。她走入衣帽間，將之脫掉跟牛仔褲一起扔在地上，換上一件寬大的印第安納波利斯小馬[9]T恤和一件格紋法蘭絨睡褲。

一踏出衣帽間，她頓時嚇得僵在原地，接著一邊倒退一邊倒抽口氣，先是感到恐懼，神智才跟著清晰過來，意識到有個人站在落地窗外。

她的腦袋拚命轉動搞懂眼前的景象。

有個男人站在門外。

正在揮手。

掛著有點窘迫的微笑。

提姆。

她的心臟跳動地太過猛烈，幾乎要在胸膛內爆開，將她炸得淹沒在自己的血泊中。

「我的天哪！」她驚呼著拉開落地窗。「你到底在想什麼？拜託千萬不要有第二次！」

「我有告訴妳。」提姆一臉歉意都沒有。

「不，你沒有！」

「我說了：『待會見』。就像從前那樣。」

「什麼？」

「以前每次我們約會結束，我在妳家人面前跟妳道別後，就會偷溜到這裡。」

「都幾年前的事情了！」黛娜說，雖然恰好有零星的回憶閃過腦海，還是生氣地表示：「我

9 有時被簡稱為印城小馬。是一支職業美式足球球隊，位於印第安納州的印第安納波利斯。

忘了！我不知道你在說什麼！」

他露出痛苦的表情。「哎喲。這真是重擊了我這中年人的自尊。」

「誰管你的自尊！」黛娜震怒。「你嚇到我了。休想再有下一次！」

「抱歉！抱歉！」提姆連聲說，舉起雙手以示投降。「不會有下次了。我保證。冷靜點趕緊坐下吧。」

「你到底想幹嘛？」黛娜問，焦慮到無法坐下，雙手緊抱胸前在配有軟墊的座椅旁來回踱步。「我很累。」

「我想跟妳談談丹．哈迪。」

「他怎麼了？」

「妳不應該一個人跑去的，小黛，」他說。「他腦子有點問題。」

「而你現在才講。」

「他不是因為想去釣魚才退休的，」提姆繼續。「是警長要他這麼做。有些關於他和克拉克斯維爾一名未成年少女的傳聞。雖然無法證實，但還是……」

「什麼樣的傳聞？」

「不會有好下場的那種。」

黛娜癱坐進椅子，雙手環抱著雙腿，讓膝蓋緊緊貼向身軀。她想起被帶入哈迪辦公室之時那股恐懼感，而他似乎被這分顫慄給逗樂了。

「告訴我到底怎麼回事。」黛娜小聲說。

提姆坐上她面前的凳子，前臂貼在大腿上。「過去有個……地方……就在那邊，在那個偏僻的地區。」

「怎樣的地方？」

他別開視線，神情相當不自在。「一個……嗯……妓院，實在沒有文雅一點的說法。據說有個在那邊工作的女孩失蹤了，幾天後被發現赤裸著身子在骯髒的泥地上徘徊，渾身被毒打到體無完膚。她拒絕講話。完全不開口。一被准許離開醫院馬上因吸食過量海洛因而死亡。」

「哈迪跟這有什麼關係？」

「妓院的老闆娘說，哈迪知道那地方，也認得那女孩，且非常迷戀她。某個月的某一天，他曾試圖強行將女孩帶出妓院，在那之前或許也發生過。沒有人知道他跟女孩的遭遇有沒有關係，但自從女孩死後，他的情緒也跟著出問題。他崩潰了，也幾乎斷送了職業生涯。」

「他沒有被起訴？」黛娜問。

「沒。沒有任何逮捕令。沒有證據指向他——或者說，沒有人指控他。女孩的悲劇完全是個謎。現在依然是。」

「你覺得他對她做了什麼嗎？」

提姆聳肩。「我怎麼想不重要。重要的是哪些事情能被證實，以及沒有人作證任何事情。但我能告訴妳的是丹．哈迪並不牢靠。針對昨晚的女服務生遇襲案件，我們會去約談他。」

想到去見一個因為職業而被認定是無可非議的人，卻可能讓自己落入險境，黛娜的胃部一陣翻騰。她不敢想像可能發生的危險。假期殺手是個買賣古董和垃圾的小販。認識他的人都說他好相處、和善又體貼。沒有人懷疑過他是一個魔鬼。魔鬼身上是沒有名牌的。

「開在荒郊野外的妓院怎麼經營得下去？」她問。「且要是那女孩未成年，為什麼沒有人帶走她，將她安置在兒童福利機構？」

「事情發生前，沒有人知道她到底年紀多小。至於妓院嘛，已經不存在了。且它並不是那種實體店面的生意。應該是種……非官方的行號，換作妳應該會這麼說。」

「我會說，簡直一派胡言。」黛娜一臉嫌惡。「它之所以存在，是通過男人的許可。男人簡直令人難以置信。你們的生活充斥著性、掌控和權力。」

「妳不能這麼評論——」

「有個男人因為性高潮所以用鐵鎚猛敲我的頭，」她這麼說。「我想我可以算是這個主題的權威。」

提姆將視線轉向別處，嘆了口氣，彷彿黛娜的話語用力砸在了他身上。「我很抱歉，小黛。真的很抱歉。但那個人不是我。妳不能將我們混為一談。」

不行嗎？黛娜心想，心中突然湧現一股熱騰騰的嫉妒和憤怒。高中時期提姆就是個眾人皆知的調情高手。有次她親眼印證了這個謠言，逮到他偷吃一個來自萊文的女孩。

「哈迪有什麼話必須告訴妳？」

「他告訴我你被西點軍校退學了。」黛娜直截了當地回答，算是為了剛剛浮現的回憶懲罰他。

提姆低下頭，下顎肌肉繃緊。在黛娜的印象中，他從未能夠平心接受有人提及他的失敗。

這位無憂無慮的德州鄉村男孩虛假的表象彈指間就能消失地無影無蹤。

他使勁將怒氣往回吞，點了點頭承認說：「我的成績沒有達到標準。我的心思不在唸書上，我不想待在那裡，最後，他們也不希望我留下。」

「都過去了。」

「我也是這麼看待一切的，」他說。「哈迪還有說什麼？妳不是去那裡談論我的吧。」

「不是，他把凱西失蹤有關的所有資料全貼在辦公室牆上——清楚列出時間軸、筆記和疑點，還有非常多凱西的照片。」想到那番景象黛娜忍不住一陣毛骨悚然。「真的很詭異。他簡直走火入魔。他說他有所有相關資料的副本。」

「我倒是不意外，」提姆表示。「他像是一隻緊咬骨頭的老瘋狗。整整五年他不遺餘力調查那起案件，始終一無所獲。這件事已經將他整個人磨蝕殆盡了。」

「我請他提供當年我的口供，」黛娜說。「我想當初那些供述有助於喚醒記憶。」

「他有給妳嗎？」

「有。但他堅稱我沒有說實話。他覺得我有所隱瞞，」她坦言道。「我反駁他，我是不可能隱瞞任何能幫助凱西的線索的。」

「對，妳不會那樣。」

「就算我跟凱西真有吵架，我還是愛她。」她這麼說，淚水開始打轉。「我不可能做出任何降低找到她的機會的事情。」

「妳不會，」提姆附和道。「妳們倆就跟親姊妹一樣。妳生氣的時候確實會變得很冷漠，但我相信妳絕對不會傷害凱西，不論是直接或間接的行為都不會。」

「我沒有！」黛娜氣得大吼，聽出他話語中的弦外之音。

「當然，別理哈迪，」提姆說。「他不過是個嗑藥的瘋老頭。他的人生就是為了精神強暴別人，希望妳不介意我的用詞。千萬別將他說的話往心裡去，小黛。天知道他在那荒郊野外吸了什麼迷幻毒品。聽說他快掛了，真可惜沒辦法繼續調查了。」

黛娜聳聳肩，皺著眉頭撥弄一撮睡褲下緣露出的鬆脫線頭：「我不知道。凱西失蹤時我們還小。當時的我們以為自己無所不知。會不會有些細節我自認不重要所以沒有告訴他，結果卻是一切的關鍵？」

「比如說？」

「不知道，」她輕聲回答。淚水一瞬間泛濫成災，淹沒了她的眼眸，順著臉頰流淌而下。「真希望我知道。真希望我的腦子正常運作。有些事情我記得很清楚，有些卻是一丁點印象也沒有。」

「嘿，」提姆柔聲叫喚，伸手覆上黛娜的肩膀。「別哭，小黛。沒必要流淚。妳一定說出了所有妳知道的事。」

她像貓咪躲過手掌一般迅速擺脫提姆的觸碰，難以忍受的情緒遠遠大過於被安撫的渴望。他收手，嘆了一口氣。

「不需要想像那些次要的細節可能促使案件翻盤，不需這樣折磨自己，」他表示。「真實人生可不像《CSI犯罪現場》。」

「凱西不見了。她不會回來了，」他繼續。「過去那些事情，妳有說又或沒說什麼，全都於事無補了。就讓它過去吧。就像妳自己說的，這正是為什麼大家都想知道她是不是被假期殺手帶走，為的就是讓這件事平息下來。過了這麼久，已經不會有好結果了。」

黛娜用T恤衣角擦去臉頰上的淚水。「如果不是假期殺手呢？那怎麼辦？有人把她從我們身邊擄走了，提姆。要是她已經死了，那就是有人殺了她，而那個人還在悠哉過日子，凱西就這樣不在了。難道我們不該為她做點什麼嗎？」

「若我認為地獄裡存有希望的話。」他回答。

「警察這種態度真是可取。」

「我只是想要實際一點，考量到妳可能置身的危險，小黛。這案子已經調查七年了，至今仍懸而未決。找不到凱西或是她的屍體，也沒有任何可能涉嫌的人來自首，一點偵破的可能性都沒有。我們並不常如此下定論，更遑論假想結果是好的。妳知道的比我多；妳自己的故事是相當罕見的例外。」

她並不比大多數人了解實情，但她知道若沒有奮力捍衛自己，故事的結果將會大不相同。若她放棄抵抗，現在就不會在這裡了。

「今晚就別想這些了，小黛，」提姆說，一邊從凳子上起身。「好好休息吧。」

黛娜跟著走到落地窗邊送他離開。

「門要鎖好，」他說完便一腳踏上露台。

「我會的。」

他看著黛娜鎖上門栓，臉上露出一抹羞怯的微笑，同時手指向自己的鬢角。

「我在這裡擁抱妳。」他這麼說。

黛娜揮揮手道再見，拉攏窗簾以防無盡的夜色或是其他詭譎之物伺機潛入。

19

「我不是你的主人。有聽懂嗎？」約翰一邊說，一邊從外帶紙袋拿出半顆漢堡，放進從廚房拿出的碗中。

這隻年幼的牧羊犬歪著腦袋，雙眼因好奇而閃閃發光。牠舔了舔嘴巴，發出幾聲嗚咽，在原地跳動打轉，想要往前大快朵頤但又因害怕而卻步。

約翰走到貨車尾端坐上載貨區，背部倚在擋板上看著狗狗鼻子對著碗拚命嗅聞，隨後又再次嗚咽跳動、舔著自己的嘴巴。

約翰很清楚老頭子一點也不在乎他的去向，便將貨車停在車庫後方這從車道上看不見的位置。不久前他才聽到老頭子的卡車開進門的聲音，然後是一連串關車門、甩上家門的砰砰聲響。剛從酒吧回來，吃飽爛醉的老頭不會到外頭來了。他不會檢查車庫後面，也不會注意到屋後的安全警示燈亮著。這地方無趣的很，只有幾輛老頭子沒打算修理的報廢五〇年代老爺車，還有一間殘破不堪的棚屋，裡面裝滿一堆園藝工具、分類過的汽車零件，還有各種早在二十年前就該扔掉的破銅爛鐵。

約翰看到狗狗匍匐蹲下，盡全力伸長脖子，以迅雷不及掩耳的速度咬住吃剩的漢堡、圓麵包和所有食物，接著帶著戰利品回到約翰鋪在載貨區角落的毛毯上。牠就在駕駛艙後，挨著冷風三口解決了所有食物。從頭到尾牠的眼神都沒有離開約翰。

這是今晚這隻流浪狗的第二餐。約翰開著卡車去得來速，替自己和狗狗點了九十九美分的雙份起司漢堡，另外加點一份自己要吃的洋蔥圈。他怕狗狗狼吞虎嚥掉整顆漢堡會太撐，所以先把第一顆漢堡剁成兩半，然後又從皺巴巴的紙袋裡拿出另一顆開始吃，一點也不在乎它已經冷掉，且味道怪得跟一坨油脂和陳年皮革一樣。在他吃夠了軍糧後，任何食物相比之下都無比美味。

他把另一半漢堡扔給狗狗。

「拿去吧，小麻煩。」他說，假裝不是在替牠取名字。

小麻煩只是一種描述，不是名字。他對自己這麼說。

他到底該拿這隻狗怎麼辦？除了這載貨區外，沒有任何地方可以安置牠。帶去鎮上的收容所牠可能會被安樂死；要是任由牠四處遊蕩，可能會被動物管制官帶走、可能被車撞，也有可能被哪個想保護雞的農夫或是喝醉的白癡鄉巴佬射死。

他記得高中時期的某一晚，足球隊輸球、搞砸整個完美的球季後，他和隊友們一起去喝一杯。年輕的大夥們又是狂飲，又是宣洩怒氣與失望，對著月光大聲嚷嚷以示不滿。他們把車停在鎮外一座荒廢的穀倉後，一口接著一口的黃湯下肚，吐出了漫無止境的咒罵與怒火。其中有個人帶了把點二二半自動手槍，好幾個人輪流開槍射擊野鼠、野兔，原因無他，只不過想傷害其他生物好讓自己受傷的自尊相較之下好受一些。

這陣騷動嚇壞了一隻從生鏽農耕器具下跑出來的可憐三花貓。那群人也對這隻貓開槍，用酒醉又拙劣的槍法弄傷了這可憐的小動物。約翰對這行為表示嫌惡，換來了那群人的恥笑。

卡凡爾將點二二手槍遞給他，要他完成這項工作——大發慈悲，對準腦袋一槍結束牠的性命。約翰接過手槍後交給安迪．達森，下一秒一拳揍向提姆．卡凡爾的臉，力量大到打斷了自己的一根骨頭。他怒火中燒到近乎喪失理智，得靠安迪和鮑比兩人合力才有辦法把他從隊中的四分衛身上拉開，好讓他冷靜冷靜。

想到卡凡爾稍早威脅說要把狗帶走，或是把牠當成危險動物一槍擊斃，憤怒的火苗伴隨著早些年的火種再次熊熊然燒。

人渣一個，竟要脅一隻狗。副警長先生。**我可說是這裡最像你的朋友的人了。**

約翰用力甩頭擺脫這段記憶。提姆．卡凡爾算是哪門子的朋友？就是那種當你持球過球門線得分時，他會高興地拍拍你的背；情況雪上加霜時，他就會當你這個人不存在的那種朋友。凱西失蹤那年夏天他更是變本加厲，直接把他視為陌生人，盡可能讓自己還有那優秀的西點軍校名聲離約翰越遠越好。

這些過往引起一陣焦慮的漩渦，約翰將手伸進外套最隱密的口袋最深處，掏出一卷大麻菸。菸草大概是唯一一種能減輕焦慮，又不會導致他感覺自己腦袋被一堆濕棉花擠壓得喘不過氣的東西。退伍軍人醫院的醫生開給他的藥物搞得他感覺跟殭屍一樣，身體機能簡直難以運作。只要好好控制抽的量就行了，吸食過量一不小心就會越過那條細小的界線，觸動他的被害妄想症。只需一點就有辦法冷靜下來，不需藥物就能入睡。

抽菸使人放鬆。吸氣、慢慢吐氣，就這樣循環下去。這熟悉的感覺滲入他的軀體，促使肌肉的緊繃感逐漸消退。他看著那隻狗，那狗也看著他，嘴裡發出嗚咽的嘆息，將頭倚在往前伸出的腳掌上。

約翰心想，自己和這狗相似的地方好多。沒有母親，也沒有容身之處，更沒有人在乎他們的生死。

夜晚開始有了寒意，他將漢堡袋揉成一團塞進外套口袋後爬下卡車。他沒有將車擋板收起，狗狗可以自由選擇要離開還是留下。至少這小動物已經填飽肚子了，還有一碗水和一張牠可以隨心所欲蜷縮在內的毛毯。

「想要的話就留下，」約翰說。「但是不能亂叫。老頭子會跑出來一槍斃了你。」

狗狗低嗚一聲，隨即躲進毛毯裡。

約翰從後門進入廚房。超過十一點了。幸運的話呢，老頭子早已經昏死在躺椅上，他可以偷偷溜過走廊不被發現。他想洗個熱水澡，然後來幾杯藏在房間裡的威士忌。如果一切順利，沒有任何事打擾他精心培養出的平靜感，那麼他就可以漸漸入睡，不受惡夢侵擾——至少可以稍微躲開一下子。

他假定自客廳傳出的聲響是電視聲，是某個體育台訪談節目或是某個鄉巴佬實境秀。他錯了。等到他發現那聲響是活生生的人聲，人已經踏入狹窄的餐廳了。客廳裡，有三個人一動也不動站在他面前：他老爸、提姆．卡凡爾，還有一位身高中等、體格壯碩、垂著一撇鬍子、身穿暗色風衣的男人。他們全部轉身看向約翰。

「說曹操，曹操就到。」老頭子說。

「嗨，約翰，」卡凡爾出聲。「這位是塔伯曼警探。我跟你說過他可能會過來。」

他才不是那樣講，約翰暗想。他是說警探希望他去一趟警長辦公室。他根本沒提過會有人闖進他家，但現在人卻站在這兒，站在他家客廳，跟他老爸談話。天曉得老頭子已經跟他們講了什麼。再說了，卡凡爾過來幹嘛？要是警探只是想跟他談談，有必要穿著那件制服虛張聲勢嗎？

約翰瞇起雙眼，目光從卡凡爾移向另一名警探，最後移到老頭子身上。他可以感覺到菸草正在發揮效用，迫使他跨越那條極脆弱的界線。他可以感覺到被害妄想症如同一股冰冷的浪潮，在他的體內翻騰而起。他好想衝出後門，頭也不回地向前跑。然而他卻像是繫著牽繩的狗一般立在原地。在警察面前逃跑可不是什麼明智的選擇。

「我有些問題要問你，約翰。」警探說，舉步朝他而來。他走路像個孕婦左搖右擺，大肚腩最先抵達餐廳。

卡凡爾也跟著過來，站在警探右邊大概兩公尺的地方，恰恰好堵住了通往前門的路。他雙手叉腰，正好接近手槍和警棍的位置。

約翰的心跳越來越快，體溫攀升到夾克內都被汗水浸濕了。他可以感覺到血壓也跟著上升。在他受傷的腦袋內，戰鬥或逃跑賀爾蒙像是從大開的水龍頭中嘩啦嘩啦流出的激流。

「有個磨石咖啡館的服務生被強暴，」老頭子這麼說，替叼在嘴裡的香菸點火。「所以說呢，很自然地他們就來找你了。」他毫不保留地譏諷道。

約翰可以從他的話語中聽到波本威士忌的聲音，老頭子就快醉了。他吸進一口菸，又是大笑又是一陣猛咳。

「你們的下一站應該是聖德蕾莎教區長宅邸，」他笑著這麼對警探說。「牧師都比他有嫌疑，他這輩子只有過學生時期的一個女朋友。當然了，」下一秒他承認，露出一抹惡狼般的詭異笑容，「那女孩真是顆熱辣的墨西哥麵餅。」

聽到這話，提姆不禁皺眉。「或許我們該坐下來談，」他提議。

「我站著就好，謝謝。」約翰表示。

「隨你便，」塔伯曼說，從桌邊拉了張椅子。「我得好好坐著，今天真是累斃了。」

「那你們為何過來？」約翰問。「都快半夜了。不能等到明天嗎？」

「犯罪行為可不是按時鐘進行的，維朗提先生。」塔伯曼這麼說，舒服地坐下了。「我們有個強暴受害者正躺在醫院裡。我得找出罪魁禍首才行。」

「不是我。」

「你整個晚上跑去哪了，約翰？」卡凡爾問。

「不是什麼特別的地方。為何這樣問？還發生什麼其他事情需要你們如此指控我？」

「沒有任何事情需要指控你，小子。」塔伯曼回答。

約翰冷笑一聲便別開視線，朝著走廊走去。若他們真打算對他施壓，那就試試看吧，只需幾秒他就能走過走廊、從自己房間的窗戶一躍而出。多年來他屢試不爽，好躲避老頭子的暴力相向。**穿過走廊，跳出窗外，衝進森林……**

「所以，」警探開口，「你對艾波兒．強森了解多少？」

「不認識。」

「你肯定認識，」他老爸接口，伸手拉了張椅子轉向跨坐在上頭，手伸往桌子將菸灰撢進啤酒罐內。「她值晚班。灰褐色頭髮、可愛的翹臀、堅挺的小奶奶。」

「他們應該約談你才對吧，」約翰指出。

他老爸的眼神變得冷冽無情，彷彿是雙鯊魚的小眼。「少在那沒大沒小，小鬼。我才不用費力去找女人。」

「我也不用。」

「我知道你昨晚被安東尼斯開除了，」塔伯曼說，老頭子一聽立刻狂笑不止。警探不理他。

「在那之後你做了些什麼？」

「回家，」約翰回答，瞥了眼他老爸。「如果他沒醉到失憶的話，他有看到我。」

「對，我看到他進來，」他老爸說，再次深深吸了一口菸，對著骯髒發黃的天花板吞雲吐霧。「然後又看到他離開。」

「你最好是有看到！」約翰怒吼。「你昏死在椅子上了！」

「所以後來你有離開嗎？」塔伯曼問。

操。

「我去跑步。」約翰回答。

「跑到哪裡？」

「沒有目的地。就隨意亂跑。」

「除非你在跑步機上，否則一定有抵達某個地方。」

「沿著道路。我就沿著路跑。但我百分之兩百確定沒有跑到磨石。」

塔伯曼看向卡凡爾。「磨石離這裡多遠？」

卡凡爾聳聳肩。「三或四英里。」

塔伯曼以批判性的目光看向約翰。「我覺得你看起來非常健壯，士兵。三四英里並不長。」

「除非你的身材像塔伯曼警探那樣。」卡凡爾說道，試著提振心情。

約翰盯著他，一語不發。

「有人看到你跑步嗎？」塔伯曼再問。

「那時是半夜。沒有。沒人看到我。」

「你幾點回到家？」

「不知道。我沒看時間。」

塔伯曼轉向老頭子。「你有看到他回家嗎？」

「沒有，先生，」老維朗提這麼回答，冷冷地看向約翰。「我肯定睡死了。醉到沒注意有人三更半夜跑進我家。」

「你跑步時穿什麼？」

約翰聳聳肩。「運動衫、運動褲、鞋子。」

「顏色？」

「黑色。」

塔伯曼抬高一邊眉毛。「你晚上穿一身黑去跑步？為何這麼做？」

「我只有那些衣服。」

「晚上穿黑衣跑步，」警探嘴裡唸著。「在你印象中，誰會這麼做，卡凡爾副警長？」

卡凡爾一聲嘆息。「不想被看見的人。」

「強匪、小偷、強暴犯——」

「我不是強暴犯，」約翰生氣地說。他的頭開始抽痛，砰、砰、砰，跟著脈搏一起顫動。他的腦袋彷彿正在膨脹，擠壓著他的頭骨內側。

「我們可以看看那些衣服嗎？」塔伯曼要求。

「不行。」

「為何？」

「因為操你媽的，就是不行！」約翰衝口而出，體內的焦慮感如一個猛然跳起的彈簧。

卡凡爾慢慢向他靠近幾步，站在餐桌盡頭，雙手在腰部的位置向前伸，掌心向下。「不需要這麼激動，約翰，」他說。「如果你沒做錯事——」

「我沒有做錯任何事！」

「那就讓我們看看那些衣服，然後我們就離開，」塔伯曼這麼說。

他的頭部簡直像一只被捶打到轟隆作響的鼓。他的呼吸太過急促，但卻吸不進一絲氧氣。

卡凡爾又更靠近一步，臉上的表情有夠虛假。

「你還好嗎，約翰？」他問。「你看起來有點焦躁。」

「你們跑到我家，指控我強暴某個女孩。沒錯，我是有點急躁。」

「發生什麼事了嗎，約翰？」

「我？對。我正經歷人生的高峰，」約翰語帶譏諷。

「你的眼神有點不太對勁。東尼．塔倫提諾說你打仗時腦部受了傷。」

「這可以解釋很多事情，」塔伯曼表示。「你有昏倒嗎，約翰？你有辦法控制脾氣嗎？」

「你有吃藥嗎？」卡凡爾問。

「他的火氣都馬說爆發就爆發。」他老爸這麼說，邊從椅子上起身，把菸蒂扔進啤酒罐。

約翰瞪他。「對，我就是那樣。遺傳自你。昨晚我去跑步時你在哪？我回家時你在哪，在那之後你又在哪？」

老頭子將大手插在牛仔褲腰帶的位置。「我想我們有達成共識，我喝醉了。」

「說得好像那可以阻止你做任何事。」

卡凡爾又往前一步，站到約翰右邊，對著他嗅聞。約翰轉動身子，就預備姿勢，將重心放在前腳掌，膝蓋微彎，隨時得以發動攻勢。他的感官似乎異常敏銳。相較於其他人，他感覺到的顏色較明亮；聲音較大；氣味較濃烈。炒洋蔥和油膩的漢堡味從口袋裡皺成一團的紙袋內飄出，蓋過了他緊張而流的汗水味，還有些微剛剛抽過的大麻的甜香氣味。

「你這個不知感恩的爛貨。」他老爸咒罵，從房間另一頭撲過來。

約翰改變姿勢，試圖同時緊盯兩個朝著他過來的人。他後退一步。

「我讓你住在我的房子，不用繳房租，而你是這樣跟我講話的？」他老爸說，離他又更近一步。他比約翰矮幾英吋，但是肌肉更為發達粗壯。雖然他將近五十歲了，但大多人看見他依舊退避三舍。他挾帶的威脅就跟酒精、汗水和菸草的氣味一樣強勁。

「跟你媽一模一樣。」他說。

約翰的視線頓時被一片紅光染得血紅。他腦中的怒火足以燎原，提姆．卡凡爾的聲音幾乎像是來自隧道的另一端。

「維朗提先生，可以請你坐回去嗎？沒有必要把事情搞得更複雜。」

此刻，約翰全神貫注在朝他更靠近的老頭子身上，他的面容脹紅扭曲，白色的鬍子在那張酸臭的嘴邊糾結成團。

「那個下賤的臭婊子。」他痛罵，約翰的胸膛被他雙手猛力一推，整個人撞上牆壁。

頃刻之間約翰的理智大腦仿若自情感大腦中抽離，分置在了兩具不同的軀體。他的理智大腦遠離了案發現場，在一旁觀看，眼下不過是電視播放的格鬥節目。而他的情感大腦只能單純做出反應和動作，身體不自覺聽從了情感大腦的指令。

他化身一隻巨貓向前飛撲，用鋼硬如石、迅如閃電的拳頭修理老頭子——右拳、右拳、左勾拳——眨眼間他老爸的口鼻已是滿覆鮮血。

他收拳腳步踉蹌退後時，老頭子奮力游過注滿酒精的汪洋大海，像條狗一般抓撓他。他抬起一隻腳跨坐在約翰身上，將之整個人壓制在地上，衣領被約翰的手緊緊揪著。

卡凡爾和警探的喊叫聲都進不到約翰耳裡。他感覺不到卡凡爾在拉他，他全身上下的感官全被針對父親白熱化的怒火吞噬。突然間他的背部被壓住，一股力量掐著他的喉嚨將他整個人向後拉，他無法呼吸，下一秒眼前一片黑暗。

醒來時他猛力吸氣，渴求空氣重新回到肺中，像是一名深海潛水者甫衝破汪洋海面一般。那一瞬間周圍的景象仿若蒙上一層黑色蜘蛛網交織而成的蕾絲花邊，直到搖搖頭、揉揉眼睛後才得以重新聚焦視線。手上皮開肉綻的傷口再度滲血——也有可能不是他的血。

他把自己撐起，背倚著牆坐在地上。卡凡爾扶著他老爸坐上椅子。這麼多年來第一次，這老頭看起來——老了。他蒼白的臉龐在口鼻流出的鮮血之下顯得更加慘白。這一瞬間他似乎變得弱小，也沒那麼凶狠了。他用丹寧襯衫的袖口抹了抹血淋淋的嘴，怒目瞪視約翰。

「他媽的滾出我的房子。」

約翰沒作聲。

「他媽的滾出我的房子。」他老爸又說一次，音量更為大聲。

約翰起身。「我去收東西。」

「不，你不必收東西，」老頭子邊說邊站起來，一隻手撐著桌面。他的氣力完全是由怒火驅動，自尊也藉此重新膨脹。他的聲音隨著每個字越來越有力，也越來越大聲。「你最好在我叫這幾個蠢蛋把你抓進監獄前，他媽的滾出我家！滾！去你的快滾！」

「你不想正式控告他吧，維朗提先生？」卡凡爾問。「決定權在你，雖然我會說是你先動手的。」

老頭子一臉嫌惡，揮揮手不理會這個問題。

卡凡爾轉向約翰，雙肩聳了一下，兩手一攤表示：「你聽見了，約翰。趁他改變心意前快離開吧。」

這時塔伯曼才終於站起身。「千萬別離開這個鎮。你現在還無法保持冷靜，年輕人。」

約翰輪流打量每個人，他老爸的鼻子看樣子是斷了，雙眼中的恨意更是刻薄。這不是約翰人生中第一次打架，但卻是頭一回真真正正地傷害了自己的父親。他罪有應得，但約翰的內心深處仍舊住著一個心懷恐懼的小男孩，害怕自己就這麼跨越了那條無法回頭的界線。

太可悲了，他心想。

「來吧，約翰，」提姆．卡凡爾說，朝他前進一步。「我跟你一起走到卡車那。」

約翰甩開老同學試圖搭上他肩膀的手，逕自朝後門走去。

「過個一兩天，等他去工作時再回來拿你的東西吧，」他們倆走到車庫後頭時，卡凡爾這麼提議。「搞不好在那之前他就准許你回來了。」

「叫他去死吧，」約翰回應。「希望他喝到掛掉。越快越好。要是可以的話我就親手把他灌死。」

「在一名副警長面前，提議這種死法實在不太好，」卡凡爾這麼說。「未來這話會被用作參考。」

約翰揉揉身上的瘀青，把仍在流血的雙手插進外套口袋，身體倚在卡車護欄上。

「今晚你不該待在這——如果你是打算睡在車上的話，」卡凡爾繼續道。「離開這片區域。我可不想一兩個小時後又被叫回來，發現你們其中一個人槍斃了對方。你有地方去嗎？朋友、親戚、女朋友？」

「我沒事。」約翰回答。這些他都沒有。他只有這台卡車跟一條流浪狗。但之前睡覺的地方比卡車更糟，還有個比狗糟糕的同伴。

「別惹麻煩，看在上帝的份上。我是在給你機會，約翰，沒有把你帶回警局。塔伯曼一定會為此踹我的屁股。所以千萬別讓我後悔。」

「你覺得我是強暴犯，所以現在急著把我甩掉？」

「我沒說過你是強暴犯。就算你真的是，也不會比一袋屎還要愚蠢，馬上又跑去攻擊另一個人。就算腦部受過傷，你也不至於那麼笨。」

「謝謝你。」約翰語氣中的譏諷拿捏得恰到好處，聽不出他究竟是真的表示感激沒被帶去警局，還是被這挖苦他的一番話給激怒。

「他是個不折不扣的王八蛋，我說你爸，」卡凡爾這麼說。「我想，若你真的想殺人老早就動手了。快離開吧。千萬別說我沒幫你。」

約翰看著他走回房子後，繞到卡車後方將擋板關上。狗狗還蜷縮在毛毯上。

「我們去兜個風。」他說。

他把車開到卡車停靠站，停在幾輛晚上才會出現的大貨車旁。停妥後他放下擋板，讓狗狗自己決定去留，轉身逕自走進樹叢裡小便。狗狗跟了上來，也在樹幹旁抬起一隻腳。夜空時而漆黑，時而滿天星斗，層層疊疊的雲朵遮蔽了月光。寒風徐徐。他想起過去必須睡在阿富汗還有其他幾個動亂之地，當時的每分每秒生命被都備受威脅。相比之下睡在停車場根本不算什麼，但他還是有點希望回到戰場，畢竟那裡的敵人不會是自己的父親。

他思忖老頭子說的話——關於個性像媽媽那番話。他真希望自己可以對母親有更深的印象，好印證那話究竟是真是假。八歲那年媽媽離家出走。他記得她很美，記得她是如何哄自己入睡，記得自己多麼渴望沒有被丟下。他記得空虛與恐懼的感覺在他心中張開血盆大口，因為再也沒有母親保護他免受父親的傷害。即便如此，他從未恨過她。每晚入睡前總是偷偷盼望著她會回家接他，然而，她再也沒有出現過。

他走回卡車，鑽進車廂，喬了個勉強算是舒服的姿勢準備睡覺。他的肩膀靠著駕駛座旁的窗戶，看到外頭的狗狗前掌攀在車門上不停嗚咽。他們在停車場微弱的光線中四目相交。

約翰嘆了口氣，告訴自己讓狗狗進來不會有好事，但還是一如往常不自覺拉開了車門。他踏出車外站到一旁，讓狗狗跳上車，舒服地窩在副駕駛座上。

「但我仍然不是你的主人，」約翰一邊說一邊上車關門。「讓你知道一下。」

20

「媽，妳有看到我的腳嗎？」

「有。」

「在哪？」

琳達替鬆餅翻面，自火爐前抬頭。「什麼意思？在哪裡？」

「我的腳在哪？」黛娜不耐煩地說。

「在妳的腿下面，最後一次我看到是在那裡。」

「不是！」

「是啊！」她低頭看向地板，拿著抹刀指向前。「在那裡。我看到兩隻腳和十根腳趾頭。」

黛娜揉搓閉上的雙眼，一邊咕噥道：「不是。不是腳。形狀像腳，套在腳上的。」

「ㄒ開頭。」琳達提示。

「ㄒㄒㄒ鞋子！」黛娜的語氣又是歡欣又是如釋重負，隨後也混雜著失望和尷尬。老天在上，她當然知道腳和鞋子是兩碼子事。

「別對自己那麼嚴格，」琳達說。「我覺得妳休息得不夠。妳累的時候就比較想不出正確的字。」

「我沒事，」黛娜說，伸手拿起一個盤子，完全忘了自己赤腳。「布奈特醫生說我需要設立目標挑戰自己。整天睡覺就沒法做這事了。」

「如果昨晚是妳追求目標的其中一個例子，那我可不贊同。妳不能就這樣自己跑出去，黛娜。我想都不敢想可能會發生什麼事。」

「什麼事都沒發生，」黛娜這麼說，忽略她的智慧被哈迪警探徹底嚇跑，以及努力按照導航的指示前進，幾乎逼瘋了她最後一根神經末梢的事實。她媽媽不需要知道這些。「我去找警探聊聊然後就回來了。要是法蘭琪沒有過來，根本不會有人發現。」

她們倆一同走向餐桌時，琳達看了她一眼。

「琳達……怎麼了？」黛娜坐下。

羅傑從報紙上端瞄向她。黛娜瞥了他一眼，隨即又轉向媽媽。

「妳試圖認為自己可以一如往常做任何事情，但事實並不然，寶貝，」琳達說。「時機未到。要是妳昨晚迷路了怎麼辦？」

「我有帶手機，裡面有導航系統。」

「如果手機沒電了呢？如果沒訊號呢？」

「搞不好會有飛碟把我抓走？」

「我的假設都很合理，」琳達堅持。「我們必須要有個制度。如果妳要出門，必須讓我知道。妳得傳簡訊或留紙條。妳得在手機設提醒自己出門前得告訴我。答應我妳會這麼做。」

「我答應妳。」

黛娜咬一口鬆餅。如果她忘了看自己寫的便條呢？她不停質問自己。

「昨晚警探跟妳說些什麼？」她媽媽問，彷彿這是個尋常不過的早餐閒聊，像是在詢問一名碰巧遇到的高中老師。

「他說他調查了爹地的死因。」黛娜回答。

琳達抬頭。羅傑放低報紙。

「我以為妳是去問他有關凱西的事。」她媽媽這麼說。

「是沒錯。但他提到爹地。為什麼沒人告訴過我警方有調查？」

「當時妳還小。」羅傑說。

「為什麼要告訴妳呢，寶貝？」琳達這麼問。「當時我們都傷透了心——特別是妳。調查只是出於形式，不會有異樣，也確實沒有。爹地的事是場意外。」

「如果不是呢？」黛娜問。「所以他們才必須調查——確認沒有人把他推落懸崖。我沒有權利知情嗎？」

「妳才十二歲，」羅傑這麼說道。

「十四，」黛娜糾正他，氣他根本記不清楚。

他翻了個白眼。「妳只是個孩子。沒必要牽扯進來。」

「他們從來沒問過我，搞不好我知道些什麼呢？」

「比如說？」琳達問。

「我不知道。或許我碰巧聽到某段對話，或是目睹了我以為不重要的事——」

「因為妳沒有，」羅傑斷然表示。「因為沒有事情需要聽聞或是目睹。妳父親失足墜落。沒有人推他。為何有人要這麼做？他並沒有仇人，若有我會知道，我是他最好的朋友。」

「當時你也在場嗎？」黛娜質問。「你看見事發經過了嗎？」

「沒有。」

「那麼，確實，你什麼都不知道。」

「不需要知道什麼事，寶貝，」琳達出聲。「警長辦公室之所以調查，是因為沒有目擊證人，但大家都相信那純粹是起意外。」

「這樣也不代表真的是。」黛娜固執地反駁。

「他自己一人去狩獵，」羅傑說。「我告訴他好幾次別這麼做，但他說在那裡散步有助於釐清思緒。搞不好他是為了拉住那條該死不受控的狗，才會太靠近懸崖不慎滑落。」

「那麼，慕斯呢？」黛娜問。「慕斯從來不會離開爹地。從來沒有。」

「他沒法回到你爸爸身邊。或許他在試圖走下懸崖時迷路了。我們一直認為是有人在路邊發現他，就順手帶回去養了。」

「是啊，」黛娜點頭。「搞不好就是殺了爹地的人。」

「妳想想看，」羅傑說，語氣試圖維持理智。「妳覺得那隻狗真的會允許別人傷害妳父親嗎？」

黛娜坐著，沉默了一會兒，回想那隻精力充沛的拉布拉多是如何深愛她的父親。她的腦海中突然浮現龐大的慕斯攀上爸爸雙膝的畫面，一人一狗臉上都掛著大大的笑容。狗狗天性善良，總是捍衛著這個家。他確實不會讓心懷歹念的人靠近爸爸一步。

「除非他認識那個人。」她慢慢吐出這句話，看向她的繼父。

羅傑嘆了口氣，起身道：「在妳直接指控我殺了妳父親之前，我就先行離開了。艾迪是我的兄弟。我愛他如手足。」

「羅傑……」黛娜的媽媽叫喚，伸手欲挽留他。

羅傑甩了甩手，不理會琳達想說的任何話。「我不想聽，琳達。我得走了。今天我們得在園藝中心錄製採訪，開始籌備派對。」

他離開餐廳後，琳達轉向黛娜，表情滿是失望。

「他有不在場證明嗎？」黛娜問，今早的好心情一掃而空。

「黛娜，妳必須停止這一切。」

「為什麼？若是他殺了爹地呢？」

「住口！」她媽媽震怒。「他沒有殺死妳父親！他們是最好的朋友。事發後羅傑絕望至極。所有人都是。警長辦公室針對這起意外死亡展開例行性調查，所有人都非常審慎，都非常照顧我們家。沒有謀殺，不要再這樣想了！」

黛娜對著盤子皺眉，用刀子將鬆餅切得越來越小塊，一邊思索她媽媽的話。但腦中的疑惑依舊是如紙片般飛來。

「所以案發時他在哪？」她問。

琳達雙手摀著臉，緩慢、慎重地深吸口氣，呼一聲吐出。「那天下午他去拜訪供應商。」

意思是他去了一間又一間批發園藝中心。除非他有同伴可以證實每一次停留之間的空檔人都沒有離開，不然這不在場證明非常薄弱。然而黛娜知道，警探已經確認過他的證詞了。她想起丹・哈迪貼在牆上凱西失蹤事件的時間表。針對她爸爸的案件，他應該也有製作相同的表格，黛娜心想。

「超過十年了，」琳達說。「這些年來妳從未質疑過羅傑的人格和動機。你們倆從來都不像妳和妳爸那樣親近，但依舊處得不錯。」

「我不知道原因，」黛娜嘟囔。「現在我不喜歡他。」

「這是頭部受傷後才發生的事。從前妳很喜歡他的。或許因為他是男人，所以妳才會有這種感覺。搞不好他讓妳聯想到傷害妳的——」

「我不記得他。」

「妳記得但不自覺。醫生說，這不代表腦中處理情感的部分也對他沒印象。」

她的狀況讓人沮喪的其中一點是，她想不起來的回憶仍舊有辦法影響她的情緒。針對羅傑的反感，究竟有多少是真實且合乎常理的？或者她之所以厭惡、不信任他，是因為復健那段期間他的刻意疏遠傷透了她的心？又或者是慘痛的經歷仍舊迫使她疑神疑鬼？

「如果他真的對妳爸做了什麼，妳覺得我還會嫁給他嗎？」琳達這麼問。「妳覺得我很笨，或者不會判斷他人嗎？」

「不。」

「或者我也是共犯？」

「不是。」黛娜回答，心裡滿是懊悔。她從不懷疑父母親之間的愛。爸爸過世後，媽媽整個人都垮了。她和羅傑的感情是在喪夫之後兩年才慢慢滋長。

「很抱歉。」黛娜說。

「不必向我道歉，但我想妳欠羅傑一聲對不起。他愛妳，寶貝。他盡一切所能填補妳父親的空缺。妳和妳爸感情太親密了；對他而言並不容易擔起這個角色。但想想妳學校的活動，他全部都參與了。想想妳拿到駕照前，他充當司機載著妳和凱西到處跑。只要我沒空，羅傑就會幫忙。還記得他替妳和妳朋友們辦的那場盛大畢業舞會嗎？妳得翻翻所有家族聚會和共度節日的照片，提醒自己妳和羅傑從前的關係。」

她已經用 **iPad** 和電腦看了好幾個小時家人和朋友的照片了，高中、大學還有工作場合的朋友們。她在醫院，以及韋德曼康復中心時，大多時間也在做這件事，用盡方法將照片與破碎的回憶連結在一起。因為她不是過去那個製造這些回憶的黛娜，畫面與記憶總是難以相連。

人與人的關係也是一樣。過去的黛娜和羅傑．莫瑟的感情，現在仿若屬於另一個人，也確實是另一個人。現在的黛娜是全新的現實，以一個較為黑暗的濾鏡觀看這個世界。過去的黛娜充滿好奇；現在的黛娜心存猜忌。過去的黛娜相信人性本善；現在的黛娜一眼洞悉人心的險惡。

問題是，哪一種感知才是真的？她應當相信哪種現實？或許過去年輕又純真的黛娜以大眾期盼的角度看世界，但那卻未必屬實。或許現在這個黛娜質疑過去熟悉的每件人事物才是正解。

「他愛我？」她說。「那之後他看我從沒超過兩秒，」她這麼說，手指著自己滿目瘡痍的臉。「妳有發現嗎？」

她當然有，但依舊替他找藉口。「他不願接受妳經歷那件事，所受到的傷害這些事實。」

「我也不想。但是每天我都得對著鏡子看這張臉。我可以將那些應當愛我的人給予的支持化作力量。妳每天都陪在我身旁，媽，不論是本人或是透過電話或是電腦。羅傑大可以每個月來探望我不只一次。」

「羅傑行程很滿，寶貝——」

「所以呢？爹地也很忙。妳覺得他會逃避嗎？妳很清楚他不會。他會跟妳一樣寸步不離。妳知道我說的是事實。」

她確實知道。黛娜可以看見這事實激起了母親的千頭萬緒，羅傑．莫瑟不是從前那個艾迪．諾蘭。每日每夜的夢醒和入睡時分，這項事實從未離開過她。

「他不是壞人，黛娜，」她這麼說。「他是有些缺點，但內心絕對善良。妳的遭遇影響了我們所有人。他只是掙扎著如何面對這一切。」

「他可以感同身受，」黛娜小聲說。「他失去一個漂亮繼女。我失去了我的特性，失去了生活與可能該有的未來。」

琳達伸手觸摸她的手臂。

「妳會建立起全新的生活，寶貝。我真希望妳不需如此，但我心存感激妳有這個機會。妳需要知道的是，這段旅程妳不會是孤身一人。我們全都陪伴著。」

黛娜點點頭，算是給媽媽一個安慰，但心裡的聲音是：**每個人，除了羅傑**。

琳達手機的鬧鐘響起。她看一眼後嘆口氣。

「我得走了。我預約了髮廊。妳想一起去嗎？」

「我沒有頭髮。」黛娜回答，一手撫向剪得短短的金髮。

「妳可以做指甲，也修修腳指甲。」

「不了，謝謝。我要休息。」她這麼說，只是想讓琳達開心。

「好極了，」琳達聽了後這麼說，傾身親親女兒的額頭。「晚點見。」

黛娜在桌前坐了幾分鐘，盯著完全失去享用的興致的早餐。一段萬花筒般的記憶碎片灑落進她的腦海。她和凱西在這間房子裡的回憶，在餐桌邊、在廚房烹飪、在樓下看電視。她還瞧見了羅傑的身影碎片，身為監護人、司機、代理父親。他從不像爹地那般輕易和孩子打成一片。她爸爸不費吹灰之力就在父親的威嚴與身為朋友的情誼間取得平衡，她所有朋友都好尊敬，也好愛她爸爸。羅傑設法跟孩子相處，看起來總是假惺惺又不情願。黛娜欣賞他的努力，也替他感到難堪。

回首那些往事，想起繼父讓她極為不自在。但根據媽媽的理論，這些感覺都是起因於不幸的遭遇，而非針對他個人。

極力摸索記憶導致腦袋一陣顫動，她回到樓下房間打開落地窗，走至庭院呼吸清晰澄澈的空氣。廣闊的天空是一片電光藍色，是專屬於秋日的青空。綠油油的草地和後頭的樹林色彩看起來格外飽和。

燕子立刻跟到陽台，躺在石板地上翻滾伸展，發出呼嚕呼嚕的顫音。

黛娜踏上露台，腳下的石板溫暖了她赤裸的雙腳，涼風恰恰需要她裹緊纖瘦體型外的大件開襟衫。這天實在太美，難以想像世上有惡魔的存在。她的目光越過低矮的石牆，朝翠綠的山丘與妝點著秋意的樹林放眼望去。她試著回想回家那晚的感覺，那個樹叢裡疑似有人窺探的恐懼感。在這如明信片般詩情畫意的一天，那念頭顯得相當可笑。

但是，凱西失蹤那天，風景也是如此的美。炙熱的盛夏高空，滿載著蓬鬆如爆米花的白雲。某一刻，凱西就被帶離深愛她的人身邊。黛娜好想知道是誰，以及為什麼。

她腦海浮現了目標，立即轉身返回臥室內，但突然又想到燕子。這貓正沿著一排菊花奔跑，每向前幾步就輕盈躍起，試圖抓住一隻蝴蝶。

「燕燕！」黛娜叫喊，一邊拍拍雙手吸引牠的注意。燕子完全不理她，繼續追逐蝴蝶。

黛娜只好再次踏上露台，抓住貓的機會就跟牠抓到蝴蝶一樣微乎其微。牠興高采烈地從露台這一頭跑到另一頭，再轉個身朝各個方向跑去，跳上跳下好不快活。牠的尾巴在半空中甩來擺去，挑釁著要黛娜追牠。

待喘不過氣又暈頭轉向後，黛娜只好放棄直接進屋，留了條門縫讓燕子自己鑽進來。希望牠那自己已不再擁有的好奇心可以盡快退去，讓她得以關好門。

她在書桌前坐下，打開電腦。鍵盤旁邊是前一晚帶去哈迪警探家的筆記本。她抽出哈迪交給她的證詞副本開始閱讀，從頭到尾一字不漏。

內容並不多。凱西在她家過夜，隔天她們一起去磨石吃早餐，緊接著就去園藝中心。她說凱西因為不舒服提早離開。那之後黛娜再也沒見過她，也沒有聽聞她的消息。一次也沒有。

背後肯定有更多情節，絕不僅僅是紙頁上這幾段毫無生命的段落，以及一連串呆板枯燥的證詞——**我們去那裡、我們做這件事、她做了那件事**。她們當時想些什麼？對彼此說了什麼？哈迪說有人目擊她們吵架。黛娜發誓自己一點印象也沒有。她的頭腦為了她好，逕自又刪除了這段過往嗎？還是真的不值得記住？凱西失蹤後七年她一點相關線索也沒想到。沒有人想得到。

哈迪的辦公室竄入腦海——時間軸、筆記、照片。彷彿他的記憶脫離了腦袋，被釘在了牆壁上。他完全不必在那亂七八糟的心智裡頭挖掘細節，只消看一眼牆壁就行了。

黛娜環顧房間，目光掃過嵌入式書櫃、偌大的軟墊床頭板、牆上的錶框藝術品以及未完全關上的落地窗。她走到房外走廊望著房門對面空無一物的牆壁。通常只有她一個人會走這條長廊。

她又回到書桌前從抽屜裡拿出一枝黑色粗麥克筆。她帶著筆回到走廊，以儲藏室的門為起點，畫了條與眼同高的粗黑線一路延伸至洗手間，恰恰好十英尺長。她在起點處寫了**前一天**，右邊幾英尺處寫上**凱西失蹤當天**。水平線上下，她分別畫了向上與向下延伸的垂直線，潦草地寫下存在於記憶中的資訊——她們一起去磨石吃早餐、凱西跟著她到園藝中心工作、凱西離開園藝中心——此處她加上一個問題：**生病？吵架？**

記憶中的資訊殆盡後，她拿起 iPad 開始查找所有有關凱西失蹤的報導，將細節詳加註記在牆上。她用不同顏色的麥克筆代表不同人提供的線索——藍色是約翰．維朗提，紅色是提姆．卡凡爾，綠色是凱西媽媽，紫色代表自己。

她不知道自己究竟寫了多久，才終於退開來檢視成果。乾淨、光滑、空無一物的米白色石板牆成了一幅亂糟糟的畫作。蜘蛛網般的線條邊標記了一團團文字、說明和疑惑。這工作累壞她了，但將回憶呈現在能被看見的地方令她如釋重負。這些資訊無法再次溜進她腦內幽黑的裂縫中。

黛娜汗水淋漓、氣喘吁吁，彷彿完成了一份費勁的工作，即便如此，她感覺好極了。她確實完成了某件事。

她雙手叉腰，從起點處開始慢慢檢視每個記號。凱西過夜，此處她註明琳達不在鎮上，而是在佛羅里達照顧做完膽囊手術的奶奶。羅傑一起待在家。隔天九點多她和凱西去磨石吃早餐，下一站是園藝中心。羅傑因為偏頭痛待在家。園藝中心的員工目睹凱西和黛娜起爭執，凱西先行離開。稍晚凱西打電話給提姆。她也打給了約翰，約他傍晚碰面。約翰堅稱凱西沒有赴約。她的車在餐廳停車場被找到，就在另一頭的席爾瓦修車場那端，緊鄰將此區與另一社區區隔開來的林地。

牆上還有太多空白處，黛娜心想。線條與文字構成的圖像頭重腳輕，只有時間軸的起頭處占了大部分的比例。最後一次看到凱西後，時間軸一路延伸，只有零星幾個標記穿插其中，都是些疑似看見凱西的說詞，到頭來全是空歡喜一場。

太空了，她再次認為。突然間有個污痕憑空出現，慢慢朝時間軸尾端蔓延擴散。

黛娜的心彷彿漏了一拍，下一秒又像拳頭打在門上一般重擊她的胸膛。

那不是污痕，腦袋拚命轉動試著釐清眼前的景象時，黛娜這麼想。就在一億分之一秒的瞬間，她知道了，知道一開始誤會是污痕的黑點不是髒污，是很像髒污的黑影，是足以令她血液凍結的一個詞。

影子。

是一個男人站在她房裡投射出的影子。

21

「解開了嗎，小女孩？」

黛娜一個轉身向後跑，冷不防撞上牆面。

丹・哈迪站在她房間門邊，漆黑眼珠的亮光像是某種怒火。瘋了，黛娜心想。他身形看來比昨晚更龐大，連房間都顯得狹窄，他寬闊的雙肩幾乎要把門框壓垮了。他嘴角勾起的微笑，跟貓看見老鼠時的笑容如出一轍。

「你在這裡做什麼？」黛娜問，試圖讓語氣聽起來滿腔怒火，但實際上的她——非常害怕。

「我來看看妳啊。」他說，語調低沉又陰森，正是狩獵者將獵物玩弄於股掌之間，享受純然的恐懼而發出的極具引誘性的喉音。

「你怎麼進來的？」

「我按樓上的門鈴。沒人回應。所以我就想說沿著房子繞一繞，看看會發現什麼。妳露台的門沒關，應該小心點才對。妳打開門讓微風吹入，別的東西也會跟著跑進來。」

黛娜嚇得一動也不敢動，連轉頭的勇氣都沒有，只能眼珠子稍稍往右邊一瞥。走廊的盡頭是儲藏室，沒有逃生的路線。就算她可以跑進去甩上門，裡頭也沒有擋得了他的門鎖。她努力思索那裡頭有沒有什麼可以充當武器的東西。聖誕節裝飾，可能還有些手持工具。但東西到手前就會被抓住了。她還來不及開門就會被逮到。

「妳這容易受驚的小傢伙，」他說。「我想妳比大多數人都有理由如此，他關了妳多久？」他這麼問道。「兩天？三天？我忘了。」

這代表他很清楚她的遭遇。黛娜沒有回答。如果他是在幻想那些她被囚禁和凌遲的畫面，那麼自己可沒打算參與其中。

黛娜體內的每一顆細胞都在顫抖，恐懼形象化成一條緊箍住她胸膛的絲帶。她連深呼吸口氣都無法。

她瞥向左側家庭娛樂室，映入眼簾的有偌大的石造壁爐、鐵製壁爐工具、一整面通往露台的落地窗，還有通往主要樓層的階梯。一幕幕景象彷彿都遠在一英里之外，且她得從哈迪身邊經過才到得了其中任何一個地方。哈迪只需輕輕踏出一步，就能澈底封死她的逃生路線。

她別無選擇。她必須試著逃跑。

黛娜緊緊握住手中的麥克筆。這稱不上是武器，但除此之外她什麼也沒有。

哈迪似乎看穿了她的心思，向前踏出一步，堵住了僅有的去路。

「你昨晚跟蹤我嗎？」黛娜問。

「我為何要跟蹤妳？我本來就知道妳住哪。」

「為了嚇我，」她這麼說。「你似乎樂在其中。」

提姆所說有關哈迪和年輕妓女的故事浮現她的腦海，他如何把妓女帶出她的工作地點、她是如何消失、被發現時身上已被毒打到血肉模糊。

「昨晚妳引發了一場騷動，」他說。「我看到新聞。」

「大家都知道我是去找你，」黛娜回應。「我告訴他們了。警長也在場。」

「還有卡凡爾，妳的前男友。他好喜歡出現在鏡頭之前，那傢伙。總有一天他會從政。」

「他知道我去找你。如果我出了什麼事，他們立刻知道要找誰。」

「噢，」他笑著說。「年輕的卡凡爾在校外說故事呀。他跟妳說了些我的事，對吧？」

黛娜不知該不該提起那個女孩，不知如此是否會觸怒他。現在她的腦袋正急切等待衝過他身旁的機會。若有辦法狠踹他胯下一腳，讓他痛到站不直，搞不好行得通……或者就隨便踢一腳，但這樣只會激怒他……

「我為何要傷害妳，小女孩？」他問。「妳可以幫我破解案件。我需要妳跟我走。」

「我哪裡也不跟你去。」黛娜這麼說。

他笑了。

「妳要有些膽量才行。我會給妳的，」哈迪說。「放聰明點，若我真是壞人，那我早把妳帶出這間屋子了——打昏妳、勒死妳、將妳五花大綁。或者我可能會覺得妳沒那個價值浪費我的時間，想做的做完就直接在這裡殺了妳。風險跟利益二選一罷了。要是我把妳擄走，囚禁妳的身心，顯然會得到更多我想要的，但帶到屋外跟在房裡完事相比，究竟哪個風險比較大呢？這正是獵捕者思考的問題。」

黛娜好想哭。一波又一波的情緒浪潮來勢洶洶襲捲了她全身，這些情緒各自挾帶了一段她想不起來的回憶，有關一個瘋子凌虐她的慘痛記憶。她想逃跑的直覺跟著渺茫的機會一起消逝無蹤。此刻的她凍結在原地，被動等待。他會怎麼殺她？徒手？持刀？他會先進行為時多久的前戲？她能否澈底關閉心神，逃離他即將痛下殺手這項事實？

「假設說呢，」他繼續道。「若我是壞人，妳就應該要假裝配合，乖乖服從指令好讓我離開這條走廊，像隻溫馴的小羔羊跟我去到屋外，然後死命狂奔離去。」

「如果我是壞人的話。」他重申這點。

他讓這個可能性懸浮在空氣中幾分鐘的時間。接下來他嘆了口氣，往後退了幾步，消弭一些對峙的壓迫感。

黛娜顫抖不止，彷彿手中握著一隻電鑽。她雙手於胸前交叉緊緊抱著自己。知道哈迪此行應該不是為了殺她，鬆了一口氣的感覺就跟稍早的恐懼一樣強烈。她的雙腿發軟，再也無力支撐身體，只得背倚著牆向下滑，整個人癱坐到了地上。

「請你離開，」她氣若游絲地說。「拜託你離開。」

「我需要妳跟我走。」

「你已經不是警察了。我沒必要跟你去任何地方。我不會跟你去任何地方。」

「妳不想知道最好的朋友發生什麼事嗎？」

一瞬間黛娜無語。問題的答案遠比簡單的「是」或「否」複雜許多。她想知道好友淒慘的下場正是自己曾經成功逃脫的死狀嗎？不。她想知道或許是自己的氣話導致凱西離開，間接將她送入死亡的大門嗎？不。她渴望事情的真相與答案嗎？沒錯。她想為朋友伸張正義嗎？想。她是否害怕這些問題將帶領她到何處？非常害怕。她害怕丹．哈迪嗎？當然。

「我們有個共同目標，妳和我，」他說，看了看牆上的時間軸。「這正是妳找我的原因。現在我來找妳了。」

「你到底想要我怎樣？」

「我要妳重新追溯那天的行蹤。」

「我一直在嘗試。我閉上雙眼試著回想——」

「不對，」哈迪說。「我的意思是我們一起去那天妳們倆走過的地方。我們一步一步來。」

「我不會跟你上車。」黛娜說。

「要是我想殺妳，不需等到上車。」

「或許你不想殺我，」黛娜這麼說。「搞不好幾天後會有人發現我裸體、被打得面目全非，一個人在泥濘不堪的路上遊蕩。」

哈迪的表情變得凝重。黛娜希望至少在他憤怒到化身殺人魔之前，自己可以站起身來。她還有最後一絲試圖逃跑的機會。

「妳知道的只有那些別人告訴妳的，小女孩，」哈迪的語氣隱約透出怒意，黑色雙眼盯得她汗毛直立。「妳不了解我。關於我，妳什麼都不知道，也完全不知道事情的真相。」

黛娜驚恐地連眼皮都不敢動一下。她試著吞嚥，但喉頭乾燥到差點噎死自己。

「妳不需要怕我。」哈迪說。

「為何不？」黛娜挖苦。「你是男人，不是嗎？」

他盯著她良久，表情逐漸軟化成了一種像是憐憫的情緒。「妳確實比多數人有權利這麼想。」他小聲地表示。

黛娜依然不相信他。「我聽說你這輩子都在欺瞞別人。」

他很有可能撲上前來，用龐大的拳頭爆打她的臉。他很有可能微微傾身，一手捏碎她的喉嚨。然而，他卻是發出一陣夾雜著驚喜與苦澀的笑聲。

「妳真是個可笑的小傢伙，」他說。「確實，我是在欺瞞別人。我沒有別的東西了，除了這起案件，」他這麼說道，一邊朝牆上黛娜塗寫的筆記點頭。「妳打算幫我嗎，小女孩？」

「我不會跟你上車的，」黛娜重複這句話。

「隨妳便。那我們就從這裡開始，」哈迪手指向時間軸的起點。「凱西在這裡和妳一起過夜。當晚的事妳記得哪些？」

「沒什麼特別的。我們常常在對方家過夜。不對，」她糾正自己，「凱西比較常在我家過夜。她媽媽有個住在鎮外的男友，只要他來到鎮上，凱西就會跑來這，這樣就不必聽見他們做愛的聲音。」

「卡爾．佛羅里安，」哈迪接口。「他是來自特雷霍特的保險理賠專員。當時他和格蘭特太太一起去印第安納波利斯過了個長週末。他們有堅實的不在場證明。所以凱西來這裡和……」

「我讀了我的證詞，」黛娜插嘴。「沒有顯示我們有做什麼特別的事。」

「那證詞連用來擦屁股都不配，」哈迪這麼表示。「那些一點意義也沒有。我不是要妳想那些七年前告訴我的話。我希望妳閉上眼睛，想像那天夜晚。妳看見了什麼？聽見什麼？聞到什麼？還有誰在這屋裡？」

「我媽媽跟奶奶一起在佛羅里達。那晚我們待在屋內，因為在下雨。我們叫了披薩、看電影。都是些尋常的活動，沒什麼值得回憶的。誰都沒想到那是我們最後一次相聚。」

「那妳繼父呢？」

「他怎麼了？」

「他在附近嗎？有和妳們待在一塊嗎？」

「他在啊，也吃了一些披薩。」

「他有什麼不對勁的行為嗎？」

「羅傑？沒有。他在我朋友身邊好像有點彆扭。他很想當個酷老爸，但實在無法。」

「凱西有說過在他旁邊會不自在嗎？」

「沒有，」黛娜反射性回答，馬上又思索了一會兒，試著記起自己是否有說過羅傑的彆扭有點不合常理。她一點印象也沒有，但第二次開口說「沒有」時，語氣少了分篤定。

「羅傑是嫌疑人嗎？」她問。

「所有人都有嫌疑，」哈迪回答。「找到真相之前，大家都是嫌疑人。妳也不例外。」

「我？」黛娜質疑，感到備受冒犯。「我怎麼會傷害凱西？」

哈迪聳聳肩，冷漠應對她的感受。「妳因為某件事生她的氣。」

「我不喜歡她挑男友的眼光，所以就把她殺了？」黛娜一邊說一邊起身。「簡直荒唐！」

「人們會失去理智，」他說道，從她手中拿過黑色麥克筆，朝牆面走近一步加上新的註記。

「他們出手攻擊，並非出自本意。憤怒的言語你來我往，一個推擠、一個相撞，其中一人跌倒意外撞到頭部。就像這樣，妳就成了凶手。」

「那我還真是個犯罪奇才，屍體藏得一點蛛絲馬跡都找不到。我怎麼辦到的？」

「妳有共犯，」他就事論事地說。

「誰是我的同黨？」

「妳男友、她男友、妳繼父、妳媽媽——但她不在鎮上。她是清白的。」

「你簡直瘋了。」

「我只是說說。這就是一名警探思考的方式，」哈迪這麼說。「我不能擔心會不會傷害妳的感受，小女孩。我不能在乎妳繼父是參議員。適當情況下，世界上沒有人不可能犯下謀殺罪。」

「包括你自己？」

他睥睨她良久，但一句話也沒說。

黛娜望著牆面，哈迪加上的註記寫說凱西離開園藝中心後，回到黛娜家拿東西。**時間不確定**。

他蓋上筆蓋，看了看手錶。「走吧。我想在午餐人潮出現前去磨石一趟。」

22

黛娜開著自己的車前往磨石，後頭的哈迪開的是一輛普通灰色轎車。不是貨車。黛娜默默記下，雖然這並不代表他沒有另一台貨車。她把車停在餐廳正前方的停車場，沒有馬上下車，而是重新思考來這裡是否明智。她不可能走進一個地方而毫不引起注意。人們會看著她、緊盯著她。他們會認出她是誰，接著開始交頭接耳。

哈迪用指關節敲她的車窗，她嚇得跳起來。

「走吧。」他大聲說，拉開她的車門。

「我不想，」黛娜拒絕。「我改變心意了。」

「為何？妳覺得大家會盯著妳不放？」

「對。」

「所以呢？這就是妳現在的樣子啊。妳不可能因為臉上有幾道疤，就一輩子躲著不見人吧。如果人們不只是盯著看，還有別的舉動，那就髒話問候他們。來吧。」

「唉，」她嘟囔道。「既然可以和你待在一塊，我何必還要花時間去見治療師？」

「我也搞不懂。」他一邊發牢騷，一邊伸手欲將她拉出車外。

黛娜閃身。「別碰我！我想出去時就會出去。你可沒有付錢買我的時間。」

「我快死了，」他這麼抱怨。「很快我就沒機會待在這該死的停車場，等妳在那邊決定要不要冒這玻璃心碎滿地的風險。」

「操你的。」

「別罵髒話。從妳這種小傢伙嘴裡吐出聽起來很可笑，」黛娜踏出車外時他這麼說。「除非妳強壯到可以打掉對方的屁眼，不然千萬別叫人家操自己。」

「你還真是富有人生智慧啊。」黛娜咕噥，拉上帽兜。

「歡迎繡在枕頭上。」

黛娜走往餐廳的步伐彷彿是準備上斷頭台。她好多年沒來磨石了。這棟建築兀自矗立，跟這區域的其他設施相隔一段距離——席爾瓦修車廠、加油站、附設提供給卡車司機的淋浴間的便利商店。餐廳本身是簡單的混凝土建築，正面是經歷多年風吹日曬的木片和板條建材，前方寬敞的門廊兩側放置了老舊的石椅，打造南方鄉村風格的景致。

黛娜每向前一步，就拾回了更多熟悉感。若過去那些年她和凱西與假期殺手在這裡擦肩而過，那麼腳下的路徑就是一切事發的起點。他以追蹤卡車路徑聞名。目前已知的幾名被害者，都是在類似這樣繁忙、交通流量壅塞的地點遭擒獲。這裡人們熙來攘往，但所有面孔皆是一閃即逝，停留十分鐘，又或是駐足一個小時的過客，面容全混雜在了一起。

「妳在想什麼？」

哈迪粗野的嗓音使她猛地一顫。「想到我們在這裡消磨了好多時間——凱西和我，還有其他朋友們。足球和籃球比賽結束後我們都來這裡，誰也沒想過這裡可能很危險，在這裡相遇個幾分鐘的人竟然會是——」

她不願意將那名字說出口。她感覺一旦那名字脫口而出，他的本尊便會猝不及防出現，像是召喚惡靈一般的邪惡把戲。

「他只是個男人，」走上台階時哈迪這麼說。「別把他想得太超過。」

他只是個摧毀她人生的男人，讓她的事業、自我意識、腦袋與美貌分崩離析。他只是個凌遲且殺害天知道多少個年輕少女的男人。

「他跟地球上所有男人一樣，早上起床都得拉屎，」哈迪說。「妳殺死他的時候，他跟所有男人一樣會流血。別因為他曾經制伏妳就把他想得好像有超能力一樣。」

黛娜本想爭論，發生在她身上的事可遠不止這些，事情並沒有那麼簡單，但硬忍著將那些話全吞了回去。男人怎能了解任由一個高大又孔武有力的人擺佈，那人無窮的殘酷手段及貪婪無厭渴求他人的苦難，面對這樣的惡行究竟是何等恐懼？沒有幾個男人遭遇過類似這樣的夢魘。有鑒於提姆說過的話，丹．哈迪和襲擊她的凶手有不少共同點。

他替她拉開門走入餐廳。黛娜一踏進門便直覺往右轉，垂著頭假裝在看架上的旅遊導覽手冊，手冊內容不外乎是建議大家一路駛過雪比水磨鎮，往路易維爾及肯塔基馬公園那裡去。哈迪向女服務員要了一個小隔間。

服務員帶領他們穿越餐廳時，黛娜一整路都垂著頭，下意識緊揪著帽兜。但她仍舊覺得自己能感覺到那些看見她臉的人的注目禮與竊竊私語聲。

「你是在看啥看？」哈迪衝著某個人大吼。

黛娜瑟縮，下巴幾乎貼到胸部上，手忍不住又再次拉攏帽兜，希望可以就這麼被吞沒掉。她溜進隔間角落，盡可能讓自己縮得越小越好。哈迪在她對面坐下，替黛娜和自己各點了杯咖啡。

「妳若一直盯著桌面不放，那可真是白費工夫了，」哈迪抱怨道。「妳需要抬頭觀察，看看四周、聽聽聲音、聞聞氣味。」

聲音和氣味無可避免。她的感官已經處於超載的臨界點。現在這裡很繁忙，幾乎是客滿的狀態。此起彼落的交談聲和銀器餐盤碰撞的匡噹聲響不斷衝擊她的耳膜。她想像自己聽到自己的名字迴盪在那些細碎耳語中。濃烈咖啡和培根油脂的香氣竄進了她的鼻竇。幾乎一整年的時間她都沒有踏進餐廳，第一次外出用餐竟然是在這間人擠人的廉價餐館，且很有可能是她和對她施加酷刑的凶手多年前第一次相遇的地方。

她的神經像是高壓電線般爆裂作響。幫助自己冷靜思緒、緩和呼吸的步驟在那腦袋裡轉呀轉，好壓抑住即將浸沒腦袋那來勢洶洶的情緒浪潮，以防自己禁不住潰決。

她抬眼看向哈迪，頭部幾乎沒有移動。「我以為你今天要去做化療。」

「我取消了。」

「為何？」

「看看四周，」他說，迴避這個問題。「想像凱西和妳一起坐在這吃早餐。妳們點了什麼？」

她緩緩地深吸一口氣，在心裡慢慢數四拍一邊吐出。「我都點雞蛋煎鍋和鬆餅。」

「那就點這些。」

「我不餓。」

「沒關係。就點吧。」

「你買單嗎？」她問。「我忘了帶錢。」

「我付。」

「你點。」

女服務生端著咖啡回來。哈迪點了早餐煎鍋。黛娜頭還是低著，替自己的呼吸數節拍。

「妳是黛娜．諾蘭，對吧？」女服務生問，像是見到電影明星一樣有點喘不過氣。「我每天晚上都看新聞關注妳的案件！現在妳回來了。妳簡直是雪比水磨鎮的專屬名人！」

「走開。」哈迪咆哮。

女服務生像隻受驚嚇的馬立刻跳開，快步逃回廚房內，在那裡她會把這事告訴所有她遇到的同事。

「她可能會對我的食物吐口水。」哈迪嘀咕。

「前幾個晚上有位這裡的女服務生遭受攻擊。」黛娜說。

「對，妳回家那晚。」

「你的意思是都是我害的。」

「有可能。我不相信巧合。」

「那天股票下跌，這也是我的錯嗎？」

「妳回家這事，所有新聞都在報。那位年輕服務員，跟妳失蹤的朋友在同個地方工作，也被攻擊和虐待。」

「一方面來看，壞事就是會發生，」他這麼說。「據統計每年這個小鎮固定都有一定數量的性侵案件發生。另一方面，妳回家這事重新點燃了大家對凱西．格蘭特案件的興趣。這可說是種觸發凶嫌歹念的壓力源。」

「若凶手住在這，那他已經逍遙法外七年了。恐怕他已經沒在擔心會被抓到了。天知道塔伯曼那混蛋有沒有對這案子施壓。然後突然妳回來了，每個人都在關注妳和那起陳舊失蹤案，每個人都有疑問，凱西．格蘭特再度成了新聞焦點，那歹徒也開始有了壓力。若有人記得什麼事怎麼辦？如果有人發現了什麼呢？這股壓力就這麼越積越高，需要按個鈕宣洩而出才行。所以他就跑出去，替自己找了個磨石的女服務生。」

黛娜順著他的邏輯，想到自己回家竟然變成了另一名女孩遭受攻擊的催化劑，她的胃部不住一陣翻騰。這殘暴的循環，以她難以想像的方式不斷餵養壯大著自己。

「那晚我見到約翰．維朗提，」她說。「他在外送披薩。他一看到我就像活見鬼一樣立刻逃跑。」

「搞不好真的是他，」哈迪這麼說。「也可能是假期殺手帶走了凱西，而艾波兒．強森只是剛好在不對的時間出現在不對的地方，跟妳的遭遇一點關係也沒有。」

有幾分鐘他們倆誰也沒有說話，一個接著一個的可能性在黛娜腦中相互追逐，搞得她頭痛欲裂。為使自己分心，她從連帽衫口袋掏出手機，開始替餐廳拍照，幾位老主顧，還有一些盯著她看、顯得惱怒、驚訝或是焦慮的客人全入了鏡。她也將鏡頭對準哈迪，後者一臉不悅。

天花板刺眼的燈光下，他的面色蠟黃，臉上的皺紋顯得銳利又深刻，彷彿是一名木工精雕細琢的作品。黛娜還記得凱西失蹤那年他當時的模樣——較年輕、較粗獷，頂上毛髮茂密。然而時間與病魔彷彿偷走了他身上那些非必要的特徵，徒留下濃密的鬍鬚，還有一如往常的自負。

食物上桌，服務生將煎鍋擺在哈迪面前，一字不吭便離去。

「那天凱西點了什麼？」他一邊問，一邊用叉子翻動小煎鍋上的食物。

食物的香氣隨著裊裊上升的一團輕煙散發而出：煎蛋、家常油炸馬鈴薯佐洋蔥、青椒和大塊培根。即使黛娜不餓，聞到這香氣也忍不住垂涎欲滴。哈迪替鬆餅抹上奶油，送進口中的同時，她幾乎也嚐到了鬆餅的滋味。味覺和口感的記憶多年前就已烙上她的腦海，即便她很久、很久沒吃這樣的食物了，感官的記憶依舊存在，一下就被她的嗅覺給觸發。

「凱西那天點什麼？」哈迪又問一次。

「吐司。」黛娜回答，很訝異這麼無關緊要的事竟然像顆氣泡，從她腦中那團宛如濃湯般黏稠的液體中啵一聲浮出水面。

「還記得她或是妳有跟誰交談嗎？」

「若是有，七年前我會不告訴你嗎？」

「不見得。搞不好當時妳覺得這不重要。說不定是去上廁所途中說的『嘿，你們』？可能一點意義也沒有。」

「這種我也不會記得。」黛娜明確指出。

「都在那裡，」哈迪說。「全被深埋在心理檔案櫃的抽屜裡。妳需要的是對的觸發裝置將它們從深處搖晃出來。」

黛娜試著構想凱西來回洗手間的畫面，走動的同時面帶笑容、濃密的黑髮在背後甩動。磨石有非常多常客都認得凱西。她總是跟每個人打招呼，對所有人都和藹可親。雖然哈迪這麼說，但黛娜不認為自己會將凱西和他人的尋常寒暄放在心上。那不過都是些尋常小事。

但是哈迪提到洗手間，這點觸動了她。那天凱西身體不舒服，餐點才一上桌她就急著去廁所。黛娜閉上雙眼，試圖重現那個場景——凱西回到桌前的路上，一路笑著和大家打招呼。她設法記起那些人的臉孔，但記憶一片空白。

她將注意力轉回手機螢幕上，滑過一張張剛剛拍下的照片，仔細研究那幾張現在沒法盯著她看的臉。有哪個人七年前也在這嗎？其中有個人兩天前把艾波兒．強森虐待到躺在醫院裡嗎？他們看起來都是……普通人。

他只是個男人，哈迪是這麼形容假期殺手的。就跟全天下所有男人一樣。只是個坐在餐廳裡的男人。高、矮、胖、瘦、禿頭、蓄鬍——一個又一個全混雜在了一起。一名殺手與眾不同之處不是外在，而是腦袋與內心，造就一名殺手的特質是不會外顯的。外在軀殼是可以隨時替換的，魔鬼出沒於暗夜之前，沒有人看得出誰究竟是壞人。

當手機螢幕被一名矮胖、黑鬍的禿頭男子佔據之時，黛娜倒抽一口氣。

「怎麼？」哈迪問。「認出誰了嗎？」

黛娜盯著照片，雙手瞬間變得冰冷。她覺得雙頰發燙、心跳急速。

「是誰？」

「我不知道，」她喃喃地說，頭部左右搖動。她覺得胃部一陣不適。「我不認得他。」

哈迪不耐地抓過手機，盯著上頭的照片看，接著將頭轉向那男子的座位，就在不遠處的一個小隔間裡。

「我的天哪，」黛娜驚呼，覺得非常困窘。「別看他！」

哈迪已經起身。黛娜驚恐地看著他走向那名男子，秀出警徽。那兩人同時轉頭看向自己時，她真想用帽子把臉整個蒙住鑽到桌子底下。現在整間餐廳的人好像都在看她。嘈雜的交談聲、砰砰聲和送上桌叮噹作響的餐盤全都化作一片虛無。她什麼也聽不見，僅有狂烈的心跳聲在她耳際怒吼。

她被嚇到不知所措，起身的動作太快以致於一邊大腿猛力撞向桌子，將哈迪的咖啡潑灑出杯緣。她一個箭步衝出隔間，一頭撞上了迎面而來的服務生，對方手中堆滿食物的餐盤應聲落地。服務員望著她，既驚訝又憤怒，扭曲的面容像是哈哈鏡映照出來的臉孔。

黛娜一把推開服務員衝出餐廳，踏上門廊之時又一頭撞向一名魁武的男子，那男子用上臂和強壯到能把她骨頭捏碎的油膩雙手扶住她。黛娜匆匆瞥了那人長相一眼便掙扎著逃開——鼻青臉腫的紅通通面孔、平頭白髮、滿口黃牙的笑容和薄唇外是一圈濃密的傅滿洲鬍鬚、黑色雙眼如鯊魚般陰險。

「嘿！」黛娜拚命掙扎，雙腳亂踹著要逃離掌控時他大吼。「我抓到一隻活碰亂跳的！」

周圍的男人哄堂大笑。「抓緊了，馬克！」

「放手！放開我！」黛娜尖叫，抬頭看著他。

他的表情立刻因震驚和嫌惡扭曲成一團，「我的老天哪！」

黛娜用盡全力踹他的小腿外側。

「哎喲！該死的小雜種！」他怒吼，一把將她甩開。

黛娜踉蹌後退，腳步沒站穩一屁股跌坐在了門廊上。

「嘿！」另一個男人大吼。「搞什麼鬼？」

緊接著提姆朝她彎下腰，伸手欲扶起她。

「妳還好嗎？」

「我沒事。」黛娜回答，顯得慌亂又尷尬。

提姆將她推向一旁，像是在移動一件傢俱，然後轉向那男人。「現在是什麼情形？」

「她踹我！」彪形大漢怒氣沖沖。

「維朗提先生，你一個大男人那樣甩開弱小女孩，你覺得這樣對嗎？」提姆問。「你覺得對女人動手沒問題嗎？這個鎮上可不容許這種事。在我面前，門都沒有。」

他又轉向黛娜。「妳沒事吧？」

「我沒事，」黛娜囁嚅地說，慌亂拉起帽兜。「我只想離開。我得走了。」

她快速走過門廊，穿過停車場回到自己車旁，卻發現門鎖住了。她顫抖著雙手在牛仔褲和連帽衫口袋裡翻找鑰匙。沒有。口袋裡只有一只震動的手機。

她拿出手機盯著螢幕。媽媽打來了。她腦袋裡的所有情緒爭先恐後湧出，使她想不起到底該如何解鎖螢幕。來電進到語音信箱，一則訊息接著彈出：**妳在哪裡？？？？快回答！！！**

黛娜的挫折感如火山般噴發，她一把將手機扔向車子，一次懲罰這兩樣東西。手機撞到駕駛座車窗反彈，螢幕朝下摔在柏油路上。

「這些會帶給妳更多好運，」丹．哈迪說，手舉著她的鑰匙圈，凱蒂貓圖案對比他那雙大又粗獷的手顯得很滑稽。

「妳想逃跑，小女孩？」他問。「妳擺脫不了腦袋裡的東西。」

「鑰匙還來！」黛娜怒罵，雙腳跳起伸手猛抓。

哈迪高舉手臂，鑰匙圈遠在黛娜的觸及範圍之外。「不論那魔鬼究竟有沒有面孔，都已深埋在妳腦袋裡。除非妳將它趕出來攤在陽光下，否則別想擺脫它。」

「哈迪！」提姆喝止，一個箭步衝向他。他沒穿制服，而是身著牛仔褲、牛仔靴和藍色牛津襯衫。雖然非執勤時間，但表情與剛毅挺拔的肩膀仍舊透出一股威嚴。「可以請問你到底在搞什麼鬼嗎？」

哈迪沉著臉看向他。「諾蘭小姐正在重現舊日場景，」他這麼說。「記得你朋友凱西失蹤時那段美好的日子嗎？」

提姆給了他一個深長又冰冷的眼神。「我只記得你已經退休了。事實上，就我所知，你是被辭退的。所以現在是什麼情形？你實在無所事事，只能用這種癲狂的行為重拾往日的榮耀，好填補可憐又空虛的生活嗎？噢，等等，你並沒有破解這起案件，對吧？」他這麼說，當著哈迪的面重溫他的失敗。

「你最好看清楚自己是在頂撞誰，西點先生。」哈迪低吼。

提姆的臉唰一聲漲個通紅。「我覺得你應該把鑰匙交還給小姐。」

哈迪的眼神在提姆和黛娜之間來回移動，一臉高深莫測的神情。他放下手臂，黛娜一把搶回鑰匙。

「好好想想我說的話，小女孩，」他這麼說。「除非妳直面過往，否則永遠擺脫不掉它。」

他走回自己車旁，鑽進去發動引擎。黛娜一直等到他揚長而去才彎腰撿起手機。

「這個嘛，這幾天妳一直是眾人目光的焦點，對吧？」提姆這麼說。「妳還好嗎？」

「我很好，」黛娜說。「門廊上那個男人怎麼了？」

「馬克．維朗提？沒事。除非妳覺得有必要告他。」

「約翰．維朗提他爸，」黛娜說，腦中一瞬間有了印象。「我撞到他，他抓住我不放我走。我很害怕，我猜是這樣。」

「沒事的。想踹他一腳的人肯定大排長龍。別因為自己做了而感到內疚。他就是個集討厭與混帳於一身的傢伙。昨晚我親眼看見他把約翰趕出家門——他的親生兒子，還把拳頭當作罐頭火腿一樣揮來舞去。但我敢說這絕對不是第一次。」

「凱西很怕他，」黛娜說。「我記得她和約翰很少待在約翰家，因為他老爸很嚇人。凱西說他老是盯著她看，好像她是什麼食物一樣。」

「他是個野蠻人。我知道凱西失蹤後，警探嚴加調查了他一番，但他有不在場證明。那天他和某個女朋友待在萊文，那女人證實了他的說詞。哈迪覺得她說謊，是馬克要脅她這麼說，但沒有證據，也沒有任何物證能證實他的去向。那女人後來因火災命喪家中。這讓整起事件又多了一個疑點，但卻沒有查出任何結果。」

他向後靠著車子，雙手抱胸。身穿牛仔褲和襯衫的他比較像是黛娜記憶中的男孩，只不過是更結實和嚴肅的版本，看向她的藍色眼珠跟秋日的冷冽高空一樣銳利。

「黛娜，妳是怎麼想的，和丹．哈迪那傢伙一起跑到這裡？昨晚我才告訴妳那些，今天妳就馬上跟他在一起？妳不是在開玩笑吧？妳到底在想什麼？」

「他要我追溯最後一天和凱西待在一起的每個過程，」黛娜回答。「他覺得這樣可以喚醒記憶。」

「有效嗎？」

「跟他想的方式不一樣。總之，還沒。搞不好去園藝中心可以……他說凱西和我在那裡有吵架。我不記得了，或者我是不想記起。」

手機再次震動，她低頭看到媽媽再次打來。她不想接，而是回傳了一封簡訊：**我和提姆在一起。我很好。**

「我幾個小時後才要執勤，」他說。「若妳不反對的話，我和妳一起過去。」

「謝了。一起去吧，」黛娜這麼說。「經過今天早上，有警察陪同應該是個不錯的主意。」

23

莫瑟－諾蘭園藝中心和花卉中心對小時候的黛娜來說是座仙境，所有平台、棚架和涼亭都閃耀著光芒。春夏時分這裡就跟伊甸園一樣植被茂盛，繁花與綠葉都自垂吊花盆中探出頭，修剪成兔子、獨角獸和奔騰馬匹的綠雕藝術大放異彩。聖誕節期間這裡是座冬日樂園，放眼望去滿是所有想像得到的各種聖誕樹、花環和花圈，空氣中滿溢著松樹、雲杉的冷冽氣息，蘋果酒溫熱、辛辣的香氣也直撲而來。

萬聖節即將來臨，園藝中心妝點上了秋日的色彩——菊花錦簇、一排排小樹的葉片正由綠轉黃。上百顆南瓜零散地分置車道兩側，還有快樂的稻草人扮演哨兵的角色，監督著員工挑選出最完美的南瓜燈候選人。

黛娜一直都習慣經由側道，將車停在禮品部和溫室後面的員工停車場，提姆的銀色貨卡也跟著停在旁邊。他一直都很以自己的愛車為榮，每個星期天早上都替它們打蠟抛光。這輛貨卡簡直像是剛從經銷商的車庫開出來，陽光映照在車身上時，那光澤晶亮到讓人幾乎難以直視。**自我完美形象的延伸**。提姆下車走向她時，黛娜心裡這麼想。他一直非常在意自己在別人眼中是否完美。黛娜猜自己應該也跟他沒兩樣。「以前我花了好幾個小時在這裡，背痛得要命用勞力換取工資。」他繞過貨卡車頭，邊說邊咧嘴一笑。

「那肯定是塑造了你的個性。」黛娜冷漠地回應。

「肯定是。」

園藝中心一直是當地高中學生的打工場所。身為黛娜的男友，提姆自然也加入了這行列。

「我記得，你靠著那根三寸不爛之舌迅速得到銷售員的職位。」他們一起走上通往建築物的小徑。

他的笑容反而更開懷了。「這樣能言善道，除了可以填補尷尬外，還可用在更有意義的事情上呀。」

他總是有辦法拍成年人的馬屁。羅傑將提姆視為己出，幾乎比將黛娜當作親生女兒還要多。是羅傑透過關係，四處去遊說討好別人，提姆才得以被西點軍校錄取。

「你離開西點時，羅傑怎麼想？」

提姆肩膀一聳。「不知道。自那之後又過了很長一段時間我才回到這裡。我的夥伴們都各奔東西了，所以我去了韋恩堡。再回到雪比水磨鎮後，他表現地像是從沒見過我。我想這是他表達不滿的方式吧。對他而言我這人已經不存在了。」

「真希望他也假裝不認識我，」黛娜嘟囔著。「媽說我跟他一直處得不錯。但我現在不喜歡他，所以實在難以想像。真不敢相信我有喜歡過他。」

「他完全無法取代妳父親的位置。我想妳只是出於禮貌吧；僅此而已。」

走在無陽光直射的蔭涼花園外圍時，黛娜皺起眉頭。「你的意思是我現在很沒禮貌嗎？」

提姆笑了。「嘿，我喜歡全新、坦率的黛娜。妳這樣毫不遮掩讓人耳目一新。」

「感覺很怪，」黛娜嘆口氣承認道，坐上公園裡能俯瞰蓮花池的長椅。「感覺好像從前的我是另一個人。」

「每個人過去都是另一個不同的人，小黛，」提姆安慰，在她身邊坐下。「人都會改變，原因不盡相同罷了。有些人改變是出於自願，有些人是逼不得已。有時候我們有得選擇，有時候卻是身不由己。妳就是沒得選擇。」

「提醒妳一下，妳一直都很討厭別人替妳做決定，」他這麼說，試著戲謔一下，好幫她甩開那些不幸遭遇的陰霾。「那會惹得妳火冒三丈。轟——砰！」

「我有那麼壞嗎？」

他又笑了。「我覺得我可能滿自豪的，到現在還留有妳的齒印。」

黛娜可笑不出來。她想起早上哈迪說的話。一個人可能會在情緒失控時猛推、按壓、重擊另一個人的腦袋，事後才因犯下罪行而懺悔。

「哈迪說我當時也是嫌疑人。」她這麼說，還是感覺備受冒犯。覺得氣憤，還有一點點恐懼。

「嗯……沒錯，」提姆回應。「以數據看來，被害人很大機率是被熟人殺害。妳是最後跟她在一起的人之一，且還被目擊到在吵架。」

「她離開這裡後，我再也沒有見過她。」

他舉起雙手以示投降。「我沒有說是妳做的！但哈迪肯定得以不同角度審視妳。那是他的職責。之前是。希望妳可以明白這點，妳真的不需要跟他有任何牽扯。小黛，我說真的。」

「走吧，」她起身道。「開始做事了。」

她想四處逛逛，看能否想起當天和凱西說過的每一句話，看是否有辦法找出之前忽略、跟好友失蹤有關的疑點。

平日時間，又正值晚秋，園藝中心裡的顧客遠比七年前那個夏天少得多。黛娜踏上平台，一整片本該欣欣向榮的夏季一年生花卉，正被三色菫和其他寒帶植物所取代。從前她負責把水管到處拉，替所有植物澆水。凱西會跟在後頭，嘰嘰喳喳地說一堆她們近期關注的瑣事——流行歌手、好萊塢迷人男星、學校八卦、男孩子們。

她立在原地一會兒，試著傾聽七年前的那些隻字片語。他們底下的大型中央涼亭正熱鬧著，員工忙著排列一捆捆稻草堆、挪動盆栽、架設野餐桌。幾個人坐在涼亭裡的導演椅上，一旁有名攝影師一動也不動站在三腳架上的相機後頭。

稍早羅傑有提到採訪，還有舉辦派對之類的。大概跟選舉有關吧，黛娜心想，一點興趣也沒有。她只希望他能夠連任，這樣他每次回去印第安納波利斯就得待個幾天，暫且離開他們家。

她看向右方，高大、釘著板條的木頭籬笆外架設著各式各樣的棚架。從所處的絕佳位置，她可以將籬笆和設有廁所的公共設施盡收眼底。不到一秒的剎那間，有段凱西從廁所出來走向她的影像竄進腦海，一股過去殘餘的莫名怒氣和焦慮跟著滲透而出。

布奈特醫生曾解釋情緒記憶和情境記憶之間的差異。黛娜自己也研究過這個主題，然而了解大腦是如何、為何以及將這些不同的記憶儲存於何處，對喚醒她的記憶一點幫助也沒有。

現在她想起來了，當時自己在生朋友的氣，但是原因為何，以及她們爭執的內容卻沒有被植入腦中，或者是被自動判斷為不重要、太過痛苦的記憶，事發後被澈底銷毀了。

「有想起什麼嗎？」提姆問。

「她從廁所回來，我在生她的氣，」她回答，試著盯牢逝去的時光，重現她們對話的嗓音。「我們在溝通。有人說看到我們在吵架。我還是想不起來究竟是什麼事。」

「可能跟維朗提有關，」他說。「搞不好她說要跟維朗提復合，這讓妳不太高興。為什麼妳會想不起來這件事呢？妳們倆至少每個月都會為此吵一架。」

「她沒告訴你嗎？」黛娜抬頭問他。「那天她離開後打電話給你。哈迪警探告訴我，你說她打電話跟你抱怨我。」

「對。跟其他五十次一樣，」他這麼說。「黛娜有夠跋扈、黛娜有夠討厭……類似這種的一大堆。」

「給妳個提示——萬一妳還不知道的話，」他接著說。「女孩子跟男生抱怨這堆亂七八糟的話，我們都是左耳進右耳出。她說的每個字就算沒有講過一百遍，肯定也有二十次。所以說，不，我不覺得內疚，因為這跟後來發生的事一點關係也沒有。」

「真希望我也這麼想。」黛娜說。

「可以碰碰妳的手臂嗎？」

「什麼？」

他做了個滑稽的失望表情。「我傾向肢體接觸。妳知道的。我想在表達看法前碰妳的手，但我可不想因為這樣挨妳的拳頭。可以嗎？」

黛娜沉著臉。「好吧。」

提姆觸摸她的上臂，雙眼緊盯對方。「甜心，妳這麼擔憂凱西的事，會不會其實是出自於妳逃過了可怕的命運，但凱西卻沒有這麼幸運，因而覺得無比內疚？」

那一瞬間，黛娜想到了那些惡夢，還有隨後而來的罪惡感。

「有可能。」

他的手移向黛娜的臉龐，覆蓋著神經被摧毀的那一側。那觸感彷彿是被一條厚厚的毛毯罩住。「不是妳的錯，小黛。放寬心吧。」

說的比做的容易，黛娜暗想。

「我們不能確定她已經死了，」她說。「或許她正在某個地方。北加州有個女孩失蹤了好幾年。克里夫蘭也有些女人被俘虜了超過十年之久。」

「那些都是極罕見的例外。」

「我知道，但還是……」

他看了手錶一眼後扮了個鬼臉。「我得走了。妳一個人可以嗎？」

「我沒事。」

「晚點打給妳。」

他彎腰，快速地啄了下她的唇——快到她來不及反抗或回應。

黛娜不確定自己感受為何，只能看著他匆匆走下小徑的背影，走到涼亭時他放慢腳步回頭揮揮手，說了些她聽不見的話。

有個正欣賞一大片三色堇的女人對她投以目光，黛娜只得縮進帽兜裡，獨自一人走下小徑。

她慢慢往前，覺得自己已然筋疲力盡。該是回家睡午覺的時候了。幸運的話，清醒後的她會覺得一切都恍如隔世。

然而，即便已經氣力用盡，腦袋裡機械式地運轉仍舊沒有停歇，還在努力拼湊出自己最後一次見到凱西那天的回憶拼圖。

她們在平台這裡講了不知道什麼話，然後凱西就突然跑下這條小徑，衝過一叢叢番茄植株、烹飪香料和涼亭。她跨坐進自己車內，朝向沒有人知曉的命運駛去。她們永遠是最好的朋友，然而兩人最後一次對話竟然是在吵架。當時的她們不知道再也見不到對方，還以為一切都如往昔，有無盡的時間可以和好如初。她們的大好人生正在前方等著。這個理論的破綻就是，沒有人知道那人生究竟為時多久。

黛娜靠近涼亭，終於看清楚羅傑的臉了。他熱情洋溢地跟訪問他的女士交談。就算黛娜不喜歡他，還是不得不承認他很帥氣。相機鏡頭愛死了他那方正的下顎和有稜有角的五官。克拉克．肯特眼鏡很適合他，顯然是個為了凸顯他超凡智慧的配件。

採訪他的女人很明顯深受每句話著迷——州營業稅、商業激勵、他負責的教育代金券項目或是其他有關州政府有趣的主題。她看上去差不多三十出頭，一頭黑髮、黑色眼珠，還有雙勾勒得非常漂亮的紅唇，像是甜點上頭的鮮奶油一般，替白皙的肌膚畫龍點睛。

凱西長大後就是這般模樣吧，黛娜心想，心不在焉地往前踏向涼亭。她的腦袋瓜耍了點小把戲，將凱西和訪問者的臉相疊在一起，雙眼閃爍，笑容甜美。

「黛娜，妳在這裡做什麼？」

她被衛斯理．史蒂芬斯的聲音嚇了一跳。他走到黛娜旁邊，身穿襯衫、V領毛衣、棕色燈芯絨長褲搭配條紋領帶和帆船鞋的他一副富家公子樣。他的笑容是很燦爛沒錯，但眼神裡一點笑意也沒有。

「享受這美麗的一天。」黛娜這麼回答。

「真棒，」他說，「但我們正在錄製訪問，所以我得提醒妳不能靠太近。那些麥克風都很敏感。」

衛斯理一手覆上她的肩膀想帶領她離開，黛娜迅速甩開，瞪著他說道：「請不要碰我。」他後退一步，雙手舉在半空中。「很抱歉，我不是故意惹妳生氣。只是剛好我們現在有點趕時間，我不希望訪問者分心。」

「我知道了，不希望這醜八怪繼女被看見。」黛娜說。

衛斯理看起來非常不安。「我不是那個意思。」太遲了。訪問者看到她，已經離開導演椅往涼亭圍欄這邊過來。

「黛娜，」她說，語氣彷彿兩人是舊識。「真高興見到妳。我是蘇．佩羅塔。」

她朝黛娜伸出手。後者懷疑地盯著，最後才不情願地握住。她很清楚這女人把她視為一條獨家新聞，因為換作自己也會是相同意圖。

「看到妳平安回家真是鬆了口氣，」那女人說。「議員和莫瑟太太肯定很高興。」

「嗯，妳說對了一半。」黛娜喃喃地回應，看見羅傑朝她走過來。

「漫長的一段路，」羅傑說。「但是沒錯，我們很開心黛娜回家了。」

「我了解妳才剛安頓好，但我想替節目採訪妳——」

「不要。」黛娜不假思索回答。

蘇．佩羅塔的笑容幾乎沒有減少。「嗯，當然不是現在，之後——」

「不要，」黛娜再說一次，開始有了怒意。「我知道自己看起來像是什麼怪胎秀，但我一點也不想被公開展示。不管如何，還是謝謝妳。」

羅傑滿臉通紅。「蘇，可以讓我跟黛娜獨處一下下嗎，就一下下？」

「當然。黛娜，很抱歉我先入為主了。」她說，往後退開幾步。

羅傑試圖用肩膀擋住她的視線。他低頭看著黛娜，很生氣她的介入。

「妳在這裡做什麼？」他小聲質問，語氣嚴厲。

「噢，我爸爸是這兒的合夥人，」黛娜用稀鬆平常的語調回答。「所以只要我想，應該是有權利來這裡走走逛逛。」

「妳知道我的意思，」羅傑說。「這裡很忙。」

「很抱歉，但我也很忙。剛好我有個問題要問你。」

「那就快問，然後離開。妳媽媽應該正在納悶妳去了哪裡。」

「好。凱西失蹤那天，你因為偏頭痛待在家裡。凱西回去拿東西時你在嗎？」

「什麼？」

「她離開這裡，而那是我最後一次看到她，但我們都知道之後她有回去屋子裡拿東西，因為那東西不在身上。她回去時你在家嗎？」

「黛娜，」衛斯理．史蒂芬斯打岔，看起來很緊張，試圖要擋在她和羅傑中間。「現在真的不是談論這個的時候。」

「他要我問的。」

「開口之前妳得想想問題是否恰當。」

「去你的，」黛娜大聲咒罵。「你哪位，憑什麼指責我？」

「我們可以去那邊談嗎？」他這麼問，目光看向涼亭之外的遠方並伸手抓住黛娜的肩膀，手勁莫名地很大力。

黛娜掙脫開來。「我說過了不要碰我！」

衛斯理雙手叉腰，一副氣急敗壞的模樣。「對不起。妳可以小聲點嗎？」

「噢，看在老天的份上。」羅傑咕噥道。他越過欄杆，跟黛娜靠得非常近。他身著深色牛仔褲和藍色毛衣，外頭套了件皮革飛行員外套試圖看起來強壯粗獷一點，但整體而言依舊相當優雅。

「你的麥克風還開著嗎？」史蒂芬斯低聲問道。

還來不及等到答案，他就走到羅傑身後掀起外套，檢查夾在V領毛衣一路延伸至身後的麥克風電池匣上的開關是否關閉。「行了。我們可不需要任何人聽到這些。」

「回答妳的問題，那天我沒有見到凱西，」他簡短又生硬地回答。他真的非常生氣。黛娜可以想像出怒火翻騰將他淹沒的畫面。他降低音量，幾乎只能勉強聽見：「妳該離開了，黛娜。馬上。」

「但怎麼可能？」黛娜腦中馬上又跳出更多問題。「如果凱西——」

他的臉色變成了陰沉的暗紅色。「立刻回家。馬上。不然我就讓衛斯理帶妳離開。」

黛娜還來不及說下一句話他便轉身離去，踏上涼亭台階重新笑著和蘇．佩羅塔進行訪談。

她想像得到他會怎麼說。**真是抱歉，黛娜不是她自己。腦部創傷改變了她。我們正盡力應付這一切。她那可憐的媽媽。真是場悲劇……**

說的一點都沒錯。

那女人瞄了她一眼，眉毛不知是因擔憂還是興味盎然糾結在了一塊。又或者兩者皆是。

衛斯理．史蒂芬斯走近她。黛娜一個怒視制止了他繼續前進。

「你再敢碰我，我就用你此生沒聽過的聲音尖叫，」黛娜這麼說。「且我不會停止。想想那對選舉有什麼好處呢？」

他的下顎抽動，看起來活像是想一把掐死她。「打從妳回家之後，所做的每一件事沒一樣對選舉有好處。」

「是這樣嗎？我讓你們連續兩天登上當地新聞的頭條耶。羅傑有免費的露臉機會。你該感到高興才是。」

「黛娜，妳不能這樣執迷在凱西．格蘭特的事情上。幫幫忙吧，她已經失蹤七年了。至少等到選舉之後，否則人們可能會有錯誤的想法，進而導向錯誤的結果。這次競爭實在太激烈了，因為這樣胡鬧而喪失選票，這後果我們承擔不起。」

「你覺得失蹤的女孩是在胡鬧？」

他閉上雙眼，好對抗朝黛娜怒吼的衝動。重新睜開後，他用小心翼翼的語調說：「拜託快回家，黛娜。我拜託妳。」

「我要走了。」

「需要看著妳走回車子那嗎？」

「你敢。」

衛斯理後退，舉起雙手以示投降。

黛娜往另一方向離開，踏上斜坡通往另一平台。

涼亭周圍，工人們聽從指揮替接下來的派對佈置會場。她的視線放在左方幾碼外，一個正將一大捆稻草抬下平板卡車的男人身上。約翰．維朗提。

他身穿軍綠色T恤、牛仔褲和軍靴，全因勞動被汗水浸濕。使力將稻草堆扛上扛下的同時，手臂上線條分明的肌肉隨之鼓起。他的表情十多年來如一日，跟黛娜記憶中的一模一樣：嚴肅、鋒利的雙眉緊貼眯起的雙眼、雙唇也成扭曲貌。他將稻草一堆堆疊起，挺直背脊後正好對上她的目光。黛娜想像自己被他忿恨震怒的目光灼燒，但依舊朝他走過去。

「約翰。」

他低下頭轉身，假裝沒有聽到。

「約翰，可以跟你談談嗎？」

「我在工作。」他說，扛起另一捆稻草。

「一分鐘就好。」

他搖頭。「我已經因為妳失業一次了，黛娜。不能再有第二次。」

「什麼意思？為什麼會因為我失業。」

他將稻草依序整齊堆放，伸手抱起下一堆。「那晚妳媽媽打給寶拉．塔倫提諾，然後我就被開除了。」

「天哪，」黛娜驚呼，又是震驚又是尷尬她媽媽竟然做這種事。「我很抱歉，約翰。我從沒想過會這樣。」

「沒有嗎？」他問。「妳一直都不喜歡我。」

「不是我不喜歡你，」她解釋。「而是我覺得你不適合凱西。有什麼我能做的嗎？我可以叫我媽打給安東尼斯，幫你──」

「拜託不要。妳能做什麼？妳可以不要跟我講話。妳可以不讓我失去這份工作。」

「我是老闆的女兒。我覺得跟我說話應該沒問題。」

「妳不會被開除然後就不是老闆的女兒，」約翰這麼說。「但明天一早領班去席爾瓦修車廠的停車場時，會忽略我而選擇一個不會講英文的墨西哥傢伙。所以請妳走吧。」

「我只是有些關於凱西的問題想問你──」

「我不想談凱西的事。」

「你有午餐或是下午休息時間或──」

他瞪著黛娜。「小女孩，這不是什麼工會工作。幸運的話我們可以去撇個尿，原諒我的用詞。」

「你幾點下班？」

「負責人說下班就下班。」

「然後你會跟我談談嗎？」

「不會。」

「為何？」

「沒必要。」

「這個嘛，若你不跟我談，就不會知道這件事的必要。」

「不必了。妳已經指控我是殺害她的凶手。」

「我不是那個意思，」黛娜說。「我用了不對的字。我有腦部創傷，有時候會遇到類似的麻煩。」

「所以妳不覺得是我殺了她？」

「我不知道她發生了什麼事。」

「所以妳也不認為我沒有殺她。」

「我只是在設法釐清真相，約翰。」

「沒有我妳也辦得到。」

「那邊有什麼問題嗎？」領班問，繞過平板卡車車頭。

約翰小聲咒罵，隨即抱起另一捆稻草。

「沒有，先生。」他大吼回應，像是在回答教官的話。

「嘿，肯尼先生，」黛娜說。「我只是來打聲招呼。約翰和我是老同學。」

比爾．肯尼猛然停步，小心地控制住看到她的臉的反應。「黛娜小姐，真是抱歉。我不知道是妳。」

「我不是有意要打擾約翰工作。」她這麼說。

「他可以休息個一兩分鐘。」

「我可不想之後看到他因此丟了工作。不會這樣吧，對吧？」

「不會的，」肯尼回覆。「約翰刻苦耐勞。我們很中意他。」

「聽你這麼說真是太好了，」黛娜表示。「不好意思打擾了，肯尼先生。」

「就交給妳了，」領班說完便退開。「不過別太久。為了您繼父今晚的派對，我們得把這裡打理好。」

黛娜擠出一個微笑，點點頭。

「妳到底要我怎樣，黛娜？」約翰問，頭垂得低低的。

「我試著拼湊出那天發生的事情，」她說。「那天早上我和她在這裡，這也是我最後一次看到她的地方。要是我能想起所有細節……」

「要是妳能想起所有細節，然後呢？」他質問。「妳無法改變過去。」

「那不見得是過去，不是嗎？我們不知道發生了什麼事。如果故事沒有個結果，怎能算是已經過去了？」

他看著黛娜的表情就好像她是世界上最愚蠢的生物。他深呼吸，用力將氣息吐出。「妳究竟要我怎樣，黛娜？」他再問一次。

「當時凱西是想跟你復合嗎？她是要挽回你嗎？又一次。」她最後補上這句話，想起當時一天到晚都在演這齣。

他揉揉後頸，自嘲了一番。「妳總是有妳自己的一套歷史。妳是黛娜王國的女王。」

「這話的意思是？」

「因為凱西是妳的朋友，所以我永遠配不上她，妳就是那該死王國的女王。就是這個意思，」他這麼說。「凱西沒有甩了我，是我甩掉她。再者，我沒打算挽回。」

黛娜盯著他，試著吸收這另一版本的事實，但體內的每個細胞都在抗拒。「你從沒說過是你甩了凱西。你從來沒有這麼告訴警探。」

「何必告訴他們這些？」他問。「我何必告訴他們我女朋友劈腿？這不就是殺人動機嗎？他們已經懷疑我有更可疑的動機了，我還要引火自焚。這計畫真是棒透了。」

「我不信，」黛娜說。「凱西沒有出軌。有的話我會知道。她會告訴我。」

「是嗎？嗯，妳可能得想想她為何不告訴妳。搞不好她不想在完美小姐面前露出一絲破綻。」

「我要繼續工作了。」

約翰離去後黛娜還呆立在原地，害怕一個動作腳底下的世界便會天崩地裂。她頭暈目眩，思緒超載。正因如此，她費了好一番工夫才找到出路，回到停車場自己的車子旁。丹・哈迪在那裡等她，雙手抱胸倚靠在她的車身上。

場的車子裡。

黛娜停下腳步，希望附近還有別人。然而下午三點左右，員工們都忙著工作，而非坐在停車

「你跟蹤我們來這裡。」她愚蠢地開口。

「妳覺得我不會這麼做嗎？」

「你該走了。」

「為何？西點先生說的？他還真想當警探。要是他夠聰明的話呢，會很高興看到我的。我可以教他點東西。」

「目前為止，我想不到有誰看到你會高興。」黛娜回答他。

哈迪大笑，一手還作勢捧腹，彷彿笑到肚子痛一樣。「妳在這裡發現了些什麼，小女孩？」

「沒什麼。」她說，還沒打算告訴他約翰・維朗提說過的話——自己也還沒相信。那句凱西不想在她面前流露一絲不完美的話竄進腦海。說不定自己也希望凱西在這個世界上能夠完美無瑕。那樣有錯嗎？

「沒什麼。」哈迪說。「什麼也沒有？什麼都沒想到？」

「搞不好沒有事情需要被想起來，」黛娜這麼說，別開頭不再看他。「那天發生的事情說不定一點都不重要。」

「妳不相信。」

「我相不相信重要嗎？唯一重要的是真相。但我不知道真相為何。」

「那天的每一秒都至關重要，」哈迪說。「每一秒都是關鍵，導致凱西・格蘭特在錯誤的時

間去到錯的地方，和錯誤的人做了錯的事。每一片拼圖都是關鍵。妳打算繼續追查遺失的那一片嗎，小女孩？」

「對，」她嘆口氣回答，一邊取出車鑰匙。「等我睡個午覺再說。」

24

約翰看著黛娜．諾蘭離去的背影，最後消失在通往停車場的大門後。整天下來，他的腦海深處一直覺得可能會遇到她——她或她繼父，或是她媽媽。但他實在太需要這份工作了，尤其是那老頭子真打算把他趕出家門的話。他不能永遠住在卡車上，得要有足夠的錢才能在某個地方租間房間，或是在冬天前離開這該死的雪比水磨鎮。

然後她出現了，黛娜．諾蘭，簡直是越想避開她，就越是被她逮個正著。她的出現讓他心煩意亂，最後就這樣走掉獨留他一人深陷在狂亂的漩渦中。他瞥了眼四周看有沒有人在注意他，有沒有人能感受到他的焦慮。

在他左方，另一名臨時工在想自己的事情。正前方，涼亭裡的羅傑．莫瑟不知在幹嘛被團團包圍。右手邊則是比爾．肯尼像隻禿鷹般目光緊盯著自己不放。根據現有的情況推論，他大概不會有什麼好結果。領班朝著他過來，雙手撐在腰上。

「她被揍得好慘，」肯尼說。「還活著簡直奇蹟。」

「先生？」約翰回應，轉身將另一大捆稻草搬下卡車。

「你不知道她怎麼了？」

老天爺啊，約翰心想。他又要被冠上什麼新的罪名了嗎？他好多年沒見到黛娜．諾蘭了。

「不知道，先生。」

「差不多一年前她在明尼蘇達被連續殺人魔綁架。這是條大新聞啊。當時你在哪？」

「伊拉克。」

「噢，」肯尼皺眉。「是這樣的，在被幹掉之前她殺了那個傢伙。在那之前我不相信她會做那種事。我猜你也永遠無法了解別人。」

「是的，先生。」

黛娜．諾蘭有辦法殺死另一個人，這點約翰倒是不意外。他見識過她的脾氣，也曾親眼目睹要是惹毛她，那可真是吃不完兜著走。每個人都覺得她嬌小又有禮，配上那美麗的笑容肯定非常甜美。但其實她有顆鐵石心腸。

不干她的事時尤其狠心，約翰心想。

「我替你找個空缺，士兵，」肯尼說。

「不好意思？」

「我替你安排個正職。」

如釋重負的感覺彷彿冷水流竄全身。「好的，先生。謝謝您，先生。」

「你很勤奮，」肯尼這麼說，拍拍他的肩膀，彷彿在誇獎一匹馬。「且老闆的女兒喜歡你，那肯定沒問題。」

「是的，先生。」

就約翰所知呢，黛娜．諾蘭一點也不喜歡他，且在今天說了那番話後，情況應該不會有所改變。但約翰沒打算告訴肯尼。

他們一路工作到超過六點，忙著掛起一串串燈籠、擺設桌子還有把折疊椅都拉開。一隊穿著制服的外燴人員進來讓現場更是一團亂，他們東奔西跑地替每張桌子都放上中央裝飾品。

這是替黛娜的繼父所舉辦的某種募款餐會，不知道是正在競選什麼東西。約翰才懶得關心政治。對他來說政客滿嘴都是虛假的誓言和永遠不會兌現的承諾。政客很快就會把像他這樣的人送往戰場，然後砍掉所有補貼退休老兵的預算。

政客們絲毫不在乎老兵找不到工作，又或是相關的醫療保健體系非常糟糕。沒有一個政客會來幫助他處理那堆麻煩的噩夢，償還那筆欠他的退伍軍人微薄薪資——到現在一毛錢都沒看到。他們一點也不想知道他無法克服心理的挫敗感，因為他在他們主張要開打的戰事中傷到了腦部。

去死吧政客們，他心想，看著羅傑．莫瑟四處走動，對著臨時工們彎腰一整天的工作成果品頭論足一番。他一直覺得羅傑．莫瑟是個蠢蛋——當上政客前就是。他就是那種會把毛衣綁在脖子上，只會嫌東嫌西完全不懂得付出的人。

每次提到黛娜的繼父，凱西都會翻白眼外加聳聳肩以表嫌惡。他正好是那種誤以為小孩覺得他很酷的父親。約翰家裡有那老頭子，倒是完全不必煩惱這種事，因為小孩子絕對不會去他家裡玩，就連他自己也不想待在家裡。那地方永遠是一團亂，瀰漫著菸味、汗臭味和髒衣服的惡臭。馬克沒有一刻不是醉醺醺、隨時想找人幹架的死樣子。

約翰帶凱西回家幾次，因臭氣和他父親尷尬地無地自容。老頭子盯著凱西的眼神彷彿是大野狼正垂涎一塊小鮮肉，還滿嘴羞辱或性暗示的話語，或者兩者皆有。只要他們知道馬克在家，就會爬窗溜進約翰的房間。

約翰的房間是座避風港，隨時都保持地相當整齊乾淨。他精心安排了幾個祕密收納處，將幾件別具意義的東西全藏在裡頭，馬克絕對找不到東西蓄意破壞，也不會發現任何對約翰不利的玩意。他在自己家裡，活得像戰俘似的。

但他已經不住在那了。

他的手還因為狠揍老頭子的臉隱隱作痛，左手大拇指關節有個劃過對方牙齒割下的新鮮傷口。然而他不後悔這麼做，只是為這結果懊悔。

領班付給他們當日工資後用平板卡車將他們載回席爾瓦修車廠。抵達時車庫大門早已關上。馬克的貨車不在那，他已經去暢飲了。

約翰把他的卡車停在停車場尾端兩台引擎空轉的 Peterbilt 拖拉機之間，盡可能不被看見。他懷疑他老爸是否會特地繞過來找，但還是小心一點為妙。

那隻狗站在卡車後車廂上，一看到約翰走進便猛搖尾巴。約翰搖搖頭放下車擋板，本來有點希望工作回來後狗狗已經離開了。

但也有點希望牠還在，如果必須承認的話。

他不習慣一天結束後有人開心地迎接他。狗狗跳下卡車朝他跑近，但突然想起似乎應該要感到害怕，便又倏然停下腳步，牠在原地碰跳，垂下依舊搖擺的尾巴和耳朵，咧嘴露出一個羞怯的微笑。

「我不會打你。」約翰說。

狗狗原地打轉，開心地汪汪叫幾聲。

「你真是隻有趣的狗，小麻煩，」約翰說。「為何要黏著我啊，真是不懂。我什麼都沒辦法給你，也沒辦法給任何人。」

除了今天的工資外一無所有，倒是可以替他們倆各買一袋九十九分錢的漢堡套餐。

「來吧，」他一邊說，一邊拉開副駕駛座的門。「一起去吃飯吧。」

不管這個晚上又會遇到什麼事，至少他不必餓著肚子面對。也不必獨自面對。他承認這確實讓人安心多了。

狗狗跳上卡車，舒服地窩進座位，嘴裡發出快樂的嗚咽聲。約翰繞到後頭關上後擋板，接著坐到方向盤前發動引擎。他慢慢朝道路駛去，檢查他爸爸的雪佛蘭有沒有停在磨石外的停車場。看樣子沒有。但就在他開上馬路之時，看見那台黑色卡車就在對面酒吧外頭。他老爸看起來像是已經醉了好幾回。

約翰仍能感覺到指關節打在那老頭臉上的觸感。他聽見他老爸在大聲嚷嚷，告訴他的夥伴們真該看看另一個傢伙的模樣。至於所謂的「另一個傢伙」，是不是在指自己的親兒子則有待商榷。依照馬克那副德性，很有可能在外頭吹噓他和自己兒子幹了一架。他大概會海灌美格經典波本威士忌，好消退打架換來的劇烈疼痛和挽救受傷的自尊。

若他留在酒吧，約翰就可以利用這段時間溜進房子拿東西。他去得來速買漢堡，回家後和狗一起享用。整個過程不會花太多時間，他快速拿了少少幾樣個人物品，確定沒有遺漏所有藏匿處裡的東西。他有種感覺，這次離開後，直到老頭子斷氣前都不會再回來了。搞不好那時也不會回來。誰知道馬克．維朗提會不會寧願把房子付之一炬交給消防隊去處理，也不願留給約翰。

他就是這麼惡毒。

老實說，約翰心想，擺脫這一切說不定是種解脫。他在這間房子度過的童年生活一點快樂的回憶也沒有。母親離家後他幾乎是靠自己養活自己。唯一被撫育、愛護的回憶是自己還很小，媽媽還在身邊的時候。然而多年前的追憶已如過往雲煙，像是依稀殘存在腦海裡的夢境一般。她離家後，生活時時刻刻都得想方設法生存在他老爸的雷達之下。他在家裡不像小孩，反倒比較像是房客，得到的關心比那隻現在坐在他卡車裡的流浪狗還要少。

記憶中的媽媽纖弱美麗，玩弄人的命運卻讓那溫柔的靈魂被黑暗的童話故事中的食人魔禁錮，那魔鬼就是他父親。當時約翰還太小，完全無法理解媽媽究竟是如何、又是為何會選擇嫁給馬克·維朗提，又為何可以跟他生活這麼長一段時間。他記憶中的父親永遠酒醉又殘暴，但也猜想在事情走下坡前，他們夫妻倆人想必有過一段快樂的時光。最後是無止盡的酒醉、情緒失控和暴力相向逼得她離開。

約翰從不怪她離開。他只希望自己可以跟著離去。有好多個寂寞又恐怖的夜晚，他反覆思索為何媽媽沒有帶他走。有可能她原本打算這麼做，但被某事阻撓了。也有可能她本來計劃過些日子趁半夜時回來接他，或者放學後將他帶往某個地方展開新生活。但在約翰的腦海深處，他總懷疑自己是個拖油瓶因而被丟下，因為媽媽不想要看到他就想起那個摧毀她人生的男人。

他不怪她離開，他一邊想，一邊開上小平房外的車道，屋前院落蔓草叢生，背後是間破舊的棚屋。很快地他就會很高興可以看看這地方最後一眼。

越快越好。

25

夢中的色彩太強烈、太過飽和，近乎灼傷了黛娜的雙眼。她正站在園藝中心的平台，跟稍早午後站立的位置一分不差，但現在的她似乎站在一座山頂，將幾里之外的景色盡收眼底。她可以看見蜿蜒進城鎮的道路。她可以看見一座座連綿起伏、鬱鬱蔥蔥的山丘和奔騰的河流。

凱西自公設建築的廁所走出，笑著朝自己走過來。她沒有權利如此快樂又安逸。黛娜感覺怒氣如蒸氣般聚積在自己腦袋，蒸騰的熱氣瀰漫至全身，越來越熱、越來越熱、直到汗水自每一顆毛細孔中湧出。她可以看見每滴濕潤的汗珠逐漸脹大。

「妳別那麼生氣，小黛，」凱西說。「全是妳的錯。」

「不可能，不是我的錯。」

「我就是被妳害死的。」

「沒有！我愛妳！」

「妳殺了我。」

「沒有！」

腦袋裡的壓力實在太過沉重，黛娜必須張嘴尖叫好將之釋放。下一秒她的雙手圈住凱西的喉頭，用盡全身力氣緊緊掐著不放。凱西的臉由紅轉紫；雙眼應聲爆開。下一刻她化身一條扭動的蛇，張開血盆大口撲向黛娜。黛娜尖叫，一把甩開她拔腿狂奔，後頭的蛇緊追不放。

她砰一聲摔在了房間地板上，睜眼的瞬間倒抽口氣，不知自己身在何方。她滿身汗水、暈眩又噁心。

慢慢地她跪坐起身，在地毯上將自己蜷成一顆緊密的球。燕子跳下床磨蹭她，小嘴發出喵嗚喵嗚的呼嚕聲。一會兒後，黛娜鬆開手腳，背倚著床坐在地毯上，燕子窩上了她的大腿。

惡夢中的場景仍舊在她腦中盤旋飛舞，宛如暗夜中赤裸光禿的荒野被閃電照耀得一片光亮。凱西眼中的指控糾纏著她，話語聲在耳邊迴盪不散，**全是妳的錯……我就是被妳害死的……**

想到自己可能也參與了這整起事件，黛娜的胃部忍不住翻騰不已，即便自己只是在那特定的一天加上特定的時刻，扮演著將凱西趕走的角色。

約翰那句凱西不想在她面前流露出一絲不完美的話深深印在黛娜腦海。天哪，自己真的這麼可惡嗎？自己真的是那種控制狂？想到她和凱西的友情，自然而然就認定對方是摯愛的姐妹。黛娜一直相信約翰配不上凱西，肯定是因為這事實加深了約翰對她的負面觀感。然而自己只不過是替好友著想罷了。

她的思緒飄至凱西出軌這件事上，但始終難以相信。她們倆無話不談，彼此間完全沒有祕密。然而即便她否認那項事實，還是壓不住強行燒遍全身的怒火——不是針對約翰，而是凱西。那天她們為了某事吵架。心中殘餘的記憶是苦澀的餘味。關於這件事的確切記憶是否躲在某處，被罪惡感掩蓋，或是被判定為不該記起的過往？若是約翰甩了凱西，凱西會希望被挽回嗎？她和凱西是因為這件事起衝突嗎？

黛娜閉上雙眼，在腦中重新勾勒出園藝中心的場景。凱西從廁所出來，臉上掛著一抹有點古怪的微笑。

焦慮感像是一顆漂浮在胸膛中央的氣泡，那段回憶的下一秒，便是兩人爭吵的場面。為了甩開這段不愉快，她將思緒拉回磨石的早餐時段。她一如往常點同樣的早餐，凱西點了吐司。當時的聲響與氣味這時全竄進了她的感官中。凱西從廁所出來，回座位的途中笑著和其他人閒聊……早上拍到的那個男人……

她見過他嗎？他長得像假期殺手嗎？

她想到早上一股腦衝出餐廳撞到約翰．維朗提的父親時的驚恐和尷尬。那大手緊揪住手臂的感覺難以擺脫，還有他那張赫然聳現，傷痕累累又寫滿怒意的臉，因為看到她這張殘破不堪的面容嫌惡到扭曲成一團。

這一切——身體的知覺、記憶的碎片、情緒的侵襲——在她腦中捲起一道滔天巨浪。這洪水的源頭竟是一個她認不得的男人，還有一個她記不起來的魔鬼。

她試著回想安定心神的步驟，設法讓腦中的情緒渦流放慢速度。**深呼吸……四拍吸氣……四拍吐氣……**

哈迪說，戰勝恐懼的唯一解法便是迎頭面對。若她將假期殺手自記憶的暗影中拉出，在日光的照耀下直視對方，那殺手是否再也不足為懼？他只不過是一介凡人這個事實足以抵銷那極惡的罪行嗎？

和假期殺手正面交鋒之時，她是否能感覺出凱西也是被這人抓走？若真是他，自己會有如釋重負的感覺嗎？如此一來擔憂生活被惡魔入侵的恐懼便能煙消雲散，她所認識的人、以及她自己心中的枷鎖就能解開嗎？

或許是時候面對一切了，搞不好自己也厭倦再隱藏下去了。還有一種可能，若她能看清假期殺手，知道七年前就是他帶走凱西，那麼凱西就不會繼續潛伏於惡夢中指控她了。

黛娜將燕子放到一邊，起身朝書桌走去，替電腦開機。她知道一打上「假期殺手」這個關鍵字，搜尋引擎就會立刻跳出上百筆結果。有上百篇真切存在的文章都在描寫這位設法終結她生命的連續殺人魔，且還有不少書鉅細靡遺的描寫他那堆血腥的豐功偉業。作者聯繫上她的父母和同事問問題，還暗示希望她本人也能參與其中。

讓黛娜震驚不已的是，他竟然就這樣成了某種名人——就跟泰德．邦迪、傑佛瑞．丹墨和其他十多名這幾年來惡名昭彰的連環殺人魔一樣，看來大眾實在是難以抵抗殺人魔的魅力。難道是因為跨越那條人性的界線相當不可思議——還是那些人很納悶為何自己跨不過去？

是什麼造就了殺手？哈迪主張只要在正確的情形下，無人不會殺戮。黛娜實在想像不出如何會憤怒到手刃他人的性命，然而自己卻因宰了假期殺手而聲名大噪——雖然毫無印象。究竟還有多少殘酷的記憶被鎖在她的腦海最深處呢？

她擺脫不了剛才那種惡夢，但同一時間，她也不相信自己會傷害最好的朋友。夢境可以是某種暗喻，也可能只是受傷的腦袋中電路錯亂導致的風暴，隨意點亮幾縷想法和情緒後便將它們和幾段模糊不清的畫面全部攪和在一起。

她和凱西可能有吵架，凱西也可能因為此事離開園藝中心。離開之後，她出事了。

那不能代表我就是凶手。

她絕對不會傷害凱西。她試圖相信自己絕對不會動手傷害他人，然而卻知道這只是一則謊言。她殺了那個差點殺了她的人。她不記得這件事，但她確實做了。她將一支螺絲起子深深插進那人的太陽穴。

或許哈迪說的沒錯。待天時地利人和，沒有辦不到的事情。一個人需要的只是個足以說服自己的理由、一個抵禦威脅的需求，又或是需為某件可怕的事情復仇。

黛娜盯著電腦螢幕上工具列的圖示。她沒有點開搜尋引擎查詢假期殺手，反倒點開相簿叫出了一系列佔滿整個畫面的相片集，喀噠一聲點選了高三的那本相冊。投影片一張張播放，她盯著一張又一張交疊的照片，背景音樂是自己當時最喜歡的傷感流行樂。隨後接續的是大量她本人的照片。畫面中的她美麗、雙眸閃亮、興奮迎接生活。接下去還有凱西的照片，以及她們倆人的合照。

其中一張特別吸引她的注意，她點開放大至全螢幕。那是她和凱西肩並肩、頰貼頰，各拿著一條有墜飾的對鍊的照片——一顆心分成兩半，刻有象徵友情的標語。她們沒有一天不戴著那項鍊。凱西失蹤那天肯定也戴著。黛娜那條還在，被塵封在回憶的寶盒之中，那是半顆永遠失去另一半的心。

她讓投影片繼續播放，讓更多照片飛逝過眼前的螢幕，又是旋轉又是彎曲的過場效果，將後面更多照片一張張推送至畫面中。她和提姆、凱西和約翰，四人一同去舞會的合照。一場畢業後差不多一個月的戶外派對的照片——當時她剛和提姆分手，他在畫面的最右邊，坐在一張野餐桌上高舉啤酒對著鏡頭燦笑。凱西坐在他底下的凳子上，也對著相機露出甜美笑容。約翰坐在她右邊，有點格格不入，表情看來不太友善。

焦慮的泡泡在黛娜的胸膛間不斷膨脹。拍攝這張照片後兩個月凱西就人間蒸發了。這期間究竟出了什麼事？約翰說自己提議要分手，為何凱西沒有告訴她？她在隱瞞什麼？失蹤那天下午她有打電話給約翰，要求晚上碰面。為什麼？黛娜認為肯定是想要求他復合，但這是為了什麼？畢竟再下個月他們就將各奔東西，離開雪比水磨鎮在各自的大學展開新生活，迎向新的冒險。要是凱西真如約翰說的劈腿，那麼也不會執意要挽回才對。

凱西讓約翰戴綠帽，黛娜不願相信。她怎麼可能會不知道？約翰肯定在說謊。但他何必編造這個謊言，讓自己看起來又多一個傷害凱西的動機？該不會是男人的自尊心在作祟，不想承認自己被甩了？

黛娜焦慮地關掉相簿視窗，離開電腦往走廊而去，望著滿佈牆上的時間軸和筆記。

琳達看到後很難過——不是因為牆壁需要重新粉刷，而是不願看到女兒如此浮躁又執迷不悟的行為。她大概比較希望黛娜像在韋德曼康復中心那樣，因為精神乏力而思緒一片空白，而非如此這般將所有注意力狹隘地全放在凱西的事件上。

黛娜盯著標註有人目擊她和凱西在園藝中心爭吵的文字，接著視線轉向凱西稍後打電話跟提姆抱怨她的註記。她走回書桌拿麥克筆，回到牆邊將「凱西打給約翰」幾個字圈起來，拉了一條線出來加上**約翰甩了她？**

在這條時間軸上，哈迪補上了一件事實，凱西失蹤那天的某個時刻有回她家拿東西。黛娜移動至這個時間點面前，畫了個朝上的箭頭寫道：**羅傑在哪？**黛娜想不通凱西怎麼可能回去她家拿東西而沒有碰到羅傑。要是羅傑不在，那她是怎麼進屋的？他出門時沒有鎖門嗎？這不是他的作風。

「妳這行為嚇壞妳媽媽了，」羅傑說。

黛娜驚駭。她右眼的周邊視覺尚未完全恢復，沒有看到他從走廊另一頭的家庭娛樂室走出來。

「我想知道我朋友究竟怎麼了。」她簡短地說。

「這七年來，三間司法機構都查不出凱西的下落。是什麼讓妳覺得自己有辦法？」

「沒什麼。只是想試試看，就這樣。」

羅傑雙手叉腰看向牆面。黛娜試著瞧出他的目光聚焦在何處、在哪處徘徊。但他的表情高深莫測。

為了傍晚的派對，他穿了深色長褲搭配駝色羊毛衫，外頭罩上棕色麂皮夾克。人們眼中隨意、優雅的男人。

「黛娜，今天園藝中心的事情，不能再有第二次，」他說，轉身面向她。「不管妳是為何突然對我充滿敵意，都只限於這裡，在屋子裡，在家人面前。」

「我說我有問題，是你叫我問的。」黛娜回應，確實無法明白這有什麼不對。她不過是照著他的話做罷了，並沒有任何針對他的不良意圖。

羅傑下顎的肌肉倏地繃緊。「不要假裝不知道自己在做什麼。妳先前在新聞台工作。在一名記者面前，妳那個問題影射我和凱西的失蹤有關。」

「我沒有！我只是問你她回家拿東西時你在不在。我只是想不明白，要是你不在家那她是怎麼進去的。而要是你有替她開門，那就不可能沒看到她。我只是想把那天的來龍去脈搞清楚，從未指控你任何事。」

「妳遠比這聰明得多。」

「不，並沒有。」黛娜說。「我能做的只有努力讓腦袋運作。相信我，裡面一點聰明的成分都沒有。既然你跟凱西的失蹤無關，何必這麼擔心別人怎麼想？」

「因為我們無法控制別人的思想，而大多數人的想法都是負面的。他們相信陰謀、相信假象，認定有錢有勢的人可以逃脫謀殺罪的制裁。我不知道為什麼沒看見凱西回來拿東西。我可能在睡覺、在廁所，或是在講電話。我不是在找藉口。」

「那她是怎麼進屋的？」黛娜問。

羅傑真是沮喪又生氣，猛一拳擊向牆壁，拳頭落在了黛娜頂上三十公分的位置。她的心臟差點跳出喉嚨。

「住嘴！」他怒吼。「我跟凱西的事件一點關係也沒有！我的老天啊！我為妳做了那麼多！還有為妳男朋友做的一切！他有大好機會卻任由它溜走，事後一句道歉也沒有。現在妳還在這裡用這堆爛事破壞我的連任機會！」他的手忿恨地指向黛娜即興創作的馬克筆塗鴨。「快停止這一切！」

恐懼的淚水灌滿黛娜的雙眼。羅傑肯定也看到了，也肯定見到了佈滿黛娜臉龐的恐慌。他向後退，一邊深吸口氣一邊雙手揉搓自己的臉，顯然很努力在壓抑怒火，彷彿臉上的怒意可以就這麼被抹去。

冷靜後，他說：「黛娜，妳不能讓別人誤會我對凱西．格蘭特做了什麼事。我正在競選公職，妳覺得那對我的選舉有幫助嗎？一瞬間所有人會懷疑我的誠信，都會懷疑、推測我涉及一起恐怖罪行——妳覺得這對我有利嗎？」

「我沒想過這點。」

「這就是問題所在，」他說。「妳沒有先思考。或者更糟，妳思考了，但還是任由腦袋裡的話脫口而出。我沒法允許妳這樣。妳懂我的意思嗎？我不准！」

「那你要我怎麼做？」黛娜語帶戒備。「我沒法預測接下來又會搞砸什麼事，因為我的腦袋有時候不正常！」

「我很遺憾妳的遭遇，黛娜，」他說。「真的。但我不能讓妳這樣毀掉我的政治生涯，就因為妳失去了思考的能力，隨意說出一堆嚇人的事情！」

他絕望地搖頭。「妳知道的，我試著說服妳媽媽，選舉前就讓妳繼續待在韋德曼。」

「真的嗎？」黛娜問。「因為在鏡頭前，我回家這件事似乎讓你該死的超級開心。你的選民們為此做何感想？『噢，看，那個優秀帥氣的莫瑟議員。他真是個慈祥的父親，這麼愛護面目全非的醜女兒，搞不好繼女的親生父親是被他推下懸崖的哩！』」

「黛娜！夠了！」她媽媽大吼，在這個算是最不恰當的時間點抵達走廊。她也為了晚宴盛裝打扮，下身是飄逸的裙子搭配靴子，上身是酒紅色垂褶領毛衣，喉嚨前點綴著一條珍珠項鍊。她放下頭髮，妝容無懈可擊。

「我猜我的派對邀請函消失在信箱裡了。」黛娜這麼說道，低頭看著自己汗濕的T恤和寬鬆的瑜伽褲。

「今晚妳最好不要出現，」羅傑說。「若我有得選，妳跟妳媽媽接下來兩個禮拜會在夏威夷，就從明天開始。」

「法蘭琪和美琪快到了，」琳達說，不理會丈夫的話。

「祝她們有個愉快的夜晚，我要出門了。」黛娜說。

「黛娜——」

「我要和提姆．卡凡爾吃晚餐。」

在她自己意識到這個想法之前，謊言搶先溜了出口。這謊撒得不錯。看到媽媽擔憂的表情消退，黛娜暗自恭喜自己。

「妳確定不會太累嗎？」

「我剛睡了一下。沒問題。」

她可以看出琳達正思索著任何反對的理由。她認識提姆，也喜歡他。提姆很可靠，是副警長。跟提姆出去會出事嗎？她會遇到多少麻煩？

「琳達，」羅傑看了眼手錶催促。「我們得走了。我去熱車，先走了。」

道別後，他沿著走廊離去。

琳達憂心忡忡地看著她。「妳得停止這一切，黛娜。妳不能再這樣多疑，這樣不好。」

「這樣對他不好。」黛娜回答。

羅傑的聲音傳來。「琳達！該走了！」

「妳最好快去，」黛娜說。「任務在即。」

琳達張口欲反駁，隨即又把話語吞了回去。相反地，她傾身親一下黛娜的臉頰，替她將頭髮向後梳攏。「注意安全。別太晚回家。」

搞得好像她是十七歲準備去約會的少女。

就像從前那樣。

黛娜回到房間坐在書桌前，盯著電影桌面上滿滿的圖示、拇指般大小的圖片和名稱費解的淺藍色資料夾。她一個接一個打開又關閉，稍稍瞥一眼過去的人生——學期論文和閱讀心得、一系列少年情懷的詩句和短篇故事、學校作業和私人日記。

這些她全忘了。多年來她完全沒有檢視這些。她將資料夾命名為「生活的每一天」，所以看到的人會假定裡頭是一堆當時她和朋友們徹夜狂追的連續劇。

學生時期她寫日記，用小孩子浮誇的文字記錄下自己中學和高中時期的每項成就和失敗。現在她點開一個裝滿文件的資料夾，裡頭她的高三生涯按照月份與重大事件作區分。她點開八月的文件開始閱讀，以凱西失蹤案件作為開頭。

閱讀的同時，一股受傷和心痛的感覺如斗大雨點般襲擊她的身軀。她知道為什麼自己沒有跟任何人提過這件事了。她和凱西的爭吵跟失蹤沒有關係，而是和她受傷的驕傲和心痛有關。

黛娜拿起手機和提姆・卡凡爾的名片。他在第三聲響鈴時接起電話。

「可以碰個面嗎？」她問。「我得和你談談。」

26

老頭子把門鎖住了。不只是大門門把上的鎖和插銷，因為約翰有鑰匙，而是加上了約翰稱之為諾克斯堡鎖的鎖頭。這些是他老爸疑神疑鬼，擔心那些他認識的低等賤民會趁他睡覺時偷走他的槍或是謀殺他時用來提升安全性的道具。

顯然親生兒子也被視為低等賤民之一了——雖然約翰沒有趁他熟睡時殺了他。他會幻想自己親手活活將他勒死，欣賞老頭子了解自己即將被折磨多年的兒子殺害，這過程中所有如跑馬燈般飛越他腦海的情緒。

約翰只能嘆口氣繞到後院。狗狗嗅聞著地面仔細追尋兔子的足跡，啟動了馬克到處設置的感應式安全警示燈。

按照慣例，約翰來到屋側試圖從窗戶爬進房間。窗上的鎖好幾年前就壞了，他故意弄壞的，因為知道他老爸肯定不會花時間修理。高中那幾年他常常這麼做，偷偷進出屋子好避開老頭子的質問和怒氣。有幾次他和凱西找不到地方做愛時，也都是這樣溜進他房間。但她實在不喜歡踏進這裡，因為老頭子讓她很緊張，且老是擔心會被他抓到。

他推推窗戶，期望它會往上升，結果竟然是聞風不動。他低聲咒罵再試一次，但在窗戶砰一聲關上前只能稍微打開個幾公分，看來是被什麼東西擋住了。

怒火迅速在他體內竄升，就好像一股突如其來的風暴，暗黑又凶猛。他只不過是想拿東西罷了。老頭子不讓他進家門，才反常地做這麼多額外的工作。他心中的絕望如彈簧般一圈又一圈纏繞，他可以感受到腦袋越趨緊繃，心跳聲開始重捶耳膜，腦袋就快爆開了。

幹。他這輩子都在這屋子裡躡手躡腳，盡量不發出聲音，盡量當個隱形人。結果呢，到底是有什麼意義？他到底何必在乎老頭子的想法和舉動？

狗狗也跟著過來查看，在約翰突然一邊轉身一邊咒罵之時又跳又叫。他再次快步繞過屋側，踏上後門的台階。他回想並應用在軍隊所受的訓練，腳上的靴子用爆破般的力量一次又一次猛踹門板，直到老舊的木片像是被點燃般劈啪破裂。

一進到屋內，他便如狂風過境般衝過一個個房間，伊拉克和阿富汗的過往也在此時佔滿他的心緒。他的易怒可以回溯到孩提時期，接著在戰事中變本加厲。人生的各種經歷一股腦地擠進他的思緒中——在家裡對父親的恐懼、和同袍在戰區襲擊建築物時面對敵人的恐懼。他的心臟用力跳動、感官變得無比敏銳。真希望手中有把保全性命的來福槍。

雖然知道老頭子還在酒吧買醉，但他的精力彷彿就跟揮散不去的菸味一樣瀰漫在空氣中。沒有人知道他何時會回來。這完全取決他的心情，而他的心情瞬息萬變。他會用暴打兒子、把兒子趕出家門的故事取悅朋友，但下一秒可能就氣呼呼地衝出門外。

約翰經過走廊踏進房間時，焦慮及怒火和五臟六腑中的油膩物質融合為一。房門開著，裡頭一件私人物品都沒有——沒有衣物、沒有鞋子、沒有粗呢背包。僅存的床墊上有張紙條：**替你保管那堆垃圾。欠的房租還來，兩千。**

他媽的難以置信，約翰傻眼。他真不知道是該嘲笑這愚蠢的舉動，還是應該要暴怒才對。

這很毒、可憎又愚蠢的王八蛋大費周章把少得可憐的物品藏起來，以為這樣約翰就會——就有辦法——付他幾張大鈔贖回物品。兩千美金？他以為這茅坑是該死的麗思卡爾頓酒店嗎！要是有兩千他老早就不住在這裡了。這還真的是荒謬到令人瞠目結舌又惱火的地步。

他走到衣櫃前，挪開幾塊本來在餐桌上的金屬薄片，印象中從來沒人用過那張餐桌，露出底小小一塊很久以前他割開又拼裝回去的灰泥板。他搬開灰泥板，手伸進牆壁裡拿出幾樣藏在塑膠袋裡的物品：他的狗牌、一瓶威士忌、用橡皮筋綑起來的幾張百元鈔票，還有一個馬頭胸章，是他唯一擁有的媽媽的物品。他灌了一口威士忌，將其他東西塞進外套口袋，跨步離開房間。

走出破掉的後門，狗狗正豎起耳朵、露出明亮又興味盎然的眼神坐在那兒等他。牠一路跟著他去到車庫，坐在門口瞧著約翰翻找他需要的工具——一隻鐵撬棍、一把手電筒、一支鐵槌。踏出車庫之時，狗狗在同一時間躍起、大步往前跑了幾英尺，緊接著又在約翰朝屋後棚屋走去時停下腳步回頭張望。

厚重金屬門框上的感應式照明倏地亮起，點亮了預防小偷把那些馬克．維朗提視為寶貝的廢物偷走的大掛鎖。約翰猛拽鎖頭，沒有任何縫隙可以插入工具撬開，這品牌可是以抵擋得了子彈而聞名。就算撬開，厚重的門框又是另外一回事。

這棚屋少了個適當的屋簷，雨水滲入門框後，木頭建材已經腐朽到變得柔軟，足以讓約翰把鐵撬插入建築和門框之間。他使勁全力又推又拉，門框每一次都移動個兩三寸，指甲也因一連串的拉扯被掀開而哀號不已。

破門而入。老頭子絕對會為此報警，還會混帳到為此告他。他會告他破壞這門、還有屋子的後門，把他拖進法庭只為了那筆連支付訴訟費都不夠的賠償金。

約翰想像搞不好自己有勇氣用這隻鐵撬對付那死王八蛋。沒有他世界會更美好。在這區要棄屍還挺容易的，到處都是溪谷和灰岩坑，且多年來潺潺的流水也一直很懂得如何替人守密。

討厭馬克．維朗提的人多到不行。問題是約翰將會是頭號嫌疑人，他可沒打算因為他老爸的緣故在監獄裡度過餘生。跟那老頭子一起生活在同一個屋簷下已經跟坐牢沒兩樣了。

門框嘎茲幾聲裂開，脫離了牆壁，恰好壓斷了鎖頭上的U型螺栓。鐵撬再一次猛插、再一次拉扯，和螺栓扣在一起的木板應聲斷裂，門終於開了。

約翰擠進裡頭，按下電燈開關。燈沒亮。安全指示燈微弱的餘光自門口灑落裡頭的地面。牆上的鐵窗將光束一分為二。

約翰自牛仔褲後頭腰帶處抽出從車庫拿出的大手電筒，按下開關掃視周圍。這是支大把的Maglite手電筒，跟警察用的一樣——一端是手電筒、另一端是警棍。他將手電筒高舉至肩膀上空，隨著頭部的動作左右移動。

他好多年沒進來這裡了。差不多十二還十三歲那年夏天的某一天，有次他老爸醉到忘記鎖門，被約翰發現裡頭藏了一大堆色情書刊。老頭子的反應又疾速又殘暴，簡直跟犯罪沒兩樣。接下來的禮拜，約翰告訴大家他從越野腳踏車上摔下來，好解釋臉上的黑青腫脹。自此之後他沒有再踏進來過。

這棚屋差不多寬十英尺、長二十英尺，陳列著一排排工作台和頗有深度的膠合板層架，上頭堆滿了紙箱、板條箱、污穢不堪的舊汽車零件和一落落黃色書刊——淨是堆性施虐者、性受虐者和細綁式性交等下流玩意。割草機、手持式除草機、鏟子、鐵鍬、挖洞機佔滿了整個地面。其中有個架子堆了好幾箱應急用的彈藥，但在這潮濕的棚屋中幾乎全爛光了。

空氣中混雜著發霉、塵埃、老鼠、油脂和汽油的怪味。屋頂已經不知道漏水多久了。有部分天花板已經剝落，就好像是遠處角落躺著一張濕透的老舊紙張。潮濕屋頂下成堆的雜物各個都濕淋淋又散發臭氣，水泥地上甚至積了一灘小水窪。陰溼的角落有個五十五加侖的大鐵桶，看過去桶子最底下已經都生鏽了。

狗狗跟著跑進來，對著每個角落和裂縫拚命嗅聞、捕捉老鼠的氣味、試著把腳掌伸進一堆容器和垃圾之間的縫隙中。

「看你想尿在哪都可以，」約翰說，一邊用手電筒照射四周，尋找他的粗呢背包。「搞不好能讓味道好聞一些。」

棚屋另一頭有一整排高大狹窄，看起來像是置物櫃的櫥櫃，每一扇小門外都掛有一個廉價的小鎖頭。約翰一邊低聲咒罵，一邊將手電筒放在一旁，走過去用鐵撬破壞第一個鎖。

必要的話呢，他會把這整間棚屋給拆了。他已經動手了，即便腦中有個理智的聲音正輕聲勸告他趕快離開，因為馬克很有可能是把他的東西藏在自己卡車上，拆除這裡沒有意義，只不過是浪費時間，只可能害自己被抓進監獄裡罷了。話說他到底需要帶些什麼？舊衣服和幾本書、一個盛載軍中回憶的盒子，還有一些自高中以來陪伴著自己的物品——幾張體育項目證書和徽章、一些照片。然而他腦中仍舊迴盪著巨大的聲響，要他完成拆解這裡的任務，或者是他不願有任何私人物品被遺留在這。

脆弱的門鎖一下就斷了，約翰將門打開，裡面塞滿了各式打獵裝備——夾克和靴子、橘紅色背心。其中有一大疊絨線帽、手套和迷彩偽裝面具隨著開門的動作應聲掉落。約翰動手撬開第二個鎖。

門一打開，一個高大幽黑的輪廓跟著倒下。約翰的本能反應迅如閃電，就戰鬥模式準備出手。他的右手高舉起準備應付突擊，左手緊抓著鐵撬棍。

眼前沉重的障礙物轟然傾倒，約翰向後躍開蹲伏，右臂高舉在前防衛。他的粗呢背包恰好落在了被光線照亮的地面，原先是被塞在櫥櫃深處的一堆垃圾上。

腎上腺素如激流般湧現之時，約翰的心跳也重擊著胸口。他後退一步，倚靠在堆滿工具的工作台上。用力吐氣釋放掉緊繃感後，突如其來的虛弱感竄遍他全身，這感覺好熟悉。心跳逐漸慢下，他的聽力也跟著恢復正常。這時狗狗正挖掘棚屋盡頭的某個東西，不住地對其吠叫。

「走吧，」約翰說，從工作台前站直身子，一手抓起粗呢背包的背帶。「快離開這鬼地方吧。」

狗狗仍舊在原地嗚咽吠叫，利爪不停攻擊某物。約翰用手電筒照亮角落，斑駁垮下的屋頂和生鏽的鐵桶映入眼簾。狗狗正抓撓著生鏽鐵桶的底部。裡面肯定有老鼠。

「走吧，」約翰再說一次，語氣更為堅決。「不然你就跟老頭子待在這。」

狗狗非常執著於眼前的工作，一次又一次挖掘、抓撓、對著鐵桶狂吠，完全不理會約翰。

約翰低聲罵了幾句，將粗呢背包放下。

「那裡有什麼？老鼠嗎？」他跨過成堆的箱子和割草機走向狗狗，Maglite手電筒發出的光束上下晃動。

狗狗抓住了某樣東西，正試圖將它從生鏽的鐵桶中拉出。

「那裡到底有什麼玩意你這麼想要？」

他在狗狗身旁蹲下，將光線聚集在桶子底部。狗狗退開，光束落在了一樣就算再過一百萬年，約翰也不想在這棚屋裡見到的東西上。他相信他老爸絕對是壞到骨子裡，但壓根沒想到他會做出這種事。

凸出破裂鐵桶底部的，是一具人骨。

所有動物都有骨頭，約翰告訴自己，一面蹲得更低些，更靠近鐵桶一些。搞不好是什麼東西爬進去結果死在裡面。但是凸出桶子的骨頭太大，實在不像是浣熊或是其他任何可能爬進棚屋的動物的骨骸。是更龐大的生物。

他將手電筒的光源投射進生鏽桶子的網狀外壁，眼前景象讓他的呼吸頓時卡在喉頭中。盯著他看的是一顆顱骨上的空洞眼窩。它就在成堆、原先是一整具人骨的骨骸之中。

約翰頸背的汗毛直豎。狗狗開始放聲咆哮。

「我警告過你不准踏進這間棚屋。」他的背後傳來這句話。「現在你的下場跟她一樣嘍。」

27

黛娜和提姆在磨石碰面。

「我的第二個家。」他說，笑著為她拉開大門。

黛娜遲疑。「今早我才在這裡丟人現眼而已。」

「這正是廉價餐廳迷人的地方。當時在這吃早餐的人都已經遠在兩州之外了。」他伸手輕扶黛娜瘦弱的背脊，帶領她穿越餐廳。「下次餐廳讓妳選。執勤時間待在這裡沒關係。」

這時的餐廳比較安靜。早餐和午餐是熱門時段，晚餐時間有大概一半的座位空著。

提姆帶她往角落的小隔間走去，在這裡他可以將整間餐廳一覽無遺。黛娜坐在他對面，重新調整連帽衫好避開一旁常客們的視線，那些人顯然都認識提姆。

「知道是誰攻擊我們的艾波兒了嗎？」女服務生過來點餐時這麼問，順勢瞪了黛娜一眼。黛娜低著頭，緊盯著桌面不放。

「還沒，」提姆回答。「我們正追查幾條線索。妳們女孩子晚上經過停車場時千萬要小心，誰也不知道有什麼東西在那虎視眈眈。世界真的很危險。」

「我有帶防熊噴霧，」服務員說。「對熊和卡車司機都很有效。」

「好了。」提姆笑著看向她。

他點了炸牛排，黛娜點了碗雞湯。提姆為此皺眉頭。

「妳得吃東西，小黛。妳瘦到皮包骨了。」

「我沒法邊吃東西邊思考，」她說。「我腦袋裡有很多東西。」

「太多了。妳知道嗎，妳做了那件事後妳媽媽有打給我。她很擔心妳。」

黛娜忍不住雙手摀臉哀號。「天哪，有夠尷尬。」

「身為母親總是這樣的。說不定她說得沒錯，」他承認道。「凱西失蹤很久了，妳現在這樣，為此事把自己搞得筋疲力盡實在沒道理。我的意思是，何必這麼急呢，是不是？」

「我無法不想她，」黛娜坦承。「我一直做和她有關的惡夢。過去我花了好幾個月的時間讓腦袋康復，讓思緒維持中立，完全沒法想其他事。而現在我的腦中完全無法停止思考這件事，像是我無法關掉開關一樣。我不想關掉，我想要記住我有印象的事，我想知道真相。我媽媽希望我好好坐著玩填字遊戲，不然就是看一整天的電視。」

「她差點失去妳。她只是希望妳平安。」

「我知道她是好意，」黛娜這麼說。「但是失而復得的黛娜已經不是從前那個女孩了。我知道這對她來說很困難。對我也不容易。但我不打算沒有找到任何答案就讓凱西這樣離去。我辦不到。」

「妳有再想過假期殺手的可能性嗎？」

「我正在這麼做。有人告訴我必須正面迎擊那魔鬼並解決掉他，不敢面對純粹只是讓他更有力量罷了。」

「這話確實頗有智慧。撕開 ok 繃處理傷口。話說我得給你看些照片。」黛娜又說。

她掏出手機點開相簿。「其實你不一定要看啦。早上這裡有個男人，我不認識他，但一看到他我就很焦慮。」

她滑到鬍子男的照片，將手機轉過去給提姆看。他看著螢幕，再接著看向黛娜的雙眼，小心地露出茫然的表情。

「確實給人這種感覺，對吧？」她問。

「確實。」

「我還是想不起來——想不起來對大家有幫助的記憶。真希望我做得到。真希望我可以看著這張照片，確定凱西失蹤那天在這裡見過他。真希望我可以確定他有跟我們交談，還和凱西調情。這麼一來事情就簡單多了。」黛娜說。

「給自己一點時間，小黛。」

「給時間幹嘛？編造一些根本沒發生的事情嗎？」

「沒有人希望這樣。」

「那可能比事實的真相好多了。」

「為何這麼說？」

「你自己說的——大部分的被害人都是被熟人所殺，」黛娜回答。「凱西認識的人我們也都認識。你會希望是那些人傷害了凱西嗎？」

「這個嘛，我是不希望那樣，」他說，眼神稍微飄向了送餐點過來的服務生。「但約翰確實有很大嫌疑——以警探的觀點來看。」

「我替你多加了幾片餅乾和肉汁。」服務生雀躍地說，把餐點放到提姆面前。他露出燦爛的笑容。「妳會害我變胖，夏琳！」

「喲，我可以想些辦法幫你減肥。」她甜甜地說。

她用力放下黛娜的雞湯，湯汁灑出來也沒道歉，然後又扔下幾袋玻璃紙包裝的薄鹽餅乾，彷彿是在把手套甩開一樣。

「夏琳有點煞到我了。」服務生離去後提姆解釋。

「愛你愛到漂過的金色髮根裡去了。」黛娜咕噥地說，盯著眼前的雞湯，心想不知道夏琳在裡面加了什麼怪東西。她把湯碗推到一旁，打開餅乾包裝袋。

「我今天有遇到約翰，」她說。「他在園藝中心工作。」

他嚼了幾下牛排然後吞下，表情有點陰鬱。「妳得小心點，小黛。他退伍後就變得很易怒。昨晚在我把他拉開之前，他狠狠修理了他老爸一頓。那老頭確實有錯，但我得說，約翰的眼神讓我被逼不得退避三舍。他的腦袋掉進了一個黑暗的地方。天知道那腦袋裡到底裝些什麼。」

「負責這起女服務員性侵案的警探正密切注意他。」提姆說。

「注意約翰？」

「他沒有不在場證明。他說那晚他去跑步，像個可惡的忍者一樣穿得一身黑。他不讓我們看那些衣物。他一肚子火加上又有創傷後壓力症候群。他的腦部受過傷——」

「噢，這麼說來呢，」黛娜語帶譏諷。「他什麼事都做得出來。」

這時發現口誤已經來不及了。「妳懂我的意思。兩者不能混為一談。」

「不行嗎？有人想殺他害他深受創傷性腦傷所苦。若這導致他跑去殺人，那我肯定也會殺人。或者只是讓他變得瘋狂又難以預測？」

「別說了，」提姆制止，為此感到憤怒。「他一直都有暴力傾向。妳沒有。」

「再說，考量到凱西失蹤那時大家如何看待他這個人……這次服務生性侵案我們得仔細盯牢他。」

「他告訴我凱西劈腿。」黛娜說。

她審視提姆的反應，試著看出……什麼？驚訝？震驚？戒備？

「真假？我不相信。」

「他沒有告訴過任何人，因為這樣只會讓他嫌疑更大。」

「嗯，確實如此，」提姆說。「我們以為凱西甩了他，這已經讓他夠有嫌疑了。」

「你不相信？」黛娜問。

「她是妳最好的朋友。妳覺得呢？」

「她沒告訴過我還有跟其他人約會。她和約翰分分合合，我已經習慣了。她跟我說分手時，我認為是……因為我一直勸她甩了約翰；我從沒想過是約翰提的分手。」

「塔伯曼——現在負責的警探——他會希望針對這點跟約翰談談。」

「你沒有回答我的問題。你真的覺得約翰說謊嗎？」

他聳聳肩，抓起一片餅乾蘸了些肉汁。「我不知道。」

「我覺得你應該知道。」黛娜小聲地說。

他向後靠，推開餐盤的動作彷彿黛娜害他失去食慾。

「那天——她失蹤那天——我們為了你吵架，」黛娜接著說。「傍晚時我找到以前的日記。我從那天開始閱讀，凱西問我介不介意她和你交往。」

他的眼神飄向餐廳另一端，重重吐出一口氣，看起來不太高興這件事被挖出來——如果他沒說謊，那麼就是刻意隱瞞事實。「我們倆已經分手了，小黛。妳甩了我，記得嗎？」

「沒錯。那是我的選擇。當時我們分手一陣子了。我這輩子最要好的朋友和我的初戀約會應該不是什麼嚴重的事情。或許青春期的男孩子都這麼做，但女生不會。若她們想當朋友，就不會這麼做。」

「妳很生氣。」

「我記得上次你說凱西告訴你的事情，你都是聽聽就忘。」

「那都七年前的事了，小黛。何必現在又告訴妳呢？我們倆已經分手了。凱西正巧在身邊。且搞不好我是想藉此讓妳傷心一下。」

「幹得好。」

「是妳起的頭。」

「我只是想實際一點。」

「對，這有安慰到我，」他諷刺地說。「我已經達成目的了。」

「那段時間你忙著做自己，」黛娜表示。「要不是你需要一個漂亮女生陪你出席各種慶祝活動，根本就不會發現我不見了。」

「我有很多值得驕傲的事情，」他動怒。「包括妳。失去妳很痛心，我沒打算否認。年輕男子的自尊心是很脆弱的。」

「然後凱西想替你療傷？」

「她也是我的朋友，」他防衛性地回答。「也是一個可以倚靠的肩膀。就這樣。天哪！她竟然去徵求妳的許可，然後就不見了。談論這些一點意義都沒有。為何現在跟我提這件事？讓一切變得更糟？」

「那跟失蹤無關。」

「我告訴哈迪警探那天我和凱西沒有吵架，」黛娜說，「因為我覺得很尷尬。」

「我最好的朋友想跟我前男友交往，為此我很生氣。你不覺得這算是動機嗎？」

提姆扮個鬼臉。「如果我不了解妳的話。」

黛娜低頭，撥弄第二袋薄鹽餅乾的包裝紙。若她真的怒不可遏呢？憤怒到推了朋友一把，害她跌倒撞到頭……她責怪羅傑凱西回去拿東西時他可能在家。會不會她自己也在？會不會羅傑說的那句話意有所指……**我為妳做了那麼多……**

「我一直做惡夢，」她呢喃道，垂著眼緊盯捏在手中的餅乾。「凱西一直說都是我的錯。」

黛娜雙手摀臉，盡可能放低音量啜泣。

她聽到提姆從座位起身，然後一手摟著她的肩膀。

「走吧，」他喃喃地說。「離開這裡吧。」

走出餐廳，直到踏入夜色的冷空氣中，整個過程黛娜始終低著頭。提姆陪她走到石椅林立、狹長木製前廊的另一端。她目光略過餐廳停車場的側邊，越過席爾瓦修車廠，聚焦在遠處幽黑的樹林之上。凱西的車被發現停在停車場邊緣。她是在車裡時被狹持走的嗎？她是被引誘進樹林嗎？磨石的女服務生幾個晚上前才在這一片林子遭受襲擊。

「看著我，」他說，勾起黛娜的下巴。

黛娜抬眼，目光穿透過一片波光粼粼的淚珠。

「我不相信妳會傷害凱西，小黛，」提姆說。「我的意思是，妳確實有脾氣，但是……該死，我了解妳。要是妳真那麼做，肯定也會寫在日記裡。」

他本來是想逗她笑。但她實在笑不出來。

「這次我真的要擁抱妳了，拜託不要膝擊我下面或其他部位。」

黛娜眼裡再次湧現第二波熱淚，提姆一把拉過她。她沒有反抗。

「別想了，小黛，」他輕聲安撫。「讓它過去吧。這些都不重要了。過去就過去了，放手吧。」

「希望我辦得到，」她抽噎低語。「希望我辦得到。」

28

約翰猛地轉身，面向聲音的來源，在他老爸扣板機之時用手電筒光束灼燒他的雙眼。震耳欲聾的槍響在狹小的棚屋中爆裂，子彈劃過約翰右肩，在他往一旁閃避之時鑿出了一塊血肉及幾片碎骨。熱辣的痛楚彷彿是根燒得白熱的撥火棍打在身上。然而沒有時間喊痛了，體內急湧的腎上腺素激發了下一個動作。

他猛力撞向膠合板層架，藉由反作用力向前撲上老頭子，用沒受傷的那邊肩膀重擊他的上腹部，讓他整個人往後一倒撞上櫥櫃。

有個東西一次又一次痛擊他的腦袋側邊，一瞬間他眼冒金星——應該是手肘或是槍托。馬克．維朗提是個大塊頭。體格慓悍壯碩、肌肉發達，怒火、酒精和滿腔的恨意更是點燃了他對生活的不滿。多年來他老是在酒吧和暗巷中鬧事。他一個翻身，便俐落地將約翰整個人抓起撞向櫥櫃，他高舉手槍，離約翰的臉僅數寸之遙。

約翰緊扣老頭子手腕，使勁將他的手臂往一旁推去，手槍再次走火，發生震耳的砰！他抬起受傷的右臂，以手肘攻擊老頭子的嘴巴，緊接著再一記左鉤拳命中耳朵上方，逼得他不得不踉蹌退開。但老頭子可不是省油的燈，馬上便反向揮來一拳還以顏色，用槍身直直揍向約翰臉龐。

約翰順著力道轉身，好將傷害減到最輕，但仍不禁跪倒在地。他掙扎起身，盲目地隨便扶住面前的層架，卻抓到了一個堅硬、形狀不規則的東西——某個引擎。他迅速將之扔向老頭子好替自己爭取幾秒鐘的時間，同時轉身拔腿向前衝。

老頭子沒讓他得逞，死命抓住他後兩個人相撞，四條腿絆在一起疊成一團。兩人就這樣在地上打滾，手肘、膝蓋和拳頭互不相讓，撞得紙箱、耙子和手持式割草機東倒西歪。約翰右手臂的力氣隨著時間慢慢流逝。他們在地上纏鬥時，老頭子佔了上風，跨坐在約翰身上用手肘狠狠壓住他的傷口，在這昏暗的棚屋中，約翰眼前的光亮被澈底遮蔽。

聚集全身僅存的氣力，約翰奮力扭動被他老爸壓制住的臀部，轉而將對方壓在身下。他挺直身子、高舉左臂、掌心握拳；老頭子雙手高舉緊握著手槍，嘶聲力竭地鬼吼鬼叫。

子彈再次飛出的瞬間約翰扭動身軀避開。他的手伸向最近的一樣物品——某個東西的木製把手——鏟子、鐵鍬或是耙子。他不知道。管他的，抓起來使盡吃奶力氣揮下去就對了。

鐵鍬的頂端正中老頭子的臉，打得他脖子狠狠往側邊一扭，鮮血和牙齒順勢噴向了水泥地面。

「我操你妹的！」約翰衝著他怒吼。「我恨你！我恨死你！」

約翰步履蹣跚，手臂向後拉準備再次揮動鐵鍬。他想就這樣一次又一次，永無止盡地打下去。他想要打爛他的臉、打到他整顆頭滾落地上。他絕對做得出此等殘暴之舉。這麼多年來遭受的虐待都是在為這一刻鋪路。現在他就可以終結這一切。

然後這一刻突然間劃下了句點。狗狗正又叫又跳地向他衝過來。然而他的腦袋因為沸騰的怒火和震耳的槍響而喧鬧不止，現在的他只看得見狗狗張大著嘴，吠叫聲卻消逝在了畫面中。

他後退一步，倚靠在背後的層架上，等待腎上腺素自然消退。他大口吸入夜晚的冷冽空氣以安撫灼燒的肺部。他汗如雨下，身上每一寸肌肉都因奮力作戰而劇烈顫抖。右肩的槍傷開始燒灼抽痛，這疼痛挾帶著一股重量，彷若一把十磅重的鐵鎚一次又一次毫不留情地重擊這道傷口。

老頭子一動也不動躺在髒污的地板上，鮮血淋漓的嘴巴不住發出呻吟。

約翰把鐵鍬扔到一旁，低頭看著自己的父親。

「夠了，」他說。「我可不想為了你這種人去坐牢。」

虛弱的感覺襲來，他勉強用一隻手臂翻動老頭子沒有意識的身軀，讓他側身躺著免得被自己的鮮血和口水淹死。接著他從老頭子口袋裡掏出手機，撥打九一一。

29

「我只是回來拿東西。」約翰說，分不清自己究竟是在低語還是大吼。他的耳朵還因為狹小棚屋裡近距離爆發的槍響而嗡嗚不止。

他坐在卡車後擋板上，看著緊急醫護人員將他父親抬進救護車。他試著將自己身上的傷口降到最低傷害，但非常確定鎖骨已經被子彈打碎，肩上的肌肉也被鑿穿了一個大洞，他跟救護人員說這只是個「小擦傷」，不用急著處理。傷口雖然很深但不致命。他用一塊厚紗布吸收最後流出的血漬，壓在上頭的力道將肌肉抽動的幅度減到了最小。

現在他沒法好好深呼吸，因為肋骨雖然沒斷，但肯定是受了重傷。他知道自己的鼻子斷了，被他爸反手揮動手槍擊中的右邊眼眶骨應該也沒能倖免，這隻眼睛已經腫脹到幾乎睜不開了；槍枝瞄準鏡在他臉頰上割了深深一道溝壑，需要手術縫合才行。

但這些都比不上頭骨之內因遭受重擊引發的劇烈疼痛，這陣痛楚正凌虐他已經受傷的腦袋。他得費力才能專心在手頭上的任務。他的胃部也是一陣作嘔翻騰。

「你確定要現在做嗎，約翰？」提姆．卡凡爾又問。我可以送你去急診室，晚點再錄口供。

「我沒事。」

卡凡爾的眉毛微微一抬。「『沒事』好像有點太輕描淡寫了，但你還年輕，你老爸的狀況就沒這麼樂觀了。」

約翰希望這審訊可以在其他事情發生前趕緊結束。他希望警方可以先聽他的供詞，而非老頭子的版本。他可以一五一十地將來龍去脈全盤托出，因為他已經可以想像老頭子為了自保，肯定會瞎掰一個兒子是可惡侵略者的故事。最後他就會悔不當初，早知道乾脆殺了他。

救護車、六台李道爾縣警局巡邏車和幾輛便衣警車頂上一閃一閃的燈光照亮了院落，營造出一種聖誕氛圍。棚屋內部和外圍架設了幾組手提式鹵素燈。約翰告訴他們鐵桶內骸骨的事，調查這個案發現場大概會花至少一天的時間。

狗狗躺在他右邊卡車載貨區上，大大的腦袋瓜倚在向前伸直的前腳上，用那雙慧黠的眼睛看著這一切。

「我記得你說那不是你的狗。」卡凡爾說。

約翰只是聳了聳完好的肩膀。「看來我錯了。」

「所以你回來拿東西，」一名警探突然問道。是塔伯曼。他身穿一件厚大衣抵擋夜晚的寒意，整個人跟一台小型冰箱差不多大。他那顆大肚子轉了個方向，朝約翰這邊頂過來。他看向房子、看向掛在鉸鏈上搖搖欲墜的後門，木製門框已經裂成碎片了。「老頭子不讓你進去？」

「他不在。他在路邊酒館暢飲他的晚餐，所以我才這時候回來。他把門都鎖了。」

「所以你把門踹開。這就是所謂破門而入。」

「我只是想拿東西。」

「你可以請我們幫忙，約翰。」卡凡爾說。

「噢，我沒想到。」

「那你怎麼會跑進棚屋？」塔伯曼問。

「屋子裡沒找到我的東西，我猜是被鎖在棚屋裡，因為他總是這麼做。」

「所以你也破壞了棚屋的門。」

「我只是要拿回我的東西！」約翰重申一遍，明顯被激怒。「他可以偷我東西，我就不能拿回來嗎？」

「你不能為此破壞他人財產。」塔伯曼表示。

「幹他差點把我殺了！」

「他是對闖入者開槍。」塔伯曼如此反駁。

「他明明知道是我！」

「在烏漆抹黑的棚屋裡？」

「我的卡車就停在外面，」約翰說。「況且他明知自己把我的東西鎖在那裡面。他百分之百知道是我！他還這麼說：『我警告過你不准踏進這間棚屋。』他還能對誰講這句話？」

「前幾天我們才看到你們倆是如何相處的，」塔伯曼說。「換作是我，也會隨身攜帶一把槍。」

「然後對自己小孩開槍，就因為他進去棚屋拿回屬於他的東西？」

「你也沒有因為他是你爸，就讓他的臉逃過鐵鍬的攻擊。」

「他對我開槍！」約翰大怒，簡直不敢相信這一切，他的頭已經痛到炸開了。「如果我是壞人，何不就直接幹掉他？」他這麼問。「我何不乾脆殺了他了結一切？如此一來就只會有我單方面的證詞。我幹嘛不乾脆那麼做？」

天知道他有多想。如果此生的每一刻他身上都有一塊錢，那他每次都會用來許願老頭子趕快去死……

「因為我不是他——這就是原因！」他怒吼，既是對自己也是對著警探。「我不是他！」

提姆．卡凡爾趕緊攔阻。卡凡爾的手掌貼上他的胸膛制止他，阻止他離開後擋板之前，約翰完全沒發現自己正朝警探步步進逼。

狗狗一躍而起，呲牙咧嘴著。

「大家都冷靜，」卡凡爾出聲，一邊盯著狗狗一邊後退。「我很確定約翰沒有拿槍射自己。他沒有讓自己的臉吞子彈。顯然是這樣所以才有之後的打鬥，對吧？」

「他知道我看見鐵桶裡的東西。」約翰這麼說，那顆頭顱空洞的眼窩穿透腐鏽鐵桶盯著他的畫面，此刻又竄入他的腦海。整堆骸骨之上這最重要的部位，曾經是個活生生的人腦。

「知道那是誰嗎？」塔伯曼問。

約翰沒有回答。他知道自己唯一想到的名字是凱西．格蘭特。以前這些人已經認定是自己殺了她。他正巧提供了證據證實他們的論點，真是太不走運了。

30

黛娜緊盯電視，眼神片刻不離螢幕。她和提姆站在磨石門廊之時，提姆接到一通緊急電話——一起事發於他認得的維朗提住宅的槍擊案。那個金髮女孩，金伯莉．柯爾克正在連線播報，此刻人正站在維朗提家外頭的路邊。在她身後是一圈明晃晃的亮光和各種紛紛擾擾。現場滿是警長辦公室的車，身著制服的副警長們和其他相關人員錯綜站立在屋外的院落，忙著進進出出背景中一間狹長型的棚屋。

「根據調查顯示，在我身後的住宅，警方於一個大鐵桶內尋獲一具人骨，」柯爾克播報。「李道爾縣的副警長們接獲來自這間屋子的槍擊報案電話，現場已經有一名男子被送往李道爾地區醫療中心，另一名男子則正接受案件相關的訊問。此地產為當地一名黑手，老約翰．維朗提所有。」

「當然了，現在推測人骨的身分還言之尚早，但七年前雪比水磨高中畢業生凱西．格蘭特失蹤案，觀眾們可能還對當時的最大嫌疑人小約翰．維朗提記憶猶新，他是雪比水磨高中傑出的運動員，同時也是凱西當時的男友。」

「嗯，」羅傑語氣生硬，「看來我從其中一起謀殺案脫身了，至少。」

黛娜瞪了他一眼。「不好笑。」

「羅傑。」琳達表示不滿。

他們一起站在廚房，羅傑和她媽媽才剛從晚宴回來。黛娜坐在長桌上，雙腳置於底下的椅子，手臂則緊緊抱著自己好抵擋體內因恐懼而生的涼意。她的思緒正在飛馳——想法、疑問、情緒等爭先恐後湧出，釀成了一起騷亂。她努力提醒自己讓一切緩和下來的步驟，然而始終無法在被情緒淹沒之前順利通過第二個步驟。

鐵桶裡的人骨。這引發了一連串排山倒海可怕的問題。是凱西嗎？凱西失蹤那天傍晚，本來是要和約翰碰面。他發誓她沒有出現。他發誓沒有傷害她——沒有傷害背叛他的女孩。

鐵桶內的屍體被藏在長年被遺忘的棚屋中。她被放進鐵桶前就死了嗎？還是在裡頭斷氣的？她是否在那不見天日的黑暗中度過了無數小時，又或是無數日夜，意識清醒地等待某人來救她？等待死亡。為死亡祈禱。

腦中的畫面似乎打開了完全由情緒組成的回憶之門：恐慌、可怖、恐懼、絕望。眼淚頓時盈滿她的眼眶，身體也隨之打顫。

琳達立刻趕到她身旁，伸手摟住她。

「夠了！羅傑，快關掉！」

她的聲音彷若遠在天邊。

黛娜感覺體內的元素全被壓縮進了一個小小的球體，在她的這具軀殼內載浮載沉。她意識到身體離開桌面、在母親的摟抱中走動。她們一起下樓，經過長廊，經過那幅她創作來調查好友失蹤案件的瘋狂鬼畫符。

毫無意義，黛娜心想。所有問題的答案都在一哩外一間棚屋的鐵桶內。她完全不需要想像好友遭受何等折磨，因為自己親身經歷過。即便她不記得細節，仍能感覺到當時的苦痛。她撐過去了，凱西沒有。

「我們不知道那是不是凱西，」她媽媽說。「不知道是不是她。」

她們一起坐在黛娜房裡的床舖邊。黛娜縮成一團依偎在母親身旁，劇烈地顫抖逼得她不得不緊緊抓住母親，好像她是唯一一個能將自己紮牢在現實世界的大錨，她好怕一鬆手，自己就會被思緒帶往無法二次逃脫的地方——為了將她自殺手打造的痛苦和恐懼煉獄拯救出來而生的極致瘋狂。

沒有任何人事物去拯救凱西。

一捲橫無邊際的罪惡浪潮隨著這個想法襲來。

她為朋友落淚，也為自己哭泣。她哭著，迷失在了情緒的汪洋中，直到再也流不出一滴淚。她累了，她就這麼維持同樣的姿勢，頭枕在母親肩上，身軀裹在母親臂膀中。母親的嗓音彷若來自遙遠的天邊，唱著好久好久以前的一首歌。

「**黑鸝在深夜裡高歌，用殘破的羽翼學習飛翔……**」

***

她服用藥物入睡，身體沉重到一根指頭都動不了，腦中的畫面也在一層薄霧後方以慢動作飄移著。凱西在笑。凱西在哭。凱西死了，她的臉龐一點一滴腐爛、肉身灰飛離骨頭遠去、雙眼溶解至無物。黛娜痛苦到無法直視，然而頭部卻如地球一般沉重。她無處可逃。

事實如影隨形，誰也逃脫不出現實的魔爪。腦袋中幻化而出的影像無所遁形。

她睡醒後反而比好不容易睡著之前更加疲累。她媽媽躺在一旁睡著了，兩人身上都蓋著粉紅色的柔軟毛毯，都還穿著前一晚的衣服。

黛娜輕手輕腳地下床，走過房間時冷得直打哆嗦。她順手抓起椅背上一條雪尼爾厚毛毯將自己牢牢裹住。

黎明前的昏暗灰光自簾幕外滲透進來，許諾這將會是陰冷多雨的一天。真是應景，黛娜這麼想，一邊動手拉開落地窗前的簾幕。

有人在滿佈濕氣的玻璃窗上寫了字：**擁抱妳，T**。

提姆。他得先假定她有看到新聞。他肯定是在回家途中，或是輪班結束準備回警長辦公室的路上，順道過來這邊。

她打開門踏上戶外露台之時，一陣悲傷的混雜情緒突如其來。光裸腳下的石板又濕又冷。她爬上一張小鍛鐵桌，腳放在底下的椅子上，重新調整身上的毛毯，讓它像個繭般牢牢包住自己。

籠罩住院落與田野的薄霧滾滾直下，一路蔓延至遠方的樹林間。少了陽光的照耀，混濁棕色、淡金色和栗色的樹葉像極了一大片色調淡漠的調色盤。從前出沒在田野間的公鹿現在完全不見蹤影。有一瞬間黛娜以為自己是這個星球中唯一清醒的生物，獨自坐在寒冷與濕氣之中。

隨後燕子也踏出落地窗，小跑步加入來到黛娜身邊，輕盈地跳到桌上磨蹭她，嘴裡發出一聲聲嗚咽。黛娜自毛毯底下伸出手指，心不在焉地輕輕抓著貓咪的頭頂。

殺人少不了動機，有時候和被害人彼此相識，有時候只是凶手單方面認識對方。假期殺手先凌遲後殺害被害人，只有他那顆冰冷黑暗的心知道其理由。若鐵桶裡的屍體是凱西，那麼她會知道自己是出於什麼原因被殺害，不論是因為約翰的妒意還是他父親病態的迷戀。兩者皆有可能。

凱西失蹤那晚馬克．維朗提有不在場證明。當時他和女友一起在另一個城鎮。該名女友證實了他的說詞，不過丹．哈迪並未完全採信。那晚凱西說好要和約翰碰面。她的車被找到停在餐廳的林地停車場外圍。馬克．維朗提正好是在那裡的席爾瓦修車廠工作，距離那台被拋下的車不到五十英尺。他從修車廠看到她，然後綁架了她嗎？把她拖到林子裡還是抓進他的卡車裡？

也有可能約翰說她沒出現是在撒謊。據他的說法，凱西劈腿。背著他偷吃提姆。

也背著我，黛娜沉思，雖然仍對此事抱持懷疑。當時她和提姆早已分手，但要是凱西不覺得自己有錯，為何不坦白告訴她呢？

雖然提姆堅稱他和凱西什麼事也沒發生，兩人關係正式開始之前凱西就失蹤了，黛娜仍舊好奇這整件事究竟早已持續多久。最後那天，凱西問她介不介意提姆和她約會，但約翰的說法是凱西偷吃——不是剛開始——已經不是一天兩天的事情了。黛娜和提姆畢業後不久即分手——六月初的時候。凱西是八月九號失蹤的。

凱西和提姆也是朋友。她是否提供慰藉給甫失戀的他，然後發展了全新的關係？提姆告訴黛娜，當時他有想過傷害黛娜作為報復，有什麼方法比和她最好的朋友上床更有殺傷力？他整個夏天都在報復她嗎？凱西一面勸她和提姆復合，背地裡卻和他暗通款曲嗎？

當時的她壓根沒這麼想。她以當天為起點閱讀自己的日記，完全沒有任何懷疑凱西和提姆的內容。她是有懷疑凱西偷偷和約翰見面——好像她無權不理會黛娜的期望，無權為自己做選擇。那一大段時間她是否私下和提姆見面，而黛娜，這位跋扈的青年公主，正忙著自以為掌控了小圈圈裡的每個人？

看著過去身為女孩的自己寫的日記，黛娜心中滿是驚異、驚愕和尷尬，多種情緒一同掉進了無盡的迴圈之中。那個黛娜，從前的黛娜，天真、驕縱、優渥且備受寵愛，純真但只顧自身利益的那顆腦袋主宰了良善的心。她的世界，那個世界裡的所有人全都以她為中心。她是位美麗和藹的君主，以她自認為最好的方式操縱著底下的子民。同時間，她毫不知情現實生活中的芭比和肯尼娃娃已經起義造反。

這不完全是事實，現在她心裡這麼想。她懷疑凱西有事情瞞著自己。她懷疑好友偷偷跟約翰復合。在凱西失蹤之前沒多久，黛娜其實已經懷疑她瞞著某些事。突然間凱西身體不太舒服，她說自己沒事的時候，甚至不敢直視黛娜雙眼。

現在，黛娜直搗回憶，再次回想那天早上在園藝中心時，凱西走向她的畫面，從廁所出來的她，臉上掛著一抹古怪的笑容……

她想到了某種可能性，促使她心窩一陣難受。若她猜得沒錯，這就是起雙重悲劇。

那天晚上，凱西本來有事要跟約翰講。難道約翰壓抑了整個夏天的怒火，在那炎熱的八月夜晚全數爆發？其實不難想像他忿怒至極的樣子。一直以來他總是滿腔跟俄亥俄州同等龐大的怨氣。他一直都不滿提姆天之驕子的身分。但凱西是他的驕傲。不論他有多少麻煩和失敗，凱西這位女朋友對他而言意義非凡。黛娜記得從前自己將他們比喻為美女與野獸。甜美、漂亮、善良的凱西配上來自貧民區憂鬱、痛苦的約翰。

要是凱西告訴他，要為了提姆．卡凡爾澈底拋下他……真的不難想像他的手緊扼住凱西的喉嚨，斷送了她的生命。他是個火爆浪子。

昨晚有人發現維朗提家後院的棚屋內，有具藏在鐵桶中的骨骸。十一點新聞播出之時，後續的故事都還是未解之謎。有人被槍擊，有人被送往醫院，有人被訊問。太多想像空間了。齒科紀錄可以解決最大的謎團，今天應該就能知道鐵桶裡是不是凱西的骨骸。

「妳在外面做什麼？」她媽媽問，赤腳踏過潮濕的石板。

「思考。」黛娜回答。

琳達環抱著她，親了親她的臉頰。「趕快在得肺炎之前進屋思考吧。」

黛娜爬下鐵桌，跟著媽媽一起進房間，燕子悄悄尾隨在後。

「妳應該再睡一下，」琳達說。「妳休息得不夠。」

「沒辦法。我已經醒了。我沒法停止思考。感覺就像有一群蜜蜂在我腦袋裡盤旋。我沒法讓牠們停下來。」

她媽媽一臉擔憂，緊張地伸手撫摸黛娜被霧氣浸濕的頭髮，替她調整身上的毛毯，雙手像一對焦慮鳥兒的翅膀一樣拚命顫動。

「妳應該吃些抗焦慮的藥。」

「不用，」黛娜回答，躲開她的手。「我不喜歡吃那藥之後的感覺。我知道昨晚妳有餵我一些，現在我感覺像是在糖漿裡行走。」

「妳太焦慮了——」

「我有理由焦慮。凱西可能死在桶子裡整整七年。太可怕了！我應該要難過才對。**每個人都應該如此**。」

「我們當然難過。」

「我不想要吃藥停止這一切。因為事情本來就不會停止。真相不會因為一粒藥丸就消失不見。它只不過是放慢了速度，讓我感覺不到，但這樣是不對的。我不想要行屍走肉般過生活。」

「他希望我這樣，是不是？」她問，回憶突然襲向腦袋。

她媽媽宛如遭受重創，眼中滿是淚水。她一手緊緊摀住嘴巴，深怕痛苦會化作聲響呼之欲出。

「假期殺手，」黛娜說。「他不讓我死。他要我如殭屍般苟活。這也是妳希望的嗎？」

「不是！」琳達回應。「我要妳安全。我希望妳不要想起，也不要感覺到這件事。我希望的是這一切從未發生！」

「來不及了，媽。事情已經發生了，也造就了我們現在的樣子，」黛娜這麼說。「我不是妳可以用膠水修補，假裝一切如昔的破碎娃娃。我不一樣了，也再也不可能跟從前一樣。但我必須接受這項事實，以我現在的樣子繼續生活下去；要不然，就跟被他殺死了沒兩樣。」

琳達忍不住抽泣，黛娜伸出手給予慰藉。那一刻，她明白該是自己撫慰他人的時候了，為那失去的孩子安慰母親。那個寒冷的一月早晨，明尼亞波里斯停車場裡的女孩跟她再也不是同一個人。假期殺手將那個女孩帶離了原本的軀殼，也帶離了所有愛她的人身邊。所有人都必須與這個倖存的殘破年輕女子一同重新開始，其中的必經過程就是哀悼所有失去的一切。

她們擁抱彼此良久，接受了這項事實。

31

約翰離開急診室時已是破曉時分。雖然他百般不願意，身體仍舊背叛了他的意志。塔伯曼警探訊問了他超過一小時後，他藉口上廁所離開，卻在距離卡車僅五步遠的地方暈了過去。他很快就恢復意識，但那之後決定權就不在自己手上了。卡凡爾把他載到了急診室。

走回到幽暗的天幕之下時，卡凡爾已經離開了。路邊停著的是另一輛李道爾縣巡邏車。有位他不認識的大塊頭副警長踏出車外，隔著車頂叫喚他。

「要順便載你到哪裡嗎，維朗提先生？」

「家裡。」約翰回答。

副警長搖搖他的光頭。「沒法載你去那。那裡現在是犯罪現場。調查還沒結束。」

約翰很想嘆氣，但輕輕吸口氣破裂的肋骨就疼痛不已。「我只是要回去開車。」

「恐怕也不行。那也屬現場的一部分。」

他沒地方可去了。家，雖然很糟，或是卡車都沒法，而他只有這兩種選擇。現在他一無所有，僅剩下身上污穢不堪、沾滿自己和父親血漬的衣服。

在急診室時他忍住不要追問老頭子的情況，儘管如此，還是免不了聽見別人提起。多處顏面骨折、頭顱破裂，但很顯然他死不了。那王八蛋壞到死不了，就算約翰不停手地繼續打下去，也免不了禍害遺千年的定律。那好鬥又愛戰的死老頭正處於昏迷狀態，慘重的腦震盪讓他得以安靜一陣子。

約翰的情況好一點。子彈確實打碎了他的鎖骨，右肩得用懸帶吊著。他不想知道到底需要幾針才能縫合子彈在他肩上鑿出的大洞。他的肋骨嚴重碎裂骨折，腎臟也彷彿被一隻大鐵鎚猛力敲打。他的右臉簡直像是恐怖片的畫面，眼睛腫脹到無法睜開、臉頰整個黏成一團，血跡斑斑的模樣像極了一顆腐爛的桃子。

即便他頭痛欲裂，依舊拒絕醫生建議的頭部斷層檢查。他的腦袋已經亂成一團了，做檢查證明除了原本的舊傷外，自己又多了新的腦震盪真是多此一舉。馬克對他做了這些有什麼差別嗎？幸運的話，他會死於血栓。但他從來都沒那麼幸運。

他聽到遠處巡邏車內收音機霹靂啪啦的聲響，那位副警長正對著肩上的無線電講話。

「塔伯曼警探建議你到警長辦公室等，」他說。「你在那裡會很舒適。」

拒絕這個提議有什麼好處呢？他已經沒有其他選擇了。他很想搭第一班公車離開城鎮，但沒有人會准許他這麼做。

他放棄掙扎，安穩地坐上副警長車子的後座，車子駛離路邊時他閉上雙眼抵抗所有疼痛，睡著前的最後思緒徘徊在狗狗的命運上。

副警長搖搖他受傷的肩膀將他叫醒。約翰痛到大吼，嚇得那年輕人倒退好幾步。

「嘿！抱歉，老兄！」

約翰踏出車外，沒有作聲。

他在四面無窗，整個空間只有一張硬梆梆椅子的審訊室裡「很舒適」。約翰忽略椅子，面對門口逕自縮在角落的地上。副警長給了他一瓶水和一些過期的甜甜圈，留他一個人待在房間內。他有喝水，但沒有動甜甜圈，他的意識斷斷續續的，迎接這段至少得以清靜些的時光。

清醒後，他努力平復心緒，一再回想所有片段以釐清究竟是發生了什麼事。他真希望可以什麼都不想、什麼都感覺不到。他試著讓眼前保持純然的黑暗，但零星的閃爍畫面、聲響和感受不斷闖進這片虛無，大聲強烈到他忍不住畏縮。昨晚的回憶、父親的回憶、戰爭的回憶、死亡的回憶——砰！砰！砰！電光石火般一閃而逝。那些畫面嘈雜到他想用力摀住雙耳，但沒有用，聲響全來自他的腦袋。

最後，他累到不得不小睡一下。塔伯曼出現時他不知道究竟過了多長時間。

「你應該待在醫院的，」警探這麼說，一邊拉過椅子坐在骯髒的小圓桌邊，順手抓起甜甜圈開始享用。

「我幾時能回家？」約翰問。

「看情況。」

「什麼意思？」

「意思是還得一段時間。」

警探拿起第二顆甜甜圈，雙眼瞅著他。

約翰緩緩閉上眼睛。

「你要告訴我們有關鐵桶的事嗎？」塔伯曼問。

「不，長官。我對此一無所知。」

「它在棚屋裡多久了？」

「我不知道。」

「你怎麼會不知道？你在那裡長大。你住在那。」

「我沒去過那裡面。」

「一次也沒有。」

「一次也沒有。」

「我應該要相信你。」

約翰無語。他一點也不在乎這個大胖子怎麼想，就算腦震盪他也知道最好不要明說。

「你不知道那是誰的骨頭。」塔伯曼又說。

「不知道，長官。」

警探翻開一本厚厚的檔案夾，透過金屬細框眼鏡研究一份不知寫了些什麼的印刷文件。

「七年前凱西．格蘭特失蹤時，怎麼沒人想到要看看那桶子內部？」

「我不知道，長官。您應該問問同事們。」

「該死的哈迪。」塔伯曼小聲咒罵。

哈迪警探，約翰想。他恨死這個名字了。哈迪把他的人生變成一起悲劇。他之所以從軍一半得歸因於哈迪那傢伙。或許也得感謝他才是——至少在應急爆炸裝置爆破、自己飛出悍馬車、頭腦像雞蛋被打散前得感謝他。

「你和你老爸究竟怎麼回事。」塔伯曼這麼問。

「什麼意思?」

「顯然你們憎恨對方。為何?」

約翰沒有回應。他不知道該如何開口解釋他和父親的關係。回首童年，他知道自己對父親又愛又懼。即便成了青少年後對父親恨之入骨，仍舊有一絲可憐的需求，期盼父親能以自己為榮——這正是他在運動場上力求表現的原因。他認為父親或許很驕傲他從軍保衛家園，但從未聽他這麼說過。

就算是昨晚，就算他的人生盡是失望，盯著父親手中槍管的那一瞬間，他仍舊感覺自己一小部分的心凋萎死去。當然，很久以前他就知道父親一點都不愛他，但心中仍舊存有非常微小的希望，小到幾乎連他自己都沒有察覺。

他沒有力氣對塔伯曼解釋這些。

「他在你女朋友們面前表現如何?」塔伯曼問。「他有表現出興趣嗎?有任何不當舉動嗎?」

思考問題答案的同時，一股怪異的羞愧感強勢襲來。他老爸色瞇瞇的目光和低俗的言語正是他鮮少帶凱西回家的原因。他對於父親的行為無能為力，這讓他感覺自己不配稱為男人。

「有的，長官。他是個討厭鬼，長官。」他回答。

「他有威脅過凱西．格蘭特嗎?你有看過他對她毛手毛腳嗎?她有表現過害怕嗎?」

「他令她很不舒服，」約翰說。「我不常帶她回去。」

警探把視線轉回手中的資料，舔一舔粗厚的手指指尖然後翻頁。

「你覺得桶子裡的人是凱西．格蘭特嗎？」塔伯曼問。

他確實想過這個可能性。這些年來他不斷猜想父親到底跟凱西的失蹤有沒有關係。她的車停在席爾瓦修車廠和樹林之間。但他質問老頭子時只換來一陣嘲笑。他有不在場證明。證人一個月後死於火災。

「我不知道，長官。」他說。

「真的嗎？」

然後一切又開始循環了，約翰心想。問不完的問題、指控、斷章取義、媒體的追查。這堆無可避免之事蜂擁而至，榨乾了他僅存的所有精力。七年前腦袋尚未受損時，差點沒法平安度過風暴。隨後的幾年，他從小男孩蛻變成男人，經歷過戰爭的洗禮，在兩場戰事中倖存下來。然而現在他累了，身體和腦袋都備受打擊的情況下，必須再次面對這一切令他想哭。

這一瞬間他好恨凱西．格蘭特——如同七年前那個夏天般地憎恨。

她曾是他醜惡人生中一道美麗、完美的曙光。她是承受過孩提時期被拋棄、虐待後的獎賞，當世界上似乎從來沒有人、未來也沒有人會愛他的時候，終於出現了一個給予他愛意的人。當時的他，每次看著那女孩摟著自己、對自己露出笑容、親吻自己時，總覺得一切都美妙到不真實。確實不真實。這美麗的小騙子後來厭倦了他的小劇場，結束了善待這位沒有母親的可憐男孩的社區服務。他不再是她的行善對象，她去到了一個他不甚了解的、更美好的未來。

她傷透了他的心，摧毀了他的生活，現在又將重蹈覆徹。

「長官？」他問。「我被逮捕了嗎？」

「沒有，」塔伯曼回答。「但乖乖配合對你沒壞處。」

約翰用盡力氣、強忍著疼痛站起身。

「不了，長官，」他說。「我才不信呢。我要走了。」

32

等待總是煎熬。每一分鐘都像是不斷擴大的氣泡，裡頭盛載著終究會破滅的希望，破滅後又是一個接一個無限生成的全新泡泡。黛娜傳訊息給提姆，只問了一個問題：**是她嗎？**接著便進入無盡的等待，然而只得到這樣的回覆：**之後告訴妳**。一個講了等於沒講的答案。

所有新聞都在報導這件事。所有當地電視台都派了記者和攝影機駐守現場。在這破敗的城鎮外圍，每一組人馬都在圍住維朗提家的黃色封鎖線外佔到一小塊雜草蔓生的地盤。他們佇立雨中，瑟縮在印有電視台標誌的防風外套裡，播報著這沒有進展的新聞，複誦著前一晚的所有細節。

這天揭發的重大消息是被緊急送醫的人的姓名。大約翰・「馬克」・維朗提頭部遭受某種重創，但情況尚算穩定。小約翰已經接受治療離開了。目前還沒有官方說明這起通報至警長辦公室的槍擊案。

黛娜坐在餐桌上看新聞，一邊時不時檢查手機，檢查時間、確保沒有漏掉任何悄悄傳入的訊息，彷彿真有可能如此。她看著凱西的失蹤案件被重新提起，七年前的新聞片段又被再次播放。他們所有人都在，這起事件的所有演員——她本人、提姆、約翰、學校的朋友、凱西的媽媽、所有認識她並希望能找到她的人，還有她的生命中那些希望她死去的傢伙。

看到自己的感覺真奇怪，從前的黛娜甫進入這個世界，站在世界邊緣的她努力讓自己看起來像個成年人，然而失去好友也讓她驚恐地像個小孩。還有提姆，高挑挺直，已經十足像個軍校學生。那時的他頭髮濃密多了，梳得整齊且外側邊也以剃刀精心修整。他看起來非常嚴肅，急切地想回答有關凱西的問題。然後是約翰，削瘦又憂愁，眉毛緊鎖緊貼瞇起的黑色雙眼。他拱起厚實的肩膀，好抵抗外界指控的重量。

他們三人之後都離開雪比水磨鎮，遠離那段時光，將凱西．格蘭特的故事拋諸腦後，七年後，他們回來了，回到這個從前生長的小鎮，凱西失蹤後再次相聚於此。

電視螢幕上滿是七年前的自己的動態與靜態畫面，一年前、三天前的畫面也佔了一部分。畫面中有一系列她的成長歷程和那起悲劇的照片。接著佔據螢幕的是約翰，照片中的他先是穿著足球隊制服，接著是軍裝，然後是遠在世界另一頭的戰爭中身著淺棕色迷彩服的照片。最後是提姆的影像做結尾，當新聞播放著他現在身著制服，在維朗提家指揮其他警方人員的畫面時，有張他十八歲時拍攝的相片被置於螢幕左上角。

維朗提家的所在地並不算是一個真正的社區。他們家車道向外四分之一英里便是道路和排水溝的盡頭。這裡的房屋大小不一，形狀也不盡相同，坐落得亂七八糟完全沒有一絲社區的感覺，這裡所有房子都是建於五〇或六〇年代，由鋁製牆板和廉價磚頭搭成，似餅乾盒的矩形平房近幾十年來幾乎是完全被棄置。獨立出來的車庫和搖搖欲墜的棚屋是那些地產的必備品。維朗提家的後院再過去，就是一座濃密蓊鬱的樹林。

黛娜想像約翰還是個小男孩，沒有母親的照料，只有一個殘暴的父親一同生活在那樣的地方。她記得三年級時，他身上總帶著瘀傷但從不透露任何事情。她會和約翰這樣的男孩子保持距離。她是班上的女王，替她的諸位侍女們舉辦下午茶派對。

她媽媽將一杯熱氣蒸騰的茶放上餐桌她面前的位置，伸出一隻手撫摸她的髮絲。

「沒有回覆？」

「還沒。」

她們倆都嘆了口氣，繼續看著電視畫面。門鈴大響時兩人都嚇了一大跳。黛娜像是彈出玩具箱的小丑一般迅速離開座椅衝向前門。

提姆一臉好幾天沒睡的樣子站在門前台階上，藍色的雙眼下掛著黑眼圈、嘴邊的皺紋比他這年紀應有的樣子深了許多。

黛娜的心臟幾乎跳出頭喉頭，像隻受困的鳥兒在裡頭拚命掙扎。她一手摀上嘴巴阻止自己問問題，因為她不想聽到答案。

「還沒有消息，」提姆開口。「找出齒科紀錄的過程有點混亂。」

「我的天，」黛娜媽媽出聲，雙手放上女兒肩膀。「進來吧，提姆。你看起來很需要一杯咖啡。」

「是呀，謝謝您。」

他摘下帽子脫掉雨衣，和濕搭搭的靴子一起放在火爐前的磚瓦上晾乾。

「可以告訴我們究竟發生什麼事嗎？」一走回廚房黛娜便這麼問。

「可能不行，」他說。「我不能透露電視新聞沒有提到的部分，妳們應該都看見了——就是這些。我們也完全沒有拼湊出詳情，目前還沒法跟馬克．維朗提談話。」

「但你們跟約翰談過了吧？」黛娜又問。

「對。他顯然是回家把自己的東西搬出來，最後去到了屋後的棚屋。他父親——不知道是不是將他誤認為闖入者。約翰說他爸爸肯定知道是他。總之，他朝約翰開槍引發了一場口角。我們目前只知道這樣。」

「天哪，」琳達驚呼，替他端上一杯咖啡。「他對著自己兒子開槍？」

提姆一臉痛苦樣。「或許妳們會說這是一則糟糕的親子動態。」

「凱西總是說約翰的爸爸令她起雞皮疙瘩。」黛娜這麼說。

「但他是躺在醫院裡的那個？」琳達問。「我被搞糊塗了。」

「約翰修理了他一頓，」提姆回答。「您知道的，他是一名訓練有素的突擊隊員——軍隊裡的特種兵之類的。他有一整箱的勳章，我可不敢當跟他打架的那個人。」

「關於那具人骨，約翰有說些什麼嗎？」黛娜問。

「沒有。他說他完全不知情。但我得說我覺得他有所隱瞞。他不久前才和我們的警探一起離開審訊室。」

「他就這樣離開了？」琳達說。「這怎麼行？」

「我們稱此為非監禁式審訊，」提姆解釋。「他沒有被逮捕。他有自由離開的權利。」

「他把他爸打到住院欸！」

「他爸對他開槍，不偏不倚打中他。看來約翰是自衛反擊。事後他打了九一一，在現場也很配合。我們沒有理由逮捕他。總之，當下是沒有。」

「現在呢？」

「現在事情變得更複雜了。」他說。

他輕啜一口咖啡好替自己打氣。黛娜可以感覺出他有所保留。他的唇周很緊繃，彷彿是在忍住不將舌頭上的苦藥吞下肚。他朝牆上的電視做了個手勢。

「如妳們看到的，我們地毯式搜索了整個區域。」

「有找到什麼嗎？」黛娜問。

「有個東西妳必須看一下。」提姆這麼說。

他手伸進外套的大口袋，掏出一個潦草標註證據監管鏈的證物袋。

「我不能將它拿出袋子，」他說。「但妳應該認得。」

他將袋子放上餐桌，翻面把貼有註記的那面朝下，朝黛娜推過去。

「我們在屋裡發現這個。」他解釋。

黛娜盯著袋子裡的首飾，每一寸肌膚瞬間都因恐懼而變得極度冰冷。前一晚她才在看自己和凱西的合照，兩人各自抓著友誼項鍊的墜飾。同一顆心的兩半，心心相印時上頭的語句才得以完整。

「噢不。」她用最小的音量哀號。

「當然了，這本身並不能證明什麼，」提姆這麼說。「她可能只是不小心落在那裡……」

「不，」黛娜低喃，指尖隔著塑膠袋輕撫項鍊。「我們每天都戴這條項鍊，那天也不例外。那天我們都戴著。」

她緊閉雙眼遏止熱淚，心裡早已浮現當日的場景。那天她因為生氣，把項鍊摘下來放在一邊。她日記裡有寫到。

我不跟假朋友戴友誼項鍊。

沒有任何清白的解釋可以說明為何凱西的項鍊會在維朗提家。她從不主動將它遺留在任何地方。約翰一直說那天沒有見到她，但屋子裡的某人確實看見她，或許還殺了她。

淚水已經盈滿了黛娜的視線，睫毛上也滿是點點淚珠。她轉向媽媽。「媽……」

琳達緊擁住她，親吻她的髮絲呢喃，「很遺憾，寶貝。」

提姆稍等了一下，才謹慎地清清喉嚨。

「我得繼續去處理事情了，」他站起身說道，把證物袋放回大衣口袋裡。「謝謝您的咖啡，莫瑟太太。」

「不客氣。」

黛娜跟著來到前廊，用連帽衫的袖子抹去臉頰上的淚。

「真希望沒有發現它。」提姆說，套上靴子時抬頭看了她一眼。

「我猜真相終會水落石出，」黛娜說。「就像碎片一樣。有時拔出碎片的瞬間遠比扎入血肉時疼痛百倍。」

「我覺得有時候不知道真相反而比較好，」他這麼說。「她只是像從前那樣失蹤了。」

「但她終將獲得正義。」

「如果桶子裡真的是她，如果可以證明約翰是凶手的話。」

「或是他爸，」黛娜說，想到哈迪所說有關馬克・維朗提在凱西失蹤那天那個所謂的不在場證明。

提姆搖搖頭。「我賭是約翰。他告訴過妳動機了。凱西為了我把他甩了。他老是嫉妒我的一切。」

倒是沒錯，黛娜心想。來自貧民區可憐的約翰・維朗提。當陽光照耀在提姆・卡凡爾身上時，他總是得付出雙倍心力，結果卻總是事倍功半。知道自己唯一愛過的女孩為了雪比水磨鎮的天之驕子甩了他，可想而知他是何等憤怒。

「但要是桶子裡的遺體是凱西，是約翰藏的，那他幹嘛要報警？」黛娜疑惑。

「不曉得。可能這樣讓自己看起來比較無辜，讓老頭子更有嫌疑吧。」

「說不定他爸真的有嫌疑。」

「很快就能知道桶子裡的人是不是凱西了，」他說。「就等齒科紀錄。然後就可以開始調查是誰幹的。」

「天哪，」黛娜哀嚎，緊緊抱住自己抵抗一陣冷顫。「現在我希望是某個我不認識的可憐人死得這麼淒慘。」

「不論是誰，死亡總是令人哀傷。」

提姆套上雨衣，水花飛濺。

「我得走了。」

黛娜走上前替他開門，手壓在門把上。「可以問你個問題嗎？」

「當然。」

「你和凱西什麼時候在一起的？」

他稍稍瞇起雙眼，但沒有避開視線。

「差不多那時候，」他回答。「就像我先前告訴妳的，怎麼了？」

「約翰說凱西更早之前就劈腿了，」黛娜表示。「更早之前。」

提姆聳肩。「這我不清楚。」

「你最好坦白，」她施壓。「現在坦承一切有什麼關係？」

他的下顎肌肉繃緊。「如果沒關係，為何還要問？」

「不見得對所有人有影響，但對我很重要，」她回答。「我重讀以前的日記，看起來某件事已經持續一段時間了。我覺得那件事跟你有關。」

「我們是有見面幾次，」他承認道。「她覺得這樣瞞著妳不太好，所以才決定要找妳談談。我們已經分手了，黛娜。」他的語氣明顯不耐。

「你和我，」她澄清這點。「凱西是我最好的朋友。好朋友之間是不會撒謊的。那年夏天之前，我們從未對彼此有所隱瞞。接著她就遭逢不幸了。」

「都過去了，小黛，」他這麼說，對這段談話感到疲倦。「就讓它過去吧。記得美好的事情就好。看在老天的份上，當時我們不過是一群小孩。我們犯錯，但不需要一輩子背負代價。」

「她有跟你說她懷孕了嗎？」

「什麼？沒有！」他急忙搖頭。「她這麼告訴妳？」

「沒有，她沒說。她知道我會抓狂。但我想她應該是懷孕了。那年夏天不太對勁，她一直身體不舒服。有次我講了句話——一個玩笑——我說該不會她懷孕了吧。但她只是一笑置之，我也沒放在心上。我沒有告訴任何人，因為我也不知道這事。仔細想想，我覺得她應該是懷孕了沒錯。」

「不是我，不是我的，」他堅決否認。「我們才剛開始約會而已。此外，妳知道我一向很小心。我從來不會冒險。我們哪次做愛沒有戴保險套？有那樣過嗎？」

這話只是承認凱西失蹤深深打擊他們之前，兩人曾睡在一起罷了。在已經潰爛的傷口上灑鹽。

「沒有，」黛娜承認。「嗯，看來對約翰又是一次新的打擊。那晚凱西本來要去找他。搞不好就是要告訴他這件事。」

「媽呀，」提姆嘟囔，一手拂過稀疏的頭髮。「真是搞不懂妳，小黛。妳人生中遇到的壞事還不夠多嗎？有必要這樣翻出過去的事情，把已經糟透了的事攪和得更亂嗎？夠了！」

他伸手按住她的肩膀，這次語氣更為堅決。「快住手。凱西愛妳。別因為她犯了個錯就貶低她。這樣一點好處也沒有。我們都是人，小黛，妳也不例外。就讓它過去吧。」

他看了眼手錶，重重嘆了口氣。「真的得走了。晚點見。還有，拜託別再折磨自己了，這麼做不會有好結果的。原本的故事已經夠傷心了。放手吧。」

黛娜轉頭避開他的親吻。他盯著她看，但不論心裡在想些什麼，都沒有說出口。

她看著提姆冒著濛濛細雨走到巡邏車旁，在他駛出車道時朝他揮了揮手。

「我要睡個午覺。」她探頭進廚房說，她媽媽正在張羅晚餐的食材。

然而，下樓後她並沒有上床。她杵在走廊盯著牆上的時間軸，抓起一支麥克筆，從凱西失蹤那天往回畫了一條線，在距離黑線幾英尺的地方寫上**六月**和**七月**。她註記上日記讀到的內容，當時十八歲的她身處自己小宇宙的中心，和現在看事情的角度截然不同。那些凱西說過的話、那段貌似不屬於自己的過往。她來到線條尾端，註記上在維朗提家的桶子裡發現一具屍體，還有在他家找到凱西的項鍊——半顆心，少了同伴而殘缺。

黛娜進房，走到書桌後方的層架前，細數自孩提時代以來累積的紀念品——縣市集、家庭旅遊、文藝復興節和高中募款活動時買的怪異小裝飾品。同時她也重溫了書桌抽屜和衣帽間櫥櫃的一切。

找到了，最後總算在床頭櫃抽屜底部找到一個小巧、鑲有裝飾的珠寶盒。她小心翼翼將其中一條鍊子自其他糾結成團的鍊條中抽出，高舉墜飾在燈光下轉動。那是半顆失去另一半的心。刻有半句溫馨小語的半顆心。

她想像凱西站在身旁，和她肩並肩，親如姐妹分享生活中的一切，包括共享同一顆心。她想像她們倆將愛心合而為一，大聲唸出上頭的語句。

兩個人

一顆心

永遠不分離

女孩時期的她們深信友誼超越一切，時間、距離、父母親、男孩和世界萬物都沒法將她們拆散。一輩子的朋友。打勾勾、用愛心代替i上頭的小黑點。

黛娜將墜飾放到唇瓣前，像從前一樣舉到眼前仔細瞧著——兩個小女孩，一個金髮、一個黑髮，手牽手，臉上掛著屬於好友的祕密笑容。

什麼事比這更重要？此刻的她除了這還需要什麼，她深深感受到失去的一切——她的純真、她的青春、她的樂觀、她的職業、她的美貌，還有她自己。此刻她需要的朋友永遠不會回來了。她心中的坑洞仿若有一英里那般寬廣。

黛娜一手握著項鍊，一手從連帽衫口袋掏出手機打開通訊錄，輕點了一個名字。

通話直接轉進語音信箱。「哈迪。」

33

約翰冒雨走回家，選擇小巷和偏僻街道好避人耳目，尤其是要避開那些副警長們。一路上他的頭垂得低低的，領子高高立起，拱起肩膀抵擋細雨的侵襲。他步伐緩慢，每一步都震盪得他全身如爆炸般劇痛。

他好難受，那種激烈打鬥後特有的難受感，他的身體正試圖處理組織分解的毒素和內出血。體內的每個細胞都疼痛不堪，嚴重的頭痛也絲毫不見緩解。中途他停下幾次將腹中少得可憐的物質吐出——膽汁和水。有次他在一間棚屋後頭撒尿，看著淹沒腎臟、混濁染有血色的尿液離開自己軀體。

他穿越房子後頭的樹林，在深幽的樹叢和被雨水淋得軟化的灌木叢中快速移動。小時候他常花好幾個小時待在這，探索、假裝自己身處在遠方的國度，好避開自己的爸爸。老頭子在後院一邊修理車子一邊海灌波本酒時，他會在濃密的枝葉後偷看，看著他越來越醉，隨著午後的到來咆哮聲越大、人也越好鬥。

約翰會等到他進屋後，計算他醉到不省人事所需的時間，然後才得以安全地偷溜回自己房內。

他找到了一個絕佳位置，以一叢濃密的黑莓灌木叢作掩護，伺機行動。從這裡他可以看見法醫和副警長們像螞蟻一樣密密麻麻佈滿庭院，在房子、車庫和棚屋間進進出出，來回一座大型移動式犯罪現場調查站。

他可以看到通往城鎮的道路，其中一段停滿了車頂上裝設有衛星設備的新聞採訪車，穿著雨衣的人們不斷在車內與室外來回移動。今日的維朗提事件是條悲慘的重點新聞。他完全能夠想像其他人會怎麼說他。小約翰．維朗提，這位因精神問題被逐出軍隊，過去和未來都是凶殺案的嫌疑人。這個典型的創傷後壓力症候群瘋狂男孩，實在太過暴力和不受控逼得他父親不得不朝他開槍，最後腦袋被狠狠打傷。

這就是故事的發展。老頭子一逮到機會便會將故事轉往完全不同的方向。

媒體可能會出於同情站在他這邊。被遺忘的退伍軍人的可憐處境：擁有前進沙場的資質，隨後卻如美國社會中所有拋棄式物品一樣被扔向一旁。然而不論他的胸前別有多少動章，終究被認為是一名暴力的瘋狂分子。

這一生中他不斷期望自己可以是另個人，生活在另個地方，然而從未像現在如此渴望。他獨坐在細雨濛濛的深林中，沉思著一片慘澹的未來。

他需要一個計畫，但腦中的痛楚讓他無法專心思考。他必須活過這一刻、下一個、蜂擁而至的每一刻。吸氣、吐氣。他將完好的那隻手伸進外套口袋，摸索裡頭所有皺褶和角落，祈禱可以找到最終如願找到的東西——一小截大麻菸捲。他有滿滿一罐止痛藥，但肚子裡沒有任何東西能夠分解它們。抽個幾口可能有辦法暫時緩解疼痛。

他含住菸卷，打火機點火，希望有辦法深呼吸，好讓它發揮作用。

當午後天空的色調由軍艦的灰色轉變為碳黑色時，狗狗找到他了。牠滿懷警戒靠近，頭和尾巴都垂得低低的，肚子輕擦過地面。約翰只是盯著牠看。他什麼都沒有倒是時間很多。但直到他將注意力轉回院落上的動靜後，狗狗才來到他身旁。

法醫人員正在收拾東西準備離開，顯然蒐集到了所有有趣的證物，並替那些物品裝袋貼上標籤。記者們也漸漸散去。一車接著一車，路邊的群眾越來越少，到了最後道路終於又回歸空蕩一片。黃色封鎖線和被踩得亂七八糟的泥地是唯二能證明這裡有事件發生的跡象。

約翰繼續等待——確保沒有人回來拿遺落的東西，他可不想事後被逮到。最後一抹漆黑夜色籠罩大地，馬克的安全警示燈倏地亮起。屋子裡一片漆黑。若警長辦公室有派副警長駐守現場，那約翰可真看不見。既然看不見副警長，如果真有其人的話，那對方肯定也看不到自己。

他蹲伏在地，以最快速度從樹林中跑向棚屋。他環繞屋側，巡視有無危險跡象，結果什麼也沒發現。但他仍舊非常小心地從棚屋走向那台年久失修的車子，再從這台車子走往自己的卡車。

車門鎖著。但這對一心想離開的他構不成威脅。他老早就學會撬開門鎖、靠點火裝置電線短路來發動車子。現在他只想要一個可以躺下的地方，可以的話再沖個熱水澡，換上乾爽的衣服。到頭來他還是沒能拿回粗呢背包，因為某種他難以想像的爛理由被沒收了。李道爾縣警長辦公室對他的私人物品是有什麼興趣？

不管了，他決定。他可以偷些老頭子的衣服。只需有條皮帶固定住褲子就行了。

跟他猜的一樣，後門還是破的。副警長們將它關上，門框上貼了三條長長的膠帶，上頭寫著：**不得進入**，但約翰看見鉸鏈還是壞的，就算門框完好，門板依舊沒法穩妥地拴在原處。

他從膠帶底下鑽過，用沒受傷的肩膀推開門。狗狗拒絕跟上，坐在外頭小聲哭訴自己的失望。

「你自便。」約翰喃喃說道。但他沒有完全掩上門，以免這小動物突然改變心意。

他沒有開燈，他不需要。他已經在黑暗中穿梭這間屋子好多回了。後院的安全警示燈穿過廚房流理台上的窗子，提供了足夠的光線讓約翰得以看見眼前的湯匙和花生醬，然後動手將這兩件東西塞進外套口袋裡。冰箱裡有即食午餐肉，他丟了一些給門外的狗狗，接著抓了一瓶水便走向老頭子房間偷條毯子。

熱水澡得等等。現在需要的是食物和休息。

他踏進自己房間，脫掉靴子後小心翼翼地爬上床，靠坐在床頭櫃上。他累壞了；連挖一口花生醬送到嘴邊都成了艱鉅的挑戰。

他強迫自己完成這項任務，因為這是必不可少的。他在戰場上學到只要時機允許都必須吃點東西，以供應身體運作所需的燃料。他就著水吞下花生醬，因為之後他會需要些力量。

34

黛娜戳弄著晚餐，是她小時候最喜歡的砂鍋菜。一道安慰食品。但現在卻毫無撫慰的力量。她正在等電話響起，告知她維朗提家棚屋裡骨骸的身分，等得胃部整個糾結成一團。

不顧她媽媽的抗議，她在咬了幾口菜後便停下動作，表示自己實在很累。琳達親了她一下，眉頭深鎖著送她離開，並祝她一夜好眠。

黛娜拖著腳步走往地下一樓，在走廊裡停下腳步再次盯著牆上的時間軸、凌亂的註解和各種箭頭。這一大堆亂七八糟的標示都指向一個可能的心碎事實：凱西有可能已經死了，沒有人能夠使她復生。

「黛娜？」

驚恐不已的她轉身，看到羅傑站在走廊尾端。

「可以和妳談談嗎？」

「可以拒絕嗎？」

他嘆口氣，將頭轉向一邊，心想自己只能默默承受，而非對著她發脾氣。他下顎的肌肉緊緊繃著。

「我想道歉，」他說。

黛娜懷疑他是否真心要道歉，很有可能是她媽媽叫他這麼做的。她安靜不語，等待著。

「我很抱歉，」他說道，一面走向她。「妳回家後我有點大驚小怪。我應該是不夠了解妳的腦傷，現在我得重新調整我的期待。」

「若你有參加韋德曼中心的家庭活動，就不會這麼摸不著頭緒了，」黛娜小聲地說。「我猜你覺得自己沒有那個義務，但其實來參加也是挺不錯的。」

他的眼裡閃過一絲怒意，但試著不顯露在口氣上。「黛娜，我很忙——」

她點頭。「我了解。真的。你娶了我媽媽，還附帶一個美麗又完美的繼女。你申請的不是腦袋壞掉的芭比娃娃。現在我讓你失望了，還做了一堆讓你尷尬又憤怒的事情，因為我沒法在行動前先好好思考。真的很抱歉。」

「黛娜……」

「真希望我不必待在這，你懂的，」她說。「我希望可以回歸過去的人生，住在我自己的公寓裡且找回我的事業，但現在我沒辦法這麼做。我甚至不知道未來能不能工作，我不知道有誰會想用我。肯定不是你。」

他撇過頭，雙手叉腰，不知該如何反駁。但至少還保有風度露出尷尬的表情。

「很抱歉成了你的麻煩。」她又說。

「只是突然間太多急事了，」他說。「但妳現在知道了，我沒有傷害凱西。」

「我不知道。沒有人知道凱西怎麼了。桶子裡的人可能根本不是她。就算是，我們也不知道她是怎麼進到那裡的。是約翰殺了她嗎？還是他爸？就大家所知，馬克．維朗提有可能是聽從別人指令將她殺了，或是協助別人藏屍體。他是個壞事做盡的惡棍。」

羅傑的表情僵硬，幾乎要壓抑不住怒火。她不肯配合。她不肯說些他在腦袋裡演練好的台詞。

黛娜目光轉回時間軸，伸手指著凱西失蹤那天回她家拿東西的註記。

「我不明白要是你不在家，她是怎麼進來這裡拿東西的，要是你在家，又怎麼會沒看到她。請你給我一個合理的解釋。」

羅傑咕噥著在原地兜圈子，他雙手抱頭，齒縫間併出她的名字。「黛娜——」

「我不會就這樣算了，」她表示。「誰都不應該這樣。」

從未有人懷疑過他。警長辦公室的人搜查他家時，完全沒發現異樣。羅傑的名字也從未跟凱西的失蹤牽扯在一起。黛娜想知道他是如何撇清一切的，接著想到薩默斯警長是他的老朋友。

他用手揉搓嘴巴，像是在決定該說些什麼。「好吧，」他開口。「好吧。有可能門沒鎖——」

「胡說八道。」黛娜反駁，眼神緊盯他不放。她看見羅傑的眼中閃過一絲怒火，然後是一絲恐懼。

「好，」他說，決心已然瓦解。「我幫她開門的。」

一陣涼意自黛娜的腦門襲向腳趾。

「我替她開門，」他承認。「但是就只有這樣。我讓她進來拿東西後就躺回床上了。我完全沒碰她。」

「你先前為何要撒謊？」

「拜託，」他說，不耐地看她一眼。「妳在新聞台工作。一個單獨在家的成年人開門讓一個隨後失蹤的少女進屋？我什麼也沒做。我不知道她究竟是怎麼了。我不會說自己可能是最後一個見到她活著的人。這麼做一點好處也沒有。」

「妳得放手，黛娜，**求求妳**，」他繼續道。「至少等到選舉結束。就算不是為了我，也是為了妳媽媽，妳想看到她被媒體追著跑嗎？妳知道他們會這麼做，最後肯定不會有好事。選舉過後，妳可以安靜地去到警長辦公室，直接說出真相。我保證。」

黛娜思考這個選項。他已經坦承之前一直否認的事情了。是因為沮喪嗎？還是為了要她閉嘴？為了讓她不再鑽牛角尖？以上皆是？她想到被媒體追問和指控的媽媽將會何等痛苦。黛娜不希望自己是始作俑者。

「妳真的認為我會傷害凱西嗎？」羅傑輕聲問。

這正是麻煩所在，難解的麻煩。她不知道該怎麼想他究竟有什麼能耐。現在的黛娜對他沒有好印象。從前的黛娜從未說過他的壞話。

「好吧。」最後她說。她也不知道自己有沒有做錯。她唯一確定的是想要趕快擺脫他，告訴他這或許是個不錯的提議。明天她會跟哈迪討論。

羅傑鬆了一口氣。「謝謝。休戰？」他一臉極其不自然、滿懷希望的表情。

黛娜點頭，確定自己看起來並不特別高興。羅傑似乎沒注意到。一如往常，重要的是他已經得到了想要的結果。

「可以抱抱妳嗎？」他問，說得好像他曾經是那樣的父母。

「不行。」

他沒有堅持。「那麼，晚安。」說完便離開了。

黛娜看著他消失在樓梯上，接著走進房間，將門鎖上。

生平第一次，她思考著羅傑和馬克．維朗提的某些關聯。約翰父親可能為了利益殺死或藏匿凱西，這樣的想法不假思索地脫口而出。有可能嗎？她不知道。她只知道凱西失蹤那天，維朗提家的某個人做了傷害她的事。

就算消息打來說齒科紀錄不符合，也不能改變凱西的項鍊出現在維朗提家的事實。一點證明清白的解釋也沒有。凱西不可能把項鍊送給約翰，若沒打算繼續在一起，也不可能把項鍊留在他家。黛娜最後一次見到她時，項鍊就在她的脖子上。

想到那次在磨石咖啡館前廊和馬克．維朗提相撞，黛娜忍不住一陣顫慄——他那受傷、生氣的臉使人心驚，那隻壯碩的大手緊抓著她。**我抓到一隻活碰亂跳的！**她可以聽見他粗啞的嗓音和愚蠢的笑聲。她仍感覺得到腳部猛力踹向他脛骨的觸感，還有他一把將她甩開的憤怒。**該死的小雜種！**

凱西的項鍊不可能出現在維朗提家，除非有人把它當作——警探們是怎麼說的？一個象徵？一件銀器？她疲憊的大腦摸索著適當的文字，想找出發音類似或是意思相近的詞彙，最後她想到了——**紀念品**。一件紀念品，殺手用以提醒自己犯下的刑案和手刃過的被害者。一個喚醒記憶和重溫細節的東西。

當她的眼神望向床頭櫃、望向前幾天從珠寶袋裡找到的蝴蝶項鍊時，一陣冰涼的觸感流淌過她的血液。她拾起項鍊，讓精巧的銀絲蝴蝶自然垂下。她媽媽說在明尼亞波里斯那個悲慘的夜晚，她被送進急診室時肯定戴著這條項鍊。其中一位急診室護理人員割斷鍊子，將之取下她的頸部。

驚恐的震顫源自於體內深處，一路蔓延至表面直到她緊握項鍊的手顫抖不止，直到眼淚模糊了她望著那隻蝴蝶的目光。

這不是她的項鍊。這是某件用來喚醒記憶的東西。她和一個瘋子共享同一段經歷的紀念品。去哈迪家的那天晚上，某句他說過的話這時竄進黛娜腦海——案件能破解總是歸功於某件看似微不足道的東西……一張照片、一截菸蒂、一件珠寶……

這不是她的項鍊。這是另一名年輕女子死亡的證據。這是假期殺手取自一名受害者，再轉贈予另名受害者的禮物。對黛娜或是對差點失去她的家人而言，這項鍊代表的是某種毫無意義的怪癖，假期殺手知道這想法肯定會展露出病態的欣喜。

她的腦袋深處依稀浮現模糊的記憶：警探給她看過珠寶的照片。她認得這個嗎，有看過那個嗎？當時她不理解這件事的重要性。現在她知道了。

黛娜甩開項鍊，彷彿那是條活生生的蛇，她的喉頭撕裂出一聲痛苦的哀鳴，逼得她衝進浴室將水龍頭開到最大，任由水花四濺像個偏執狂般猛力搓洗雙手，揉搓再揉搓，直到肌膚泛紅了才罷手。

她碰了他也碰過的東西。他將項鍊從另一名死去的女孩脖子上摘下，戴上了她的頸部，送了她一件事發後的紀念品。他專屬的變態玩笑。現在他搞不好在地獄裡嘲笑她洗去兩人間接肌膚相觸的痕跡。

黛娜關上熱水水龍頭，彎腰伏向洗臉台，以冷水潑臉好洗去燃燒的怒氣以及伴隨著恐懼與怒火而來的眼淚。水花潑濺得亂七八糟，浸濕了她的頭髮、袖子和連帽衫前襟。

她任憑水龍頭嘩啦作響，緊盯著眼前鏡中的自己，那個惡魔雕刻而生的臉龐。

「你這王八蛋，」她喃喃自語。「你這王八蛋！你怎麼敢對我這樣？」

怒火攻心下，黛娜猛拽連帽衫，拉過頭頂脫下後一把扔向一旁。她的胸膛隨著每次呼吸上下起伏。她的視線離不開眼前被魔鬼鑿刻過的臉龐、沿著鎖骨一路向下延伸的九，那數字的尾巴恰好落在乳房之間的中點。她是警方記錄中的第九號被害人，但他們懷疑數字遠遠高出許多。

對他而言，她只是其中一個數字，僅此而已。然而他將這個數字變成紀念品，日日夜夜提醒著他的心狠手辣，就算黛娜沒法想起所有恐怖的細節，仍能感知到兩人之間永不斷裂的連結。她胸前的肌膚組織很薄，近乎透明。整容外科不願移除或將傷疤縮到最小，表示這樣只會讓情況更糟。黛娜想不透還有什麼比現在這樣更糟。

她走進衣帽間，從數不盡的連帽衫裡拉出新的一件。柔軟的黑色絲絨衫包覆住她，袖子長到幾乎蓋住手指。她一邊走向書桌一邊拉起袖子，動手將電腦開機。她的心大力跳動，手指在搜尋欄位打上：**假期殺手**。

她在改變心意前趕緊按下enter鍵，屏住呼吸緊盯螢幕，等著他的臉佔據視窗，胸膛內的心臟如大電動鎚般轟然作響。

「你再也擊垮不了我，」她說。「絕不會讓你得逞。」

她原以為看到照片時自己會嚇得尖叫、拔腿向後狂奔。她死命抓住椅子扶手，強迫自己待在原處。然後他出現了，黛娜沒有移動，也沒有尖叫。

她震驚這人和自己在磨石咖啡館拍到的男人竟然如此相像。他矮胖、禿頭、年紀約莫三十五至三十九歲。他濃密的鬍鬚底下是愉悅的笑容，看起來真像是個卡通裡的流浪漢。他頭上沒有角，嘴裡也沒有獠牙，也沒有氣得咬牙切齒。

看著這張臉，沒有人想得到他竟是惡魔的化身，然而他確實就是。同時，他只是個普通男人，就如哈迪所說。他只是個尋常不過的男人……然後他踏入這個世界，綁架年輕女子凌遲後殺掉。這個平凡的男子。

看看這些男人，誰料想得到他們都如假期殺手一般，心中與腦中潛藏的是最黑暗的思緒。人人都說他善良又樂觀，是個和所有人皆能談笑的男子。黛娜也曾是這樣的人。友善、外向、樂於和所有人談話。有人告知她在被綁架的前一天，自己跟凶手曾在便利商店相遇。監視器有拍到他們兩人在咖啡區前閒聊幾句。

沒有女人會自願和一個她認為可能殺害自己的人待在一塊。假期殺手的被害人不會、凱西也不會。但這事卻無時無刻在發生。

大部分的凶殺案都是熟人所為——伴侶、情人、兄弟、朋友。直到事發後這個事實才會被證實，因為沒有人料想到自己會死在熟人手中，然而每一天，這樣的事情無處不上演。凱西可能也遭遇同樣的毒手，不論她的香消玉殞究竟是約翰・維朗提還是他父親所為。

黛娜檢查手機，彷彿簡訊會一聲不響偷偷傳進來。沒有。她看向靜音的電視，期待看見轟動的新聞報導畫面。也沒有。她知道這時間點不太可能有新聞了。就快午夜了。

今晚沒有其他的新聞。警方並不急於要查出已經死亡多年的死者身分。骨骸不管是過了一天、一週還是一個月都不會變。心急的是摯愛的親屬們，不論他們的朋友或家人已經失蹤多久，一旦有了新的消息，不論這消息是澆熄或重燃他們的希望，心緒都會立刻被拉回到事發頭幾天密集搜索的時日。

黛娜把手機放進上衣口袋，離開書桌進入浴室，關上從剛剛就流動不止的水龍頭。她在裝滿化妝刷的杯子裡找到一支鑷子，接著從櫃子裡拿出一只玻璃杯回到房間，準備著手新的任務。

燕子從床底下鑽出來，在黛娜用鑷子將項鍊從地毯上撿起裝進玻璃杯時，霍地跳起想拍打鍊條。她將玻璃杯置於桌上，在便利貼上潦草寫下幾個字後貼上杯身：**送往明尼亞波里斯警局**。

她要把項鍊交還給警探，柯瓦克和莉絲卡，希望這是拼湊出另一樁謀殺案微小、但不可或缺的碎片。這件小事帶給她一股絕佳的成就感，讓自己又朝擊退這幾個月來佔滿她腦袋的惡魔邁進一步。

「黛娜的一小步。」她悄聲說，彎腰抱起貓咪。

燕子像是抓狂般激動躲開，末端一截雪白的尾巴高舉在空氣中。牠在窗簾前停下腳步，對著眼前發出疑問句般的喵喵聲，拱起後背來回摩挲著窗簾。

「你不能出去，」黛娜說。「很晚了。」

貓咪躺上地毯，一邊翻身喵喵叫一邊用肉球攻擊窗簾，再一個翻身便躲進了簾幕中。多天來黛娜第一次露出笑容。傻貓。

她走近將窗簾拉開，期待會看到燕子跳起飛速跑過房間。但是貓咪不見了，從敞開僅一英吋的落地窗跑出去了。

「我的老天。」黛娜嘟囔。

她不記得有打開落地窗，但這正是問題所在，不是嗎？就像她不記得關水龍頭或是要用微波爐卻點燃瓦斯爐台。

她不想出去找牠。她的神經還因為走廊上和羅傑的談話而緊緊繃著，那場談話激起了更多疑問。露台的照明還開著，但幾分鐘後，過了午夜後就會定時關閉了。

燕子小跑步跳上小鍛鐵桌。黛娜叫喚他，但只換來牠的注目禮，看來牠很滿意目前所在的位置。

不能讓牠單獨待在那，土狼和狐狸會在這一帶的鄉間樹林裡閒晃，會很樂於抓隻家貓當點心。黛娜低聲咒罵，赤腳踏上石板地。雨終於停了，但石板依舊潮濕又冰冷。月光被厚重的雲朵遮蔽，呼嘯於樹葉間的風像是不絕於耳的沙鈴聲。她縮起肩膀抵擋寒意。

「你過來。」

貓咪拱起背脊大聲嗚咽，貓掌不停摩擦桌面，樂於讓人類屈服於自己的意志之下。黛娜將他抱進懷裡，閉上雙眼將鼻子埋進貓毛裡一下下。

這一瞬間景觀照明剛好喀嚓一聲熄滅。她睜開雙眼望進一片黑暗。大房子另一頭外的街燈照射不到這裡。院落再過去是一片原始、樹木繁茂的林地。唯一的光線僅有一縷自房間簾幕中穿透而出的銀光。

黛娜心跳加速，趕緊轉身返回室內。她感覺黑夜是頭活生生的猛獸，在她身後伸出細長骨瘦的魔掌，試圖越過她的肩膀緊掐住她的喉嚨。

進門後，她以單手拉上窗簾，另一手放下貓咪。

「黛娜，這時間點妳在外面幹嘛？」

黛娜轉身，嚇得心臟差點跳出來。提姆正站在門口外的黑暗之中。

她想也沒想就衝上前去毆打他的胸膛。

「去你的，提姆！」她怒罵，語氣生氣但輕柔，下意識地放低音量喚起了青春期的過往，當時她好幾次偷偷讓提姆進入房間。「你在這裡幹嘛？你嚇死我了！」

「噢！」他喊叫出聲，在下一次攻擊落下前抓住她的手腕。「我說過晚點會來找妳啊。」

「我也說過不要這樣偷偷摸摸嚇我！」

「我沒有。我下來看妳關燈沒；還沒的話我就傳訊息給妳，」他說。「很晚了。我想說妳應該已經睡了，我不想吵醒妳。」

腎上腺素急速消退，黛娜頓時感到虛弱。

「我睡不著，」她坦承。「我甚至沒打算要睡覺。進來吧，外頭很冷。」

「若妳是在等我的消息，很抱歉，」他說。「得等到明天才有消息。」

「我也想是。」

她坐上軟墊座椅的扶手，雙手環抱著自己。「我腦中一直是她被塞在桶子裡的畫面，好想知道她被放進去時是否還活著。想到這裡，想到被塞在不見天日的密封鐵桶裡……我好想吐。」

「別想了，」提姆說。「我們不知道發生了什麼事。不論是誰，我都會假設她是死後才被藏進去。鐵桶剛好是個方便的容器，誰會注意它或是另做他想？結果裡面有機關，桶子上半部大概三分之一處可以容納大約十五加侖的電池用酸，再底下才是骨骸。這正是為什麼先前執行搜索令時沒有找到被害者。他們打開桶子，看到電池酸，然後就又蓋上了。」

這念頭使黛娜顫慄。「真希望不是她。失蹤已經夠糟了，但我忍不住一直想，要是有人殺了她，等於是一屍兩命。」

「別再想這些了，」提姆皺著眉頭表示。「妳不知道她到底有沒有懷孕。」

「我沒有證據，但我知道自己是對的，」她堅持。「如果她懷孕，就會去路易維爾的免費診所。她媽媽不給她避孕藥時她就都會去那裡。」

「肯定有方法可以查閱紀錄，同時又不會違反病患隱私原則，」黛娜說。「就算你得從她媽媽那裡取得棄權聲明書之類的東西。」

「妳覺得先前她媽媽沒有告訴調查人員？」

「凱西非必要的話是不會告訴她的。她媽媽會嚇壞的。她會逼她去墮胎，但凱西不可能那麼做。再過一百萬年也不可能。她愛小孩。她總說未來有一天要有自己的家庭。」

「天哪，小黛，」提姆重重嘆口氣，一邊坐上書桌前的椅子一邊驚呼。「妳真的停不下來欸。講這些講到我頭都痛了。今晚就別想了吧，好嗎？這天已經糟到不行了。要是我們非找出真相不可，那麼遲早會找到的。」

「確實是糟透了的一天，」黛娜說。「今晚羅傑向我坦承凱西回來拿東西時他在家。他幫她開門的。他沒有告訴任何人，因為他說那樣會替他招來不好的後果。」

「妳該不會認為他有參與其中吧，是嗎？他大概是最清白的人了。」

「我已經不知道該怎麼想了。我看著認識一輩子的人們，但他們卻像是來自另一個時空。這些回憶是屬於另一個人的。從前的黛娜，我是這麼稱呼她的。現在的黛娜看著同樣的照片，卻用完全不同的目光審視。我不知道究竟哪些是真實的。」

「現實世界被想得太過美好，」提姆說，眼神瞥向一旁。他看起來好累，彷彿一天內老了好幾歲，黛娜打從心底這麼想。

「我們找不到約翰，」他說。「他下午離開審訊室後就消失了。」

「你覺得他有出城嗎？」

「不曉得。有可能。他沒有開自己的車，目前只知道這麼多。巴士站沒有人看到他。不過他也有可能是在停車場那邊搭便車，或是躲在某個地方。據我所知他在鎮上沒有朋友，所以應該是沒有人幫他的忙。」

「會不會回家了？」

「那樣就太蠢了。那地方已經是犯罪現場被封鎖了。結束調查程序後，也有一位副警長在屋前留守幾個小時，整個傍晚都有人在那邊巡邏。」

「誰知道他在想些什麼。」黛娜說。

「我們每個人都有瘋狂的時候。」他這麼說，轉頭看著她書櫃上的東西——照片和黛娜學生時期蒐集的玩意。

他伸手取下四人準備參加舞會前的合照，他蹙著眉頭盯著照片，迷失在自己的回憶中。過去幾天黛娜已經花夠多時間瀏覽那些照片了，腦袋中的所有細節都如水晶般澄澈明晰。他們四人榮獲最佳服裝獎的殊榮。那天下午她和凱西在新潮髮廊完成整套妝髮，自詡為希臘女神。提姆身穿租來的燕尾服，模仿詹姆士．龐德昂首闊步的模樣。約翰穿著一件不太合身的西裝，表情明顯很不自在，彷彿他寧可待在這個星球的其他任何地方。

他們如此年輕、如此幸福無知，渾身洋溢著天真無邪的傲氣。當時的他們即將成年，認為自己已看清了未來的方向。除了約翰，黛娜這麼想。他一臉男孩子特有的困擾表情，已經看透了現實世界中的殘酷事實。

提姆將相框放在桌上，隨意把玩電腦滑鼠喚醒了螢幕。假期殺手像個多年未見的老友朝著他微笑。

他一臉狐疑地看向黛娜。

「我決定要克服他。」

「然後？」

「最終發現他只不過是個男人，一個十惡不赦的男人，而非來自另一個世界的怪物。他只是一個壞事做盡的壞人，而我制止了他。我不記得了，不知道自己哪來的力量。但我殺了他，而不是被他殺死。」

他看著她良久，消化她剛剛說的話和其中的含意，隨後點點頭。

「妳還好嗎？」

黛娜笑了。「不好！永遠也好不起來。永遠也無法像是從未經歷過我的遭遇的人們那樣好。不論我記不記得細節，那個經歷都成了我的一部分。它改變了我。但我活下來了，我贏了。我將取得全新的主導權。」

「妳很特別，小黛，」他喃喃自語，從椅子上起身。「我想真正地擁抱妳，可以嗎？」

黛娜點頭，滑下椅子投入他的懷抱。她的臉頰壓在他肩膀上頭，感受到耳朵底下的心跳。令人寬慰的聲響，她心想。

「就像從前一樣。」提姆柔聲說。

她可以從床頭櫃上的鏡子看見兩人的倒影，他們在鏡中四目相交。

「我穿得亂七八糟。」她說。

提姆將她的臉轉向鏡子，從背後環抱住她。

「太可惜了，」他說。「我很抱歉，小黛。」

黛娜抬眼看向鏡中他的倒影，有東西不一樣了。他眼中的某個物體變得一片漆黑，她突然感到有股恐懼的涼意竄過全身，情緒比她理性的大腦更快察覺到原因。

「真的、真的很抱歉。」他說著，右手手肘抵住她的下顎將她向後拉，另一手死命地將她的腦袋往前推。

黛娜完全來不及有反抗的念頭。一切都來不及了。最後映入她眼簾的是自己殘破的面孔，她驚恐地雙眼圓睜，被提姆．卡凡爾緊掐至失去意識。

35

他擔心自己是否殺死了她，但這顯然是個挺愚蠢的擔憂。他正打算殺死她。這個結果是必然的。她知道太多、猜測得太多了。她不肯罷手，硬是要讓情況更糟。她如此偏執地挖掘，就快挖出真相了，他不會坐視不管的。他費了好大一番工夫才重新建立起被凱西摧毀掉的人生。

今晚他有個完美的時機之窗，但得算準時間點才行。他深知一個小錯誤就有可能被法醫識破。她必須得活著進屋。她需要在裡頭斷氣才得以避免其他可能性。

她在哪裡死去、屍體有沒有被移動過，這兩點必須看起來毫無破綻。她將會在斷氣的位置被發現，所以黑青的圖樣——屍體內的血液沉澱——才會完美呼應身體的姿勢。死亡之時必然的大小便失禁也必須發生於死亡地點。他考量地非常周詳。

這是整個計畫中最危險的部分：把她從她家帶往目的地，到目前為止一切都很順利。雨停了，但厚重的烏雲仍聚積空中，在他行經這片住宅區背後低矮石牆下罕有人煙的側道時提供掩護，不必冒著被哪個望向窗外的失眠人士目擊的風險。

他已經把巡邏車開上少有人走的小路，沒開車燈，緩慢鬼祟地前行，深知一旁的石牆和堅實的景觀建築提供了相當好的庇護，不至於被地痞流氓們撞見——至少有象徵性的庇護。他在後座鋪了塊防水布，用這塊布包裹住她，避免留下任何 DNA 或證據——頭髮、衣服纖維等等。他沒有熄火，否則引擎發動的聲響可能會吵醒人。他除去了輪胎壓痕，避免在薄薄的砂礫路上留下任何線索。

現在他只需祈禱接下來大約半小時不會被呼叫，但通常雪比水磨鎮的周間夜晚都很平靜。鎮上最著名的居民之一所犯下的謀殺案是個相當罕見的例外。

她以為自己已經死了。她的身軀在移動，但她並沒有使用自己的四肢。她睜開雙眼，眼目所及只有一片漆黑。但她在呼吸。她的心臟在跳。她很不舒服。她想移動，但手腳都被綁住了。

焦慮感瞬間擴大，彷彿她的體內正在經歷一起大爆炸。她的心跳失速，淚水滿溢雙眼。脈搏的砰砰聲響在她耳邊怒吼。她好想尖叫，但嘴巴被膠帶黏住了。

有那麼混亂的幾秒，黛娜不知自己身在何處，也不知自己被誰俘虜。她不太確定這是不是假期殺手的照片衍生而出的惡夢。她不該盯著他看的。這正是她害怕的後果，看著那照片，她給了惡夢中的魔鬼一張面容，讓自己跌進了最好被埋在記憶最深處的經歷之中。

她的腦袋被所有製造情緒和捕捉記憶的大腦化學物質、賀爾蒙和神經傳遞素淹沒，近乎威脅要溺死她。她僅能抓住非常破碎的念頭、或是捕捉住一段非常微小的回憶。她必須奮力回想，才能想起安撫腦內風暴的步驟。

深呼吸。四拍吸氣。四拍吐氣。專注在身體的每一部位。感知每根手指的末梢、每根腳趾的末梢。深呼吸。四拍吸氣。四拍吐氣……

潮水慢慢退去，記憶浮現了——她和提姆投射在床頭櫃上鏡中的倒影。他的眼神突然暗下的樣子。他掐住她之前頻頻道歉的嗓音。

黛娜的心一沉。

天哪，提姆。

她想也沒想過會發生這樣的事。她從沒想過會是他殺死凱西。他們才剛開始約會而已——不對，黛娜想，她並不完全相信這是事實。她知道的是他們整個夏天一直都有碰面。她和提姆畢業後不久便分手。她怎麼也沒想過凱西竟是一個隱藏得這麼好的騙子。她一直都很甜美、善良和誠實的。但現在回想，黛娜必須相信她朋友確實是個傑出的說謊者。

她肯定也有對提姆撒謊。她們十六歲之後一直都有吃避孕藥，而提姆一直都非常小心。他每次一定都會做防護措施，吃了避孕藥才能繼續。他必須考量到他的大好未來。

黛娜的腹部猛烈翻攪。

提姆．卡凡爾美好的未來正等著他——錄取西點軍校、邁向軍中職涯。他是巨星，是雪比水磨鎮的天之驕子。是父母眼中的驕傲。他正處於眾多事物的緊要關頭。他會危在旦夕，他會失去一切。

我的老天，提姆。

沒有人懷疑過他。或許有可能——如果黛娜當初有提供哈迪警探那個她尷尬到不願透露的資訊：在那命中註定的一天，她的好朋友向自己徵求和自己前男友交往的許可。

這不關他的事。當時的她是這麼想的。這不關任何人的事。這肯定跟凱西的失蹤沒有關係。她的想法就是這些。她相信凱西背著她和約翰見面。她太執著於反對這段感情了。她做夢也沒想到會被最好的朋友背叛……或者她第一個深愛的男孩竟會是殺人凶手。

36

狗吠聲叫醒了約翰。聲響來自遠方，但已經足夠大聲了。

他坐在床上睡著了。他驚醒後坐直身子仔細聆聽，試著回想自己身在何方，以及身在此處的原因。

是在伊拉克嗎？阿富汗？家裡？

香菸的氣味竄進鼻腔。這味道來自蓋在自己身上的毯子。

家裡。他從他爸房間拿了這條毯子。

他全身都痛。為何？

他被子彈打中。他被毆打。誰……？

他爸。

狗狗在遠處吠叫。

多年征戰沙場的經驗將他訓練得相當淺眠，從未讓自己進入最深度放鬆的睡眠階段。在敵人的領地熟睡等於是送死。隨時對周遭一切保持警覺是生存的首要條件。

他把花生醬放到一邊，罐子在他睡著後掉到大腿上，又接著滾到了地上。他很幸運，老頭子已經出院回家了。

而我在這裡，被關在唯一一扇窗戶被封死的房間裡。

他光著腳，站起來輕聲走過房間，背緊貼在通往走廊的門邊牆上。他的頭還在痛，但至少連續不斷的劇痛減輕成了隱約的陣痛，他的耳朵又能聽見了。他試著不用想像就真正聽到聲響。他試著將身在其他國家、身處其他戰事的回憶逐出腦袋。

他覺得好像聽到有人在不遠處廚房走動的聲音。多個可能性在他腦中成形——若不是老頭子，那會是誰？某位副警長？搗亂分子？小偷？最有可能的是警長辦公室派了一名副警長來勘查犯罪現場。

為了怕狗狗想要進來，約翰沒有將後門完全關上——不屬於他的狗。那可能是阻止副警長跨越犯罪現場的障礙物。就因為他沒關上那扇應該要關上的門，自己就要被發現了。

他開始構思逃跑路徑。房子很小，大部分都是開放式空間，完全提供不了掩護。隔壁是唯一一間浴室，裡頭的窗戶太高，且小到沒法輕易逃出。走廊對面是他爸的房間，唯一一扇窗戶正對著屋子前方的道路。

他並不想從那扇窗戶逃跑，也不想溜過客廳走前門。若真有副警長從後門進來，前門就一定還有一位駐守，等著捕捉被追趕而出的獵物。

若他想從後門離開，就必須等到那個不知何人進到客廳再移動腳步。這也是個爛選擇。以目前的狀況看來，他可不想跟任何人賽跑。

他被困住了。

37

沒有人會質疑李道爾縣警長辦公室的巡邏車出現在維朗提家院落。這裡是犯罪現場。今晚提姆是負責巡邏這區的副警長。他屬於這裡。他將會是第一個發現可怕場景的人。他來這裡確認沒有人擅闖，然後發現門沒關，便跨越封鎖線進屋查看……

他才把車子停在房屋後頭，便發現自己不需說謊。後門沒關上。

約翰。

他朝後座多瞥了一眼，接著踏出車外抽出手槍。所謂一石二鳥即將不再只是比喻了。從車子走到房屋的路上，他對四周抱持超高度警覺，雙眼從房子掃視到車庫、到院子裡的廢棄車子、到約翰的卡車再到馬克．維朗提槍擊親生兒子、有一具天知道在鐵桶裡受苦多久的遺骸所在的棚屋。

他可以聽見那條該死的流浪狗在鬼叫，但卻不見牠的身影。他希望那傢伙不會突然衝過來。他可不想在非必要時射出子彈。維朗提家附近沒什麼鄰居，但還是別冒著有人聽到槍響報警的風險。

他壓下黃色封鎖線，從敞開的門進入室內。廚房沒有人。冰箱的運轉聲是唯一的動靜。從餐廳外的門廊處可以看見前門和大半個客廳。他巡視這兩個空間，除了沉積三十年的陳年菸臭味外什麼也沒發現。

狹窄的走廊通往臥房和浴室。他的感官敏銳度來到最高點，近乎導致耳膜疼痛、雙眼灼燒。他可以聽見水龍頭發出的緩慢滴答聲，彷彿是隻鐵鎚敲打在鉛管上。他的心跳飛速，脈搏在鼓膜內呼嘯。他簡直成了該死的達斯．維達[10]，自己的呼吸吐納聲清晰可聞。腎上腺素。神經。

第一間房間被用做家庭辦公室，裡頭亂成一片，堆滿了層架、紙箱和好幾疊紙張、雜誌，還有其他管他是什麼馬克．維朗提認為值得留下來的廢物，顯然沒人有辦法躲在這房間。

走廊對面，他推開門看向臥房。空空如也。

右手邊第二間想必是老頭子的臥室，一聞味道就知道——菸味、陳年汗味還有麝香的味道。提姆踏進房間，繞過一堆髒衣服、色情雜誌和沒有整理的床鋪。小小的衣櫃裡像是雪崩一樣，裡頭的衣服亂糟糟地堆到了膝蓋的高度，衣竿上還有堆馬克．維朗提懶得用衣架掛好的襯衫和夾克。

最後一間，他知道，是約翰的臥房。那天下午他才來過，裡頭除了幾件傢俱外一無所有。矮櫃的每層抽屜都是空的，衣櫥裡連個衣架和襯衫都沒有。床上也空蕩蕩的沒鋪床單。清苦的跟修士的小窩一樣。有過之而無不及。

但確實有人打開後門，提姆背抵著牆壁時心想，一邊一點一點地朝房門靠近。他深吸口氣踏入房間，手槍向前一指，發現……沒半個人。

---

10 電影《星際大戰》裡的一名虛構人物。

黛娜僵硬地躺在巡邏車後座。一個鐵籠將後方被迫上車的人與前座劃分開來。門只能從外面打開。她被困住了。

她搞不清楚這裡是哪。遠處有隻狗在叫。除了偶爾爆裂而出的收音機聲響外一片死寂。沒有車聲。她無法決定是要坐起身來判斷方位，還是要繼續躺著裝死。就算她知道這裡是哪，雙腳也被綁住了。她跑不了。

在假期殺手後車廂時肯定也是這樣，黛娜心想。被迫靜止不動、放棄希望，等著一名虐待狂決定她的命運。

那晚她不知為何掙脫了雙手的束縛。現在她的手被綑住，深深掐進手腕裡的塑膠束帶已經烙上了束縛的印記。她舉起雙手至嘴邊，撕開牛皮膠帶的其中一端，試圖咬嚼手腕上的束帶，但終究是徒勞無功又挫敗的舉動。

綁住雙腳的繩子就沒花那麼多心思，只用了一條長束帶在腳踝處環繞幾圈。一發現自己有移動的空間，黛娜便開始拚命扭動、旋轉雙腳，試圖讓腿部重獲自由。

至少這動作給了她一絲希望。

只要活著，就有希望。只要活著，就有希望……

38

約翰躺在閣樓裡的活板門上。任何從底下衣櫃推這扇門的人都會以為這板子被封死或是鎖住了。若他們真的會大費周章抬頭看向衣櫥內漆黑一片的天花板的話。

他可以聽見闖入者在他房裡遊蕩，並祈求那人不要打開床頭櫃，因為他把花生醬和水瓶都放在裡面。不過他只聽到腳步聲，而沒有抽屜、門板被打開的聲響，甚至連電燈開關的喀嚓聲都沒有。

這未免太怪異了。小偷都會開抽屜才對，而警察都會把電燈打開。那老頭子則是會自言自語。

還會是誰啊？

管他的，約翰心想，沒打算搬進來就好。就讓他們參觀一下然後離開吧。他希望能在破曉前離開這裡。他沒有被捕，那些人沒理由拘留他——除非他爸有辦法說服警長辦公室的人說他是受害者，但約翰想也知道這在雪比水磨鎮和李道爾縣都是不可能的事情。他要開著卡車盡可能去到最遠的地方，然後把車子遺棄在不易找到的地方，接下來一路搭便車往西南邊前進。若他真的得漂泊，那最好是在加州的海邊。

但是眼下，他只能等。他仍舊聽得到這位訪客在屋子裡到處走動，正朝廚房走回去。

通風口也有音響系統的功效。小時候，他常常在這個滿是塵埃又悶熱的小空間一待就是好幾個小時，好躲避父親的怒火。老頭子完全不知道有這個藏身處。想找到這樣的地方太費事了，他永遠不可能特地搬張梯子來查看。爬樓梯這事遠遠不及喝酒來得重要。他完全不曉得約翰設計了一道繩梯來進出此處。

今晚爬起來特別詭異。他被迫得用右臂支撐，引起了爆炸般的劇烈痛楚。但他還是成功爬上閣樓關上活板門，下一秒痛苦地倒在門上，氣喘吁吁且大汗淋漓地等待痛楚消退。

將閣樓用作藏身處的缺點是沒有燈光，也少了俯瞰局勢的有利位置。他有一把手電筒，靠老舊電池支撐的微弱光束夠他照亮這狹小低矮的空間。房子兩端各有扇小小的百葉窗通風口，讓他稍微瞧得見外頭的景況。聽到闖入者離開廚房的聲音後，他仍然小心翼翼地行動，極度不舒服地彎著身子，沿著一條條天花板上的托樑爬到房子另一頭的車庫，來到客廳與廚房正上方試著看清外頭。

安全警示燈照亮了底下的地面。他只看見爛泥和雜草。右邊的某處，就在房子後方，他聽見靴子踩在碎石道路上的嘎吱聲響，還有車門打開的聲音。

他想，應該是小屁孩們覺得偷偷溜進犯罪現場開派對很好玩吧。但下一秒傳來的聲響打消了他的猜疑。

那聲響導致他血液凍結。他在一場又一場的戰爭中聽過無數次這種聲音——某人面對死亡時的極度恐懼。

39

黛娜聽見他走回車子靴子踩在碎石路上的聲音。她恐慌到好難受，臉上滿是淚水。情緒的風暴猛烈侵襲，威脅著要將她的所有理智淹沒殆盡。

她必須穩住自己才行。她必須保有思考的能力，否則一剎那間就會迎向死亡。她設法讓其中一隻腳踝掙脫束帶的禁錮。若她有一半成功的機會，便能試圖逃跑。

他將她裹在防水布內拖出車外，接著讓她站直身子，除去這層防護。

黛娜對所在地點毫無頭緒。這房子和周遭的景物好陌生。離開被包裹著時的黑暗後，房子後方的安全警示燈刺痛了她的雙眼。她眨眼別過視線，茫然地意識到眼前有片樹林、破舊車庫，還有條狗在不遠處吠叫。

她不知道這裡是鎮上還是郊外，也不知道有沒有鄰居可以求救或是狗狗會不會突然把她撲倒。但她知道要是不做點什麼，提姆．卡凡爾就要接手假期殺手一年前開始的任務了。如果被帶進房子，他將能夠為所欲為。她非常清楚這代表的是什麼意思。

牛皮膠帶鬆脫了，只黏著雙唇的其中一邊。若能開口跟他講話……若能跟他講道理……若能讓他意識到自己是個活生生的人，而非該被除掉的麻煩……

「別這樣，提姆，」她出聲。「不需要這樣。」

他的表情陰冷。「什麼？妳是想假裝一切都沒發生過嗎？我該相信妳永遠不會透露出去嗎？」

黛娜眼裡噙滿淚水。「我愛你，提姆。不要這樣。若你曾在乎過我——」

「在我需要妳時，妳把我像個燙手山芋一樣甩掉。妳有想過我的感受嗎？」

「我很抱歉！我很抱歉！」她大喊，厭惡自己聲音中的絕望。「但當時我們只是孩子。我們都會犯錯。你自己說我們不該愧疚一輩子的。」

「來不及了，」他說，雙唇因某種病態的喜悅而扭曲。「走吧。」

他手一伸到她身上，靠過來好推動她時，黛娜立刻使勁全力頂起膝蓋正中他的胯下。他彎腰發出痛苦的呻吟，她拔腿狂奔。

但她不知道該跑去哪，只知道非跑不可。

她邊跑邊尖叫，嗓音透露出的是淒厲的恐懼。「幫幫我！幫幫我！」

不到三步，她就被綁住腳踝的束帶絆倒。她重重跌向地面，差點來不及以手臂支撐，一聲宛如野獸般的驚恐尖叫呼之欲出。

幾秒鐘內提姆便抓到她，翻過她的身子跨坐在她身上。

「妳這賤婊子！」

咒罵聲從他唇齒間併發時，隨之而來的是打上臉龐的一拳，他的指關節重擊她的雙唇和牙齒。鮮血的銅臭味竄滿黛娜的口腔，她頭轉向一旁好將之吐出，一邊試著舉起手臂保護臉部。

提姆揮舞著一拳又一拳，像是一把鐵鎚一再將她的腦袋釘向地面，重擊左耳的力道之大，她失去了聽覺。

黛娜逐漸失去意識，再也撐不住了。他一掌重重巴在她臉上。

「看著我。看著我！」他的語氣殘忍得刺耳。

黛娜睜眼，眼前出現了三個人。他彷彿是個陌生人。他的臉一點也不像是從小一起長大的提姆，又或是過去幾天她所認識的男人，那個隨時散發魅力、臉上掛著羞怯微笑的鄉村男孩。原來他體內竟藏著一頭猛獸，有雙漆黑雙眼和野蠻怪相的猛獸。這頭生物竭盡全力傷害自己。

「妳遲早要付出代價，」他這麼說，身子靠在她身上。「妳遲早要付出代價。我本來可以讓這過程簡單一些。妳只是讓事情變得複雜而已。妳自找的。」

他進入她房間將她掐至昏厥，然後把她綁到這裡展露殺死她的意圖，且還想將一切怪到她頭上。她的臉被拳頭爆打都是她的錯。現在他盡可能讓她的死法痛苦萬分，一切都是她的錯。

他將黛娜拉離地面往屋子推去，太用力導致她又絆倒跌回地上。

他用力踹她身側一腳。「起來！」

黛娜無法呼吸，整個人在地上縮成一球，彷彿是隻縮進殼裡的烏龜。提姆拉她起身，手指像老虎鉗一樣緊緊掐住她的後頸。黛娜被推上台階，後方一股力量又將她往門內推，額頭冷不防猛力撞上門框時眼冒金星，鮮血立刻自右邊眉毛上的全新傷口汨汨流出。

她聽到一聲又一聲的「不」，意識模糊到只知道這是在被粗魯地推過黑暗的廚房和餐廳時，出自自己口中的字詞。提姆雙手拉住她的連帽衫背後，一把將她扔到隔壁房間，彷彿她是一袋垃圾。

黛娜砰一聲腹部朝下撞向地面，壓到了口袋裡某個堅硬方形的物體。

她的手機。

她的心一沉。要是剛剛單獨在車子裡時記得有手機，就可以想辦法報警了。現在沒機會了。

排風口外傳進來的聲音像是酒吧裡頭的爭吵──指關節揍向人體、身體撞上家具。但那女人聲音裡頭的恐懼說明事情不是那樣。

約翰聆聽，每一秒鐘都忍不住畏縮，封存許久的童年情緒再次從腦袋深處悄悄浮現──她媽媽求饒、拜託、痛哭的聲音。那畫面如爆破般閃過腦海時，他的胃部一陣緊縮──他父親的臉因憤怒而扭曲、母親的眼淚、殘暴的肢體動作。

小時候的他除了躲起來外別無選擇。長大成人後，他不能那樣坐視不管。就算會將自己推入險境也一樣。

***

黛娜痛苦地哀嚎，掙扎著想翻身抬起背脊，倚靠在散發惡臭菸味的躺椅側邊。她的左眼腫脹到難以睜開，嘴唇破裂鮮血淋漓。她沒辦法用鼻子呼吸，舌頭用力抵住牙齒時感覺到其中幾顆在晃動。

提姆雙手叉腰走近她。穿透薄薄窗簾的光線是冰冷的藍光，讓他的臉像極了科幻小說裡的怪物。

「你就是這麼對待凱西的嗎？」她問。

「不，」他俯瞰著她。「凱西容易多了，掐久一點就解決了。她從來都不知道發生了什麼事。她以為我愛她。她以為我會娶她。她死時滿腦子都是這些。她快樂地死去呢，我猜。」

想起朋友，黛娜好想哭。甜美的凱西，總是第一個撫慰他人。她和提姆的關係就是那樣開始的。可憐的提姆，被準大學生女友甩在一旁，那位野心勃勃小姐。凱西一心只想組織家庭，好好安頓下來。她提供提姆一個可以倚靠哭泣的肩膀。他利用了這一切，他就是這種機會主義者。

「她會毀了我的一切，」他說。「她有企圖，她必須這麼做。那孩子有可能是約翰的，只因為我的條件比較好。我沒法那樣做。我有規劃。我即將進入西點軍校。」

所以他的規劃比一個和他是多年朋友的女孩的生命還要重要，也比她肚子裡剛剛萌芽的生命來得重要。

「我無法結婚，」他語氣裡滿是嫌惡。「我不想要小孩，但她不肯放棄。」

所以他動手一屍兩命，親自解決問題。

「沒人知道這事，」他又說。「連妳都不知情。妳正忙著瞧不起約翰。」

「為何妳就不能放手呢，小黛？」他問。「這麼多年來沒有人發現真相，也根本沒有人在尋找真相。我說過了請妳放手，但妳硬要這樣挖個不停。」

「你為何回來這裡？」黛娜問。他就要動手了。她只求可以拖延時間，並祈禱奇蹟降臨。若她死了，至少是帶著答案死去。

他宛如鱷魚般咧嘴。「為何不？我帶著罪孽逃跑。等我當上警探後，這案子就是我的囊中物了。」

跟哈迪說的一樣，黛娜心想。他回到自己犯下的案件現場，任職於警長辦公室好奪得如此病態的主導權，這樣一來就沒有人會懷疑他是凶手。

「這裡是哪？」她問，瞥了一眼四周。所有景物都好陌生。

他走上前來，雙腳跨至於她的腿部兩側後蹲下。他那笑容的弧度使她全身雞皮疙瘩。他伸手撫摸她的腦袋，傾身向前。

「我們正在犯罪現場。」他喃喃地說，被這私密的笑話逗樂了。

一陣顫慄竄過黛娜身軀，她開始猜想他的下一步行動。他靠得好近，彷彿是要親吻。他溫熱的氣息拂過臉頰，所有過去和他接吻的回憶此時令她一陣噁心。

「真希望我有時間。」他這麼說，一手伸向她的喉頭。

***

約翰躡手躡腳穿越走廊，全身繃緊側耳傾聽——一男一女。他還聽不出來這兩人是誰，又是為何跑進他老爸的房子，但很顯然女方並非自願。

他爬下閣樓後，抓了第一個看見的東西充當武器——他常用來撬開房間窗戶的短式鍍鋅菸斗。有槍更好，但他老爸的槍全被搜查人員沒收，他也已經來不及去找老頭子可能藏有哪些東西了。

他一邊躡手躡腳穿越走廊靠近客廳，一邊用大拇指來回摩擦金屬製菸斗。

「你就是這麼對待凱西的嗎？」那女人問。

「不，」男人回答。「凱西容易多了……」

凱西。

約翰感覺自己宛如落入一個超現實夢境。搞不好真是如此。或許他的腦袋在出血，而自己陷入昏迷狀態，這場惡夢才是屬於他的全新現實。那無形的嗓音將他拉入一則故事之中，感覺就像是走進電影情節一般，只不過他確實認識那些演員：黛娜．諾蘭以及提姆．卡凡爾。

他在接近客廳的地方停下腳步。

你就是這麼對待凱西的嗎？

不，凱西容易多了……

他溜進走廊陰影處，躲在客廳的邊緣，盯著眼前受虐版本的古怪黛娜．諾蘭。一旁靠向她，手掌環繞住她喉嚨的是提姆．卡凡爾。

「真希望我有時間，」卡凡爾說。「當時妳可真是個甜美的小婊子。」

約翰體內頓時燃起熊熊怒火與恨意，對老朋友燃起的陳年怒火。他想起凱西失蹤那年夏天，想到當整個李道爾縣的人都為提姆．卡凡爾那模範生陷入瘋狂時警察加諸在他身上的痛苦。提姆．卡凡爾，當地的英雄、西點軍校學生。提姆．卡凡爾，殺人凶手。

黛娜．諾蘭懇求地看向自己。

「約翰，」她呼喚，幾乎只是一聲無力的顫音。她的目光越過施虐者的肩膀看向自己。「約翰，幫幫我。拜託。」

「睜眼說瞎話，」提姆說。「這裡沒人能幫你，寶貝。」

「最好別這麼想，混帳東西。」約翰出聲。

卡凡爾立即站直身子遠離黛娜，抽出武器直指約翰。

「噢，馬的，」他說。「這真是我幸運到該死的一天。我即將要打造一起悲劇性的殺人後畏罪自殺呢。」

那槍不是他的警察配槍。卡凡爾走過客廳，手槍指向約翰胸骨時，來自外頭朦朧的光線點亮了鉻金槍管，槍管像是月光一般閃爍。「用你老爸的槍。」

「就從自殺開始吧，」卡凡爾說。

「不了。」

約翰側身旋轉，在卡凡爾扣下扳機之時菸斗擊中手槍瞄準器。他憑著本能反應和腎上腺素，喚起軍隊所授的戰鬥訓練，向前一步以手肘攻擊卡凡爾的臉。

他感覺到了斷裂的鎖骨，還有肩膀傷口上的縫線瞬間斷裂。這劇痛像是白熱化的火球般模糊了他的視線，逼迫他屈膝一秒鐘。就在那一秒，卡凡爾一腳踹了過來。

約翰背部著地後翻向左側，用完好的那隻手臂撐住身體站起身。然而卡凡爾用膝蓋抵住了他早已斷裂的肋骨，再次將他壓倒在地，又是一記膝擊攻向他的下顎，力道之大逼得他闔上嘴巴時幾乎震碎牙齒。

約翰一個翻身，順勢揮動菸斗正中卡凡爾的腳踝，卡凡爾吃痛一個踉蹌，屁股著地重重摔在地上。

他們兩人同時起身，約翰反手揮動菸斗，卡凡爾緊握住使勁將之扭出約翰的掌心，狠毒的還以顏色打在他受傷的肩膀上。約翰的鎖骨澈底斷裂，剎那間爆裂般的劇痛直搗被他老爸子彈劃開的血肉之中。痛楚在他體內引爆，眼前化為一片黑暗。

約翰癱倒在地，臉部因痛苦而扭曲。提姆上前來一腳又一腳用力踹他，彷彿他不過是顆足球。

「住手！」黛娜大吼。「快住手！」

提姆轉過身，掃視地面尋找剛剛打鬥時脫手的武器。

黛娜試圖扣上扳機。在一片死寂的房裡這聲音異常響亮。這武器在她受禁錮的手中格外彆扭，太大了，沉重得成了累贅。她舉槍指向提姆，雙手止不住顫抖。

提姆刻意維持漠然的表情。兩人相距不到數尺，她聽得見對方的呼吸聲，也聞得見他的汗水味。他是自己的初戀，他殺了自己最好的朋友。他會殺了她，殺意已決。

他沒打算制止黛娜開槍。

他舉步走向她。她高舉手槍。

「我不會猶豫。」黛娜說。

他停下腳步高舉雙手投降，一邊以雙眼解讀她，試圖猜出她的想法。她真的會動手嗎？會遲疑嗎？那槍在她手中大得彆扭，她會不會失手？

「凱西在哪？」她問。「桶子裡不是她。你怎麼處理屍體的？」

他靜默不語。

「回答我，」黛娜說。「回答我啊！」

他緊緊盯著她。「要是回答了，妳就沒有不射殺我的理由了。」

「凱西死了，」她說道。「再也無法復生。我想不到不開槍的理由。」

氣氛緊繃到宛若拉緊的鋼絲牽索。

「妳不是殺手，小黛，」他說。

「我是，我有經驗。」

「妳不會殺我的。」

他開始轉動身子意圖離開，好像自以為可以這麼做——殺了凱西、意圖殺了她、意圖殺了約翰，然後拍拍屁股走人。

我得立刻開槍，她心想。但她猶豫了，若沒握好槍怎麼辦？抓緊槍便佔上風，掉了就沒戲唱了。

他停下動作低頭，彎腰整理靴子鞋帶。

約翰從地板爬起時黛娜看向他。他的襯衫右肩位置有一大片暗色污漬。他掙扎站起身時右臂緊緊貼著身體。他抬眼望向提姆，雙眼圓睜時口中大喊：「槍！」

這一刻轉眼即逝，卻又彷彿是段慢動作播放的畫面。

提姆從腳踝上的皮帶抽出左輪手槍，槍口對準黛娜。

約翰不是撲向提姆，而是黛娜，在子彈射出的瞬間將她壓倒在地。

他們兩人滾過地面，黛娜的槍脫手而出，約翰立刻撿起。他站起身，扣下扳機。

砰！砰！砰！

提姆一臉驚愕倒退幾步，胸膛挨了兩槍。子彈陷入了他襯衫底下的防彈背心裡。他重重跌坐在地，後腦勺砰一聲撞上牆壁。

第三槍命中他的額頭。致命點。鮮血湧出，流過他圓睜的雙眼之間。

就是這樣，一切都結束了。七年來的疑惑、等待和搜索。他們年少時期那些複雜的碎片、他們的生活如何交織在一起、他們如何影響了彼此……就像這樣，都畫下句點了。

凱西走了。

提姆走了。

黛娜看向約翰，手槍自他手中落地，他整個人跌坐在上頭，鮮血在地毯上蔓延開來。

「天哪！」

黛娜爬到他身邊，焦急地從口袋掏出手機，塑膠束帶深深陷進她的手腕中。

「撐住，約翰！撐住！不要連你也丟下我！」

她按著螢幕撥出電話，一手壓住他的頸部感受脈搏。心跳很微弱，但還活著。

「只要活著，就有希望，」她彷彿在背誦咒語，彷彿在祈禱。「只要活著，就有希望。只要活著，就有希望……」

40

他夢到自己和媽媽一起身在天堂。他看見她了，穿著一件漂亮的天藍色洋裝，站在大約二十呎外的白色石階上。她朝他揮揮手，臉上的笑容既憂傷又甜美。

她的黑髮自然垂下，蓬鬆的波浪捲披在雙肩之上。她好美。他總是認為媽媽是世界上最美麗的女人。

最後一次見到她是八歲的時候。她帶他去市中心的餐廳吃午餐，還買了一支冰淇淋聖代獎勵他在媽媽購物時當個乖寶寶。他記得她在慈善商店買了兩個行李箱——一個是自己的，還有一個小的是約翰的。

她準備帶他離開，但從未實現過。

夢中他朝媽媽伸手。他試著走向她，但卻怎麼走都無法拉近彼此的距離。就算用跑的也無濟於事。他舉起拳頭搥打那道無形的牆，而她只是傷心地看著，揮揮手道再見後便轉身離去。

約翰睜開雙眼，眼前只有一片空白。白色的牆、白色的天花板、白色的床單。但他知道自己不在天堂，因為自己並沒有資格上天堂。

「齒科紀錄證明，位於印第安納州的雪比水磨鎮，大約翰．維朗提家中鐵桶裡的骨骸為他失蹤將近二十年的妻子，瑞秋．隆格．維朗提。警方懷疑此為一樁謀殺案。」

「另一起新聞，李道爾縣副警長的追悼會——」

黛娜用遙控器關閉金伯莉．柯爾克的聲音。她已經知道有關提姆．卡凡爾追悼會的一切了。就算知道有關他死亡的所有細節，他仍是雪比水磨鎮大多數人眼中的明星運動員、準西點軍校學生、和藹可親、臉上始終掛著微笑的大男孩。

那些人不願相信他殺了凱西．格蘭特和腹中胎兒，不願相信他隱瞞了這麼多年，還設法在維朗提家中佈置證據，將大眾的猜疑鎖定在約翰和他父親身上。他們不願知道他甚至試圖謀殺黛娜和約翰。

在有人能夠說服他們之前，提姆．卡凡爾的死亡都是起震驚社會的悲劇，他命喪於以前同學、有精神問題的退伍軍人，以及雪比水磨鎮公認甜心凱西．格蘭特失蹤案先前的嫌疑犯手中

「等他們看到《日界線》就會相信事實了。」丹．哈迪這麼說。

黛娜要衛斯理．史蒂芬斯聯絡《日界線》安排這一切。她有多不想公開有關假期殺手的事，就有多想將這起全新事件告知世人。她將讓自己暴露於大眾的目光和觀眾的譴責之下，但那些人最終得以了解，誰才是這起案件中的英雄。

新聞還沒有揭露提姆．卡凡爾可能也是攻擊磨石服務生艾波兒．強森的嫌疑犯，李道爾縣的高層，以及西點軍校和紐約市周圍地區也正著手審查過去相似的案件，找尋其中的關聯。

哈迪所說的理論，殺死凱西後提姆心中備感壓力，認為必須如此不合理地將其宣洩而出。

雖然她親身體會過提姆的獸性，心中仍有一部分不願相信這一切。他良善的那面曾是她的初戀、她的愛人。過去的黛娜會為他的離去哀悼。現在的黛娜看似不可能，卻遠比過去的自己更不

抱幻想，將繼續往下一步邁進。現在的黛娜會悼念那讓她相信人性本善的純真。提姆。羅傑。她還沒告訴媽媽羅傑坦承多年前針對凱西失蹤案他撒了謊。現在沒必要告訴她。有什麼理由需要以這疏忽之罪破壞她對丈夫的信任，且完全改變不了既定的事實？沒有。

她從桌邊站起身，將肩背包甩至肩膀上。這週比較好的日子已經過去了。她的臉依舊腫脹，瘀青成了腐爛的顏色。她不在乎。她有重要的事情要做。

「妳確定要自己去嗎？」黛娜自包裡掏出車鑰匙時，琳達問。

「對，」黛娜回答。「我沒事的。他其實是個好人，記得嗎？」

「我永遠不會忘記。」她媽媽說，熱淚盈眶。

她擁抱黛娜，親了親她臉上一小塊沒有褪色瘀青的部分。這幾天她很黏人，黛娜不怪她。這是她第二次在鬼門關前走一回了，黛娜決定接受所有她給予的擁抱。

「迷路的話打給我。」

「我會的。」

「到了後傳個訊息。」

「好。」黛娜承諾。

她們倆都知道其實她會忘記。

約翰坐在醫院急診室外的長椅上等待，神情猶豫且不自在。他一無所有，只有身上的這些衣物——灰色運動長褲和拉鍊連帽上衣，還有一雙過於潔白的運動鞋——都是醫院護士給的。和他老爸還有提姆進行生死攸關的打鬥留下的瘀青和傷口都還在，右手臂則被繃帶懸吊著。

「妳不需要這麼做。」他一邊說一邊彆扭地鑽入副駕駛座，像個脆弱的老人小心翼翼地移動。他參與過兩場戰事，整個過程都在避免被槍擊，結果最後竟是在自己家裡被子彈擊中。

「你救了我的性命，」黛娜說。「至少我可以順道載你一程。」

讓別人欠人情令他感到相當不自在。

「不只是搭便車。」

「你需要一個住所，我們正好可以提供你一個地方，」她這麼說。「別拒絕這份好意。」

就算他想住在從小長大的家裡——黛娜實在難以置信，想想那裡發生過的事情——他也沒法待在那了。他老爸就算被關進監獄裡一樣是個王八蛋。他已經透過律師表示約翰不准住那。

莫瑟－諾蘭園藝中心的管理員小屋暫時是空的。是羅傑提議讓他住進那邊，等他好起來後看要不要當管理員。這舉動是對退役軍人的特別照顧，但黛娜很樂意這麼做。

「這是慈善工作。」約翰說。

「不是，」黛娜反駁。「慈善工作是完全不求報酬。」

「我會盡快開始工作。」

「除了你，沒人擔心那個。」

「說說而已。沒別的意思。」

黛娜一臉沮喪地看著他。

「哪個對你來說比較困難？」她問。「相信我是個好人，還是相信你值得別人待你好？」

都是，黛娜心想，但約翰並沒有回答。他是個一無所有又微不足道的人，而黛娜深知過去自己從未做過任何事值得他為自己賭上性命，但他依然義無反顧這麼做。不論過去那年輕的自己怎麼想，現在約翰．維朗提是個不折不扣的英雄。

「你媽媽的事，我很遺憾，」她說。「今天早上新聞有報。」

約翰看向窗外。他該說些什麼？他人生的悲劇，不是一小塊跟ok繃一樣大的禮貌歉意就能遮蓋。她媽媽多年前死在自己父親手裡……沒有人在乎到要尋找她、照顧她留下的孩子，僅是相信馬克．維朗提說的她拋棄了他們父子……看樣子地球表面上的所有人都辜負了約翰．維朗提。

「凱西的事我很抱歉。」他小聲說。

「我也是，」黛娜說，情緒與眼淚一湧而上。「好希望能知道他把她藏在哪裡，這樣就能帶她回家了。」

約翰轉過頭看她。「她在妳心裡。這才是最重要的。」

黛娜點點頭，不相信自己的聲音。

剩下的路程兩人都不再說話。到了莫瑟－諾蘭園藝中心後，黛娜從員工出入口開進裡頭，一路開抵蘋果園後方的小屋。約翰的老舊紅色卡車停在路旁。後擋板放下了，黛娜瞧著他看見狗狗的表情——試圖掩飾的驚訝和不願顯露的喜悅。

「希望那是你的狗，」踏出車外時黛娜說。「牠不肯離開卡車，所以我們就一起帶來了。」

狗狗一看到他就開心地手舞足蹈，但太害羞了依舊待在車廂前不敢靠近迎接約翰。

「我猜那是我的狗，」約翰說，身體倚靠著車子。「牠選了我。我也不知道為什麼。」

「牠比大多數人聰明多了，我猜。」黛娜這麼說，站到了他身旁。

「約翰，很久以前我就欠你一個道歉。」她又說。

他搖搖頭，沒有看向她。

「我們一無所知時卻自以為很聰明，真是太可笑了，」她說。「現在，過去一年發生了那些事後，回首一看，那女孩好像是我認識的某個人，而不是我自己。」

「世界形塑了我們，」他說。「不論好壞。」

「不，」黛娜表示。「世界讓我成為一名受害者。我不要聽天由命，我不要逆來順受。我將成為應有的樣子。你也一樣。生活會打擊我們，但我們不必永遠帶著傷疤。若我們彼此扶持，這就不會是慈善工作。這是人性、是友誼。」

他望著她良久，表情一如往常地難以捉摸。他的人生教會了他不抱期待，也不要犯險讓自己珍視的一切被奪走。他甚至不能承認自己渴望被狗狗選擇。

「總之我們到了，」他說，「我猜這地方是個好的開始。」

黛娜笑了。「對。沒錯，確實是。」

作者的話

十歲那年，我摔下一匹小馬，頭部著地。在當時，大家騎乘任何東西都沒戴安全帽——馬、單車、機車，不論什麼都沒戴。我能活下來真的很幸運，且是雙倍的運氣，我的頭硬得跟花崗岩一樣。我居住在完全沒有醫院的鄉村，也沒有直升機能夠載我到創傷中心。村裡頭有位暴躁易怒的老醫生，很不高興七月四日美國國慶日當天還被叫到辦公室。他抱怨個不停，渾身散發長大後我才知道是名叫威士忌的氣味。他手指放在我眼前，要我回答是幾。我猜二，然後他就讓我回家了。沒有X光。斷層掃描、核磁共振是科幻小說裡的玩意。那晚我媽媽坐在我房間，我快睡著時就將我搖醒，因為有人告訴她撞到頭的人必須要這麼做。

真正的情形是我有腦震盪，一九六九年那時對於腦震盪的看法和現在完全不一樣。我患了從未被診斷出，也未經治療的輕度創傷性腦損傷（TBI），往後餘生我都深受後遺症所苦。雖然多年後頭痛的頻率和嚴重程度都有減輕，但疼痛仍舊伴隨著我。寫這段話時我正在頭痛。幾十年來我求助過多名醫生，卻沒有一位診斷我為TBI。我的頭痛被歸因於過敏、鼻竇問題、雙眼疲勞、壓力、賀爾蒙，以及，我個人最喜歡的說法，我的想像。我不否認我有生動的想像力，但我不知道有誰會選擇想像自己的頭顱時時刻刻、日以繼夜被斧頭敲打的感覺。

事實是，即便到了今天，許多罹患輕度創傷性腦損傷，或是情況更嚴重的病患都常常缺乏診斷，或是被誤診。腦部內的傷口不總是能被發現，它們的出現會被縮小化、合理化地帶過。畢竟，沒有外顯傷口的人很善於腦補傷口導致的認知缺陷。每個 TBI 跟都大腦一樣獨一無二又神秘。我有一位馬術界的競爭對手有一次腿軟摔倒，我們都認為沒什麼大礙，但事實是她有撞到頭。她昏迷了好幾週，經歷了嚴重的身體與認知障礙，最終結束了她的馬術職涯。多年後的今天，她仍在掙扎對抗這一切。同時間，我這顆鐵頭所受的苦只有難以集中注意力以及持續至今的頭痛。

好消息是，過去十年間 TBI 相關的研究有了很棒的進展。壞消息則是促使這項進展的主要原因為：戰爭。美國國防部的報告顯示，單單於二〇一三年，軍隊中罹患 TBI 的人數就多達兩萬七千一百八十七件，而大多數病患都是正身在戰場上的現役軍人。我親眼目睹過一位朋友的丈夫，正是深受戰爭導致的 TBI 所苦。負傷的軍人日以繼夜遭受這樣的折磨，那樣的景象足以令人心碎。腦部受過傷的人常常都不是——也幾乎永遠不可能是——朋友與家人記憶中的那個人，這樣的事實著實令人難以接受。

戰爭中導致的腦傷更附帶了創傷後壓力症候群（PTSD），彷彿單單一種苦痛還不夠悲慘似的。

撰寫這本書之前，我已經做了相當多有關 TBI 和 PTSD 的研究，而當時發生了一起偶然的事件。有天傍晚我正在休息，觀看我熱愛的賽事：混合武術。其中一名鬥士被介紹時吸引了我的注意。混合武術鬥士比賽時不會穿上衣，且大多數都有非常貼身的專用服裝。這位鬥士的背部刺了滿滿的文字，我看不清楚寫了些什麼，但實在太有興趣了，便上網搜尋那片刺青的內容。那位鬥士名叫沙恩．克魯奇坦。他背上的刺青是十九個人名和日期，以一行「好人不長命」作為分隔線。那些人名是參與伊拉克戰爭的海軍人員，伴隨的是他們的死亡日期。

得知沙恩的故事後，我了解到他的**PTSD**經歷和軍隊的官僚主義與我的角色——約翰．維朗提以及我朋友的丈夫的經歷不謀而合。為了向沙恩致意，我給了約翰類似的刺青，刺上戰友的名字與死亡日期。沙恩的故事是其中一則有關**PTSD**、藥物和酒精的悲劇與掙扎，而最終他戰勝了這難以估量的重大不幸。我鼓勵讀者們看看沙恩的故事，好真正理解我們的戰士們遠離戰爭後，與自己的大腦搏鬥時究竟是什麼情況。美國數以萬計的退伍軍人，個個都被不同的痛苦掙扎折磨一輩子。

幸好這些男男女女們得以許多透過不同組織尋求協助，我將其中一些列在這段話的尾端。必須知道**PTSD**並不只是沙場士兵獨有的病症，這同樣也折磨著刑案與其他悲劇的受害者。像是黛娜．諾蘭，被難以言喻的魔鬼行徑凌遲後倖存，卻終將一輩子與這段回憶與惡夢共處。以下是一些幫助犯罪受害人、**PTSD**和**TBI**的組織，其中有些提供了照護犬給深受**PTSD**的退伍軍人們：

About PTSD organizations: http://search.about.com/?q=- PTSD+organizations

Brain Injury Association of America: www.biausa.org

Defense and Veterans Brain Injury Center: www.dvbic.org

Fisher House Foundation: www.fisherhouse.org

Intrepid Fallen Heroes Fund: www.fallenheroesfund.org
National Center for PTSD: www.ptsd.va.org
The National Center for Victims of Crime: www.victimsofcrime .org
Office for Victims of Crime: www.crimevictims.gov

The Battle Buddy Foundation: www.tbbf.org
K9s for Warriors: www.k9sforwarriors.org
Paws for Veterans: www.pawsforveterans.com

And for veterans struggling to find employment post-service: www.hireheroesusa.org

高寶書版集團
gobooks.com.tw

TN 278
被害人
Cold cold heart

作　　者　塔米．霍格（Tami Hoag）
譯　　者　蕭季瑄
主　　編　楊雅筑
封面設計　黃馨儀
內頁排版　賴姵均
企　　劃　方慧娟

發 行 人　朱凱蕾
出　　版　英屬維京群島商高寶國際有限公司台灣分公司
　　　　　Global Group Holdings, Ltd.
地　　址　台北市內湖區洲子街88號3樓
網　　址　gobooks.com.tw
電　　話　(02) 27992788
電　　郵　readers@gobooks.com.tw（讀者服務部）
　　　　　pr@gobooks.com.tw（公關諮詢部）
傳　　真　出版部　(02) 27990909　行銷部 (02) 27993088
郵政劃撥　19394552
戶　　名　英屬維京群島商高寶國際有限公司台灣分公司
發　　行　英屬維京群島商高寶國際有限公司台灣分公司
初　　版　2020 年 12 月

國家圖書館出版品預行編目(CIP)資料

被害人 / 塔米．霍格(Tami Hoag)著；蕭季瑄譯. --
初版. -- 臺北市：英屬維京群島商高寶國際有限公司
臺灣分公司, 2020.12
　　面；　公分. -- (文學新象；TN 278)
譯自：譯自 : Cold cold heart.

ISBN 978-986-361-966-6(平裝)

874.57　　109019426

GOBOOKS
& SITAK
GROUP®